유보트
비밀일기

KODEF
안보총서
88

유보트
비밀일기
THE SECRET DIARY
OF A U-BOAT

제프리 브룩스 지음 | 문근식 옮김

플래닛미디어
Planet Media

나는 2002년 대한민국 해군의 여덟 번째 잠수함인 나대용함을 몰고 태평양 연안 7개국이 참가하는 림팩 훈련에 참가하게 되었다. 하와이까지 대장정을 다녀오기로 결정하면서 내가 계획했던 중요한 일 중 하나가 수년간 미뤄왔던 유보트 관련 서적 『HIRSCHFELD, THE SECRET DIARY OF A U-BOAT』를 번역하는 것이었다. 이 책은 내가 1998년 네덜란드 잠수함 함장과정 유학 시절에 구입해 읽었던 책으로 기회가 되면 꼭 한국어로 번역해보고 싶었기 때문이다. 한국에서 하와이까지 5,045마일[1] 왕복 10,090마일(18,686킬로미터)의 거리와 68일간의 순수한 수중항해 기간은 시간이 없다는 핑계로 미뤄왔던 번역작업을 하기에 딱 좋은 기회였다.

하와이로 가면서 축전지 충전이나 미군과 훈련하는 시간 외에는 매일 번역에 매달렸지만, 어학능력의 한계로 인해 하루에 겨우 7~8페이지밖에 번역할 수 없었다. 번역작업이 힘들어 괜히 번역을 시작했구나 하는 후회를 몇 번 했지만 인내심을 발휘한 결과 총 126일간의 원양훈련을 마친 뒤 완벽하지는 않지만 한국어 번역원고를 손에 쥐게 되었다. 그로부터 오랜

---

1 해상에서 사용하는 마일(NM)로 1마일은 1노트(knot)로 1시간에 갈 수 있는 거리를 말하며, 1,852미터다.

시간이 흘러 그 당시 부족한 점이 많았던 번역원고를 또다시 수정하여 한 권의 책으로 세상에 내놓게 되었다.

이 책은 제2차 세계대전 기간 중 독일 유보트 승조원이었던 부사관[2] 볼프강 히르쉬펠트(Wolfgang Hirschfeld)가 기록한 공개되지 않은 비밀일기로, 만약 전쟁 당시 공개되었더라면 군법회의에 회부되어 처형되었을 법한 내용들이 수록되어 있다. 히르쉬펠트는 잠수함 통신부사관으로 잠수함을 타기 시작하여 패전 당시 미군에 잡혀 포로생활을 하기 전까지 경험했던 10년간의 전투 및 작전상황을 일기 형식으로 기록함으로써 당시의 열악한 잠수함 생활과 생사를 초월한 전투상황을 파노라믹하게 전하고 있다.

특히, 전쟁 기간 중 3명의 독특한 개성을 가진 함장들(첫 번째 함장은 무능하다는 이유로 부당하게 해임되었고, 두 번째 함장은 에이스 함장 중 한 명이었지만 공해 상에서 작전 중 사임하겠다고 발표한 유일한 함장이었으며, 세 번째 함장은 수상전투함에 근무할 때 항구에 한 번도 정박하지 않고 해상에서 622일간의 작전 기록을 가진 장교였음)을 직속상관으로 모시면서 겪었던 그들의 전투수행 능력, 인간적인 면, 갈등과 고뇌 등을 타고난 작가적 감각으로 묘사했다. 그 대표적인 예로 연합군 상선에 대한 수많은 공격에도 불구하고 어뢰 성능 결함 때문에 공격에 실패한 데 따른 허탈감, 여객선을 무차별 공격하고 민간인을 구조하지 않은 비인도적인 처사, 적 구축함의 무차별 폭뢰[3] 공격으로부터 구사일생으로 살아남은 지옥 같은 전투 현장, 마지막 근무지인 U-234 잠수함을 타고 산화우라늄을 실은 채 일본으로 가는 도중

---

2 과거의 하사관 명칭이 2001년 부사관으로 변경되었음.

3 연안에 적 세력의 접근을 방해하기 위해 물속에 고정 설치해놓은 폭탄.

독일이 항복하자 미국 군함에 항복해 포로로 잡힌 일 등을 상세하게 기록함으로써 오늘날 잠수함 승조원들에게 진정한 잠수함 요원의 정신과 생활이 무엇인지를 보여주고 있다. 책의 흥미로운 내용에도 불구하고 독자들이 이해하기 어려운 잠수함 전문용어들이 많아 역자 나름대로 각주를 달아놓았고, 원서에는 없지만 당시 유보트의 초계 항로, 히르쉬펠트가 승조했던 유보트 Type-9A와 Type-10B의 함 구조 등을 추가로 삽입했다.

이 책이 온전하게 출간되기까지 많은 분들이 도움을 주셨다. 먼저 처음 이 책을 번역하면서 괴발개발 써 내린 글씨를 타이핑하고 교정하는 데 많은 도움을 준 음탐관 김승권 대위(지금은 중령), 번역 도중 문화적 차이에서 오는 매끄럽지 못한 번역 용어 선택을 지적해준 해군 최고의 잉글리쉬 스피커(English Speaker) 부장 최종호 중령(지금은 대령), 번역 후유증으로 손목에 라이터스(writer's) 증후군이 생겨 매일 붕대를 감아주던 군의관 오원택 중위(지금은 민간의사), 2002년 환태평양훈련 126일간을 무사히 성공적으로 다녀올 수 있도록 기도해준 잠수함 부대 전우들에게 진심으로 감사드린다. 그리고 제2차 세계대전 유보트 승조원들의 실제 전투 실상을 담은 이 책의 출판을 흔쾌히 허락해주신 도서출판 플래닛미디어의 김세영 사장님께 감사드린다. 마지막으로 사랑하는 아내 김인선에게 고마움을 전한다.

문근식 한국국방안보포럼(KODEF) 대외협력국장
(전)잠수함 함장·전대장

저자의 글

먼저, 마크 레인(Mark Lane) EC3에 위치해 있는 해양공학협회(The Institute of Marine Engineers) 도서관, 블룸스버리 스퀘어(Bloomsbury Square) WC2에 위치한 독일역사협회(German Historical Institute) 및 사우스 켄싱턴(South Kensington)의 과학박물관 도서관(Science Museum Library)의 도움이 있었음을 밝힌다.

또한 U-234에 적재되어 있던 산화우라늄(Uramium Oxide)과 관련된 질문에 답해주신 해양역사학자 위르겐 로베르(Dr. Jürgen Rower) 교수와 필자가 미처 설명하지 못한 몇 가지 사건에 대해 지적해주신 유보트 역사학자 잭 P. 멀만쇼웰(Jak P. Mallmann-Showell)에게 감사드린다.

마지막으로 필자에게 귀중한 조언 및 격려를 해주신 브라이언 왓킨스(Bryan Watkins) 장군과 나의 친구 필립 오스틀러(Philip Oastler)에게도 감사드린다.

1996년 런던에서

제프리 브룩스

추천의 글

유보트 무선통신사의 비밀일기를 바탕으로 쓰여진 이 책은 가장 뛰어난 제2차 세계대전 기록물 중 하나일 것이다. 부사관이 쓴 유일한 유보트 일기라는 점에서도 특이하다.

그 당시 독일 해군에서 사적으로 기록하는 행위는 매우 엄격히 규제되었기 때문에 만약 이 기록이 발견되었다면 군법회의에 회부되었을 것이다.

볼프강 히르쉬펠트(Wolfgang Hirschfeld)는 제2차 세계대전 대서양 전투의 증인이며, 당시 직책이 통신사였기 때문에 다른 장교들보다 더 많은 정보를 접할 수 있었다. 더구나 그는 특이한 3명의 함장들과 같이 근무했다.

첫 번째 함장 한스 게오르크 피셔(Hans Georg Fischer) 소령은 기관장이 무능하다는 이유로 부당하게 해임되었으며, 두 번째 함장 하인리히 블라이히로트(Heinrich Bleichrodt) 소령은 유보트 에이스 함장 중 한 명으로, 공해 상에서 작전 중 스스로 사임했으며 그의 사임 의도를 모두에게 방송한 유일한 독일 해군 장교일 것이다.

세 번째 함장은 요한 하인리히 펠러(Johan Heinrich Fehler) 소령으로 전설적인 순양함 아틀란티스(Atlantis)에서 폭발물 취급담당 장교 임무를 수행한 후 잠수함 부대에 합류했다.

히르쉬펠트의 마지막 항해는 지금까지도 그 작전 내용이 비밀에 싸여 있기 때문에 특히 더 흥미롭다. 그 잠수함은 일본으로 향하던 중 항복했다. 미국인들이 그 화물을 하역했을 때, 화물 중에 제트 전투기 ME262를 포함한 전쟁물자가 발견되었고, 더욱 흥미를 끈 것은 방사능 물질이 발견되었다는 것이다.

볼프강 히르쉬펠트는 대단한 능력을 가진 타고난 작가였다. 그는 제2차 세계대전 당시 독일 유보트 생활과 유보트 대원의 정신을 흥미진진하고 감동적으로 그렸을 뿐만 아니라, 자신이 겪은 사건들을 전체적인 전쟁의 양상에서 설명함으로써 역사적 가치를 더하고 있다.

잭 P. 멀만쇼웰(유보트 역사학자)

들어가는 글

이 책은 1935년부터 1945년까지 10년간 독일 해군에서 무선통신사로 근무한 해군 부사관 볼프강 히르쉬펠트의 이야기이다.

볼프강 히르쉬펠트는 1916년 5월 20일 베를린에서 어머니 마그레테 (Margrethe: 1893~1987)와 아버지 오이겐 히르쉬펠트(Eugen Hirschfeld: 1882~1972) 사이에서 태어났다.

약사인 아버지는 제1차 세계대전 당시 솜(Somme) 전투와 베르됭 (Verdun) 전투에 보병으로 참전했으며 솜 전투에서 폐에 심각한 부상을 입었다.

전쟁 후 아버지는 많은 전쟁서적 수집에 몰두했고, 그중에는 하스하 겐(Hashagen), 발렌티너(Valentiner), 헤르싱(Hersing)과 페리에레(De La Periere) 등 제1차 세계대전에 참전한 독일의 에이스급 잠수함 함장들에 관한 개인적인 기록들이 다수 있었다. 이러한 기록을 읽고 감명받은 소년 히르쉬펠트는 해군에 대한 열망을 품게 되었다. 그러나 그는 고통스런 일 상을 감내해야 하는 잠수함 승조원이 되고 싶지는 않았다.

열 살 때 그는 베를린 리히터펠데(Berlin Lichterfelde)에 있는 힌덴 부르크(Hindenburg) 실업학교에 입학했다. 그 시기에 그는 자유군단 (Freikorps)을 모델로 만들어진 도이체 프라이샤르(Deutsche Freischar)[1]

라는 청년조직에 가입해 정치적으로 주입식 교육을 받았다. 단원들은 방학 기간에 제1차 세계대전 후 베르사유 조약으로 빼앗긴 폴란드 회랑(Polish Corridor) 지역인 서프로이센(West Prussia), 북슐레지엔(Upper Silesia), 메멜(Memel), 포젠(Posen)으로 긴 여행을 했다.

동프로이센에 대한 권한은 유지했으나 폴란드 회랑을 통과해야만 출입이 가능했다. 독일 자유군단은 강한 반(反)왕권주의자들로 구성된 정치적 단체로 베르사유 조약의 전범조항에 반대해 결성되었다.

16세가 되던 1932년 히르쉬펠트는 베를린 프리드리히스하겐(Berlin Friedrichshagen)에 있는 프로이센 수산협회(Prussian Institute for Fisheries)의 견습직을 얻었다. 그 당시 살인적인 실업률에도 불구하고 학교 졸업증명서는 필요하지 않았으며, 그해에 결원으로 생긴 다섯 자리 중 한 자리에 채용되었다. 5년 이내에 그가 전문어부자격증(Master Professional Fisherman)을 따게 되면 경제적 안정이 보장될 터였다.

포츠담(Potsdam) 근처 자크로브(Sacrow)에 있는 국립수산학교에서 그는 1년간 하펠(Havel) 강과 베를린 호수로 나가 물고기 잡는 법을 배웠고 이후 2년간 홀슈타인의 팀멘도르프(Timmendorf)에 있는 발트 해 서쪽의 킬 어업 쾌속정(Kiel trawling cutter)에서 간부 후보생 교육을 받았다.

그는 나치당원이 아니었으나 나치당을 지지했으며 1934년 18세에 나치당의 준군사조직인 돌격대(SA: Sturmabteilung)에 가입했다.

나치 정부의 헤르만 괴링(Hermann Goering)은 독일 내 어장을 관리하는 부서를 만들었으며, 1934년에 히르쉬펠트는 정리해고를 통보받았다. 모든 일자리는 12년간 독일 국방군 복무를 마친 후 전역하는 사람들에게만 주어졌기 때문이다.

히르쉬펠트가 킬(Kiel)의 어장 협회 간부에게 조언을 구하자, 그는 해군

---

1 제1차 세계대전 이후 독일의 청년운동단체들이 만든 공동체.

입대 지원서를 주면서 "해군에서 12년간 복무하면 자네의 직책을 다시 돌려주겠다"고 했다. 이를 듣고 히르쉬펠트는 매우 기뻐하며 독일 해군 경순양함을 타고 매년 실시되는 세계일주 항해에 참가하는 자신을 그려보았다. 1935년 초 그는 해군에 지원했는데, 이 책에서 자신의 일생을 설명하기 시작한 시점도 바로 이때부터이다.

그는 입대 후 얼마 되지 않은 1940년에 잠수함 승조원으로 차출되었으며 만약 발각되었으면 군법회의에 회부될 수도 있었던 일기를 쓰기 시작했다. 그는 일기를 교신이 별로 없는 야간 당직 시간에 주로 썼으며, 일기장은 비밀보관소에 비치되어 있던 낡은 통신일지 속에 숨겨놓았다. 유보트(U-boat)의 통신사인 그는 잠수함 오른쪽 중앙에 있는 2개의 격실에서 근무했다. 중앙통로의 반대편에는 함장의 작은 방이 있었고, 녹색 커튼이 쳐진 곳이 그의 사적인 공간이었다. 통신사들은 좋든 싫든 간에 함장이 하는 말을 들을 수밖에 없었다. 히르쉬펠트는 '장교용'을 제외한 모든 전문들을 볼 수 있었으며 함장의 사적인 비서로서 함의 전투일지를 위해 선장의 개인적 기록을 타이핑하는 데 많은 시간을 바쳤다.

나는 히르쉬펠트의 전쟁일기와 대화 및 편지에 근거해 이 책을 썼으며, 히르쉬펠트를 1인칭으로 기술했다.

히르쉬펠트는 자신을 과장하지 않고 정치적으로도 편파적 입장을 보이지 않고 오직 경험이 많은 부사관의 입장에서 유보트를 그려냈다.

유보트 Type-9A

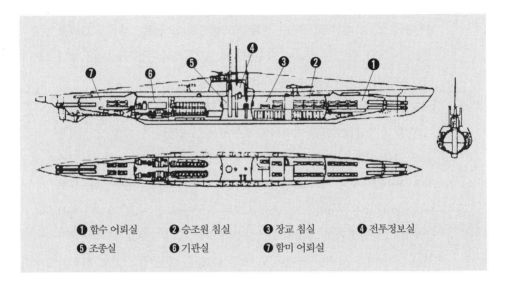

❶ 함수 어뢰실　❷ 승조원 침실　❸ 장교 침실　❹ 전투정보실
❺ 조종실　❻ 기관실　❼ 함미 어뢰실

유보트 Type-9A는 Type-9계열의 유보트로, 대서양 작전에 적합한 유보트를 위해
1935~1936년에 설계되었다.

일반적으로 100미터 정도 잠항하며, 최대 200미터까지 잠항할 수 있도록 설계되었
다. 어뢰발사관은 모두 6문으로 함수에 4문, 함미에 2문이 장착되었고 통상 22기의
어뢰를 운용했다.

주요 제원

- 배수량: 1,032톤(수상) / 1,408톤(수중)
- 전장: 76.60m
- 속력: 18.2노트(수상) / 7.7노트(수중)
- 최대잠항심도: 230m
- 무장
  - 어뢰발사관: 6문
  - 어뢰: 22발
  - 기뢰: 44발
  - 함포: 105mm 1문
- 승조원수: 48~56명

유보트 Type-10B

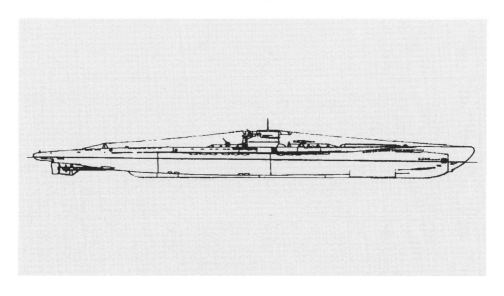

유보트 Type-10B는 1938년 기뢰부설 작전을 주 목적으로 설계되었고, 1939년부터 1944년까지 총 8척이 건조되었다. 30개의 기뢰저장고에 66발의 기뢰와 15발의 어뢰를 운반할 수 있었다.

함미에 어뢰발사관이 2개뿐이고, 운송용 기뢰소를 설치해 화물 컨테이너를 운반했다. 수중 만재배수량 2,177톤으로 독일 유보트 중에서 가장 컸으며 가장 빨리 민첩하게 잠항할 수 있었다.

주요 제원

- 배수량: 1,763톤(수상) / 2,177톤(수중)
- 전장: 89.80m
- 속력: 17.0노트(수상) / 7.0노트(수중)
- 최대잠항심도: 220m
- 무장
  – 어뢰발사관: 2문
  – 어뢰: 15발
  – 기뢰: 66발
  –함포: 20mm 2문 / 37mm 1문
- 승조원수: 45~52명

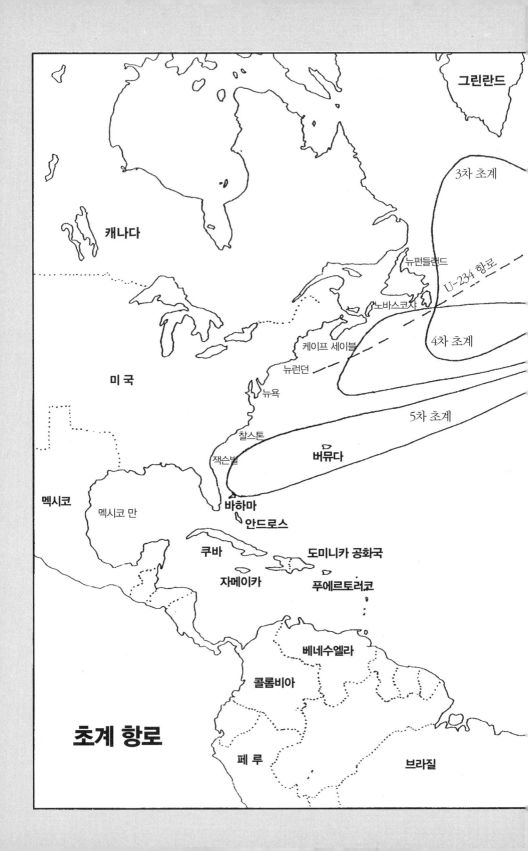

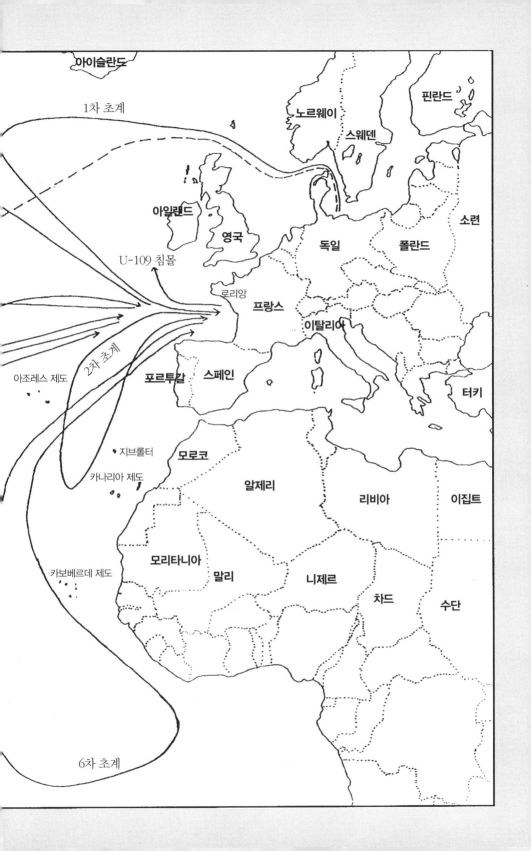

CONTENTS

THE SECRET DIARY OF A U-BOAT

01
바다에서의 첫 경험

● 1935년 초 나는 기술 훈련을 받을 수 있기 때문에 독일 해군의 통신 부문에 지원했다.

모병관 프란코이스(Francois) 대령은 나에게 통신사 훈련 과정에 지원하라고 권했다. 통신 과정은 해군에서 가장 좋은 분야일 뿐 아니라, 언젠가는 나를 찾아와 조언해주어서 고맙다고 말할 날이 있을 것이라고 대령은 덧붙였다. 나는 한참 동안 대령을 쳐다보다가 그 제안을 받아들이기로 했다. 나는 지금까지 그때 한 결정을 두고 한 번도 후회해본 적이 없으며, 만약 지금 그를 만날 수 있다면 찾아가서 정말 눈물 나게 고마웠다고 말할 것이다.

베를린 템펠호프(Tempelhof)에서 6일 동안 정밀한 이해력 및 심리 테스트를 거친 후 통신 과정에 합격했다. 해군 통신사가 될 자격을 얻은 것이다! 그러나 만약 내가 해군에 입대할 당시 내 적성에 대해 기록된 정신의학 소견서를 읽었더라면 아마도 해군에 대한 열정은 차갑게 식었을 것이다. 1944년 킬(Kiel)에 있는 잠수함사령부 인사참모부에 들렀을 때 인사기록카드를 봤는데, 정신의학 소견서에는 내가 특별한 감독이 필요 없는 작은 함정, 즉 고속정이나 소해정[1]의 통신사, 또는 무선통신 감청반이 적성에 맞는 것으로 분류되어 있었다. 정신의학 소견서대로 내가 잠수함이나 순양함을 타고 세계를 돌아다닌다는 것은 12년간의 평시 복무 기간 중에는 꿈에도 생각할 수 없는 일이었다.

1936년 초 슈트랄준트(Stralsund)에서 3개월 동안 기초군사교육을 수료한 다음, 플렌스부르크(Flensburg)에 있는 해군 통신학교에서 처음으로 몇 개의 통신 과정을 수료했다. 한동안 무선통신 감청반에서 복무하다가 처음으로 소해정 R-15와 M-102에서 함상 근무를 시작했고, 1938년 10월에는 통신 중사로 첫 진급을 했다. 1939년 4월에는 한 계급 더 승진했

---

[1] 연안에 부설된 기뢰를 제거하는 소형 함정.

지만 다른 나라에는 이 계급에 정확히 상응하는 계급이 없다. 아마 영국군 통신하사와 통신중사 중간 계급 정도가 될 것 같다. 독일의 모든 부사관 및 사병 계층은 준사관 밑에 있었고 사각형 계급장을 달았다.

나는 진급 후에 구형 어뢰정 T-139에서 통신장[2] 임무를 맡았다. T-139는 원격조종 부대에서 파일(Pfeil)이라는 이름으로 몇 년간 임무를 수행했는데, 거기서 과거 독일제국 해군 소속 드레드노트(Dreadnought)급 전함 채링엔(Zähringen)의 예인선 역할을 했다. 전함 채링엔의 거대한 선체는 가라앉지 않도록 코르크로 채워져 있었고, 함포 사격 연습용 표적함으로 사용되었다.

1938년 어느 날, T-139는 부두에 함수[3]를 들이받아 함수 부분에 손상을 입었다. 수리 후에는 독일 해군의 쾌속 어뢰정으로서의 기능만을 수행했다. T-139는 24전단에 배속되었고, 우리는 최신형 음파탐지기와 통신 장비를 갖추었다는 이유로 항상 특수임무를 부여받았다.

우리의 전시 첫 임무는 폴란드 잠수함 오르첼(Orzel)을 탐색하는 것이었다. 이 잠수함은 발트 해를 거쳐 영국 쪽으로 도피를 시도하고 있었다. 우리는 스웨덴 남부 트렐레보리(Trelleborg) 바깥 해역에서 이 잠수함을 확실하게 탐지했지만 그곳은 중립국 해역이기 때문에 폭뢰를 투하하지 못해 결국 놓치고 말았다.

함수를 교체한 T-139는 어뢰발사관과 함포를 장착하지 않은 것을 제외하고는 어뢰정으로서 과거의 명성을 되찾았다. 우리는 그디니아(Gdynia)에 있는 폴란드 무기 저장고에서 압수한 함포 몇 개를 장착했고, 밀수품을 실어 나르는 스칸디나비아 상선을 추적하라는 명령을 받아 순항임무를 수행했다. 나포된 함정에서는 불법 화물이 발견되었고, 곧바로

---

2 함정 통신직별의 최고 선임자.

3 함정의 앞부분.

볼프강 히르쉬펠트(Wolfgang Hirschfeld)

(왼쪽) 1936년 1월 독일 슈트랄준트에서 하사 시절
(오른쪽) 1940년 독일 필라우에서 유보트 훈련전대 상사 시절

1938년 노르웨이 오슬로에서. 독일과 이탈리아 해군 수병들의 이탈리아 항해훈련 실습함정 '아메리고 베스푸치(Amerigo Vespucci)' 앞에서(오른쪽에서 네 번째가 히르쉬펠트).

킬 항구로 압송되었다. 우리는 또한 소련에 매각된 아드미랄 히퍼(Admiral Hipper)급 중순양함 뤼트초프(Lützow)를 호송하여 소련까지 먼 항해를 다녀왔다.

나는 T-139에서 유일한 현역 해군이었다. 어뢰정 정장이자 우리 함정에서 유일한 장교인 슈바르텐(Schwarten) 예비역 소령은 1918년 사관생도 신분으로 제국 해군에서 제대한 이후 얼마 전까지 민간기업 이게 파르벤(I. G. Farben)에서 중역으로 근무했었다. 어뢰정에 근무하는 부사관들과 수병[4]들 대부분은 옛날에 독일 황제를 위해 바다에서 싸웠던 사람들이었다. 그들 중에는 1919년 스캐퍼 플로우(Scapa Flow)[5]에서 독일 함정들이 침몰된 이후에 군함 갑판을 한 번도 밟아보지 못한 사람들도 있었다.

최근까지 대법원에서 집행관으로 근무하다가 해군에 다시 들어와 우리 어뢰정에서 당직사관으로 근무하는 갑판장이 한 명 있었다. 그는 배를 아주 능숙하게 다뤘기 때문에 정장은 그에게 출항이나 입항 등 어려운 조함[6]을 맡겼다. 이 나이든 예비역 선원들은 20년 동안이나 바다와 떨어져 살았는데도 마치 몇 주 정도밖에 안 된 것처럼 쉽게 해군 부대에 적응했다. 정말 놀라운 일이었다.

나는 정장과 좋은 인간관계를 유지하고 있었다. 어뢰정 T-139는 바르네뮌데(Warnemünde)에 있는 24잠수함훈련전단에 배속되어 어뢰회수함 역할을 수행했고, 3월에는 정기 수리를 위해 킬에 있는 도이체 베르프트(Deutsche Werft) 조선소로 돌아왔다. 14일간의 휴가를 마치고 돌아와 보니 배는 조선소에 그대로 있었고, 갑판 위에는 케이블이며 기계류들이 어지럽게 흩어져 있었다. 정장은 빨리 오라고 내게 손짓했다. 그는 경순양함

---

4 해군에서 복무하는 일반 병(兵).

5 스코틀랜드의 작은 군항.

6 함정을 조종하는 것.

칼스루헤(Karlsruhe)로 나를 전출시킨다는 전문을 들고 있었고, 그 사실을 알려주려고 한 것이다.

그 전문을 봤을 때 나는 기분이 상당히 나빴다. 소형 함정을 좋아했던 나는 물에 떠 있는 거대한 병영 같은 순양함은 별로 좋아하지 않았던 것이다. 정장도 내가 남아 있기를 바라던 터라 내가 남아 있기를 원한다면 자기 계급을 걸고 인사참모부에 전출을 취소하도록 요청하겠다고 했다.

정장 슈바르텐 소령이 단정[7]을 타고 사령부로 향했지만 나는 그가 성공하지 못할 것 같은 예감이 들었다. 하지만 내 예감과는 달리 정장은 전출이 취소되었다고 확신했는지 기분 좋은 얼굴로 돌아왔다. 이내 마음속의 무거움이 사라졌다. 내가 킬을 떠나고 싶지 않은 또 다른 이유가 하나 있었다. 그건 바로 킬에서 보조 약사로 근무하는 일로나(Ilona)와 사랑에 빠져 있었기 때문이다.

어느 날 오후, 나는 해군들이 잘 가는 파트첸호퍼(Patzenhofer)라는 술집에 갔다. 그곳에서 훈련소 시절에 같이 훈련을 받았던 동기들과 우연히 만나게 되었고, 그들과 반갑게 인사를 나눴다. 그들은 최근 플렌스부르크(Flensburg)에서 교육 과정을 마치고 군함을 타기 위해 대기하고 있는 도중 인사참모부에서 임시로 근무하고 있었다. 그들은 이번에 경순양함 칼스루헤에 단체로 배속되었고, 그들 중 다수는 예전에 그곳에서 근무해본 경험이 있었다. 그들 대부분은 순양함이 외국에 나간다는 이유로 그 함정을 타고 싶어했다.

나는 바로 그 경순양함에 전출될 예정이었는데 어떻게 취소되었는지 동기들에게 설명했다. 그런데 내 얘기를 듣고 있던 동기들은 하얀 이를 드러내며 웃고 있었다. 알고 보니 이 친구들이 나의 발령 취소 요청을 취소시켰던 것이다. 그리고 더욱 불행하게도 다음주 금요일인 1940년 4월

---

7 상륙 및 연안으로 인원·물자 이송을 위해 함정에 설치되어 있는 작은 보트.

5일까지 순양함에 가서 전입신고를 해야 한다고 동기들이 전해주었다. 한참 동안 충격에서 헤어나오지 못한 나는 큰 잔으로 럼주를 여러 잔 들이켰다. 하지만 그들로서는 나를 위해 한 일이었기에 나는 그들에게 화를 낼 수가 없었다. 결국 어쩔 수 없음을 깨닫고 계획을 변경했다.

"잘 들어. 다음주 월요일까지 내가 시간을 가질 수 있도록 도와줘! 나는 여자친구 일로나와 정식으로 작별인사를 하고 싶어."

그들은 나를 이해해주었고 다음주에 순양함에서 다시 만나기로 약속한 후 빌헬름스하펜(Wilhelmshaven)으로 떠났다.

다음날, 정장 슈바르텐 소령은 아무 말 없이 나에게 새로운 전출 명령서를 보여주며 인사참모부에 가서 다시 전출 명령을 취소하고 오겠다고 했다. 그러나 정장이 사령부에서 돌아왔을 때 나는 정장의 얼굴을 보고 성공하지 못했음을 알 수 있었다.

"미안하네, 볼프강 히르쉬펠트 중사! 현재로서는 할 수 있는 게 아무것도 없네. 순양함은 빌헬름스하펜에서 출항 분비태세를 유지하고 있다네. 출입구는 4번 문일세. 자네는 오늘 떠나야 하네."

나는 약혼자와 정식으로 작별인사를 할 수 있도록 일요일까지만이라도 있게 해달라고 부탁했다. 하지만 정장은 나를 쳐다보며 말했다.

"자네가 약혼을 했는지 정말 몰랐네."

잠시 침묵이 흐른 뒤 정장이 결심한 듯 말했다.

"일요일 저녁에는 틀림없이 가야 하네. 약속을 지키지 않는다면 내 입장이 아주 난처해져."

나는 그렇게 하겠다고 정장에게 약속했지만 약혼에 대해서는 아무 이야기도 하지 않았다. 일요일, 어뢰정 함상에서는 전 승조원이 참가한 가운데 나를 위한 작별 파티가 열렸다. 파티 분위기는 대단했다. 오후에 나는 후배 통신사에게 내 가방과 짐을 챙겨서 빌헬름스하펜의 4번 출입구를 통해 순양함으로 가도록 화물에 기입할 것을 지시하고는 킬 기차역으로 보냈다. 일단 짐이 잘 보내진 것을 확인한 다음 나는 파티를 더 즐기기 위해 자리로 돌아왔다.

빌헬름스하펜으로 가는 마지막 여객선은 킬에서 저녁 8시 14분에 출발하도록 되어 있었다. 그런데 파티에 끝까지 남아 있던 나는 마지막 순간에야 일어나 비틀거리며 킬에 있는 여객선 부두 쪽으로 걸어갔다. 하지만 황당하게도 배는 내 시계보다 1분 빨리 떠나버렸다. 불과 몇 미터 전방에서 배 출입문이 닫히는 것이 보였다.

나는 다른 여객선을 타고 킬 기차역으로 가서 전력을 다해 플랫폼으로 뛰어갔지만 멀리서 기차 불빛이 서서히 사라지는 것만을 볼 수 있었다. 나는 헌병 몇 명이 잡아당길 때까지 기차를 계속 따라갔다.

사람의 운명이란 얼마나 가느다란 실에 매달려 있는 것일까? 아니면 인간의 운명이라는 것은 이미 결정되어 있는 것일까? 그때까지는 몰랐지만 이 사건은 내 인생에서 새로운 전환점이 되었다. 만약 내가 그 기차를 탔더라면 더 일찍 죽음의 길로 들어섰을지도 모른다.

어뢰정으로 다시 돌아온 나는 술에 취한 동료들로부터 환영을 받았다. 지금 내가 돌아온 것이 정장한테 발각되면 절대 안 된다는 절박한 상황을 그들에게 고백하고 내일 빌헬름스하펜으로 가는 첫 기차를 탈 때까지만 배에 숨겨달라고 부탁했다.

그러나 그렇게 하기 위해서는 부임 명령서가 필요했다. 나는 마침 그 배에 근무하면서 전에 사용하지 않은 여행증을 한 장 보관하고 있었다. 통신실에 가서 내용을 기입하고 정장 몰래 막 통로를 빠져나오려고 하는데 그만 정장과 마주치고 말았다. 정장은 할 말을 잃은 채 나를 쳐다보았다. 나는 죄송하다는 말과 함께 사정 이야기를 했지만 정장은 괴로운 표정으로 내 말을 들은 다음 이렇게 말했다.

"나는 자네가 이럴 줄은 정말 몰랐네. 자네가 기차를 놓친 것은 술에 너무 취해 있었기 때문이야."

"아닙니다. 그렇지 않습니다. 배가 예정 시간보다 1분 먼저 떠났습니다."

정장은 매우 실망한 얼굴로 나를 쳐다보았고 나는 그런 표정의 정장을 쳐다보는 것이 너무 고통스러웠다.

"내일 첫 기차로 떠나야 할 테니 이제 침대로 가서 자게나. 이것은 명령이야."

나는 아직도 술기운이 남아 있는 채로 나를 쳐다보는 동료들을 지나쳐 침대로 갔다. 어뢰정에는 새로 부임한 통신사가 이미 배치되어 있었다. 그는 이전에 제국 해군 당시 복무 경험이 있었지만 새로운 통신장비와 암호체계 작동에 대해 상당히 걱정을 하고 있었다. 저녁 10시경, 정장은 내가 침대에 있는지 확인하기 위해 부사관 침실에 왔다가 술에 취한 내 동료들과 한동안 이야기를 나눴다.

정장이 막 일어나 침실을 나가려고 할 때 인사참모부의 갑판장이 들어왔다. 그는 이면에 붉은색으로 표시된 해도를 들고 있었는데, 이는 최고의 보안을 요구하는 작전이 있음을 암시하는 것이었다. 잠시 후 정장과 갑판장은 서둘러 부사관 침실을 나갔고, 곧바로 나를 통신실로 불렀다. 부사관 침실이 갑자기 조용해졌다.

정장이 단도직입적으로 말했다. T-139는 대규모 군사작전에 참가 명령을 받았는데 경험이 있는 통신사가 필요하다는 것이었다. 내 후임으로 온 통신사는 이미 짐을 챙겨서 육상 사무실로 돌아가고 있었다.

"지금은 가서 잠이나 좀 자게. 그리고 배가 출항해도 신경 쓰지 말게. 우리는 연료와 탄약, 폭뢰를 적재할 예정이네. 내일 아침 일찍 배가 킬에 있는 등대선[8]을 지날 때 맑은 정신으로 내 방에 오게나. 그때까지 새로 수령한 작전명령 및 통신 주파수를 개봉하지 않겠네."

침대로 돌아왔을 때 동료들로부터 많은 질문을 받았지만 나는 내일 아

---

8 연안에서 등대를 밝히는 소형 함정.

침이 되면 자연히 알게 될 것이라고만 말해주었다.

독일의 노르웨이와 덴마크 침공작전인 '베저위붕(Weserübung) 작전'은 1940년 4월 7일에 시작되었다. 어뢰정 T-139는 바르네뮌데(Warnemünde)에서 병력을 싣고 노르웨이로 향했고, 우리는 별다른 사고 없이 그들을 상륙시켰다. 상륙작전 기간 중 독일 함대는 영국 잠수함의 어뢰 공격으로 격침당한 경순양함 칼스루헤를 포함해 상당한 손실을 입었다.

독일로 돌아오기 전에 T-139는 발트 해 본홀름(Bornholm) 섬 근처에서 새로 건조한 잠수함 U-122의 심해 잠항시험 안전 지원함 임무를 부여받았다. 우리는 이 임무를 마치고 4월 하순이 되어서야 킬에 돌아올 수 있었다. 킬에 도착하자마자 어머니로부터 편지 한 통을 받았다. 편지에는 작전 중에 침몰한 경순양함 칼스루헤 실종자 명단에 내가 들어 있다는 것이었다. 나는 이를 단순한 행정 착오라고 생각했기 때문에 나중에 수정이 가능할 것이라 여기고 그것을 수정하기 위해 직접 인사참모부에 가지는 않았다. 그런데 나중에 안 사실이지만 내 이름은 정말 순양함 칼스루헤의 승조원 명단에 포함되어 있었다. 그리고 순양함이 빌헬름스하펜을 출항할 때 이 명단은 전단 사무실에 보고되었다. 또한 순양함에 타고 있던 내 동기들은 내가 곧 올 것이기 때문에 순양함에 타고 있다고 보고했고, T-139 정장 슈바르텐 소령은 나를 T-139에서 계속 근무하도록 조치한 사항을 인사참모부에 보고하는 것을 잊어버렸던 것이다.

입항 후에 나는 함정 통신사 추가 증원을 요청하기 위해 인사참모부를 방문했다. 행정담당 부사관 헬비히(Helbig)는 현역 통신사가 왜 예비역들이 타는 함정에서 근무하냐고 내게 물었다. 나는 전쟁 발발 이후부터 줄곧 T-139에 승조해 있었다고 대답했다. 그러자 헬비히는 내 인사기록카드를 가져와서 읽기 시작했다.

"여기에 자네는 순양함 칼스루헤에 타고 있다가 실종된 걸로 되어 있어."

"네, 압니다. 어머니가 저한테 보낸 편지에도 그렇게 써 있었습니다."

헬비히는 황당하다는 표정으로 나를 멀거니 바라보았다.

"자네는 지금 이 상황을 너무나 쉽게 생각하는군. 자네 정장에게 자세한 보고서를 제출하도록 요청하겠어. 나중에 다시 얘기하겠네."

며칠 후 발트 해 작전에 관한 명령서를 자세히 보게 되었는데, 그때 내가 잠수함 부대에 근무하도록 되어 있는 것을 확인할 수 있었다. 하지만 이 전출 명령에 대해 이의를 제기할 수는 없었다. 구형 T-139 어뢰정에서의 재미있었던 함상 생활은 이렇게 끝나고 있었다. 한편 칼스루헤에서 살아남은 통신사들은 모두 주력 전투함으로 전출되었다.

나중에 함부르크에서 동기들을 다시 만났을 때 그들은 목숨을 보장받을 수 없는 유보트 부대로 내가 전출된 것에 대해 많이 걱정하고 동정했다. 그런 반면 동기들에게는 신의 축복이 내려졌다. 그들은 결코 침몰하지 않는 전함을 타고 안전하게 함상 근무를 하게 되었다. 그들 모두 독일 최고의 전함 '비스마르크(Bismarck)'로 전출된 것이다.

유보트 부대는 지원자를 급하게 모집했다. 1940년 5월 1일, 나는 필라우(Pillau)와 뮈르빅(Mürwik)에 있는 유보트 통신학교에 입교해서 4개월 동안 유보트 통신교육을 받은 후 킬에 있는 1전단에 배속되었다.

여기서 나는 유보트 부대에서 근무하던 중 주어진 유일한 선택을 해야 했다. Type-7[9]이냐, Type-9[10]냐? 유보트 승조 경험자들은 Type-7을 선택하라고 권했다.

"이보게, Type-7을 택하게. 그 잠수함이 생존 확률이 더 높아. 그 잠수함은 다른 잠수함보다 10초 더 빨리 잠항할 수 있고 출동 기간도 짧다네."

그러나 단순히 조금 더 편한 생활을 좋아했기 때문에 큰 잠수함인 Type-9를 선택했으며 Type-7 승조원들이 좁은 공간에서 참아가며 생

---

9 유보트의 함형으로 Type-9보다 작은 함정.

10 유보트의 함형으로 14쪽 구조도 참조.

활하는 것을 보면서 나는 이 선택에 대해 결코 후회하지 않았다.

그해 10월, 나는 브레멘(Bremen)에 있는 데쉬막(Deschmag) 조선소에서 건조가 완료되는 Type-9B형인 U-109 잠수함에 탑승하라는 명령을 받았다.

THE SECRET DIARY OF A U-BOAT

02

U-109: 출동 준비

● Type-9B형 유보트인 U-109는 1940년 12월 5일, 데쉬막 조선소 부두에서 취역식을 가졌다.[1] 승조원들은 함미 갑판에 3열로 정렬했고, 함장인 한스 게오르크 피셔(Hans Georg Fischer) 소령은 야위고 젊어 보였지만 굵은 목소리로 함교에서 힘차게 연설을 했다.

취역식은 함교 마스트에 독일 전투 깃발을 게양하는 것으로 간단하게 끝났다. 해산 명령과 함께 승조원들은 해치[2]를 통해 조촐한 취역 기념 연회가 준비되어 있는 따뜻한 함내로 내려갔다.

부사관 식당에서 우리는 제국 해군 시절 황제의 잠수함인 UB-109 생존자 2명 주위로 술을 한 잔씩 들고 모여들었다. 그들은 우리보다 더욱더 힘들고 쓰라린 경험을 했다. 1916년, UB-109함은 네덜란드 해안을 초계[3]하다가 함 외부 구조물이 기뢰의 연결줄에 걸렸고, 그 연결줄에서 벗어나려고 함을 기동하다가 기뢰가 선체를 건드리는 바람에 폭발해 선체가 두 동강 나고 말았다. 수심은 불과 60피트밖에 안 되었지만 불행하게도 살아서 수면으로 떠오른 사람은 몇 명에 불과했다.

"아마 우리에게 그런 일은 일어나지 않을 겁니다. 우리는 해저 수심이 수천 피트인 대서양에 있을 테니까요."

내가 말하자 그들 중 나이가 많은 사람이 나섰다.

"아직 안전하다고 느끼기에는 이르네. 여러분은 우선 발트 해에서 힘든 훈련 과정을 통과해야 해."

다음날 우리는 킬 운하 동쪽으로 이동한 다음 잠수함 부대에 들어가 연료를 보급받았는데, 이때 제1차 세계대전 때 유명했던 유보트 에이스 함장이자 훈련담당 장교인 하스하겐(Hashagen) 예비역 대령이 승함[4]했다.

---

1 함정이 건조된 후 일정 훈련을 마치고 군함으로서 해군에 정식으로 등록이 되는 공식 행사.

2 함 외부와 함 내부를 오고가기 위해 함정에 수직으로 설치된 통로.

3 일정 해역을 돌아다니며 적 세력에 대한 정찰, 감시활동 및 공격을 실시하는 것.

4 사람이 함정에 타는 것. 내리는 것은 하함이라 함.

처음 훈련 기간 동안 함 운용 기술에 대해 익혔는데 주로 장교들의 용기와 정신력을 테스트하는 단계였다.

U-109에는 당직사관이 3명 있었다. 그들은 폴크마르 슈바르츠코프(Volkmar Schwartzkoff) 대위, 지그프리트 켈러(Siegfried Keller) 중위, 그리고 조타장 브루노 페터젠(Bruno Petersen) 준위였다. 특히 페터젠 준위는 우리 함정 부사관 중 최고참이었고 조함도 할 수 있었다. 기관장은 마르틴 베버(Martin Weber) 대위였다.

하이켄도르프(Heikendorf)를 벗어나 해상 시운전[5] 첫날, 기관장 베버 대위가 잠항기동 중 트림 조정[6]에 실패하여 함수가 해저 진흙바닥에 곤두박질쳤다. 2명의 기관부 요원이 배를 띄우기 위해 공기공급 밸브와 수평타[7], 그리고 추진기를 작동하는 것을 보면서 나는 영국 잠수함 '테티스(Thetis)'를 떠올렸다. 그리고 발트 해의 양호한 기상 속에서 훈련을 하는 것도 실제 적과 싸우는 것만큼 위험하다는 사실을 깨닫게 되었다.

기관장은 승조원들이 모두 모인 앞에서 배를 위험에 처하게 하고 건선거[8]에 들어가 수리할 정도로 손상을 입힌 것에 대해 훈련담당 장교로부터 심한 질책을 받았다. 기관장이 서툴러서 주로 고참 부사관들에게 의지하여 배를 조종했던 것이다.

우리는 킬을 떠나 단치히(Danzig) 만으로 향했다. 그곳의 추위는 살에는 듯했지만 선박 교통량은 별로 많지 않았다. 우리는 긴급잠항[9]을 연

---

5 수리 종료 후, 또는 신형 함정 취역 후에 함정의 장비 성능을 해상에서 확인하기 위해 직접 시험하는 항해.

6 잠수함이 잠항항해 중 함수·함미 방향으로 수평으로 유지되게 하는 것을 말하며, 함수 쪽으로 기운 것을 함수 트림, 함미 쪽으로 기운 것을 함미 트림이라고 함.

7 수중에서 배의 앞·뒤 자세각을 조종하는 타기.

8 함정의 수리를 위해 만들어진 수리 부두로, 함정이 건선거에 들어오면 입구를 차단하고 해수를 빼내어 배가 완전히 땅 위에 들려 있는 상태로 만든다.

9 잠수함이 수상 또는 스노클 항해 중 적 항공 세력의 갑작스런 출현이나 다른 선박과의 충돌 위험 등 함 안전에 위급한 상황이 발생했을 때 최대한 빨리 물속으로 들어가도록 하는 명령 및 절차.

습했고, 부서별로 긴급상황 훈련을 했으며, 어뢰 발사 훈련도 받았다.

어느 날 아침, 함장 피셔 소령으로부터 함교로 오라는 전갈을 받았다. 올라가 보니 함장이 우리와 같은 침로로 항해하는 회색 어뢰정을 가리키며 내게 물었다.

"저 배가 바로 자네가 여기 오기 전에 탔던 배 아닌가?"

나는 낡은 어뢰정을 잠깐 바라보다가 고개를 끄덕였다. 함장은 내가 원한다면 전문을 보내도 좋다고 했다. 그래서 나는 급히 낙서하듯 몇 자 적어 보냈다.

볼프강 히르쉬펠트 부사관이 정장님께
낡은 배가 아직도 물 위에 떠 있는 것을 보니 반갑습니다.
정장님의 전임 통신장으로부터

잠시 뒤에 발광[10]으로 응답이 왔다.

정장이 히르쉬펠트 부사관에게
장수를 기원한다.

피셔 소령이 나를 바라보며 씁쓸히 웃었다.

"저 어뢰정 정장은 자네가 오래 살지 못할 것이라고 생각하는구면."

1941년 1월 23일, 아침 여명은 잿빛이었다. 수많은 얼음조각이 단치히 항구를 가로지르며 둥둥 떠다니고 있었고, 전단에는 훈련 중인 유보트 몇 척이 눈이 덮인 채로 부두에 정박해 있었다. 그날 기상상태가 나빠 어뢰 발사 훈련이 취소되었다. 나는 U-109의 통신장으로서 부식 적재와 정육

---

10 함정의 함교에 설치되어 있는 등화를 이용하여 모스 신호를 보내어 서로 통신하는 것.

1940년 12월 5일, U-109 취역식 행사. (왼쪽에서부터) 슈바르츠코프 대위, 베버 대위, 켈러 중위(대위 진급), 조타장 브루노 페터젠 준위(함장 피셔 소령과 악수하고 있는 사람), 빈터 및 쉐베 준위, 갑판장 발터 그로스.

1941년 1월~2월, 단치히 항내. U-109가 얼어붙은 항구에 정박 중. 동계 기상으로 인해 발트해에서 모든 유보트 훈련이 중단되었다.

점에서 고기 등을 주문할 책임이 있었기 때문에 수건과 비누를 들고 육상으로 올라갔다. 당직 장교였던 비쇼프 혼자만 내가 육상으로 나가고 배에 없다는 것을 알고 있었다.

시내에서 볼일을 마치자마자 전단 지원 함정인 헤르타(Hertha) 함에 있는 목욕탕으로 갔다. 목욕탕의 뜨거운 욕조 안에서 목욕을 즐기고 있는 동안 얼음으로 덮인 현창 밖에서 터그보트(tugboat)[11]의 사이렌 소리가 들려왔고, 얼음이 깨져서 선체로 떨어져 내리는 소리도 간간이 들려왔다. 내가 욕조에 있던 시간이 좀 길었던 듯싶다. 헤르타 함의 심상치 않은 진동을 느끼고 나서야 서둘러 옷을 입고 곧바로 헤르타 함의 통신실로 가보았다. 훈련소 시절 동기생이었던 통신사가 걱정스러운 얼굴로 내 이야기를 듣더니 곧바로 설명해주었다. 지원함과 유보트들의 단치히 항내 피항[12]이 취소되었고, 잠수함 장교들은 눈이 내리는 폭풍 속에서도 어뢰를 발사할 수 있는 능력을 습득해야 한다는 명령을 받았다는 것이다. U-109에 돌아가지 못한 나는 우울한 기분으로 헤르타 함에 틀어박혀 U-109가 부두 밖으로 빠져나가는 것을 지켜보았다. 그리고 그날 남은 시간은 지원함 통신실에 주저앉아서 보내야 했다. 오후 3시쯤 통신사가 해독된 전문을 나에게 넘겨주었다.

수신: 25전단, 잠항 중인 잠수함 충돌 상황 발생! U-109로 추정!
발신: T-156

맙소사! 몇 시간 동안 나는 최악의 소식을 기다리고 있었다. 해가 지고 난 후 U-109는 부상한 뒤에 전문을 보내왔다. 어뢰정과 충돌하여 잠망경

---

11 함정이 부두에 출항 또는 입항할 때 이를 보좌하는 작은 지원정.
12 기상 불량으로 인해 함정들이 항내에 안전하게 대피해 있는 것.

이 파손되었지만 다행히 다른 큰 손상은 없었다. 그 후 추가적인 충돌 방지를 위해 저시정[13] 하에서의 훈련은 취소되었다. 그날 저녁 내가 U-109로 살며시 돌아왔을 때 비쇼프는 내가 배에 없었다는 사실을 아무도 모르고 있다고 나에게 귀뜸해주었다.

다음날 U-109는 수리창으로 보내졌다. 나는 포도주를 한잔하면서 함장과 사고에 대해 이야기를 나누었다.

"만약 잠수함이 침몰했다면 제가 정말로 훌륭한 사망기사를 써드릴 수 있었을 겁니다."

함장이 대꾸했다.

"그런데 자네는 무슨 이유로 침몰한 배에서 자네 혼자만 살아남았을 거라고 생각하는 건가?"

"그때 저는 배에 없었거든요."

나는 간단히 대답했다. 내가 그날 일에 대해 자세하게 설명하자, 피셔 함장은 눈을 크게 뜨고 나를 쳐다보다가 내 어깨를 두드리며 크게 웃었다.

"볼프강 히르쉬펠트! 자네는 이런 일에 대해 곰곰이 생각해본 적이 있나? 만약 우리 배가 침몰했다면 누구도 자네가 배에 없었다는 사실을 몰랐을 것 아닌가? 그렇다면 자네는 집으로 돌아가 전쟁이 끝날 때까지 조용히 지낼 수도 있지 않았을까?"

나는 고개를 가로저었다.

"아닙니다. 헤르타 함의 통신사가 알고 있었습니다."

그러자 피셔 함장이 기분 나쁜 웃음을 지으며 말했다.

"그렇다면 자네도 결국 그리 오래 살지는 못했겠군. 그렇지 않은가? 잠수함 부대가 다시 자네를 다른 유보트로 전출시켰을 테니까."

그해 겨울은 지독하게 추워서 훈련하는 잠수함들은 1941년 1월과 2월

---

13 폭풍우, 눈 또는 안개 등으로 시정이 매우 불량한 상태.

내내 단치히 항내에서 덜덜 떨며 지내야 했다. 이 시기에 승조원들은 다른 지원함[14]인 한자(Hansa) 함에서 생활했다. 2월 25일 아침, 기상 예보에서는 날씨가 풀릴 것이라고 했고, 우리는 해가 뜨기 전에 일어나 항만 내에서 어뢰 공격 연습을 하라는 지시를 받았다. 우리는 칠흑 같은 어두운 밤에 눈을 헤치고 배로 갔다.

U-109는 바깥쪽에 있는 U-111 옆에 계류하고 있었다. U-111의 클라인슈미트(Kleinschmidt) 함장은 우리에게 "훈련 잘 하게"라는 말을 남기고 먼저 출항했다.

U-109가 부두를 이탈할 때 U-111은 이미 어둠 속으로 사라져버린 후였다. 몇 분 후 갑판장 발터 그로스(Walter Gross)는 함수에서 홋줄[15]을 걸으며 함교에 이상한 보고를 했다. 함교탑과 포대 하부 사이[16] 갑판에 야외용 취사도구가 묶여 있다는 것이었다. 함장은 함교탑에 기댄 채 허리를 구부리고 어둠 속에서 그것을 확인하려 했다.

"저런! 어떻게 이런 것이 그곳에 걸려 있단 말인가?"

"U-111 클라인슈미트 함장님께 물어보는 것이 좋을 것 같습니다."

갑판장 발터 그로스가 대답했고, 함장은 그 야외용 취사도구를 확인하기 위해 함교에서 내려왔다. 함장은 갑판장에게 즉시 치우라고 명령했다.

"만약 해가 든 후에 헤르타 함에서 우리 함수 갑판에 이런 것이 있는 걸 보면 우리는 전단 모두에게 웃음거리가 되고 말 거야."

배가 노이파바서(Neufahrwasser) 항으로 입항한 후, 우리는 기분 나쁜 그 물건을 해안으로 가져가서 사용하지 않는 석탄 창고에 버렸다. 그 후 우리 배는 훈련분대를 따라 출항했고 동이 틀 무렵 훈련분대에 합류했다.

---

14 유보트 승조원은 정박 중 비좁은 잠수함 내에서 생활하기가 매우 힘들었기 때문에 부두에 정박해 있을 때에는 지원함에서 생활했음.

15 함정을 부두에 묶어놓는 줄.

16 14쪽 잠수함 구조도 참조.

그때 U-111이 우리 옆으로 다가왔다. U-111의 함교와 포대에는 승조원들이 모여 있었다. 그들은 쌍안경으로 우리를 쳐다보고 있었다. 켈러 중위는 흰 이를 드러낸 채 비웃는 듯한 웃음을 지으면서 U-111을 노려보며 함장에게 말했다.

"만약 그런 물건을 함수 갑판에 달고 잠항했다면 어떻게 되었을지 상상이나 해보셨습니까?"

"아마 클라인슈미트 함장이 그 꼴을 봤다면 눈물이 나올 때까지 웃었을 거야."

피셔 소령이 투덜거리면서 대꾸했다.

그날 저녁, 우리는 노이파바서 항에 정박했다. 얼음은 두껍게 얼어붙었고 눈도 제법 쌓였다. 우리가 묵어야 할 지원함인 한자 함의 사정이 여의치 않아 헤르타 함에서 취침하라는 지시가 내려졌다. 지원함의 현측[17]은 얼음에 덮여서 반짝거렸고 북해의 찬바람이 침실을 휘감았다.

이렇게 형편없는 숙소에 있을 수가 없어서 우리는 시내에 있는 맥주집에 가기로 했다. 우리는 유보트 가죽옷을 입고 해군이 아닌 것처럼 보이기 위해 파란색 벙거지 모자를 썼다.

자정까지 우리 5명은 '등대'라는 술집에서 술을 마셨다. 왁자지껄 떠들며 술이 몇 잔씩 돌았을 때 주인은 우리가 많이 취했다며 문을 닫겠다고 말했다. 이때 갑판사 에드바르트 마우레샤트(Edwart Maureschat)가 주인에게 내가 독일 해군에서 두 번째로 성공한 잠수함 함장이라고 거짓말을 하자, 주인은 크게 감명을 받았는지 술집 문을 닫기로 한 걸 취소했다.

그런데 바로 그 순간 우연히도 우리와 똑같은 복장을 한 함장과 켈러 중위가 들어왔다. 주인이 나를 이제 막 들어온 피셔 소령과 켈러 중위에

---

17 함정의 옆부분. 오른쪽을 우현, 왼쪽을 좌현이라 칭함.

게 소개하자, 그들은 시치미를 떼고 나에 대해 들어본 적이 있는데 직접 만나게 되어 대단히 영광이라며 자기들도 언젠가는 나와 같이 될 수 있었으면 좋겠다고 능청스럽게 말했다. 우리는 자연스럽게 그들을 우리 좌석으로 초대하게 되었고, 그 이후로 헌병이 찾아와 술을 그만 마시고 배로 돌아가라고 말한 새벽 2시까지 술을 마셨다.

숙소로 돌아갈 때 쿠델 벤첼(Kuddel Wenzel)은 못 말릴 정도로 술에 취해 있었다. 그는 지독한 냄새가 나고 쥐가 나올 것만 같은 헤르타 함에는 돌아가지 않겠다고 소란을 피우며 카운터의 책상을 손으로 내려치는 바람에 술잔이 깨져 손을 베고 말았다. 이 때문에 결국 우리는 구급차를 부르지 않을 수 없었다. 함장은 할 수 없이 주인에게 자기가 함장이라는 사실을 밝히고 손상된 물건에 대해서는 변상하겠다는 약속을 했다. 그러고 나서 우리는 반짝이는 별빛 아래에서 추운 공기를 마시며 비틀거리는 걸음으로 부두로 향했다.

부두로 돌아오던 중 비쇼프가 썰매를 하나 발견했다. 술에 취한 우리 5명은 썰매에 올라탔는데 피셔 소령은 자기가 함장이니 운전은 자기가 해야 된다고 큰소리쳤다. 비탈길을 따라 내려오던 중 모두가 술에 취해 있었기 때문에 썰매를 조종할 수가 없어 결국 사고가 나고 말았다. 함장이 철조망에 부딪쳤고 우리 모두 그 위를 덮치고 말았다. 다행히 피셔 함장은 얼굴과 머리에 상처를 하나도 입지 않았고 우리는 비틀거리며 다시 지원함인 헤르타 함을 향해 걸어갔다.

배에 올라타던 우리는 현문[18] 사다리 바로 오른쪽 눈 덮인 길거리에서 마우레샤트가 자고 있는 것을 보았다. 우리는 그를 끌다시피 데리고 들어가 침대에 눕혔다. 그러나 1시간 뒤 내가 다시 가보았을 때 마우레샤트는 갑판에서 자고 있었다. 그는 그곳이 더 따뜻하다고 말했다.

---

18 함정이 부두에 계류했을 때 함정과 육상 부두를 연결하여 사람이 오갈 수 있도록 만든 통로.

다음날 U-109는 27전술훈련전단과 상봉하기 위해 그디니아(Gdynia)로 향했다. 우리의 새로운 지원함은 최근에 건조된 빌헬름 바우어(Wilhelm Bauer) 함이었다.

전술훈련은 승조원들을 극한 상황까지 몰고 갔기 때문에 걱정을 많이 했다. 우리 함정의 평가관인 에른스트 조베(Ernst Sobe) 중령은 아주 특별한 능력을 가진 장교였다. 함장 피셔 소령은 사관생도 시절인 1926년에 조베 중령을 처음 알게 되었고, 한때 심한 논쟁을 벌이기도 했다고 말해주었다.

나는 빌헬름 바우어 함에 가보았다. 그 배는 최신 장비를 갖추고 있었다. 통신장 하인 발터(Hein Walter)는 조타실[19] 옆에 위치한 크고 잘 정리된 통신실과 방향탐지장비 등을 나에게 보여주었다. 훈련은 끝없이 계속되는 선단 공격의 반복이라고 그는 설명했다. 유보트 훈련 함정들은 100마일 길이의 방대한 정찰대형을 이루고 호위함정 2척과 빌헬름 바우어 함의 호위를 받는 기선과 수송기 2대로 구성된 모의 호송선단[20]을 탐색했다. 일단 유보트가 호송선단과 계속 접촉을 유지하면서 근해에 있는 유보트 선단들에게 접촉신호를 보내고 유보트 지원함의 통제본부에 있는 조베 중령의 지시에 따라 공격을 하는 형태였다. 또한 빌헬름 바우어 함의 함교에서는 공군 대령이 잠수함을 상대로 한 항공기 활동을 지휘하고 있었다.

나는 공군 대령이 그 배의 함교에 있다면 어디에 유보트가 있는지 확실히 알아낼 수 있을 것이라고 발터에게 말했다. 하지만 통신장 하인 발터는 생각이 달랐다.

"조베 중령은 공군 대령에게 아무것도 말해주지 않아. 하지만 공군 대령

---

19 함정을 조함하는 곳(함교) 바로 옆에 조함을 보좌하기 위해 준비된 공간으로 각종 항해장구 및 해도 등이 준비되어 있음.

20 적 잠수함 및 군함으로부터 공격을 받지 않기 위해 화물선 여러 척이 무리를 지어 우군 군함의 호위를 받으며 항해하는 형태의 선단.

이 원하다면 통신사를 매수해서 유보트의 위치를 알아낼 수 있을 거야."

"그러면 공정하지 못하잖아?"

"히르쉬펠트, 이건 단지 훈련일 뿐이야. 항공기는 하루 종일 유보트를 찾아다닐 만큼 충분한 연료도 갖고 있지 못해. 그리고 자네가 여기서 그들과 훈련을 하지 못한다면 전장에 도착해서도 항공기에 대한 경험이 전혀 없을 거야."

이렇게 말하면서 발터는 나에게 꽤 두꺼운 전문용지 한 뭉치를 건네주었다.

"전문 중 60퍼센트는 지휘관으로부터 질책을 받는 내용이야."

나는 잠시 그것을 보고 나서 그의 말에 대꾸했다.

"하지만 훈련은 항공기만을 위한 것이 아니잖아. 매수된 통신사들 때문에 잠수함 공격훈련은 실패로 끝날 수도 있어!"

1941년 3월 3일, 유보트 훈련 전대는 단치히 만 밖으로 나가서 진영을 형성했다. 어뢰정이 접근하고 잠수함은 100피트 심도로 잠항했다.

U-109의 함내 경보가 울리고, 잠시 후 피셔 함장은 지금 폭뢰[21] 공격 시범이 진행되고 있다고 방송했다. 어뢰정은 U-109와 같은 침로로 항해하며 100야드 거리에서 60피트 심도로 폭뢰 2발을 투하했다. 마치 거인이 주먹으로 선체를 내려치는 듯한 충격이 느껴졌다. 해머로 선체를 때리는 듯한 소리가 계속되었는데 그것은 바다를 삼켜버릴 듯이 으르렁거리는 천둥 소리 같기도 했다. 정말로 하늘이 무너지는 것 같았다. 순간적으로 중앙통로를 바라보았는데 함장을 비롯한 여러 사람 얼굴에 겁에 질린 듯한 표정이 역력했다. 나는 이전 어디에서도 이런 굉음은 들어본 적이 없었다. 그 소리는 우리의 뼛속까지 뚫고 들어가는 듯했다. 갑판장 발터 그로스가 수중청음실[22]에 서서 내게 말했다.

---

21 수상함에서 잠수함을 공격하기 위한 무기로, 잠수함 바로 위를 통과하면서 떨어뜨리는 폭탄.

"그래, 볼프강, 그 소리를 한번 상상해봐. 끊임없이 이어지며 우리 가슴을 조이게 만드는 이 소리를 말이야. 내가 지난해 U-14를 타고 노르웨이 해협에 있었을 때를 말이야."

그는 그렇게 상황을 설명하려 했다. 하지만 기억이 너무 생생해서인지 그는 말을 잇지 못했다.

훈련전대는 그로부터 2주를 바다에서 보냈다. 통신사들은 정말 쉴 틈이 없었다. 전문은 끊임없이 쏟아져 들어왔고, 모두가 전문 정리, 해독, 일지 기록 및 보고서 준비 등으로 바빴다. 그리고 함장의 회신 전문을 암호로 조립한 모스 부호로 다시 보내야 했다. 또한 각 함정으로부터 들어오는 통신신호를 탐지하여 그 방향을 찾아야 했고, 이런 정보들은 전투정보실에 있는 해도 테이블(chart table)에서 정장에게 보내졌다.

항공기를 발견하면 우리는 즉시 잠항해야 했다. 그 순간은 잠시나마 쉴 수 있는 시간이었지만, 우리가 놓친 장파 방송망을 찾아서 통신신호를 계속 수신해야 했다.

통신사들은 배가 호송선단에 대한 접촉 유지함[23]으로 지정될 때를 제일 싫어했다. 이때는 전 통신사들이 쉴새 없이 근무를 해야 했기 때문이다.

둘째 주가 끝나갈 무렵, 날씨가 좋아지면서 우리는 밝은 햇살을 볼 수 있게 되었다. 어느 날 아침, 호송선단은 몇 마일 떨어져 있었고, 켈러 중위가 함교 당직을 서고 있었다. 나는 동료들 옆에서 두꺼운 시가를 입에 문 채 조용히 일광욕을 즐기고 있었다. 그런데 어디선가 들려오는 고함소리가 나의 몽상을 깨웠다. 함미 견시[24]가 태양을 등지고 우리 쪽으로 접근하

---

22 잠항항해 중 표적이 만들어내는 소리를 접촉·추적하는 장비실.

23 잠수함 중에서 먼저 적 호송선단의 통신신호를 접촉한 배가 계속 선단의 위치를 추적하기 위해 물속에 들어가지 않고 통신감시를 하며 주변 잠수함에게 표적 정보를 제공하는 임무를 지정받은 잠수함.

24 레이더 등의 탐지장비 이외에 함교에서 시각 및 청각 등을 이용해 모든 주위 상황을 직접 확인하고 보고하는 당직자.

는 항공기를 발견한 것이다. 하지만 잠항하기에는 시간이 너무 없었다. 견시 4명은 함교탑 뒤의 커버 속으로 숨어버렸다. 그리고 나는 잠망경 보호 덮개 뒤에 숨어 바짝 쪼그리고 앉았다. 수상 비행기 엔진이 우리에게 곧바로 돌진하는 듯한 굉음을 냈고 잠수함 바로 위를 비행하며 물보라와 함께 소노부이(sonobuoy)[25] 2개를 양쪽에 각각 떨어뜨렸다. 함내에서 갑판사 마우레샤트의 큰 목소리가 들려왔다.

"이놈들아! 견시 좀 잘 설 수 없어? 이게 만약 실제 상황이었다면 우리는 지금 모두 죽었을 거야!"

좁은 방에서 자고 있던 함장이 사다리를 타고 재빨리 함교로 올라왔다.

"무슨 일이야? 켈러!"

"아라도(Arado) 196 항공기입니다."

켈러 중위가 멋쩍은 얼굴로 함장을 쳐다보며 대답했다. 피셔 함장이 잠시 날카로운 눈길로 그를 쳐다보았다.

"항공기가 태양을 등지고 곧바로 날아왔습니다."

켈러 중위가 설명을 덧붙였다. 피셔 함장은 항공기가 점으로 보이는 먼 수평선을 화가 나서 씩씩대며 바라보았다.

"그래, 아라도라고? 그러면 우리는 이미 피격된 거야. 만약 조베 중령이 이 내용을 보고받으면 우리는 끝장이야."

나는 통신실에서 통신을 기다렸다. 몇 분 후 빌헬름 바우어 함의 조베 중령으로부터 우리 위치를 보고하라는 지시가 있었다. 우리가 응답하자 즉시 전문이 왔다.

수신: U-109 피셔 함장. 귀함은 9시 32분 피격되어 격침되었음.

---

25 대잠 항공기에서 잠수함을 탐색하기 위해 사용하는 음탐 탐색 부표.

나는 켈러 중위를 위로하기 위해 함교로 올라갔다. 그는 접어서 넣을 수 있는 휴대용 무전통신 안테나를 가리키며 잔뜩 화난 목소리로 내게 말했다.

"비행기가 너무 낮게 비행하는 바람에 안테나가 망가져 앞으로 휘어졌어. 그놈은 정말 미친 개새끼였어. 그 따위로 낮게 비행하다가는 아마 바다에 추락해버릴 거야."

나는 함내로 내려와 함장에게 안테나 손상을 보고했다. 그러고 나서 빌헬름 바우어 함에 있는 공군 대령이 얼마나 비겁하게 그의 항공기에 지시를 하는지에 대해서도 말했다. 그러나 피셔 함장은 내게 쓴웃음을 지으며 말했다.

"나도 그렇다고 생각하네. 하지만 그것에 대해서 우리가 할 수 있는 것은 아무것도 없어. 그는 정정당당하게 우리를 이긴 거야."

그럼에도 훈련은 중단되지 않고 계속되었다. 우리의 한계에 다다를 만큼 훈련 강도는 세졌고, 우리는 호송선단 전투가 어떤 것인지 점차 알게 되었다. 함장들에게는 정말 지옥과도 같았다. 거의 잠을 설쳤고 매순간 공격할 것인지, 피할 것인지 결정해야 했다. 함장의 그런 단호한 결정이 전장에서 우리의 생명을 좌우하게 될 것이기 때문이다.

1941년 3월 16일, 훈련이 종료되었다. 피셔 함장은 빌헬름 바우어 함에서 열린 함상 지휘관회의에 참석했다. 함장이 돌아왔을 때 그는 눈살을 찌푸린 채 격앙된 얼굴로 주위를 돌아보면서 모자를 침대에 팽개쳤다. 그러고는 "이봐! 위스키 더블로 가져와!" 하고 소리쳤다.

켈러 중위가 위스키 진열대에서 술 몇 잔을 따라 함장에게 가지고 갔다. 그때 당직장교 2명도 함장의 작은 방 앞에 서 있었다.

"자, 여러분! 우리는 패배했다. 그러니 켈러 중위가 가져온 술을 위안 삼아 한 잔씩 마시자. 그리고 우리는 전 과정을 다시 해야 한다."

"전 과정을 말입니까?"

슈바르츠코프 대위가 물었다.

"하지만 그들은 가능한 한 빨리 우리를 전선에 내보내고자 하는 것 아닙니까?"

켈러 중위가 나서서 따지듯이 물었다. 그러자 피셔 함장이 화를 내며 말했다.

"전술훈련을 전부 다시 해야 돼."

장교들은 기가 죽어서 잠시 방문 앞에 그대로 서 있었다.

"확실히 우리는 아직 전선에 투입되기에는 부적합해. 자, 마시자고!"

그렇게 말한 뒤 함장은 위스키를 잔에 가득 채워 단숨에 들이켰다.

"페터젠, 뭐 할 말 있나?"

함장이 물어보자, 갑판장 페터젠이 이 침통한 분위기에 조용히 끼어들었다. 페터젠은 긴장을 늦추기 위해 여유 있는 웃음을 띄우며 말했다.

"함장님, 저희가 이렇게 조급해할 필요는 없다고 생각합니다. 전쟁은 앞으로도 몇 개월은 더 지속될 것이 확실하니까요."

그러자 피셔 함장이 웃으며 대꾸했다.

"페터젠, 자네 말이 맞아. 내가 확신컨대 오토 크레취머(Otto Kretschmer) 함장과 귄터 프린(Günther Prien) 함장이 우리를 위해 상선 몇 척 정도는 남겨놓을 거야. 그렇지 않겠나?"

그런 다음 함장은 양손에 위스키 한 잔씩을 들고 통신실로 건너왔다.

"그런데 통신사인 자네가 우리를 자랑스럽게 만들었다고 들었네. 히르쉬펠트!"

"네, 평가 결과 '우수'를 받았습니다."

내 대답에 함장이 고개를 끄덕이며 위스키 한 잔을 건네주었고, 우리는 건배를 외쳤다. 잔은 순식간에 비워졌다. 함장을 제외한 U-109 승조원 전원은 훈련을 성공적으로 통과했다. 함장은 말을 끝맺지 못하고 머리를 가로저었다.

U-109는 다시 전술훈련 과정에 참여해야 했다. 새로운 평가관은 한스 게리트 슈토크하우젠(Hans Gerrit Stockhausen) 대령이었다. 그는 과거에 철십자훈장을 받았고 U-65 함장을 역임했지만 그에 반해서 조베 중령은 한 번도 실전에서 어뢰를 발사해보지 못한 장교였다. 슈토크하우젠 대령은 평가 기간 내내 U-109에 타고 있었다. 피셔 함장 또한 생도 시절부터 그를 알았고 둘은 절친한 관계였다. 4월 2일, 드디어 피셔 함장은 합격 통보를 받았다.

내가 빌헬름 바우어 함을 방문했을 때 유보트의 최고 에이스 함장 3명, 즉 오토 크레취머, 귄터 프린, 요아힘 셰프케(Joachim Schepke) 함장 모두가 바닷속에 수장되었거나 포로가 되었다는 사실을 알게 되었다. 적의 일격에 유보트 부대는 이 영웅들을 모두 빼앗겨버린 것이다. 영국이 유보트에 대항할 가공할 무기를 개발했는지는 몰라도 우리의 손실은 극비에 부쳐져 있었기 때문에 대부분의 잠수함 장교들도 잘 모르고 있었다. 내가 배로 돌아왔을 때 함장이 나를 불렀다.

"히르쉬펠트, 준비가 끝났나?"

"네, 준비되었습니다. 행운을 위해 전술훈련을 한 번 더 하시겠습니까?"

그러자 피셔 함장은 호기심에 찬 눈으로 나를 바라보았다.

"자네는 왜 그러기를 원하지?"

"아마도 대서양에 악마가 날뛰고 있는 것 같습니다."

피셔 함장은 통신실로 다가와 조용히 섰다.

"음, 자네도 들었군. 통신사들은 항상 모든 것을 알고 있지? 하지만 절대로 발설해서는 안 되네."

다음날 배는 그디니아를 떠나 슈테틴(Stettin)으로 향했다. 바람이 제법 거세게 불었고 파도가 함수 갑판을 덮쳤다. 함교 견시들이 깃을 세우고 당직을 서고 있을 때 나는 따뜻하고 아늑한 함내에 있었다. 난방은 잘 되었고 주방에서는 향긋한 커피 냄새가 솔솔 풍겨 나왔다. 승조원들의 사기는 매우 높았다. 그 이유는 대서양으로 첫 출동을 나가기 전에 모두가 휴가를 갈 수 있기 때문이었다. 나는 조리장[26] 얘르쉘(Järschel)에게 게걸음으로 다가가 사적인 몇 마디를 건넸다.

"얘르쉘, 슈테틴에 도착하면 사용하지 않은 식량은 모두 반납해야 하네. 양이 많은가?"

그러자 조리장이 크게 웃으며 말했다.

"아무것도 남는 게 없을 겁니다. 대원들이 전부 다 가져갈 거니까요. 자몽을 제외한 모든 것은 이미 분배했습니다. 자몽은 아무도 건드리지 않거든요."

"하지만 다른 사람이 모두 알 수 있도록 하게나."

"걱정 마십시오. 모든 것을 공평하게 나눠놨습니다. 제가 통신장님께 돌아갈 몫도 이미 사물함에 넣어두었는걸요. 커피를 제외하고 모두요. 커피는 내일 분배할 예정입니다."

"좋아! 나는 아무것도 듣거나 본 적이 없어."

통신실로 가는 길에 함장 당번이 함교탑 하부에서 나를 불렀다. 함장은 수중청음기에서 어떤 소리가 들리는지 물었다. 나는 고개를 저으며 대답했다.

"디젤엔진 소리와 선체에 파도가 부딪쳐 나는 소음 때문에 다른 소리를 들을 수가 없습니다."

그러자 피셔 함장은 함교에서 내려와 비상경보[27]를 외치고 긴급잠항을 지시했다. 비상벨이 요란하게 울렸다. 부사관 침실에서 조용히 커피를 마시고 있던 오토 페터스(Otto Peters)는 조종실로 와서 훈련은 이미 끝났는

---

26 함정에서 승조원들의 식사를 만드는 일을 맡은 부사관.

27 수상 항해 또는 잠망경 항해 중 적기를 발견하거나 충돌 상황 시 신속하게 물속으로 들어갈 준비를 하라는 구령.

데 왜 정숙항해[28]를 하지 않느냐고 불평했다.

기관장이 잠항 준비를 하는 동안 견시는 함교에서 재빨리 내려왔고 타수들은 타기 조종반[29]에 앉았다. 함교 당직사관인 켈러 중위가 함교탑 해치를 닫기 전에 기관장이 성급하게 벤트밸브(vent valve)[30]를 여는 바람에 함수가 밑으로 기울어지기 시작했다. 나는 최소한 이 절차는 틀리지 않고 꼭 지켜야 한다고 생각했다.

잠수함 외부 선체를 스치는 파도 소리가 멈췄다. 약간의 파도가 함교탑 문을 내려쳤지만 이내 조용해졌다. 기관장이 함내 방송을 통해 '1번'을 지시했다. 함미에 있는 마지막 벤트밸브를 개방하라는 지시였다.

나는 수중청음기 앞에 앉아서 들려오는 소음을 청취했다. 음파탐지 상태가 매우 양호했다. 함수 전방에서 증기선과 트롤어선의 프로펠러 소음을 들었고, 또 다른 큰 소음을 들을 수 있었다. 나는 그 특이한 소음에 대해 비쇼프와 논의했다.

"잘 들어봐. 이 배는 스크루가 최소한 3개는 되겠어. 이전에 이런 소리를 들어본 적이 없는데 자네는 들어본 적이 있나?"

그때 함장이 통제실에 머리만 들이민 채 물었다.

"뭐 잡히는 게 없나?"

"70도 방향에 일반 증기선과 어선 이외에 큰 표적이 있는 것 같습니다. 프로펠러가 여러 개입니다. 아마도 군함인 것 같습니다."

나는 신중하게 대답했다. 함장은 수중청음기를 귀에 대고 흥미롭다는 듯이 듣기 시작했다.

---

28 잠수함의 최대 장점인 은밀성을 높이기 위해 함내에서 발생하는 소음을 최대로 줄이고 저속으로 항해하는 것.

29 함을 조종하기 위한 타기(수직타 및 수평타)를 조종하는 장비.

30 잠수함이 잠항하고 부상하기 위해서는 함수, 함미에 주 부력 탱크라고 하는 큰 탱크를 설치해야 하며 이것에 물을 채우면 잠항하고 고압공기를 불어내면 부상을 하게 되는데, 주 부력 탱크 내에 물과 공기를 조절하는 밸브를 벤트밸브라고 함.

"저 소음에 주목해봐. 전함이야. 저것이 바로 비스마르크야!"

함장이 청음기를 내게 돌려주며 말을 계속했다.

"나는 저런 전함에 관심이 있단 말이야."

우리는 슈테틴에 있는 오더베르케(Oderwerke)(슈테틴에 있는 선박 건조 회사)에 도착한 후 수리하는 데 1개월 정도 걸린다는 것을 알았다. 이 기간 동안 피셔 함장은 중령으로 진급했고, 함수 갑판에 10.5센티미터 직경의 함포가 설치되었다. 갑판사 마우레샤트는 함포담당 부사관으로 임명되었다.

내가 휴가를 마치고 돌아왔을 때 비쇼프는 승조원 명단에 없었다. 다른 승조원에게 물어보니 갑판에 열려 있는 해치에서 떨어져 병원에 있다는 것이었다. 그가 정확히 어디를 다쳤는지는 아무도 몰랐다. 그는 킬 병원에 입원했고 퇴원 후 전출되었다. 조타장 브루노 페터젠이 걱정스런 표정으로 다가와 조용히 말을 건넸다.

"중요한 항해를 앞두고 어떤 사람이 사고로 떨어져 나간 것은, 우리가 물에 빠져 죽고 비쇼프가 살든지, 아니면 우리가 살고 비쇼프가 침몰될 배로 전출되든지 둘 중 하나를 의미하는 거야."

"조타장님, 그건 미신에 불과해요."

나는 발끈해서 반박했다. 그리고 이렇게 덧붙였다.

"저는 우리 배가 틀림없이 무사히 돌아올 거라고 믿고 있어요."

페터젠은 순진하게 보이는 파란 눈으로 나를 쳐다보며 말했다.

"그래, 자네 말이 맞아! 자네 같은 젊은 사람들은 모두 그렇게 생각해야 해. 하지만 자네가 오래 산다면 먼 훗날 내가 말한 것처럼 되는 일이 더 많다는 걸 알 수 있을 거야."

나의 두 번째 교체 멤버인 페르디난트 하겐(Ferdinand Hagen)은 전에 중순양함 아드미랄 히퍼에 승조한 적이 있었지만 작은 배를 타본 경험은 전혀 없었다. 하지만 적응이 빠른 것 같았다. 1941년 5월 2일, 우리는 대서양 작전 임무를 준비하기 위해 보급품과 연료를 적재하러 킬로 향했다. 적재 후 우리는 2전단에 배속되어 비스케이(Biscay) 해변에 있는 로리앙(Lorient)에 정박하기로 되어 있었다.

함장 피셔 중령은 5월 6일 출항하라는 명령을 받았다. 구름 한 점 없는 청명한 날씨였다. 그날 아침 부사관 중에 한 명이 맹장염으로 또다시 병원에 실려갔다. 조타장 페터젠은 의미심장한 눈초리로 나를 쳐다보며 내 어깨를 두드렸다. 하지만 나는 웃으며 말했다.

"조타장님, 모든 일을 그렇게 불길한 징조로만 보지 마세요."

점심식사 전, 함장은 전단의 예비병들 중에서 한 명을 데리고 돌아왔다. 그러고는 승조원들 앞에서 선언이라도 하듯 이렇게 말했다.

"이 친구가 유보트를 타고 출동하고 싶다고 해서 내가 데려왔네."

신병은 회색 유보트 가죽옷으로 갈아입은 후 식사를 했는데 정말 엄청나게 먹어댔다. 갑판장은 새로 도착한 신병을 보고 고개를 저었다.

"여기 죽기를 자청하는 또 다른 지원자가 있군. 히르쉬펠트, 자네는 무슨 말인지 이해하겠나?"

나는 퉁명스럽게 대답했다.

"아뇨, 잘은 이해하지 못하지만 유보트에 미친 사람이 한 명 왔다는 것은 분명한 것 같습니다."

오후 1시 30분, 우리는 함미 갑판에서 출항 행사를 가졌다. 함교에서 갑판장이 파이프[31]를 불자 홋줄이 모두 걷어지면서 배가 부두를 이탈했다. 추진 모터가 윙윙거리는 소리를 냈고 부두 쪽에서는 군악대가 〈우리는 영국과 싸우러 간다〉라는 군가를 연주했다. 긴 강철로 만든 선체는 고등어와 유사하게 흑색과 녹색 페인트로 잘 위장되어 있었다. 엔진은 으

---

31 함정이 부두를 출항하거나 입항할 때 사용하는 파이프로 장성(長聲) 1음을 낸다.

르렁거리는 폐기 소리를 냈고, 티르피츠(Tirpitz) 방파제를 이탈하면서 배는 일정한 속도로 부두를 빠져나가고 있었다. 방파제를 돌면서 우리는 왕년의 여객선인 상 루이스(St. Louis), 바이크셀(Weichsel), 힌덴부르크(Hindenburg)함 갑판에서 우리를 바라보는 구경꾼들에게 손을 흔들어주었다.

우리가 홀테나우(Holtenau) 운하로 접근하고 있을 때 나는 킬 항만에 투묘[32]해 있는 스웨덴, 덴마크, 소련, 핀란드 등 많은 중립국 선박들을 보았다. 한참 동안 우리는 킬 운하를 통과해서 빠른 속력으로 서쪽으로 향했다. 도선사가 함교에서 함장과 함께 커피를 마시며 서 있었고, 나는 함교탑 뒤에 설치된 대공포대의 난간에 기대어 배의 추진으로 생기는 물결이 방파제를 넘는 광경을 간간이 바라보는 도선사를 쳐다보고 있었다. 갑자기 도선사가 컵을 내려놓으며 피셔 함장에게 물었다.

"지금 몇 노트로 가고 있습니까?"

함장이 입에서 시가를 떼며 웃는 얼굴로 대답했다.

"8노트 이상은 안 될 것 같습니다."

함장은 엔진의 속력이 점점 빨라지고 있는 것을 알았지만 육지에서 마지막 밤을 보내기 위해 가능한 한 빨리 배를 브룬스뷔텔(Brunsbüttel)에 입항시키려고 했던 것이다. 그러나 그는 노련한 늙은 도선사를 속이지는 못했다.

"배 속력이 빨라요, 함장. 가능하면 분당 추진 회전수를 10회 이하로 내리시오."

함장은 어쩔 수 없이 속력을 늦춰야만 했다. 보통 때 같으면 렌츠부르크(Rendsburg)에서 식민지 학교에 다니는 젊은 여자들이 해군 배가 사이렌 소리를 내며 지나갈 때마다 그것을 보기 위해 가끔 프랑스풍 창문을 열고

---

[32] 부두에 정박하지 않고 바다에 떠 있는 상태에서 닻을 내려 정지해 있는 상태.

나타났는데 U-109가 지나갈 때는 보이지 않았다. 그것이 왠지 불길한 징조처럼 느껴졌다.

우리는 그날 저녁 8시 30분에 브룬스뷔텔 운하 가까이에 계류했다. 그리고 그 다음날까지는 북해에 우리를 안내할 선도 함정[33]이 없다는 통보를 받았다. 전쟁 참가 전의 마지막 밤을 재미있게 보낼 수 있게 된 것이다. 선도 함정이 없다는 것을 통보받자, 함장은 최소한의 현문 당직자를 제외한 승조원 전원을 운하 가까이에 있는 식당으로 불러 식사를 했다. 그곳은 유보트 승조원들이 장거리 항해를 앞두고 마지막으로 방문하는 전통 음식점이었다.

나는 유보트 전단인 브룬스뷔텔에 안전하게 도착했다는 전문을 보내느라 파티에 약 30분 정도 늦게 참석했다. 내가 그곳에 도착했을 때 그들은 편한 자세로 맥주를 마시고 있었고, 정당[34] 배지를 달고 있는 주인이 큰 맥주통에 기대어 선 채 승조원들에게 히틀러를 위해 큰 전과를 올리도록 격려하는 술을 권하고 있었다.

주인은 잠시 후 우리가 무슨 말인가를 남길 수 있는 두꺼운 방명록을 준비해왔다. 나는 전단에 근무할 때부터 이런 방명록을 알고 있었다. 방명록을 넘겨받은 승조원이 한 페이지에 풍자만화를 그리고 나서 큰 숫자로 함정 번호를 적었다. 그리고 다음 페이지에는 승조원들이 저마다 서명을 했다. 주인은 장래에 이 방명록이 역사적 가치를 갖게 될 것이며, 자연히 값도 비싸질 것임을 알고 있었다.

피셔 함장은 나에게 방명록을 주면서 전에 전술훈련 기간 중에 그랬듯이 풍자만화를 그려넣으라고 말했다. 나는 방명록을 받아 잽싸게 넘겨보았다. 거기에는 하르트만(Hartmann), 프린(Prien), 셰프케(Schepke), 블라

---

33 항구에서 대양까지 잠수함이 수로를 나가는 데 있어 적 세력이 부설한 기뢰로부터 피해를 당하지 않기 위해 앞장서서 대양까지 인도하는 기뢰 소해함.

34 독일 나치당.

이히로트(Bleichrodt), 렘프(Lemp), 주렌(Suhren) 등을 비롯해 수많은 유명한 잠수함 함장들의 이름이 적혀 있었다. 5일 전 마지막으로 기록한 사람은 U-111의 클라인슈미트(Kleinschmidt)였다.

나는 다음 페이지에 큰 글씨로 U-109라고 써넣었다. 나는 이것을 큰 비밀 누설이라 생각했다. 그런데 어둠 속에서 흘깃흘깃 쳐다보는 술집 주인을 보니 그림을 그리고 싶은 마음이 사라졌다.

"뭐? 그림을 안 그리겠다고?"

피셔 함장이 물었다.

"좋은 아이디어가 없습니다."

"맞아. 다 부질없는 짓이네."

약간 술이 취한 피셔 함장이 잔을 높이 들었다. 분위기가 한층 무르익어 갈 무렵 갑자기 공습경보가 울렸다. 발견되지 않은 폭격기들이 바다에서 접근해서 우리 머리 위를 통과하고 있었던 것이다. 함부르크(Hamburg)에 있는 탐조등[35]이 밤하늘을 밝게 비추며 탐색하고 있었다. 또한 함부르크와 브룬스뷔텔에 있는 대공포대는 항공기를 향해 포탄을 발사하고 있었다. U-109 승조원들은 함장의 지휘 하에 폭격에 의한 금속 파편을 뚫고서 놀랍게도 아무런 피해 없이 책임구역으로 돌아왔다. 침대에 들어가면서 피셔 함장은 저녁때 있었던 일에 대해 격앙된 목소리로 슈바르츠코프 대위와 이야기를 나눴다.

"술집 주인이 그런 방명록을 갖고 있다니!"

곧 슈바르츠코프 대위가 말했다.

"그가 그 방명록을 영국 첩자에게 넘겨줄지도 모릅니다."

피셔 함장이 고개를 끄덕였다.

"그래, 나치당 배지를 달고 있다고 해서 반드시 독일에 충성하는 사람이

---

35 야간의 적의 공습이나 해상 침투 등을 감시하기 위해 경계세력이 사용하는 고광도 전등.

라고 볼 수는 없지. 그리고 나는 티르피츠 방파제에서 군악대를 동원해서 환송 행사를 하는 것도 적절하지 않다고 생각해. 더구나 힌덴부르크 산책로에서는 누구나 유보트가 바다로 나가는 것을 볼 수 있어. 우리는 북해에서 매우 주의해야 해. 거의 모든 유보트가 영국 항공기에 공격당하고 있단 말이야."

이것은 사실 칭찬받을 만한 의견이었다. 그러나 불행하게도 항상 신중해야 하는 내용의 대화는 피셔 함장의 본성에서 나온 의견이 아니었고, 결국에 그는 몰락의 길을 걷게 되었다.

THE SECRET DIARY OF A U-BOAT

03

최초 임무: 파란만장한 실패

● U-109는 셰틀랜드-베르겐(Schetland-Bergen) 해협을 향해 북쪽으로 거슬러 올라갔다. 그날 아침, 엘베(Elbe) 강 서쪽 수로를 따라 부슬비가 내리면서 연무가 약간 끼어 있는 가운데 잠수함의 무거운 선체는 힘겹게 쿡스하펜(Cuxhaven)을 빠져나와 선도 함정을 기다리고 있었다. 잠시 후 대공포를 하늘로 향한 채 회색 페인트로 도장한, 함미가 가라앉아 보이는 상선 한 척이 접근했다. 피셔 함장은 그 배를 따르라고 단호하게 명령했다.

저녁이 가까워지면서 강한 북서풍이 불어왔다. 어두운 하늘에 새까만 구름이 순식간에 몰려오면서 소용돌이치는 하얀 물거품이 함수 갑판을 따라 함교탑까지 강타했다. 디젤엔진 배기구는 파도가 칠 때마다 콸콸거리며 헐떡이는 소리를 냈다. 어둠이 몰려오자 선도함 조타실에서 행운을 빈다는 신호를 보내왔다. 곧이어 선도함은 이탈하여 독일 해안으로 향했다.

잠수함 함내는 따뜻했고 방송 스피커에서는 부드러운 음악이 흘러나왔다. 보급품을 저장한 박스와 포장지들이 공간 구석구석에 채워져 있었고, 바나나와 기다란 독일 소시지는 천장 파이프에 매달려 흔들렸다. 함내는 평안했으며 전쟁 분위기와는 거리가 먼 듯했다.

유보트는 항공기 공격이 있을 수 있으니 주간에는 잠항하여 이동하라는 작전 지시에 따라 독일 해안과 노르웨이 스타방에르(Stavanger) 사이에서 북쪽으로 항해하고 있었다.

피셔 함장의 첫 번째 심각한 판단 착오는 이 지침을 무시한 것이었다. 처음 이틀간 해협을 빠져나갈 때는 구름이 많이 끼고 바람이 강했기 때문에 비교적 안전했으나, 3일째 되는 날 아침에는 바람이 약해지고 구름도 사라졌다. 나는 견시 4명과 함께 함교에서 시간을 보냈는데, 습관적으로 잠망경 보호대에 기대어 조용히 담배를 피우곤 했다. 그날도 이른 오후, 조타장이 함교 당직을 서고 있을 때 나는 신선한 공기를 마시기 위해 함교에 올라갔다. 내가 함교에 편안하게 자리를 잡자마자 페터젠이 계속 쌍안경으로 하늘을 감시하면서 나에게 말했다.

"여기 스카게라크(Skagerrak)는 정말 위험한 곳이야. 지난해 U-14를 타고 이곳을 지날 때도 정말 힘들었어. 영국이 이렇게 좋은 날씨에 우리가 이곳을 통과하게 내버려둔다는 건 정말 기적이야."

잠시 후 오후 2시 30분경 공격이 있었을 때 나는 화장실에 가기 위해 밑으로 내려왔기 때문에 함교에 없었다. 초계 중인 영국 폭격기가 구름 사이로 유보트를 찾아내 급강하할 때 우리는 긴급잠항을 실시했으며, 몇 초 후에 곧바로 폭탄이 투하되었다.

하지만 우리는 아무런 피해도 입지 않았다. 우리가 무사할 수 있었던 원인이 세 가지 있었는데, 첫 번째는 함미 견시인 갑판사 발터 그로스가 구름 아래로 급강하하기 시작하는 항공기를 즉시 발견하여 보고했고, 두 번째는 기관장 베버 대위가 35초 만에 배를 긴급 잠항시켰으며, 세 번째는 폭탄이 잠수함의 가장 단단한 부분인 함미 방향에서 폭발했다는 것이다. 만약 세 가지 중 하나라도 운이 따르지 않았다면 배는 침몰했을 것이다.

페르디난트 하겐이 내게 말했다.

"저번 브룬스뷔텔에서의 저녁식사는 완전히 미친 짓이었어요. 그 항공기 조종사는 아마 우리 배의 번호까지도 알고 있었을 겁니다."

30분 후 피셔 함장이 부상할 것을 지시했다. 하지만 조타장은 세차게 머리를 흔들었고 슈바르츠코프 대위도 강하게 반대했다. 그러나 함장은 우리 배가 계속 가야 한다고 주장했다.

"우리는 가능한 한 빨리 전장에 도착해야 해."

이 말에 조종실[1]에 있는 대원들의 눈길이 서로 오갔다. 함장은 9일 만에 대서양에 도착하면 되는데도 특별한 이유도 없이 전 승조원의 목숨을 담보로 7일 만에 도착하려는 것 같았다. 그런 열성적인 행동은 함장이 기사 십자훈장을 노리고 있음을 뜻하는 것이었다. 이런 대원들의 의심 속에서

---

1 14쪽 잠수함 구조도 참조.

함장은 잠망경을 올렸고 그 즉시 우리 주위를 선회하고 있는 폭격기를 발견했다. 함장은 항공기가 막 현장을 이탈하려는 것으로 판단하고 베버 대위에게 잠망경 심도에 머물라고 지시했다.

"정말 사람 놀라게 하네."

페터젠이 해도대 옆에서 속삭였다. 함장은 잠망경 핸들을 고정하고 기관장에게 180피트로 심도를 변경하라고 지시했다. 상당히 긴 시간이 흐르기는 했지만 여전히 함장이 처음 생각했던 것과는 반대로 여기서 부상하는 것은 매우 위험했던 것이다.

5월 10일 저녁, 피셔 함장은 잠수함사령부에 스타방에르에 도착했다고 보고한 후 셰틀랜드-페로스(Schetland-Faeroes) 해협으로 향했다. 나는 함교에서 페터젠과 갑판하사 벤첼과 함께 U-14, U-16 시절 이 근해에서 있었던 끔찍한 항해 경험에 대해 이야기를 나누었다. 그것은 마치 이웃집 아줌마들이 담장을 사이에 두고 잡담을 나누는 것 같아, 나는 이런 울적한 대화에서도 웃음이 나왔다.

비바람과 폭풍우에도 불구하고 배는 고속으로 질주하고 있었다. 페터젠이 시정 1마일 이하라고 보고하자 함장이 기상을 확인하기 위해 함교로 올라왔다. 파도더미가 함수 쪽에서 몰려왔다. U-109는 요동치기 시작했지만 파도를 뚫고 계속해서 서쪽으로 향했다.

벤첼은 함장과 당직사관에게 비바람 속에서 나타나는 그림자를 보고했다. 그것은 틀림없이 초계임무를 수행하고 있는 트롤어선이었다. 함장은 트롤어선을 피하기 위해 타수에게 서남서 방향으로 침로 변경을 지시했다. 그가 타기의 버튼을 누르자 수직타[2] 지시기가 서서히 지시된 침로로 움직이기 시작했다. 함내에서는 승조원들이 황천[3]에 대비하여 산재한 짐

---

2 잠수함의 침로를 조종하는 타기. 수평타는 심도 및 트림을 조종함.

3 심한 파도로 인해 함정이 몹시 흔들리는 것을 말하며, 황천에 대비하여 승조원들은 함내에 떨어질 수 있는 모든 물건을 줄로 고정시켜야만 함.

들을 정리하기 시작했다. 부장은 침대에서 일어나 왜 침로를 바꾸는지 물어보았고, 내가 단지 어선 때문이라고 말해주자 부장은 다시 침대에 누워 커튼을 닫아버렸다.

오후에 들어서자 폭풍우로 인해 파도가 점점 높아지더니 급기야는 함교탑까지 덮쳤다. 갑자기 함교 당직자들이 조종실로 뛰어 내려왔고, 비상 경보벨이 울리며 배는 잠항하기 시작했다. 그런데 배의 경사가 너무 심해서 부사관 식당에서 청음실까지 가는 동안 내내 기어서 이동해야 할 정도였다.

함내 방송에서 우현 2마일 정도 거리의 어둠 속에서 구축함[4]이 출현하여 우리 쪽으로 곧바로 오고 있고, 또 다른 구축함도 좌현 함수 쪽 수평선 상에서 기다린다는 내용이 방송되었다. U-109는 250피트로 심도를 변경했고 정숙항해를 실시했다. 두말할 것도 없이 트롤어선이 우리를 발견해서 보고했던 것이다.

피셔 함장이 내게 말했다.

"자네도 구축함들이 파도에 마구 흔들리는 걸 봤어야 했는데. 아마도 모든 포대에 인원이 배치되어 있었던 모양이지만 한 발도 못 쐈어."

"그러나 최소한 폭뢰는 투하할 수 있었을 겁니다, 함장님."

"그렇지 않을걸. 날씨가 너무 나빠 구축함들이 속력을 낼 수도, 우리 위치를 알아낼 수도 없었단 말이야."

그 구축함 2척은 음파탐지기(ASDIC)[5]를 가지고 있지 않았다. 가지고 있었다면 우리는 그들이 송신하는 음파 소리를 들을 수 있었을 것이다. U-109는 구축함이 멀어져 소리가 미약하게 들릴 때까지 4노트 속력으로 서서히 항해했다.

---

4 잠수함을 탐색, 추적 및 공격하기 위한 목적으로 건조된 수상함.

5 제2차 세계대전 당시 독일 잠수함을 탐색하기 위해 연합국에서 개발한 수중 잠수함 탐색장비.

피셔 함장이 부상하라고 명령했을 때 견시들은 불평을 했다. 만일 부상을 하게 되면 이 폭풍우 속에서 파도를 맞으며 당직근무를 서야 하기 때문이다. 그들은 함교에서 함교 손잡이 걸쇠에 몸을 고정시킨 채 함교탑으로 넘쳐오는 차가운 파도를 피하거나 아니면 뒤집어쓰면서 당직을 서야 했던 것이다. 그러나 우리는 영국이 봉쇄한 해상항로를 이미 통과했고, 광활한 대서양이 우리 앞에서 팔을 벌리고 기다리고 있었기에 승조원 총원은 첫 번째 출동에 대해 큰 기대감을 가지고 있었다.

통신사 휨펠(Huempel)이 계속해서 반복되는 통신문을 확인했을 때, 나는 U-110의 프리츠-율리우스 렘프(Fritz-Julius Lemp) 함장이 계속되는 위치 보고 지시에 응하지 않고 있음을 알았다. 슈바르츠코프 대위가 통신일지를 보고 나서 고개를 저으며 말했다.

"렘프 함장도 갔어. 다른 에이스 함장들처럼 말이야. 수많은 선단 격침 전공이 결국 그들을 자만하게 만든 것 같아."

5월 12일 오후, 폭풍이 가라앉았고 햇빛은 푸른 파도 위에 내리쬐고 있었다. 그날 U-556의 볼파르트(Wohlfahrt) 함장은 서남쪽 300마일 근해에 호송선단이 있다는 전문을 보내왔다. 피셔 함장이 그곳으로 향해야 할지 망설이고 있을 때 칼 되니츠(Karl Dönitz)[6] 제독으로부터 그린란드(Greenland) 쪽으로 항해한 후에 다음 지시를 기다리라는 명령을 받았다. 피셔 함장은 북해로 오는 지난 며칠 동안 빠르고 비정상적인 항해를 하면서 아무 성과도 없었던 것에 대해 비록 내색은 하지 않았지만 혼자서 삭이기 어려울 정도로 힘들어하는 것 같았다.

이후 3일간 우리는 그린란드 쪽으로 이동하기 위해 계속해서 서쪽으로 항진했다. 평상시 속력으로 항해를 했음에도 북서쪽으로 항해하면서부터 배는 계속적으로 높은 파도에 시달려야 했다.

---

6 제2차 세계대전 당시 독일 잠수함 부대 총사령관.

5월 15일 저녁 무렵, 무등화 상선[7]을 발견하여 어뢰 공격 기동을 실시했다. 함장이 어뢰 2발을 발사하려고 할 때 상선이 갑자기 항해등을 켜고 선체에 있는 핀란드 국기에 등화를 점등했다. 상선은 헬싱키(Helsinki) 소속 호글란드(Hogland)였는데, 5초만 늦게 불을 켰어도 그 선박은 끝장날 뻔했다.

다음날 바람이 약해지면서 안개가 끼기 시작했다. 점심때 이르러서는 안개로 인해 함교에서 함수 끝단이 보이지 않을 정도였다. 잠수함사령부에서는 피셔 함장에게 기상 보고를 하라고 지시했다.

6피트 직경의 기상관측 풍선에 바람을 넣어서 민간인 기상학자 슈뢰더(Schröder) 박사의 지휘 하에 함교 포대에 매달았다. 가느다란 온도계가 소형 통신기에 부착되어 풍선에 매달린 채 하늘로 올라가기 시작했다. 풍선은 서서히 안개 지역을 벗어나 햇빛 속으로 올라가고 있었다. 그것은 마치 커다랗고 노란 둥근 달처럼 보였다. 견시들은 쌍안경으로 풍선이 올라가는 것을 자세히 관측했다.

"빌어먹을! 몇 마일 떨어진 곳에서도 볼 수 있겠군!"

피셔 함장이 비웃으며 말했다. 이 작업을 하는 동안 배는 정지해 있어야 했다. 기상관측 부이를 설치하기 위해 배가 잠깐 정지해 있는 동안, 미국제 빈 우유깡통이 까딱거리며 배 옆으로 지나가고 있는 것을 발터 그로스가 그물로 건져 올렸다. 깡통에는 가라앉을 수 있도록 구멍을 낸 자국이 있었고, 바다에 버린 지 그리 오래되지 않았다는 것을 알 수 있었다.

작업이 끝난 후 우리는 잠항을 했고 수중음탐기로 탐색을 시작했다. 동쪽 방위선상에서 전함 2척과 구축함 3척으로 판단되는 선단의 소리를 듣고 이를 즉시 함장에게 보고했다. 그것은 독일 군함이 아니었으며 함장은

---

7 항해하는 선박은 안전을 위해 등화를 켜고 항해를 해야 하나 전시에는 적 세력으로부터의 피탐을 막기 위해 모든 불빛이 나가지 않도록 등화를 끄고 항해하는 선박을 말함.

적의 선단으로 의심했다. 함장은 즉시 배를 부상시켰다.

디젤엔진이 작동되고 배는 전속[8]으로 전진했다. 나는 타수가 청음실 옆에 서서 고개를 흔드는 걸 보았다.

"정말 미친 짓이야, 히르쉬펠트. 이런 안개 속에서 전속으로 항해하다니!"

배는 안개 속을 18노트로 질주했다. 배는 어느 순간에 부딪칠지도 모르는 아슬아슬한 위험한 항해를 계속한 후 다시 잠항했다. 피셔 함장이 수중청음기에 소음이 접촉되는 방위를 보고하라고 했고, 나는 선단이 우리 배의 함미에 넓게 퍼져 있다고 보고했다.

"좋아, 우리 배가 그들을 지나쳐버렸군. 수상항해로 말이야!"

함장은 가볍게 말했지만 다른 승조원들에게는 무척 아찔하게 들리는 말이었다. 그러고 나서 함장은 즉시 함을 부상시켰다.

함교 당직자들이 수직 사다리를 타고 함교로 올라갔고 함장이 그 뒤를 따랐다. 디젤엔진을 작동하여 우리는 서서히 적 수상함 쪽으로 향했다. 우리는 총원 전투배치[9] 상태였고, 함수 어뢰발사관의 외부 문이 발사를 위해 열렸다. 우리는 안개 속을 헤치고 몇 분 동안 항해했다. 켈러 중위가 안개 속에서 대규모 적 함대를 바로 정면에서 발견하고 이를 보고했다.

긴급 명령이 떨어져 전속으로 항해를 했기 때문에 배는 급격하게 기울었고, 파도와 선체가 직각으로 마주치게 되어 엔진 배기구가 물에 잠겨 콸콸거리는 소리를 냈다. 함장은 큰 소리로 엔진 회전수를 늘리라고 외쳤고, 이에 따라 엔진 소리는 더욱더 격렬해졌다. 함수가 파도를 크게 가르며 항진하기 시작했다. 비상벨 소리와 함께 함교 당직자는 신속하게 전투정보실[10]로 내려왔다. 피셔 함장이 함교 해치를 닫자마자 잠수함은 급경

---

8 함정이 낼 수 있는 최대속력.

9 군함에서 전투에 임하기 위해 총원이 각자가 맡은 전투위치에 배치하는 것.

10 군함(잠수함)에서 전투를 수행하기 위해 모든 상황 및 표적에 대한 각종 정보가 통합되어 운용되는 곳.

사를 이루며 물속으로 들어갔다. 함내 방송을 통해 갑판사 마우레샤트의 구령이 떨어졌다.

"함수 어뢰발사관 외부 문 닫아. 심도 180피트 유지!"

무슨 일이 진행되고 있는지 내가 묻자 마우레샤트가 대답했다.

"아마 우리가 탐지된 것 같아."

잠시 후 켈러 중위가 수중청음실로 와서 조용히 말했다.

"저들은 미국 군함인 것 같아. 안개가 일부 걷혔을 때 보니까 전형적인 미국 함정 마스트[11]의 모습이었어. 우리는 즉시 반대 방향으로 선회했지만 구축함 한 척이 우리 쪽으로 향했어."

"방위 몇 도지?"

함장의 물음에 나는 즉시 대답했다.

"구축함, 방위 190도입니다!"

나는 다시 조용히 켈러 중위에게 말했다.

"만약 미국 군함이라면 우리를 공격하지는 못할 것 아닙니까?"

그러자 켈러 중위는 안타까운 시선으로 나를 바라보면서 "곧 알게 되겠지"라고만 했다.

구축함이 우리 함미에서 함수 방향으로 접근하는 동안 U-109는 좌현으로 변침 중이었는데 구축함의 추진기 회전수가 급속하게 증가했다.

"구축함 속력 전속으로 증속 중!"

나는 곧바로 보고했다.

"수중청음기 정지!"

켈러 중위가 나에게 지시했다.

"지금은 우리 모두 청음기 없이도 소리를 들을 수 있어."

---

11 함정에서 각종 통신 안테나와 깃발 등을 게양할 수 있도록 만든 매우 높은 구조물로, 과거 범선의 돛대와 유사한 구조물임.

조종실에 있던 모든 사람들이 상부 갑판 쪽을 쳐다보았다. 몇 초 후에 구축함이 바로 우리 위를 지나갔고, 정 우현 방향 약간 먼 거리에서 약한 폭발음이 들렸다. 잠수함에 한두 번의 충격이 가해졌다.

"저것이 미국 군함이란 말입니까?"

내가 켈러 중위에게 물었다.

"확실해. 순간적이기는 하지만 전함을 봤단 말이야. 애리조나(Arizona)나 뉴욕(New York)급 함정이었는데……. 영국 함정은 확실히 아니었어."

나는 구축함이 우현으로 선회하고 있고 추진기 소음이 점점 약해지고 있다고 보고했다. 나머지 함정들은 가까이에서 배회하고 있었다. 다행히 폭뢰에 의한 조종실의 인원 및 장비에는 피해가 없었다. 피셔 함장은 전투정보실에서 나와 침대로 걸어갔다.

"켈러, 자네가 말한 중립국 선박일세."

"전함을 한번 공격해볼 걸 그랬나 봅니다."

켈러 중위가 어깨를 으쓱했다.

"아니야. 자네는 상부 지시를 기억하나? 우리는 아무리 화가 나더라도, 그리고 어떤 일이 있어도 미국 배와 문제를 일으켜서는 안 돼."

함장은 고민스러운 표정을 하고는 손가락으로 책상을 두드리며 말했다.

"문제는 왜 그들이 하필이면 영국 봉쇄구역 가까이에서 활동하고 있느냐 하는 거야."

함장은 켈러 중위에게 설명하기 전에 한참 동안 생각했다.

"나는 그들이 호송선단을 안내하기 위해 기다리고 있었든지, 아니면 우리로 하여금 그들 군함을 공격하도록 우리를 유인하는 것으로 보네. 후자의 경우 그들은 전쟁에 참전할 구실을 찾고 있는 거야."

몇 시간 후 U-109가 전문을 수신하기 위해 잠망경 심도[12]로 올라왔을

---

12 잠수함이 잠항한 상태에서 잠망경을 운용하기 위한 심도로, 함정의 크기에 따라 다르나 통상 심도 15미터 정도임.

때는 이미 U-74에서 뉴욕급 2척과 던롭(Dunlop)급 구축함 3척이 근해에서 작전을 펴고 있다고 보고한 후였다.

1941년 5월 17일, U-109는 시정이 수평선까지 맑고 잔잔한 날, 래브라도(Labrador)에서 600마일 떨어진 지점에 있었다. 사령관은 수백 마일에 걸친 정찰선을 준비하고 있었다. 그러나 아직 잠수함들이 정위치에 가 있지 못했기 때문에 우리는 계속 기다려야 했다.

그러던 중 방향탐지기[13]용 철제 안테나(사용하지 않을 때는 함교 테두리 움푹 들어간 곳에 보관하고, 사용 시에는 유압으로 상승·하강시켜 사용했다)가 작동하지 않았다. 그것은 호송선단의 위치를 파악하는 데 필수적인 장비였다. 기관부 최고참 부사관인 쉐베(Schewe)가 이 장비의 문제는 상부 방수판[14]에 있으며 함교 테두리 부분에 있는 구멍을 산소 아세틸렌 용접기로 잘라내면 장비에 접근하기 쉬울 것이라고 말했다. 그는 보조기구를 가슴에 품고 안테나를 길게 늘였다. 그 다음에 기름이 묻은 가죽 천으로 장비 주위를 깨끗하게 닦아내고 손가락으로 보조기구를 잡은 상태로 나에게 전투정보실로 가서 천천히 안테나를 내리라고 말했다. 하지만 나는 반대했다. 무거운 안테나가 천천히 작동하는 동안 갑자기 공기 압력이 빠져나가면 안테나가 아래로 떨어질 수도 있기 때문이었다. 그렇게 되면 위에서 장비를 잡고 있는 사람의 손이나 손가락이 크게 다칠 수도 있었다.

빨간 머리의 쉐베는 나에게 하고 싶지 않으면 기관실의 신참 부사관에게 자기를 보좌하라고 말해달라고 했다. 그는 자기 손가락은 자기가 알아서 하겠다고 말하며 고맙다고 했다. 나는 곧바로 내려와서 젊은 뷔스테나이(Wuesteney)에게 쉐베가 말한 대로 전했다. 조종실에 있던 오토 페터스는 머리를 저으면서 나갔다. 내가 뷔스테나이에게 이해하겠느냐고 묻자

<hr />

13 타 함정에서 송신하는 통신 전파의 방향을 탐지하는 장비.

14 장비에 물이 유입되는 것을 막는 판.

얼굴에 주근깨가 가득한 젊은이는 약간 당황해하며 머리를 긁적이면서 방향탐지기 쪽으로 갔다. 나는 그에게 압력 게이지에 주목하라고 재차 강조하면서 만약 압력이 갑자기 떨어지면 공기를 신속히 주입하라고 지시했다.

하지만 내가 통신실에 갔을 때 공기가 시끄럽게 빠지는 소리와 함께 갑자기 방향탐지기가 쾅 하며 바닥에 떨어지는 소리가 들렸다. 나는 조종실 통로로 뛰어나갔다. 뷔스테나이는 매우 창백한 얼굴을 하고 있었고 잔뜩 겁먹은 눈으로 방향탐지기를 바라보고 있었다. 한참 동안 함교탑 위쪽이 조용했기 때문에 나는 쉐베가 괜찮은 줄 알았다. 하지만 함교 당직사관 슈바르츠코프 대위의 큰 목소리 때문에 밖에서 하는 얘기가 조종실까지 다 들렸다.

"아이고! 쉐베, 도대체 어떻게 된 거야? 즉시 내려가게!"

함교탑 통로가 어두워지고 누군가가 사다리를 타고 내려왔다. 쉐베가 당황한 듯 미소를 지으며 내 앞에 서더니 자신의 손을 보여주었다. 놀랍게도 그의 오른손 엄지손가락 절반과 나머지 세 손가락 끝이 잘려나갔고 왼손 손가락 끝이 다 뭉개져버렸다.

"내가 뭐라고 했어요!"

나는 큰 소리로 외치며 그를 치료하기 위해 의무실로 데리고 갔다. 나는 응급조치를 위한 의무 단기 과정을 수료한 상태라 U-109의 의무사 역할도 병행했던 것이다.

나는 치료에 대한 조언을 듣기 위해 조타수 위르겐센(Juergensen)을 불렀다. 위르겐센은 소형 선박 선장 자격증을 가지고 있어서 응급치료를 하는 데 상당한 도움이 되었다. 엄지손가락의 남은 부분에서는 피가 흐르지 않았는데, 그 이유에 대해서 위르겐센은 동맥은 스스로 피를 멈추게 하는 기능이 있기 때문이라고 설명해주었다. 나는 상처 부위에 대구간 연고를 바르고 밴드로 감았다.

그런데 내가 그만 실수를 하고 말았다. 라노린 연고와 대구간 연고의 색깔이 비슷했기 때문에 오른손 상처 부위에 연고를 잘못 발라주어 결국 나무주걱으로 다시 연고를 긁어내야 했다. 쉐베는 내 목을 조르려고 했지만 손가락 상처 때문에 그렇게 하지 못했다. 그러자 위르겐센이 쉐베를 달래면서 옛날 이야기를 해주었다.

　"자네는 내가 옛날에 보일러 폭발로 침몰한 배의 선장이었다는 걸 알고 있나? 폭발이 일어났을 때 기관사들이 기관실에서 시커먼 원숭이 같은 모습으로 나왔지. 그런데 아래쪽에서 누군가가 도와달라고 외치는 소리가 들렸어. 나는 기관장에게 도움을 요청하는 사람이 누구인지는 몰라도 내려가자고 말했어. 하지만 기관장은 잔뜩 겁을 집어먹고는 거절했지. 결국 나 혼자서 기관실로 내려갔는데 도움을 요청한 사람이 흑인이더라구. 그 불쌍한 사람은 내가 혼자서는 들어올릴 수 없을 정도로 큰 쇳덩이에 발이 끼어 있었어. 배는 점점 가라앉았고, 보일러에서 넘쳐흐르는 물은 계속 불어났지. 시간이 없어서 결국 무거운 삽으로 내려쳐서 한 방에 그 흑인의 다리를 잘라냈어. 그리고 그를 어깨에 메고 올라왔지. 그는 지금 살아 있어."

　"닥쳐, 이 사람아! 나는 지금 아프단 말이야!"

　화를 내며 쉐베가 말했다. 하지만 위르겐센은 아랑곳하지 않고 웃으며 대꾸했다.

　"나는 단지 해상에서 자네보다 더 심하게 다친 사람의 경우를 말해주고 싶었을 뿐이야."

　다음날 오후, 잠수함 부대 사령관은 마침내 U-109를 포함한 8척의 함정으로 뉴펀들랜드(Newfoundland) 근해에 약 200마일의 정찰선을 형성하도록 했다. 우리가 속한 이 그룹의 집단 호출부호는 '베스트보테(Westboote)'로 지정되었다.

　페터젠은 그 이후로부터 8일간의 전쟁을 정확히 기억할 수 없지만 확실하게 어떤 결정된 운명인 것 같았다고 회상하곤 했다. 그러나 이 항해는 1941년 5월 19일, 전혀 다른 두 사건으로 시작되었다.

전함 비스마르크는 대서양에서 최초의 임무인 상선 공격을 목적으로 폴란드의 그디니아를 출항하여 노르웨이로 항해했다. 그리고 뉴펀들랜드 근해에서 U-94의 쿱피쉬(Kuppisch) 함장은 좌표 AJ6636 위치에서 북쪽으로 8노트의 속력으로 항해하는 호송선단을 발견했는데, 이 호송선단은 15척으로 구성되어 있고 무장상선 한 척이 호송하고 있다고 보고했다.

이 선단 공격을 위해 쿱피쉬 함장과 합류해야 한다는 것이 분명해지자 피셔 함장은 타수에게 북서쪽으로 항해하도록 지시했다. 배가 전속으로 항진하기 시작했고 나는 전 승조원이 침대 옆으로 고개를 내밀고 무슨 일이 있는지 궁금해하는 모습을 보면서 오토 페터스를 바라보고 웃었다. 그는 무슨 일이냐고 나에게 물었다.

"쿱피쉬 함장이 호송선단 발견을 보고해서 우리가 그쪽으로 가고 있는 중이야."

"아! 그래?"

"호송선단은 구축함도 없이 무장상선 한 척만이 호송하고 있대."

그러자 오토 페터스는 믿지 못하겠다는 얼굴로 나를 쳐다보며 비웃듯 말했다.

"갑자기 구축함 몇 척이 나타나면 놀라지 말라고."

그가 가고 난 후 마우레샤트가 호송선단에 언제 도착할지 물어보았다. 나는 이 정보의 속력이라면 내일 저녁쯤엔 도착할 거라고 대답했다. 그러자 그는 "이 몹쓸 놈의 디젤엔진" 하며 중얼거렸다. 그는 왕년에 영국해협에서 쾌속 어뢰정을 탔는데 지금 이것보다 훨씬 빨랐다.

케이프 페어웰(Cape Farewell)은 그린란드의 최남단에 있는 툭 튀어나온 지역으로 초여름이었지만 날씨는 매우 을씨년스러웠다. 대서양의 강풍이 끈질기게 불어왔고 구름이 잔뜩 끼었다가 갑자기 진눈깨비로 변하는 특이한 날씨였다.

동쪽으로 향하는 HX126 호송선단은 5월 20일 오전 내내 쿱피쉬 함장의 유보트에게 추적당했다. 사령부는 쿱피쉬 함장의 배를 접촉 유지함으로 지정하여 U-94는 30분마다 통신신호를 송신해야 했고, 매시간 침로, 속력, 위치를 보고해야 했다. 안개와 진눈깨비로 인해 악화된 시정이 1마일까지 걷히고 나서야 쿱피쉬 함장은 교전 지시를 받을 수 있었다.

곧바로 U-556의 볼파르트(Wohlfahrt) 함장이 쿱피쉬 함장 쪽으로 접근하겠다는 신호를 보냈고, 점심때쯤 U-74의 켄트라트(Kentrat) 함장과 U-93의 코르트(Korth) 함장이 공격을 시작하겠다고 사령부에 보고했다. 통신일지를 통해 이 상황을 확인하자 피셔 함장은 실망감 가득한 신음 소리를 내며 자기 침대로 돌아갔다. 우리는 아직도 쿱피쉬 함장의 배와 100마일이나 떨어져 있었던 것이다.

"오, 맙소사! 저들은 호송선단을 저리도 쉽게 학살하는데, 우린 찌꺼기라도 얻어먹을 수 있을지 모르겠군."

그날 저녁 6시경, 우박이 내리는 가운데 함교 당직자는 케이프 페어웰 근처에서 선단의 연기 자국을 발견했다. 피셔 함장은 선단이 분산해서 진행할 것이라고 예상했다. 잠시 후에 함장이 예상했던 것처럼 갑자기 증기선 한 척이 잠수함 몇 마일 앞에 나타났다.

장교들이 증기선의 침로와 속력을 산출하자마자 피셔 함장은 동쪽으로 침로를 바꾸었다. 전술적으로 공격은 표적의 선수 쪽에서 이루어져야 했고, 때로는 많은 시간이 걸리는 원형 선회기동이 필요하기도 했다.

U-109가 겨우 몇 분밖에 증기선을 추적하지 못했는데 갑자기 함교에서 견시들이 '비상'경보 신호를 외치며 사다리를 타고 함교탑 하부로 내려왔다. 함교탑 해치가 완전히 닫히기도 전에 벤트밸브가 열리고 함은 급격하게 함수 방향으로 기울어졌다. 기관장은 수심 200피트에서 겨우 함의 균형을 잡을 수 있었다.

나는 수중청음기를 통해 우현 함수 쪽에서 구축함의 추진기 소음이 커지는 것을 들었다. 그 소음 헤드폰을 끼지 않고도 확실히 들을 수 있을 정도였고, 우리 직상방으로 통과하면서 폭뢰 몇 발을 투하하며 전속으로 질주했다. 폭뢰는 초당 14피트로 침강했다. 우리가 폭뢰 투하 시점부터 10초를 세고 난 후, 바로 옆에서 폭뢰의 폭발로 인해 물기둥이 솟아오르는 소리가 들려왔다. 배는 천둥이 치는 듯한 충격으로 진동을 거듭했고 선체에서는 깨질 듯한 소리가 났다. 며칠 전 미국 함정에서 투하했던 폭뢰의 위력과는 전혀 다른 엄청난 진동이었다. 잠시 후 구축함 추진기 소리는 좌현으로 선회하며 멀어져갔다. 함장이 물었다.

　"도대체 구축함이 어디 있는 거야?"

　"좌현 함수 쪽에 있으며 계속 항해하고 있습니다, 함장님."

　함장은 고개를 끄덕였다.

　"저 바보 같은 놈이 조금만 더 영리했더라면 우리를 두 번은 더 공격할 수 있었을 거야."

　영국 배는 다른 임무가 있는 듯 더 이상 우리를 공격하지 않고 가버렸다. 30분이 지난 후에 나는 더 이상 우리를 공격할 배가 근처에 없다고 함장에게 보고했다.

　"얼마나 멀어졌는가?"

　"정확하게 말씀드릴 수는 없습니다, 함장님. 그러나 이 근해에는 음파 전달을 왜곡시키는 층심도[15]가 없기 때문이며 구축함이 수평선 너머에 있더라도 소음을 탐지할 수 있습니다. 그 구축함은 아마도 완전히 이탈한 것 같습니다."

　"수중청음기로 아까 그 증기선의 위치 산출이 가능한가?"

　"현재 310도 방향에서 미약한 소음이 잡힙니다."

---

15 최고온도의 최대심도로 음파가 굴절하는 심도이며 표적 탐지에 중요한 영향을 주는 심도.

"좋아, 부상해서 추격해!"

구축함이 사라진 쪽에는 대규모 먹구름이 있었지만 군함들이 있는 것 같지는 않았다. U-109는 부상해서 상선을 추적하기 시작했다. 배의 함수는 부서지는 파도를 가르며 앞으로 계속 나아갔고, 함교에 있는 견시들은 얼굴에 물보라를 맞으며 항해를 해야 했다. 해질 무렵 비가 내리는 가운데 사냥감을 잠깐 보았을 때, 함장은 매우 고무되었다.

저녁 10시 30분쯤 U-109는 화물선의 전방에 위치해 있었고, 피셔 함장은 1시간 내로 공격 준비를 완료하라고 지시했다. 나는 빵과 독일 소시지를 한 움큼 움켜쥔 채 먹으면서 어뢰를 장전하고 있는 전부 어뢰실로 갔다. 병기사들은 콩나물시루처럼 좁은 어뢰실에 처박혀 생활하고 있었는데, 어뢰실이 침실로 사용되었기 때문에 어뢰를 발사하면 할수록 승조원이 쉴 수 있는 공간은 늘어났다. 그래서 병기사들은 선박의 침몰 톤수와는 관계없이 어뢰 발사 기회가 많기를 바라고 있었다. 내가 수중청음실로 돌아왔을 때 페르디난트 하겐이 나에게 헤드폰을 넘겨주면서 상선이 자기 앞에 잠수함이 있다는 것도 모른 채 9노트로 접근해오고 있다고 말했다.

상선이 2마일 이내에 접근했을 때 피셔 함장은 어뢰 2발을 발사했다. 그는 곧바로 초시계를 작동했고, 3분 후 성공을 알리는 두 번의 폭발음이 들렸다.

"중갑판에 명중, 함미에 명중!"

함장이 잠망경으로 확인한 후 잠망경을 내렸다. 약 1~2분간 상선 스크루 소리가 들린 뒤 이내 소음은 사라졌다. 마치 기관단총 사격 소리처럼 연속적인 폭음 소리가 들렸는데 아마 화물에 탄약이 실려 있었던 것 같았다. 저 정도의 폭발이라면 그 누구도 살아남을 수 없을 듯싶었다. 그러고 나서 배가 가라앉을 때 발생하는, 선체가 부서지고 찌그러지는 소리가 들려왔다. 유보트 경험이 많은 기관부의 빈터 준위가 나에게 말했다.

"저 소리를 들어봐. 저 소리가 바로 배가 죽어가는 소리야."

그 소음은 격벽[16]이 수압에 의해 찌그러지는 소리였다. 마우레샤트는 함내 방송을 통해 "어뢰 재장전"이라고 냉정한 목소리로 명령했다.

U-109는 상선 침몰 현장을 이탈한 후 다른 유보트들이 잔여 호송선단을 공격하기에 바쁜 현장에서 들려오는 폭발음 소리를 들으며 그쪽으로 향했다. 그러나 유보트가 상선을 공격하고 있는지, 아니면 구축함이 유보트를 공격하고 있는지는 확실히 알 수 없었다.

밤 12시가 지나고 나서 우리는 부상했다. 바다에는 바람이 일었고 잠수함은 함수와 함미 방향으로 크게 요동쳤으며 너울도 컸다. 함교에서 함장과 견시들은 방수복을 입고 깃을 올려 세우며 차이스(Zeiss)[17] 쌍안경으로 어둠 속을 주시하고 있었다.

나는 추적함이 신호를 송신할 때마다 신호가 너무 강하니 수신 강도를 낮추어야 한다고 함장에게 보고했다. 함장은 나의 보고를 근거로 호송선단이 매우 가까이 있을 것이라고 판단했다.

"함수 전방 구축함, 현재 충돌 침로로 접근 중!"

잠시 후 켈러 중위가 보고하자 함장이 차분한 목소리로 말했다.

"나도 보고 있어. 우리가 약간 변침하자구. 그들은 우리를 보지 못한 것 같아."

조타사는 구축함의 함미 쪽으로 벗어나기 위해 키를 우현 10도로 틀었다. 갑판장이 보고했다.

"구축함 또 한 척, 평행 침로로 우현에서 접근 중!"

함장이 신경질적으로 말했다.

"이놈의 구축함들이 다 어디서 오는 거야?"

두 번째 구축함은 1마일 정도밖에 떨어져 있지 않았다.

---

16 함정 내 수많은 격실을 지탱하는 벽면.

17 칼 차이스(Carl Zeiss): 독일 광학장비 회사로 카메라 렌즈 및 쌍안경 등을 제작하는 세계적인 회사임.

"첫 번째 구축함이 우리를 향해 방향을 틀었습니다!"

켈러 중위가 보고했다. 함장은 몸을 돌리면서 쳐다보았다. 우리 모두는 함장이 내려야 할 결정을 알고 있었다. 잠항을 할 것인가, 아니면 수상항해로 회피할 것인가? 곧바로 결정을 내려야만 했다.

"첫 번째 구축함, 우리 쪽으로 곧바로 접근 중!"

켈러 중위가 고함쳤다. 몇 초 동안 함장은 결심을 못한 채 쌍안경을 목에 걸고 함수 파도를 뒤집어쓰고 있었다. 수상항해로는 이미 피하지 못할 정도로 근거리에 접근해 있었다.

"전원 함내로!"

함장은 긴급잠항을 지시했다.

우리는 120피트로 잠항했다. 나는 수중청음기를 통해 구축함 2척이 지나가는 소리를 들었고 세 번째 구축함이 좌현 쪽에서 접근하는 소리를 들었다. 함장은 믿지 못하겠다는 듯이 고개를 흔들며 통로에 서 있었다. 나는 함장에게 헤드폰을 준 뒤, 전방위 탐색을 실시했다.

"저것들입니다. 저것들의 보조기기[18] 소리가 들립니까? 이 해역에서 음파 전달은 대단히 양호합니다."

나는 다시 한 번 탐색을 실시했다.

"지금은 구축함 3척 모두가 정지하여 우리 소리를 들으려 하고 있습니다."

잠수함 내부는 극도로 조용했다. 오직 들리는 소리는 심도 유지를 위해 프로펠러가 90 RPM[19]으로 돌아가는 조용한 추진 소음뿐이었다.

"네 번째 구축함이 300도 방위에서 접근 중입니다."

함장은 성가시다는 표정으로 헤드폰을 벗어던진 뒤 좁은 통로를 지나 침대로 향했다. 함장은 침대 끝에 앉아 해도대에 팔꿈치를 댄 채 턱을 괴

---

18 함정의 주 추진장비 이외의 장비. 즉, 발전기 또는 각종 펌프 등을 말함.

19 추진기의 분당 회전수.

고 있었다.

"다섯 번째 구축함이 90도 방위에서 접근 중!"

내가 보고하자 갑자기 함장이 화를 내면서 일어났다.

"지금 보고하는 것은 모두 허상이야! 자네가 듣고 있는 것은 모두 반향음이란 말이야. 지금 유보트 7척이 호송선단을 공격하고 있는 마당에 무려 5척이나 되는 구축함이 우리를 찾기 위해 근처를 탐색하고 있다고 생각하나?"

나는 함장의 불신(不信)에 화가 났다.

"소음은 꽤 정확합니다. 현 해역의 해저는 용골[20] 아래 6,000피트에 있기 때문에 반향음이라고는 생각되지 않습니다."

피셔 함장은 나를 죽일 듯이 노려본 후에 조종실 통로를 따라 사라졌다. 몇 분 후, 배에서 가장 경험이 많고 냉정한 페터젠이 조용히 나에게 다가왔다.

"자네는 상상이나 할 수 있나?"

페터젠은 속삭였다.

"함장님은 저 구축함들의 직하방을 통과해 접촉을 피하고 현재 위치에서 벗어나려는 방법을 생각하고 있는 거야."

"120피트로 말입니까?"

페터젠이 고개를 끄덕였다.

"함장님은 그 이상 깊이는 절대 안 들어가려 하시지."

"말도 안 됩니다. 만약 우리가 구축함들 직하방으로 들어가면 그들은 쉽게 우리 위치를 파악해서 일격을 가할 겁니다."

"나도 그렇게 생각해."

그때 다섯 번째 구축함이 매우 빠른 속도로 우리에게 접근하기 시작했

---

20 함정의 맨 아랫부분인 선저에 함수에서 함미까지 길게 위치한 철강으로, 사람의 척추에 해당하는 부분임.

다. 페터젠이 병렬 헤드폰으로 그 소음을 듣더니 바짝 긴장한 목소리로 경고했다.

"구축함이 우릴 향해 제대로 변침했어. 곧 폭뢰를 투하할 것 같아!"

나는 구축함이 우리 배 직상방으로 통과할 것이라고 소리치며 경고했다. 피셔 함장은 결심을 해야 했다. 그것은 완전히 기하학적인 문제로 적 수상함이 유보트의 정확한 위치를 파악하지 못했을 때, 구축함이 속력을 올리는 단계에서 몇 분 내에 회피침로를 선택해야 하는 것이었다. 그 구축함은 마치 증기기관차처럼 힘차게 접근하고 있었다. 페터젠은 나를 팔꿈치로 찌르면서 턱으로 나침반 쪽을 가리켰다. 잠수함은 좌현으로 선회하고 있었다. 승조원들은 눈을 크게 뜨고 두려운 표정으로 위쪽을 올려다보았다. 함장은 무관심한 듯 해도를 내려다보며 조종실에 있었다. 우리가 아직도 120피트에 있다는 사실이 나를 오싹하게 만들었다. 그런 얕은 심도에서 만약 폭뢰가 우리 잠수함보다 깊은 심도에서 폭발한다면 아래쪽에서 충격을 받아 최소한 잠수함이 수면 위로 부상하게 될 것이고, 그렇게 되면 구축함 5, 6척으로부터 함포 세례를 받게 될 것이 분명했기 때문이다.

구축함들은 우리의 직상방을 통과했다. 우리는 두려움에 사로잡혀 숨도 제대로 쉬지 못했다. 구축함의 추진기 소음이 곧 잠수함 반대편으로 통과했다. 그리고 지옥 같은 순간이 시작되었다. 믿을 수 없을 정도로 엄청난 파멸의 소리와 함께 폭뢰들이 격렬하게 폭발했고, 이는 마치 5개의 거대한 망치로 선체를 내려치는 것 같았다. 폭뢰가 폭발할 때마다 승조원들은 무의식적으로 몸을 움츠렸고 함내 전등이 깜빡거렸으며 무시무시한 천둥소리가 심해에 울려 퍼졌다. 그러나 승조원들은 그저 위만 바라보았다. 이런 폭발 속에서 아직 살아 있다는 사실이 기적처럼 느껴졌다.

보수반[21]의 보고에 따르면, 함내는 아직까지 수밀[22]이 잘 유지되고 있었다. 함장이 나에게 물었다.

"구축함은?"

"지금 방위로 볼 때 우리가 선회했기 때문에 멀어지고 있지만, 구축함은 현재 우리 함미 쪽에 있습니다."

피셔 함장은 고개를 끄덕이며 다시 물었다.

"다른 구축함들은?"

나는 계속 수중청음기로 전방위를 탐색하며 대답했다.

"그들은 아직도 대기하고 있습니다."

피셔 함장은 이 보고를 믿을 수 없다는 듯이 투덜거렸다. 나는 우리를 공격한 구축함을 한동안 추적한 후 다시 보고했다.

"마지막 구축함도 정지했습니다."

함장은 한마디도 하지 않고 돌아섰다. 페터젠이 함장과 내가 주고받은 대화를 멀리서 듣고 나에게 왔다. 나는 페터젠에게 지금의 상황을 조용히 설명해주었다.

"함장님은 지금 우리 위에서 원을 그리며 구축함들이 정지해 있다는 사실을 믿지 않으십니다."

"날이 밝아질 때까지 기다려봐."

조용히 대답한 페터젠이 덧붙여 말했다.

"그때가 되면 걱정거리가 더욱 많아질 테니까 말이야."

"조타장은 함장에게 올 것."

바로 그때 함장의 명령이 방송되었다. 페터젠은 나에게 의미 있는 시선을 던진 다음 함장과 함께 해도를 마주보면서 토의를 시작했다. 함장이 함교탑만 부상시키라고 명령을 내린 다음이었다. 의심할 여지없이 함장이 이렇게 하는 데에는 분명한 이유가 있을 것이라고 나는 생각했다. 그

---

21 함이 손상되었을 때 이를 수리하는 팀.

22 물이 들어오지 않도록 하는 것.

러나 조용히 대기하고 있던 구축함이 바로 이 순간 우리를 공격한다면 그건 정말 치명적일 것이 확실했다. 영국 함정들은 표류 대기하고 있었는데 오직 보조기기들의 낮은 소음에 의해서만 그 사실을 확인할 수 있었다.

기관장이 작은 소리로 함교에 올라가도 좋다고 보고하자, 함장은 함교탑 해치를 열고 혼자 함교로 올라갔다. 신선한 바다 공기가 함내로 들어왔고, 해수가 함교탑을 덮쳐 선체가 파도에 잠시 잠겼다.

"통신장, 함교로!"

함장이 큰 소리로 고함쳤다. 만감이 교차된 상태로 나는 함교에 올라가 함장 옆에 섰다. 함장은 해치 커버를 발로 차서 닫은 뒤 내 어깨에 손을 얹었다.

"무엇이 보이나?"

나는 함의 요동 때문에 넘어지지 않도록 함교탑 테두리를 붙잡고 캄캄한 밤 바다를 바라보았다.

"안 보입니다."

"우선 자네 눈이 어둠에 익숙해지도록 하게."

몇 분이 지나자 함수 전방에 희미하게 회색빛 형상이 보였다. 함장은 쌍안경을 나에게 건네주었다. 내가 본 것은 4개의 연돌을 가진 대형 구축함이었다.

"저것이 하나고, 하나는 이쪽, 하나는 저쪽, 총 5척이야. 자네가 보고한 것이 맞았어. 그들은 거의 원을 그리며 우리 배를 둘러싸고 있단 말이야."

나는 쌍안경을 돌려주었다.

"자, 이제 내려가서 기관장에게 좌현으로 변침해서 180도를 잡으라고 하게. 그리고 주 부력 탱크를 불지 말고[23] 이곳을 빠져나가자고. 나는 함교에 혼자 있겠어."

---

23 잠수함이 완전히 부상하기 위해 주 부력 탱크에 공기를 주입하는 것을 주 부력 탱크를 분다고 표현함.

기관장 베버 대위는 이 지시를 받고 나서 고개를 저었다. 그의 이마에는 땀이 맺혀 있었다. 베버 대위가 함교탑 아래에서 함교에 있는 함장에게 소리를 질렀다.

"함장님, RPM 90으로는 배를 유지할 수가 없습니다!"

함장이 RPM을 250으로 올리라고 지시하자, 잠수함은 구축함으로부터 서서히 멀어지기 시작했다. 그것은 함장이 배를 지휘한 이래 처음으로 총원이 긴장한 시간이었다. 속력을 어느 정도 올리고 나니 부분적으로 물에 잠긴 포대 위에 파도가 덮쳤고, 함교탑 하부의 낮은 부분에도 물이 덮쳤다. 우리의 탈출을 구축함은 눈치채지 못했다. 그런 양호한 음파 탐지 조건을 가진 해역 한가운데 있던 우리가 몰래 빠져나올 수 있었다는 건 정말 이해할 수 없는 일이었다.

1시간 후 피셔 함장은 주 부력 탱크를 불라고 지시했고, 디젤엔진을 전속으로 올리고 난 후 함교에서 내려왔다. 함장은 침실에 모자를 팽개치고 승리의 기쁨에 도취한 채 침대에 길게 누웠다.

"자, 히르쉬펠트, 우리가 저놈들을 멋지게 가지고 논 것 같은데. 그렇지 않나?"

하지만 나는 함장의 말에 동조하지 않고 웃으면서 말했다.

"정말 그들이 어떻게 우리가 현장을 탈출하도록 방치했는지 이해할 수가 없습니다."

그러나 피셔 함장은 매우 고무된 표정이었다.

"히르쉬펠트! 문제는 그들이 어디서 왔는지, 또 호송선단은 지금 어디에 있는가일세."

나는 U-109의 쿱피쉬 함장이 최근에 보낸 위치를 보고했고, 함장은 그것을 가지고 조종실로 갔다. 30분이 지난 후 쿱피쉬 함장의 통신신호를 방향탐지기로 잡았다. 나는 우리 배와 호송선단의 위치를 연결한 직선 사이에 방금 전에 우리가 탈출했던 구축함 5척이 있다는 사실을 알고는 적정이 되었다. 선단의 위치를 확인한 피셔 함장이 말했다.

"자! 불행하게도 피할 수 없게 되었군. 우리는 오늘 저녁 호송선단에 접근해야 돼."

함장은 조타사에게 새로운 침로를 지시했다. 우리는 엔진을 증속시켜 서쪽을 향해 전속으로 항해했다. 조종실에서는 불만에 찬 소리들이 흘러나왔다. 위르겐센은 해도를 바라보면서 고개를 저어대고 있었다.

"우리가 지나온 위치로 다시 간다는 것은 정말 이해할 수 없어. 영국 구축함들이 우리가 다시 나타나면 무척이나 기뻐할 거야."

30분 후 나는 쿱피쉬 함장 배의 방위를 수정했고 함장으로부터 함교에 올라와도 좋다는 허가를 받았다. 그는 새로운 정보를 퉁명스럽게 받아들이고 나서 함수를 돌렸다.

나는 방향탐지기 안테나 쪽에서 당직을 서고 있는 견시들 사이에 틀어박혀 있었다. 쌍안경으로 전방을 주시하면서 마우레샤트가 말했다.

"동쪽 수평선상을 보십시오, 함장님."

나는 이미 보고 있었다. 함미 쪽은 태양이 밝아오고 함수 쪽은 아직도 칠흑 같은 어둠 속에서 구축함 5척이 기다리고 있었다.

"구축함 쪽에서 보면 우리 윤곽이 매우 잘 보일 것 같습니다, 함장님."

켈러 중위가 말했다. 하지만 함장은 그의 말을 무시하고 쌍안경으로 전방을 계속 주시했다. 걱정 속에서 몇 분이 지났을 때 마우레샤트가 외쳤다.

"함수 전방 30도!"

켈러 중위와 함장이 실망한 얼굴로 돌아보았다. 켈러 중위가 신음 소리를 내며 말했다.

"젠장! 구축함 2척!"

"저 구축함들은 선단 후미 담당일 거야."

함장이 투덜거렸다. 그때 갑자기 바다가 온통 주황색 빛으로 물들었다. 좌현 함수 방향에서 유조선 한 척이 폭발하는 불빛이었다. 시뻘건 화염

기둥이 사그라지는 순간 불붙은 기름이 바다에 넓게 퍼지면서 격렬하게 타들어갔다. 바로 다음 순간, 구축함들이 부상한 유보트를 찾기 위해 조명탄을 쏘기 시작했다.

"충수[24]!"

함장이 외쳤다. 함교 당직자들은 잠항 절차를 무시한 채 아래로 내려왔고, 파도가 넘쳐서 잠항 중인 상부 갑판에 부딪쳤다. 멀리서 폭뢰를 떨어뜨리는 소리가 들렸다.

나는 수중청음기 앞에 앉았고 켈러 중위가 합류했다. 나는 청음기를 작동하여 표적을 찾았다. 매우 가까운 곳에서 철제 프로펠러 소리를 들을 수 있었다.

"이 구축함은 도대체 어디서 왔습니까?"

나는 청음기 접촉 방향을 가리키며 켈러 중위에게 물어보았다.

"우리는 유조선이 폭발할 때까지 이 구축함을 보지 못했어. 저 구축함은 우리에게 충돌 공격을 하려고 하는 것 같았어."

나는 식은땀이 흐르며 등골이 오싹해졌다.

"잠시 들어봐. 더 많은 구축함을 발견할 수 있을 거야."

켈러 중위가 말했다. 나는 다시 전방위를 확인했다.

"젠장! 전 방향에서 접촉되는군."

켈러 중위는 고개를 끄덕이며 말했다.

"그들은 여명을 등지고 오는 우리를 정확하게 봤어. 유조선을 공격한 배가 우리를 살린 거야. 그 배는 서쪽에서 공격을 하고 밝은 하늘을 배경으로 구축함들을 본 게 틀림없어."

함내는 더욱 조용해졌고, 나는 표적의 위치를 기점했다.

"청음실, 들리는 게 있으면 보고해."

---

24 주 부력 탱크에 공기를 빼고 물을 공급하여 잠수함의 부력을 제거하여 잠항을 지시하는 구령.

함장이 말했다.

"좌현 290~310도 구축함들, 350도 저속 기동하는 유조선. 함수 전방에 현장을 이탈하는 것으로 보이는 유보트 엔진 소리, 우현 17, 25, 40, 75도 방위에 구축함 다수!"

피셔 함장은 청음기를 쳐다보았다. 그러나 함장은 이번만큼은 나의 보고를 의심하지 않았다.

"이 아수라장에서 이탈하기 위해서는 유조선 밑으로 빠져나가야 해!"

함장이 켈러 중위에게 말했다.

"유조선이 우리 위에서 침몰하면 어떻게 합니까?"

"정확히 유조선 직하방을 통과할 필요는 없어!"

"저속으로 그렇게 하려면 많은 시간이 걸릴 것이고 결국 우리는 부상도 못한 채 날이 밝을 것입니다."

"맞아. 하지만 당분간은 이 침로로 가자고."

"그러면 심도를 좀 더 깊게 하시지요."

하지만 피셔 함장은 웃으며 말했다.

"그게 무슨 차이가 있겠나? 그들은 60에서 90피트 사이에 폭뢰를 투하하고 우리는 180피트에 있으면 충분하지 않은가?"

함장은 돌아서서 침대에 누워버렸다. 켈러 중위는 고개를 갸우뚱거리며 나에게 말했다.

"선단이 아마 전멸했나봐! 그렇지 않고서야 저렇게 모든 세력이 우리에게 집중할 수가 없잖아?"

한편 위에서는 구축함들이 살금살금 우리 가까이 다가오고 있음을 알수 있었다. 구축함들은 한 척씩 유보트에 접근하여 정지했다. 1시간 후에 구축함 6척이 원을 그리며 우리 잠수함을 에워싸고 있었다. U-109는 최고도의 정숙항해를 설정했다. 대화는 모두 속삭임으로 바뀌었고 오로지 프로펠러 소리만 천천히 들렸다. 불필요한 공구 및 도구는 자기 위치에 정돈해놓았다. 바로 그 순간 찍찍거리는 소리가 들려오기 시작했고 나는 머리카락이 곤두섰다.

"ASDIC(음파탐지기)입니다! 함장님!"

나는 다급하게 함장에게 보고했지만 돌아온 것은 퉁명스런 대답뿐이었다.

"우리가 할 수 있는 것은 아무것도 없잖아?"

함교탑 하부에 있는 조타사도 "ASDIC 송신음입니다"라고 외쳤다. 그러나 함장은 요즘 읽고 있는 범죄소설의 페이지를 넘기고 있었다. 함장은 그 소설에 빠져들어 있었다. 잠시 후 음파 송신 빈도가 늘었다. 구축함들이 우리 위치를 정확히 파악한 것 같았다. 잠시 후 듣기 싫은 추진기 소음이 들리기 시작했다.

"구축함 290도, 310도, 접근 중!"

내가 외치자 함장이 책을 집어던지고 침대에서 뛰쳐나오며 외쳤다.

"조종실, 전속!"

크게 울리는 구축함의 추진기 소리가 잠수함에 가득 찼다. 첫 번째 구축함이 우리의 직상방을 통과했다. 함장은 두 손으로 얼굴을 받치고 있었다. 조타사는 연필로 종실의 해도대를 두드리고 있었다. 나는 기상학자인 슈뢰더 박사의 창백한 얼굴을 보았다. 슈바르츠코프 대위는 침대에 누워 나를 쳐다보고 있었다. 그들의 모습은 마치 돌처럼 굳어 있었다.

잠시 후 엄청난 폭발이 일어났다. 마치 잠수함 주변에서 화산이 폭발하는 것 같았다. 나는 잠수함 선체가 어떻게 그런 수압을 견뎌냈는지 알 수 없을 지경이었다. 함내 전등이 서서히 꺼져갔다. 믿을 수 없을 만큼 가공할 만한 굉음이 연쇄적으로 충격을 주며 잠수함을 뒤흔들었고, 견딜 수 없는 폭발음이 계속해서 들려왔다. 그 후 반향음이 으르렁대며 사라졌고 함내 비상전등이 깜박거리기 시작했다.

다급한 소리로 손상 부위들이 보고되었다. "잠수함 뒤쪽 오른편 추진축

계 및 디젤엔진 배기구 침수 중", "후부 어뢰발사관으로 물이 들어오고 있음", "함미 기관실 수직통로를 통해 기관실로 고압의 해수가 분사되며 들어오고 있음" 등등……

"심도 변경 240피트 잡아! 속력 최저속!"

함장이 명령했다. 함장이 나를 심문하는 듯한 표정으로 쳐다보자 나는 즉각 보고했다.

"모든 구축함 정지 중! 현재 음파탐지기(ASDIC)로 우리를 탐색 중입니다!"

우리는 8노트로 빨리 진행했기 때문에 폭뢰는 우리의 뒤쪽 멀리에 투하된 것 같았고, 우리는 현 침로를 유지했다. 몇 분이 지났지만 그 누구도 말하지 않았고, 침묵하는 가운데 모두 다음의 가공할 공격에 대비하고 있었다.

구축함 3척이 열십자(十) 형태로 우리의 직상방을 통과했고 맹렬한 폭풍이 일어난 듯했으나 추가 손상은 없었다. 구축함들은 재배치한 다음 엔진을 정지했으며 ASDIC 장비로 잠수함의 심도를 탐지하고 있는 듯했다. 피셔 함장은 세 번째 공격이 시작될 즈음에 잠수함 심도를 300피트로 변경했다. 구축함들은 잠수함의 위치를 잘못 알고 있었고, 전혀 다른 곳에다 폭뢰를 투하했다. 그러고 난 후 약 1시간 동안 침묵이 흘렀다. 영국 배들에게 무슨 문제가 생겼는지, 더 이상의 공격은 없었다.

만약 그 해역의 기상이 더 이상 악화되지 않았더라면, 행운의 여신은 그들 편에 있었을 것이다. 잠수함이 축전지 충전을 위해 부상해야 한다는 것을 그들은 이미 알고 있었기 때문이다.

잠수함 외부 상황은 평상시와는 달리 너무 조용했기 때문에 나는 수중 청음기를 이용하여 더 이상 구축함들을 추적할 수가 없었다. 나는 청음기 장비의 고장을 초래할 수 있는 습기를 제거하려고 우현 쪽에 있는 공구상자 안에서 마이크로폰들을 꺼내어 에어 드라이기로 말렸다. 하지만 수신 상태는 여전히 좋아지지 않았다. 많은 외부 공기 밸브들이 새고 있었고,

이미 많은 양의 물이 함내로 들어오고 있었다. 함장은 함교탑을 닫았고, 타수는 조종실에서 타를 잡았다. 기관장 베버 대위가 함장에게 보고했다.

"물을 퍼내야 합니다. 조종실에는 바닥 플레이트까지 물이 찼습니다."

"하지만 그 소리는 먼 거리에서도 들릴 텐데……."

함장은 기관장의 말에 동의하기까지 몇 초 동안 상당히 고민하는 듯했으나 빌지[25]가 꽉 찼기 때문에 선택의 여지가 없었다. 좀처럼 동의하지 않는 함장이었지만 이번만큼은 베버 대위의 말에 고개를 끄덕였고 이내 펌프가 작동했다. 그 소음은 매우 컸다. 두려움 때문에 몸속의 내장이 뒤틀리는 듯했다. 전에는 펌프 소리가 그렇게 큰지 정말 몰랐었다. 구축함들도 펌프 소리를 들은 것 같았다. 잠시 후 펌프를 정지하자마자 그들은 공격하기 시작했다. 폭발은 가공할 위력으로 선체를 강타했고 지난번 구축함들의 공격보다 상당히 정확했다.

나는 영국군이 왜 ASDIC 사용을 중지했는지 궁금했다. 아마도 장비가 너무 민감하여 폭뢰의 충격으로 제대로 작동하지 않는 것 같았다. 구축함들은 마지막 공격을 위해 잠수함 자체에서 나는 소음으로 위치를 산출하는 것 같았고, 그 덕분에 우리는 다소나마 안도의 한숨을 쉴 수 있는 여유를 갖게 되었다.

잠수함 내부의 공기가 너무 탁해서 숨이 막힐 지경이었다. 함내 통풍팬[26]에 의해 함미에서 함수로 순환되고 있었기 때문에 우리는 더욱 숨쉬기가 힘들었다. 조리장이 진한 커피를 만들어주었지만 나는 피곤함을 떨쳐버릴 수가 없었다. 함장은 우리가 물속에서 이틀 이상 있어야 할 것이라고 말하면서 호흡할 때 발생하는 이산화탄소 제거제가 장착되어 있는 호흡기를 승조원들에게 나눠주라고 지시했다. 또한 모든 비당직자들은 침대를

---

25 함정의 맨 아랫부분에 있는 물이나 기름 찌꺼기 등이 모이는 곳으로 각종 밸브 및 장비에서 흐르는 물(기름) 등이 모여 고이게 되고 많아지면 펌프를 이용해 함외로 배출시킴.

26 함내 공기를 순환시켜주는 통풍장치.

떠나지 말도록 지시받았다. 불필요한 전등을 모두 끄고 전 당직자는 슬리퍼를 신도록 했다. 예비용 산소가 있었지만 산소는 48시간밖에 사용할 수 없는 양이었고 가장 큰 문제는 축전지가 그때까지 버텨줄 수 있는가 하는 것이었다. 한번 방전되면 프로펠러는 더 이상 돌지 않을 것이고, 그렇게 되면 결국 배는 가라앉을 것이기 때문이었다.

몇 시간이 더 지났다. 함내 바닥에 물이 많이 찼다. 함장은 천장을 쳐다보며 침대에 누워 있었다. 나는 지쳐 있었기 때문에 수중청음기에도 무감각해졌다. 양가죽 재킷을 입고 있었지만 추위가 뼛속까지 스며들었다.

구축함은 다시 우리 직상방으로 접근했다. 승조원들은 폭뢰 공격을 기다렸지만 더 이상 투하되지 않았다. 구축함의 프로펠러 소리는 약해졌다가 부드러워지고, 또다시 강해지는 등 변화무쌍했다. 이상했다.

당직 교대 후 나는 휘청거리며 침대로 들어가 죽은 듯이 잠에 곯아떨어졌다. 통신사 휨펠(Huempel)이 흔들어 깨웠을 때 나는 아직 정신을 차리지 못하고 어리둥절한 상태였다.

"2시간 동안 폭뢰 공격이 없었습니다."

휨펠이 나에게 속삭였다. 나는 고개를 끄덕이고 나서 콜라 캔 하나를 들고 비틀거리며 청음실로 향했다. 페르디난트 하겐이 그사이에 있었던 일을 알려주었다.

"구축함들이 여전히 그대로 있는 것 같아요. 그들은 단지 속력만 올렸다, 내렸다 하고 있습니다. 구축함들은 우리를 찾지 못하고 있는 것 같습니다. 함장님이 아침 일찍 알루미늄 파편을 배출했는데 그것 때문에 그들이 작전을 하는 데 상당히 어려움이 있을 겁니다."

심도계는 우리가 아직 300피트에 위치하고 있음을 가리키고 있었다. 이 심도에서는 벤트 구멍을 통해 함내로 물이 많이 들어왔을 텐데 참으로 이상했다. 아마 심도계도 심한 손상을 입어 고장이 난 것 같았다. 구축함들은 폭뢰 몇 개를 더 투하했고 바다는 그 충격파에 휩싸였지만 다행히 잠수함 가까이에서 폭발하지는 않았다.

"자네, 그것 알고 있나? 알루미늄 파편이 우리를 도울 수 있을 것 같은데."

누군가가 나에게 말했다. 하지만 내 생각은 회의적이었다. 분당 90회 전수의 속력으로는 우리가 발사한 알루미늄 파편으로부터 우리 배가 멀리 이탈하지 못했을 것이라고 판단했기 때문이었다. 영국 군함은 시간당 6발 이상의 폭뢰를 투하하지 않았는데, 어떤 이유에서인지 잠수함을 추적하지 못하고 있는 것 같았다.

16시간 정도 우리가 포위되어 있는 동안 켈러 중위는 전 통신사를 당직 교대시켰다. 나는 몇 시간 동안 깊은 잠에 빠졌고 자는 동안 죽는 꿈을 꾸었다. 나는 우리가 죽게 될 것이라고 생각하며 그냥 잠에 곯아떨어져버렸다. 옆에 있는 산소호흡기가 작동하지 않는 것 같았다. 나는 혹시 오토 페터스가 산소호흡기를 작동시키는 걸 잊어버린 게 아닌가 하고 장비를 확인하려고 일어났다. 만약 그가 작동하는 것을 깜박 잊어버렸다면 우리 모두는 아무것도 모른 채 마지막 깊은 잠에 빠졌을지도 모른다. 침대에서 일어나려고 했지만 너무 피곤했던 탓인지 손발이 말을 듣지 않아 도저히 움직일 수가 없었다.

그때 어디선가 속삭이는 소리가 들려왔다. 그렇다면 누군가가 아직 살아 있단 말인가? 온 힘을 다해 한쪽 눈을 떴다. 함수 침실 뒤쪽 통로에서 기관부 카우프만(Kaufmann) 중사가 작은 심도계를 두들기면서 머리를 갸우뚱하고 있었다. 나는 이산화탄소 제거제를 옆에 들고 비틀거리며 통로로 들어갔다.

"무슨 일이야, 카우프만?"

카우프만이 두려운 눈으로 나를 바라보았다.

"통신장님, 이 심도계를 믿을 수가 없어요."

"지금 심도가 얼마를 가리키고 있는데?"

"600피트가 넘었습니다."

나는 너무 놀라 소리를 지르고 말았다.

"뭐라고?"

"600피트가 넘었다구요!"

나는 그 순간 지금까지 그 어떤 잠수함도 600피트까지 내려갔다가 부상한 경우가 단 한 번도 없었음을 떠올렸다.

"카우프만, 조종실을 불러서 즉시 보고를 하게나."

"하지만 우리는 전화기를 사용할 수 없습니다. 사용하지 말라는 지시가 있었지 않습니까?"

카우프만이 속삭였다. 또한 비상시에는 걸어서 배를 왔다갔다 하지 말라는 지시가 내려져 있었다. 나는 어두운 중앙통로를 쳐다보았다. 전령요원[27]들도 지쳐서 바닥에 누워 잠에 곯아떨어져 있는 것이 보였다.

"전화해! 내가 모두 책임질 테니까!"

카우프만은 지시대로 행동했다. 전화가 울렸고 카우프만은 그가 발견한 것을 즉각 보고했다. 그들이 심도계가 가리키는 심도를 계속해서 물어보는지 카우프만은 전화기를 계속 들고 있었다.

"조종실에서 말하기를 우리 심도계가 잘못되었답니다. 우리는 아직 300피트에 있답니다."

"그들이 더 잘 알겠지. 배를 조종하고 있으니까."

그 말을 듣고 나는 내 침대로 돌아왔다. 하지만 잠시 후 전화벨 소리가 다시 울리고 카우프만의 다급한 목소리가 들려왔다.

"맞습니다! 현재 배는 600피트 이상의 심도에 있고, 심도계 바늘이 작동 범위를 지나 멈춰버렸습니다!"

내가 다시 일어났을 때 카우프만은 매우 당황한 채 통로 뒤쪽에 서 있었다. 그는 아직 수화기를 손에 들고 있었다.

---

27 함정에서 서로 정보를 교환할 때 함내 방송체계 대신 지시나 보고를 직접 전달하는 사람.

"그들이 후부 격실에 전화를 해서 확인했는데, 후부 격실의 심도계도 600피트 심도를 가리키고 있답니다!"

나는 등골이 오싹했다. 조종실에 있는 주 심도계가 잘못되었는데 누구도 그것을 알아차린 사람이 없었다니! 갑자기 함수가 올라가기 시작했다. 기관장이 모터와 수평타기를 이용해 배를 띄우려고 시도하고 있는 것 같았다. 카우프만은 놀란 표정으로 주위를 둘러보았다. 함수가 올라갔는데도 배가 뜨지 않기 때문이었다. 잠시 후 거의 수직으로 함수가 올라가자 배가 서서히 뜨기 시작했다. 함수 빌지(bilge)[28]에서 흘러내린 물이 조종실 전부 압력문의 주위를 타고 씻겨내리기 시작했다. 함내 방송이 울렸다.

"승조원 총원 함수로!"

기관장이 소리쳤다. 그의 목소리는 겁에 질려 있었다. 승조원 총원은 함수 쪽으로 달려가기 시작했다. 하지만 나는 승조원들이 함미에서 함수로 뛰어갈 때 내 침대로 들어갔다. 승조원들이 함수로 간다고 해도 별로 달라질 게 없을 것 같았기 때문이다. 함수는 계속 뜨고 있었다. 거의 40도 각도를 이루었을 때 함수 격실에 있는 물품들이 함미 쪽으로 우르르 쏟아져내리기 시작했다. 처음에는 천장에 매달아놓은 그물침대에서 고깃덩어리들이 떨어지더니 계속해서 오렌지 박스, 계란, 스푼, 포크, 나이프 등이 줄줄이 떨어졌다. 60도 경사가 되자 빌지에서 물과 기름이 갈색 폭포수처럼 쏟아져내렸다.

"이제 끝이구나!"

나는 그렇게 생각했다. 마우레샤트는 격벽에 똑바로 기대어 서서 두 손으로 천장에 있는 파이프를 꽉 잡은 채 커다랗고 쾌활한 목소리로 소리를 질러댔다.

"동료 여러분! 우리는 지금 해저에 가라앉고 있습니다!"

---

28 배 바닥에 고인 물이나 기름 혼합물.

"재수 없는 입 닥치지 못해!"

동료들이 그에게 쏘아붙였다. 민간인 기상학자 슈뢰더 박사가 내 팔을 꽉 잡더니 흐느껴 울기 시작했다.

"자네, 알아? 나는 집에 어린애를 5명이나 두고 왔다네."

"알고 있습니다."

"전기 추진 모터[29] 화재 발생!"

그때 함미 격실에서 외치는 소리가 들렸다. 빌지에서 흘러나온 물이 전기장비들을 덮쳐 불이 난 것 같았다. 몇 초 후에 함미에서 삐걱거리며 길게 무언가 찢어지는 소리가 들려왔다. 그것은 이틀 전 화물선이 가라앉을 때 냈던 죽음의 소리와 비슷했다.

"함미 격실 침수 중!"

함내 방송이 울려 퍼졌다. 나는 함미 격실부터 침수하는 게 논리에 맞다고 생각했다. 함수보다 심도가 깊은 함미가 수압에 의해 먼저 깨지는 것은 당연했다. 함미의 심도는 이미 900피트가 될 것이었다.

나는 물에 빠져 죽는 게 고통 없이 빨리 죽는 방법이기를 바랐다. 그때 파이프에서 압축공기가 흐르는 소리가 들렸다. 기관부 요원들이 주 부력 탱크를 공기로 불어내기 시작한 것이다. 사형선고를 받은 승조원들 얼굴에 희망의 빛이 잠깐 떠올랐다. 우리 모두의 눈은 함수 격실 심도계 옆에 서있는 카우프만을 향하고 있었다. 심도 지시계는 아직도 지시 범위를 벗어나 있었고 꿈쩍도 하지 않았다. 압축공기는 계속 주 부력 탱크로 들어가 내부에 있는 해수를 밀어내고 있었으나 심도계 바늘은 움직일 줄 몰랐다.

"젠장! 배가 전혀 뜨지 않고 있잖아!"

카우프만이 소리쳤다. 그때 압축공기 소리가 멈췄다.

"왜 주 부력 탱크를 계속 불지 않는 겁니까?"

---

[29] 축전지의 전력을 이용하여 스크루를 돌리는 전기 모터.

마우레샤트가 켈러 중위에게 소리쳤다. 켈러 중위는 조종실 통로에 걸터앉아 있었다. 그들은 함미 주 부력 탱크만 불고 있었다. 함수 탱크에서는 공기가 계속 새어나오고 있기 때문에 불어봤자 필요가 없다고 켈러 중위가 설명했다.

"배가 아직도 떠오르지 않고 있습니다."

카우프만이 말했다. 함내 전등이 서서히 꺼지기 시작했다. 발전기가 고장 난 것이다. 비상전등이 들어오기는 했지만 그 빛은 약했다. 그때 나는 사형선고를 받은 사람들의 얼굴이 죽기 직전에 얼마나 창백해지는지 생각해보았다. 함수에서는 몇 명이 손전등을 비추고 있었고 그들은 모두 심도계를 바라보았다.

기관장은 희망을 버린 듯했다. 그는 오토 페터스에게 배를 구할 수 있는 방법이 더 이상 없다고 고백했다. 가능한 한 모든 방법을 시도했지만 이제 그는 죽음을 받아들이라고 스스로 설득하고 있는 것 같았다. 그 말을 듣고 난 후 오토 페터스는 우리를 구하기 위한 마지막 시도로 주 부력 탱크를 불기 위해서 기관장으로부터 조종 패널을 인계받기로 결심했다.

함수 주 부력 탱크에서 공기가 새고 있었기 때문에 기관장 베버 대위는 배를 띄우기 위해 오로지 함미 탱크만 불고 있었던 것이다. 이것이 아무런 효과가 없다는 것을 알고는 다른 방법이 없다고 생각한 모양이다. 오토 페터스는 함미 주 부력 탱크에 들어 있는 모든 압축공기를 함수 탱크로 옮길 수 있다면 함수 주 부력 탱크는 지금 함미보다 150피트 얕은 심도에 있기 때문에 옮기는 도중 압축공기가 팽창하여 함수 탱크가 조금 누출된다 하더라도 배를 상승시키기에 충분한 부력을 얻을 수 있을 것이라고 생각했다. 그렇게만 된다면 감소되는 수압만큼 함수 주 부력 탱크에 있는 공기가 계속 팽창함에 따라 함의 부상 속도는 현저하게 향상될 것이다. 하지만 만약 이 방법이 통하지 않는다면 배의 운명은 끝이었다. 오토 페터스가 밸브들을 능숙하게 다루었다. 함미에서 압축공기가 소리를 내며 파이프를 통해 함수로 이동했고 몇 초 후에 5명이 일제히 고함을 치기 시작했다.

"배가 뜨고 있습니다!"

"심도를 보고해!"

켈러 중위기 지시했다.

"함미에서는 더 이상 보고를 하지 않고 있습니다."

"함미 격실에 있는 대원 모두 익사한 것 같습니다."

누군가가 말했다

"600피트!"

카우프만이 말했다.

"550피트!"

마치 고속 엘리베이터 같았다. 배가 300피트에 도달하자 함장이 고함 쳤다.

"충수! 그렇지 않으면 우리는 부상하게 될 거야!"

"충수할 수 없습니다. 배는 이미 너무 많은 양의 물로 침수되어 있습니다."

기관장이 대꾸했다. U-109는 로켓처럼 수면을 향해 위로 올라가고 있었다. 함미에 있는 기관실에 화재가 났다.

"50피트!"

그때 우리는 함수가 수면을 가르는 소리를 들을 수 있었다. 몇 초 후에 잠수함의 절반인 함수 부분이 파도 위에 똑바로 솟아 있었다. 그러고 나서 수면과 부딪치는 소리와 함께 파도 위로 곤두박질쳤다.

압축공기가 함수 탱크로 흘러 들어가기 시작했다. 배는 함수 쪽으로 기울었고 기관장은 함의 중량을 보상하고 있었다.[30] 모든 것이 혼란에 빠진

---

30 잠수함은 부상했을 때의 중량이 다르고 잠항 중에도 해수의 밀도에 따라 상대적인 중량이 달라지기 때문에 항상 배의 무게를 조절해주어야 함.

상태였다. 곧 구축함의 충돌 공격이 있을 것이라고 생각했다. 갑판장 발터 그로스가 부사관 침실 고리에 설치된 탈출장치를 잡아당기며 소리쳤다.

"드레거[31]와 구명복을 착용해!"

함장은 비상이함[32] 준비를 함내에 전달하도로 지시했다. 나는 하인 위르겐센이 아직도 침대에서 자고 있는 것을 보고 매우 놀랐다.

"위르겐센! 빨리 일어나! 즉시 배를 떠나야 해!"

내가 그를 심하게 흔들며 소리쳤지만 위르겐센은 아직도 잠에 취한 채 벌떡 일어나 앉아 넋을 잃고 나를 쳐다보았다.

"벌써 로리앙에 도착했어?"

"아니야! 우리는 배를 버리고 탈출해야 해."

위르겐센이 내 팔을 잡았다.

"무슨 옷을 입어야 하고 신발은 천으로 만든 것을 신어야 하는지, 아니면 부츠를 신어야 하는지 말 좀 해줘."

"너는 무슨 옷을 입고 수영을 제일 잘할 수 있는데?"

나는 그의 손을 뿌리쳤다. 그리고 잠시 후 냉장고로 가는 쉐베를 보았다. 쉐베 준위는 큰 쇠고기 덩어리를 가지고 나왔다.

"히르쉬펠트! 자네도 먹을 것 좀 챙겨."

"아마 내일 우리는 철조망 안에 있을 거야."

나는 그렇게 말하고 나서 냉장고 문을 닫은 후 쉐베 옆을 지나쳤다. 그리고 통신실로 갔는데 하겐이 자신의 탈출장비와 구명복을 도둑맞았다고 분통해하며 투덜대고 있었다.

이미 승조원들은 배를 떠나고 있었다. 알프레트 빈터(Alfred Winter)는 함교탑 하부 사다리 옆에서 위를 쳐다보며 서 있었다. 한편 조종실 한구

---

31 산소호흡기와 유사하게 생긴 잠수함 탈출복 장비.

32 함정이 침몰하기 전 승조원 총원이 함을 이탈하여 탈출하는 것.

석에서는 오토 페터스가 배를 침몰시키는 작업을 시작하기 위해 각종 장비를 준비하면서 압축공기를 방출시키고 있었다. 함미에서 일어난 전기화재로 인한 짙은 연기가 함수로 이동했다. 키 작은 뷔스테나이가 수평타기 옆에 앉아 울먹이고 있었다.

"모든 것이 끝났군. 나의 사랑하는 배여!"

그러자 빈터는 울고 있는 뷔스테나이를 함교 사다리로 밀고 가며 말했다.

"일어서서 빨리 탈출해! 구축함이 우리를 충돌 공격하기 전에!"

기관장 베버 대위 역시 위쪽 통로를 쳐다보며 사다리 하단에 서 있었다. 하지만 빈터 준위가 팔로 기관장의 가슴을 밀어냈다. 압축공기 소리 속에서 나는 빈터 준위가 베버 대위에게 소리 지르는 것을 들을 수 있었다.

"기관장님은 벤트밸브를 개방하고 마지막으로 탈출해야 합니다. 반드시 모든 벤트밸브를 개방해야 해요!"

그때 누군가가 내 소매를 잡아끄는 것을 느꼈다. 탈출장비와 구명복을 갖춰 입은 켈러 중위였다.

"히르쉬펠트! 비밀 문건을 파기해야 돼!"

"작명[33]에 따르면, 모든 비밀 문건은 쇳덩어리를 집어넣은 자루에 넣어 발사관을 이용해서 바다에 투하하게 되어 있어."

나는 재빨리 함수 쪽을 쳐다보고 그에게 대답했다.

"모든 병기사가 이미 이함[34]을 했기 때문에 발사관을 이용해 바다에 투하할 수가 없습니다."

그러자 켈러 중위가 소리쳤다.

"그렇다면 최소한 물에 녹는 서류라도 가지고 나와서 빌지 바닥에 처박아야 돼!"

---

33 작전명령. 전투를 수행하기 위해 시달된 상부의 명령.

34 배를 떠남.

내가 통신실 금고로 갔을 때 켈러 중위는 함장실에서 물에 녹는 모든 문서를 밖으로 꺼내고 있었다. 이 작업이 진행되는 동안 페르디난트 하겐은 스포츠용 구명조끼를 입고 지나가며 이를 드러내고 웃었다.

"자네는 그것을 어디서 구했나?"

내가 문자 속삭임이 돌아왔다.

"장교 식당에서요."

그때 누군가가 외치는 소리가 들렸다.

"저기 봐! 저기 함장님의 탈출장비가 침대에 그대로 있잖아!"

"함장님은 탈출장비와 구명복을 입지 않았습니까?"

나는 탈출장비를 확인하고 나서 켈러 중위에게 물었다. 하지만 켈러 중위는 나를 쳐다보지도 않고 대답했다.

"함장님은 그게 필요 없어. 생명을 구할 생각이 없나봐. 그냥 내버려둬!"

잠시 후 조종실에서 약간 떠드는 소리가 들렸다. 처음에는 배 안이 시끄러워서 무슨 말인지 이해할 수 없었지만, 오토 페터스가 함내에 차 있는 물속으로 잠수하여 열려 있는 밸브들을 모두 닫자 새어나오던 압축공기가 모두 멈췄고 함내는 조용해졌다. 빈터는 사다리에서 승조원들을 다시 잡아당기며 위쪽으로 소리쳤다.

"위쪽에 무슨 일 있어?"

슈바르츠코프 대위의 목소리가 들렸다.

"구축함이 한 척도 없어!"

안도의 한숨이 함 전체에 퍼졌다. 우리는 믿을 수가 없었다. 지금까지 우리가 했던 이 모든 행동이 아무 필요가 없었던 것 아닌가! 켈러 중위와 나는 눈길을 주고받은 후 빌지 바닥에서 건질 수 있는 서류를 건져내기 위해 허리를 구부렸다. 그때 피셔 함장이 조종실로 왔다.

"빈터, 전기 모터에 발생한 불을 빨리 끄고 쉐베에게 디젤엔진을 시동하라고 말해. 빨리 이곳을 빠져나가야 해."

그러고는 압력 격벽을 지나서 두 손 가득히 물에 젖은 문서를 움켜쥐고 있는 켈러 중위와 나를 쳐다보았다. 함장은 아무 말도 하지 않고 침대에 앉았다. 피서 함장의 어두운 금발머리가 얼굴을 덮은 채 헝클어져 있었다.

"히르쉬펠트! 뭘 좀 먹어야 할 것 같은데."

함장이 피곤에 지친 목소리로 말했다.

"즉시 진한 커피를 만들겠습니다."

나는 조리실에 전원이 공급되지 않는다는 것을 잊은 채 대답했다. 잠시 후 나는 조리장을 찾아가 부탁했다.

"조리장, 커피 좀 만들어줘. 그리고 빵을 좀 구해봐. 빵 덩어리가 온 사방에 있잖아."

조리장은 애매하게 고개를 끄덕이며 말했다.

"모든 것이 똥 속에 있습니다, 통신장님. 함수 격실에 있는 이동용 변기가 쓰러져 바닥에 모두 쏟아졌습니다."

조리장은 이렇게 말하고는 중얼거리면서 조리실로 갔다. 이제야 함내에 왜 그리 지독한 악취가 풍겼는지 알 수 있었다. 커피보다도 더 신경 써야 할 중요한 문제가 있었던 것이다. 전기 모터의 화재가 거의 잡혔을 때 쉐베는 다시 좌현 디젤엔진에 발생한 화재를 진압하고 있었다.

익사한 사체를 거두기 위해 대원 몇 명이 함미 격실로 갔다. 함미는 침수되었지만 문이 열려 있었기 때문에 함미 어뢰실에 있던 2명이 비틀거리며 나왔다. 그들은 숨이 막힐 지경이었지만 말을 하는 것으로 봐서는 심각한 상황은 아닌 것 같았다. 그들은 전화로 통신을 할 수가 없었다고 말했다. 배가 급하게 부상할 때 균형을 잡기 위해 그들 중 한 명이 케이블을 붙잡았고, 그때 케이블이 소켓에서 떨어져나가 전화선이 끊어졌던 것이다. 그리고 격벽 2개가 거대한 압력을 받아 뒤틀렸다고 했다. 함미의 심도는 약 900피트였고 함미 어뢰실 해치는 약간의 손상을 받아 물이 조금씩 들어오고 있는 상태였다.

나는 당직사관과 함께 함교로 올라갔다. 만신창이가 된 유보트는 거센 파도를 맞으며 가볍게 흔들렸다. 동쪽 수평선상에서는 어떤 함정인지는 모르지만 굴뚝 연기가 하늘을 오염시키고 있었다. 퀠러 중위는 담배를 꺼내 내 앞에 밀어놓은 다음 불을 붙여주며 조용히 말했다.

"만약 우리가 여기를 빨리 빠져나가지 않으면 우리는 죽은 목숨이야. 방금 청음기를 점검해보았네. 구축함들은 아직 가지 않았어. 위쪽에 있네. 우리가 깊이 잠항했기 때문에 그들은 우리를 놓쳤던 거야."

갑자기 배가 떨리는 것 같았고 우현 배기구가 쿨럭거리기 시작했다.

"우현 디젤엔진은 저속으로 작동 가능함!"

어디선가 이렇게 외치는 소리가 들렸다. 엔진 한 개로 잠수함은 파도를 가르며 남동쪽으로 서서히 항진했다. 잠수함이 입은 손상은 컸다.

"기관실 통풍 마스트 상부 깨짐. 함미 수평타, 모터 및 축전지 사용 불가, 좌현 모터 전소[35]됨. 우현 프로펠러 추진축 계통 노킹[36] 소리가 너무 커서 함수에서도 들을 수 있음. 청음기의 음성증폭장치 절반 이상이 기능 상실되었고 기름이 누출되고 있음!"

나중에 확인한 결과, 심도 유지 중 비상 상황은 기관장의 소홀에서 비롯되었음을 알게 되었다. 오토 페터스가 심도계를 점검했을 때 모든 것이 정상 작동하고 있었으나 조종실에 있는 주 심도계의 밸브는 잠겨 있었다고 했다. 뷔스테나이가 전투정보실 하부의 심도계를 폐쇄하게 되어 있었으나 그쪽은 하지 않고 대신 조종실에 있는 밸브를 잠가버린 것이다. 기관장은 조종실 게이지의 튜브를 드레인[37]시키는 것을 잊어버려서 뷔스테나이의 실수를 증명하는 데 실패했다.

---

35 불에 타서 사용이 불가함.

36 장비의 결함으로 탕탕거리는 소리가 발생하는 것.

37 계통 내에 있는 물을 제거하는 것.

결과적으로 기관장이 300피트에서 배의 트림을 잡고 있다고 잘못 알고 있는 동안 잠수함은 깊이 내려와버린 것이다. 잠수함의 안전은 승조원 개인이 각자의 임무를 얼마나 완벽히 수행하느냐에 달려 있다는 것을 다시 한 번 일깨워주는 사건이었다. 하지만 천만다행으로 신의 중재가 있었다. 구축함의 공격으로부터 우리 목숨을 지킬 수 있었던 것은 바로 우리가 그렇게 깊은 심도에 머물러 있었기 때문이었다. 원래 함장은 절대로 500피트 이하로 내려가는 법이 없었다.

"자! 최소한 우리 배로 얼마나 깊이 내려갈 수 있는지는 알게 되었잖아?"

오토 페터스가 웃으면서 말했다.

"이건 조선소에서조차도 말해주지 못했던 건데."

바람은 북서풍이었고 바람 세기는 7등급 정도로 약했다. U-109는 다시 48시간 동안 평온한 항해를 했다.

1941년 5월 23일, 서쪽에서 강풍이 불어왔고 배는 높은 파도 때문에 격렬하게 흔들렸다. 쉐베 등 기관부 대원들은 기관실에서 수리 복구 작업에 열중하고 있었다. 그날 유보트 사령부에서 '베스트보테' 잠수함들에게 새로운 초계선을 형성하라는 지시가 내려왔다. 피셔 함장은 배가 지금 안전하게 잠항할 수 없는 상황임을 잘 알면서도 그곳에 합류하라고 지시했다. 그러자 장교 식당에서는 이에 대해 격렬한 논쟁이 벌어졌다. 슈바르츠코프 대위, 켈러 중위, 그리고 베버 대위는 계속적인 항해를 격렬하게 반대했다. 가장 큰 걱정은 통풍 마스트의 균열이었는데 만약 배가 잠항해 있는 동안 마스트가 파열되면 엄청난 해수가 침수되어 잠수함은 두 번 다시 수면 위로 올라오는 게 불가능하다는 주장이었다. 결국 함장은 장교들의 의견에 따르기로 했다. 함장은 부여된 임무를 포기하고 기지로 복귀하겠다는 전문을 사령부에 타전하라고 했다.

5월 24일 아침 파도가 매우 높이 일었다. 심한 강풍이 몰아치면서 서쪽으로부터 큰 파도가 몰려와 함미에서부터 함교까지 덮쳤다. 피셔 함장은 로리앙으로 향하기 위해 동쪽으로 갈 것이라고 말했지만 침로는 남쪽으로 지시했다.

U-109는 60피트까지 시험 잠항을 실시했다. 그러나 베버 대위는 함정 조종이 불가능하여 180피트까지 내려갔다고 즉시 보고했다. 추진 모터 한 개로는 트림을 조종하는 것이 불가능했던 것이다. 이것 이외에도 방수 판과 통풍 마스트 중 하나에서 심하게 물이 새고 있었으며 함장은 결국 이 상태에서의 잠항은 매우 위험하다는 것을 확인하게 되었다. 배가 부상 했을 때 통신사 휨펠이 통신을 받아 해독을 시작했다. 나는 유보트 사령 부로부터 수신된 전문임을 알고는 긴장했다.

영국 전투순양함 후드(Hood)가 오늘 아침 덴마크 해협에서 독일 전함 비스마르크에 의해 격침되었음. 적 중순양함들은 비스마르크와 프린츠 오이겐(Prinz Eugen)을 미행하고 있음. 비스마르크는 미행 세력을 서부 잠수함 세력인 '베스트 보테' 정찰선 쪽으로 유인하려 시도하고 있음.

베스트보테? 함장은 전문을 큰 소리로 읽었다. 혼자 흥분하면서 함내 방송으로 승조원들에게 승리를 방송했다. 그 유명한 영국 전투순양함 후 드를 침몰시키는 것이 모든 잠수함 승조원들의 꿈이었던 것이다.

"우리는 지금 후드를 잡으러 갑니다."

잠수함 승조원들은 출동하면서 항구를 떠날 때 이런 말을 자주 하곤 했다. 그러나 전함 비르마르크와 프린츠 오이겐이 잠수함 승조원들의 꿈을 앗아가버린 것이다.

5월 25일, 손상을 당한 U-109는 하루 종일 비스케이 만을 향해 항해하고 있었다. 한편 적함으로부터 함수 쪽에 일격을 당하고 28노트로 감속하여 항해 중인 비스마르크는 몇 척의 적함으로부터 추적을 받으며 대서양 브레스트(Brest)를 가로지르고 있었다. 영국은 비스마르크의 탈출을 차단하기 위해 캐나다, 영국, 지브롤터에서 순양함과 전함들을 출항시켰다.

5월 26일, 통신사는 북대서양의 해상 활동이 증가하고 있다고 보고했고, 그날 저녁 잠수함 사령부는 비스마르크가 타기에 손상을 입어 일시적으로 변침이 불가하다는 내용을 보냈다. 비스마르크는 브레스트에서 600마일 떨어져 있었고, 유보트는 비스마르크로부터 100마일 남서부에 위치해 있었다. 잠시 후 잠수함 사령관은 추가 전문을 보냈다.

비스케이 만에 있는 모든 유보트에게
어뢰를 보유하고 있는 함정은 모두 비스마르크를 보호하라!

함장은 이 전문을 자세히 읽은 후 의미심장한 얼굴로 나를 바라보았다.

"그래, 이것은 우리에게도 관련된 일이야."

함장은 기관장을 불러 전속을 낼 수 있는지 물어보았다.

"함장님, 안 됩니다! 추진축계가 타버릴 겁니다. 그리고 방수판에 물이 더 들어올 겁니다."

함장이 고개를 끄덕이자 기관장은 돌아갔다. 잠시 후 피셔 함장은 함미 격실로 홀연히 사라졌다. 그는 기관실의 하급 부사관 중 한 명을 붙들고 살며시 물어보았다.

"여보게, 브로이어(Breuer)! 자네는 가능한 한 빨리 부두로 돌아가기를 원하고 있네. 그렇지 않은가? 그렇다면 전속으로 갈 수 있는가?"

브로이어는 머리를 긁적이며 말했다.

"글쎄요, 제가 생각하기에 그렇게 하려면 2개의 추진축 계통에 사람을 배치시켜 계속 윤활유를 부어주면 가능할 겁니다. 하지만 결국 나중에는 추진축이 고장나고 말 겁니다."

함장은 그의 마지막 말에는 별로 관심을 두지 않았다.

"별로 중요한 문제는 아니구먼. 추진축 계통에 사람을 배치시키고 전속으로 항진해야겠어!"

피셔 함장은 즉시 조종실로 가서 조타사에게 속력을 전속으로 증가시키고 비스마르크를 향해 북쪽으로 변침하라고 명령했다. 배는 요란해졌고 디젤엔진은 둔탁한 망치 소리를 내기 시작했다. 함수는 밀려오는 파도에 의해 위로 들리고, 뒤따라오는 거대한 진동으로 이내 물속에 곤두박질쳤다. 계속되는 파도가 함정을 강타했고 함교탑 부근도 심한 충격을 받았다.

기관장은 날 듯이 조종실로 달려와 누가 명령했냐며 조타사를 큰 소리로 꾸짖었다. 조타장 페터젠 준위가 잠시 동안 기관장을 물끄러미 바라보다가 해도대로 시선을 돌렸다. 함장이 뒤에서 나오며 말했다.

"내가 지시했네!"

"제가 방금 전 엔진을 고속으로 작동할 수 없다고 보고드리지 않았습니까?"

베버 대위는 함장에게 큰 소리로 따지듯이 말했다.

"그리고 현재로서는 이 배가 전투에 참여할 능력이 없다는 것도 보고드리지 않았습니까?"

"조용히 해!"

함장이 낮고 위엄 있는 목소리로 말했다.

"전함이라면 잠수함을 희생시켜서라도 살릴 만한 가치가 있어! 오늘 우리는 적 전함, 아니면 항공모함을 격침시킬 기회를 갖게 될 거야. 우리는 어뢰도 있어. 하지만 다른 유보트에는 어뢰가 없단 말이야. 내일 만약 우리가 적함을 만난다면 우리는 마지막 순간까지 싸울 거야. 우리 전함을 잡아가도록 놔둘 순 없단 말이야!"

대경실색한 기관장은 순간 무기력한 모습으로 주위를 바라보았다. 함장이 결심한 이상 기관장의 항의는 별 의미가 없었다. 피셔 함장은 조타장 페터젠과 몇몇 조타사들을 모아놓고 함께 해도를 연구했다.

나는 부사관 식당으로 내려갔다. 내가 오토 페터스에게 조금 전에 일어난 일들을 말해주자 그가 주먹으로 격벽을 치며 말했다.

"어리석은! 그렇게 힘들게 겨우 연안 가까이까지 왔는데 다시 밖으로 나가라고? 브로이어란 놈을 목 졸라 죽여버리겠어!"

"그는 어쩔 수 없었어, 오토. 브로이어는 우리가 아직도 모항으로 돌아가는 줄 알고 있단 말이야."

오토 페터스는 절망감에 싸인 채 신음 소리를 냈다.

"그렇게 우둔한 놈이 어디 있어?"

심한 저기압이 북대서양에 넓게 깔려 있었다. 강한 바람이 잿빛 파도 위에 내리쳤다. U-109는 심한 폭풍 속에서 허우적거렸다.

5월 27일 이른 아침, 당직 교대 시 슈바르츠코프 대위는 함교에 계속 물이 넘치고 있고 칠흑같이 어두운 밤이어서 아무것도 볼 수 없다고 보고했다. 그는 감속하길 원했다. 하지만 함장은 고개를 저었다.

"우리는 계속 가야 하네. 그렇지 않으면 절대로 시간에 맞춰 그곳에 도착할 수가 없어. 내가 함교에 올라가겠다."

함장은 길고 검은 함교용 방수코트를 입고 긴 고무장화를 신었다. 그러나 그가 막 사다리를 타고 올라가려고 할 때 켈러 중위가 함교에서 소리를 질렀다.

"양현[38] 정지! 전속 후진!"

그런 조함 명령은 아주 절박한 상황에서만 내려지는 것이었다. 함장은 신속하게 함교로 올라갔다. 기관실은 번개처럼 반응했다. 엔진은 후진하기 시작했고 함은 진동이 심했다. 기관장이 조종실로 뛰어와서 무슨 문제가 있느냐고 묻자 승조원들은 어깨를 으쓱해 보였을 뿐이었다. 오토 페터스가 나에게 속삭였다.

"구명조끼는 챙겼나? 내 생각에는 곧 필요할 것 같은데……."

---

38 좌현과 우현.

"양현 정지!"

함내가 갑자기 조용해졌다. 잠수함은 강풍에 의해 옆으로 밀렸고 파도가 덮쳐 선체가 좌우로 격렬하게 흔들렸다. 몇 분 동안 걱정스런 분위기가 함내를 지배했다.

"양현 전속으로 전진!"

배는 이전의 침로로 다시 항진하기 시작했고 피셔 함장은 전속을 명령했다. 그가 내려왔을 때 조종실에 있는 사람들에게 말했다.

"우리는 엄청나게 운이 좋았어. 구축함 6척이 남동쪽에서 올라오고 있었어. 그리고 아주 가까운 거리였는데 그냥 지나쳐버렸어."

"그들이 우리를 보지 못했습니까?"

조타수가 묻자 피셔 함장이 웃었다.

"못 봤어. 그들이 우리를 봤더라면 일격을 가해서 침몰시키려 했을 거야. 그들은 우리 함수 150피트 정도 거리에 있었어. 솔직히 자네들이 함교탑에 가도 어느 것 하나 볼 수 없었을 거야."

"아마도 속력을 좀 줄여야 할 것 같습니다. 견시들이 거의 물에 잠겨 수면을 볼 수 없을 정도로 항해하는 것은 다소 무모한 것 같습니다."

조타장 페터젠 준위가 권고했지만 함장은 눈썹을 치켜올릴 뿐이었다.

"이보게, 페터젠! 어제 저녁 이후 비스마르크가 적의 우세한 함정들에게 포위되고 있다네. 이 바다에서 그것이 무엇을 의미하는지 이해하고 있나?"

그는 목소리를 떨면서 말을 이었다.

"비스마르크는 끝장난 거야!"

그 말을 듣자 나는 독일 최대 전함에 타고 있던 2,400명이 사형선고를 받았다는 생각에 소름이 끼쳤다. 그들 중 꽤 많은 사람들이 킬 시절 인사참모부에 있을 때의 친구들이었다. 그때 술이 많이 취해서 1분 일찍 여객선을 타지 못해 지금 나는 살아 있지만, 만약 그날 저녁에 빌헬름스하펜행 저녁 기차를 탔더라면 칼스루헤의 통신사가 되었을 것이고, 지금은 비스마르크에 타고 있는 그들과 같은 일원이 되어 있었을 것이다.

"그렇게 생각하지 않아? 페터젠, 오늘이 항공모함을 격침시킬 절호의 기회야. 우리는 어떤 희생을 감수하더라도 그곳에 도착해야 해."

페터젠은 결국 포기하고 해도대로 돌아갔다. 내가 통신실로 돌아왔을 때 통신사들은 유보트 통신망을 통해 수많은 전문을 받고 있는 중이었다. U-556의 볼파르트 함장은 비스마르크 현측에 접근하여 함대 전투일지를 회수하라는 지시를 받았다. 그러나 그는 연료 부족으로 응할 수 없었다. U-74의 켄트라트(Kentrat) 함장이 이 임무를 지원했지만 그 역시 폭뢰 공격으로 손상을 입어 1시간 이상 잠항이 불가능했다. 전함 비스마르크로부터 모든 유보트에 전문이 전파되었다.

우리는 최후까지 싸우겠다! 총통 각하 만세! 독일 만세!

비스마르크 승조원들은 자기들의 운명을 알고 있었다. 누구도 그들을 살릴 수 없었다. 가장 근접한 유보트에는 어뢰가 없었고 비스마르크를 지원하기 위해 전속 질주하던 U-109는 오직 2발의 어뢰만을 가지고 있었으며 잠항이 불가능한 상태였다.

새벽 3시쯤 함장은 함교로 올라갔다. 당직사관은 어두운 하늘에서 함포 섬광이 보인다고 보고했다. 피셔 함장과 켈러 중위는 원거리에서 일어나는 함포로 인한 섬광을 몇 시간 동안 바라보고 있었다. 폭풍우가 배 주변을 덮치고 있었다. 바람은 지난 몇 시간 동안 상당히 강해졌고, 파도는 집채만했다. 정말 기분 나쁜 밤이었다.

8시에 나는 하겐과 당직 교대를 했다. 가죽점퍼 차림의 나를 함장이 불렀다.

"함교에 올라가는 건가? 그러면 당직사관에게 내가 지금 잠자리에 든다고 말해줘. 만약 항공기가 나타나면 즉시 나를 깨우라고 해."

나는 그 명령을 함교에 전했다. 페터젠은 문제가 있는 듯한 얼굴로 목에 걸고 있던 쌍안경을 내려놓았다.

"밑에서는 계획을 단념할 모든 준비가 되어 있습니다."

나는 페터젠에게 말했다. 페터젠은 고개를 끄덕이고 나서 눈을 잠망경에 댄 채로 팔꿈치를 함교 테두리에 얹어놓고 쉬었다. 날이 회색빛으로 밝아오고 있었고, 북서쪽으로부터 거대한 파도더미가 배를 동쪽으로 밀고 있었다. 갑자기 페터젠이 나에게 말했다.

"이 멍청한 사람아! 구명조끼도 입지 않고 함교에 올라왔던 말이야?"

"하지만 누가 이런 날씨에 비행을 하겠습니까?"

페터젠은 날카로운 눈빛으로 나를 쳐다보았다. 우리는 독일 공군 항공기가 그런 이유 때문에 침몰하는 비스마르크를 지원할 수 없다는 걸 잘 알고 있었던 것이다.

"방위 160도 항공기 발견!"

그때 갑자기 대공 견시가 보고했다.

"젠장! 5대잖아!"

벤첼이 소리쳤다. 항공기는 곧 우리 정현측 방향 5마일 거리까지 접근했고 맨눈으로도 볼 수 있었다. 함교에서 당직자들은 항공기가 사라질 때까지 쌍안경으로 관측을 계속했다. 벤첼이 말했다.

"참, 운이 좋았군."

"아마도 그들은 항공모함으로 향하고 있었던 것 같아. 그래서 우리를 못 봤을 거야."

조타장이 해치 뚜껑을 발로 차서 닫았다.

"좋아, 들어봐. 이 일은 일어나지 않은 것으로 하지!"

견시들이 고개를 끄덕였다. 그리고 나는 곧바로 내려왔다. 구명복을 입지 않고 함교에 올라간 것은 위험한 행동이었다.

전함 비스마르크를 모항[39]으로 끌어오기 위해 아침 일찍 10인치 굵은 밧줄을 가지고 생 나제르(St. Nazaire: 프랑스 서부 르와르 강 어귀의 항구도시)를 출항했던 10,000톤급 해군 유조선 에름란트(Ermland)의 항해가 취소되었다. 하겐은 나에게 BBC[40]가 비스마르크의 침몰을 발표했다고 말했다. 오후 2시경 해군 당국에서도 비스마르크의 침몰 가능성을 인정했다. U-109는 종일 탐색했지만 아무것도 발견하지 못했다. 오직 높은 파도만이 시야를 가렸다. 밤이 되어서야 피셔 함장은 탐색을 마치고 전속으로 로리앙으로 향했다.

나는 나중에 비스마르크 생존자들에게 통신사들이 자원해서 통신실을 지키면서 마지막 한 사람까지 배와 운명을 같이했다고 전해 들었다.

5월 29일 아침, 폭풍우가 약해지고 바다가 조용해져 U-109는 비스케이 만까지 마지막 100마일을 달렸다. 우리는 육지 냄새까지 맡을 수 있었다. 함장은 모든 비당직자들이 함교에 올라오는 것을 허락했고 조리사에게 간단한 음식을 내오라고 지시했다. 하지만 조타장은 내키지 않는 마음으로 바라보았다.

"우리는 아직 안전하게 항구에 도착하지도 않았어, 인간들아! 너희들이 함교 견시를 잘 서야 돼."

그 말은 사실로 드러났다. 몇 분 후에 갑판장 발터 그로스가 소리쳤다.

"우현 쪽에 잠망경 발견!"

함교가 갑자기 조용해졌다. 모든 눈들이 그쪽을 바라보았다. 잠망경을 찾지 못한 함장이 갑판장에게 물었다.

"어디?"

"사라져버렸습니다. 약 300피트 거리에 있는 두꺼운 잠망경이었습니다."

---

39 함정이 속해 있는 항구 또는 기지.

40 영국 국영 방송국.

함장은 지그재그 기동을 지시했다. 하지만 잠시 후 고개를 저으며 말을 이었다.

"그로스, 자네가 잘못 본 것 같아."

"제가 분명히 봤습니다. 전형적인 영국 잠망경이었습니다."

"그로스는 영국 잠망경에 대해 잘 압니다."

조타장이 거들었다. 하지만 피셔 함장은 대답하지 않았고 나는 상부에 통신으로 보고를 해야 한다고 제안했다.

"아닐세, 놔두게. 만약 보고하면 로리앙 전체를 뒤집어놓을걸세."

피셔 함장이 대답했다. 함장은 갑판장이 잠망경을 봤다는 것을 믿지 않았다. 나는 비스케이 만 물속에서 치명적인 무기가 자기를 기다리는 줄 모른 채 비스마르크의 생존자들을 태우고 몇 마일 뒤에서 따라오는 U-74가 걱정되었다.

"전방에 육지가 보입니다."

벤첼이 보고했다. 그것은 일 드 크로아(Ile de Croix)였다. 기뢰에 대비한 장비를 장착한 트롤어선이 우리를 기다리고 있었다. U-109는 트롤어선을 뒤따랐고, 태양은 우리를 내려다보며 웃고 있었다. 나는 비웃는 웃음으로 페터젠에게 말했다.

"조타장님! 지금 우리에게 일어날 수 있는 일은 무엇이 있을까요?"

그는 한동안 나를 쳐다보더니 한쪽 손을 내 어깨에 올리고 따뜻하고 낭랑한 목소리로 말했다.

"혹시 해저 기뢰라고 들어봤어? 자네는 그 위를 24번까지 안전하게 통과할 수 있지만, 25번째는 자네를 날려버린다네."

휨펠이 전투정보실 하부에 다가와서 소리쳤다.

"통신장님 통신실로 오십시오!"

나는 급히 내려갔다. 하겐이 나에게 말했다.

"U-74에서 날아온 전문입니다. 켄트라트 함장이 좌표 BF 근처에서 간신히 어뢰 6발을 피했음……."

나는 전문 한 장을 복사해서 휨펠을 함교로 보냈다. 그러자 함장이 곧바로 내려왔다. 조타사인 하인 위르겐센이 발터 그로스가 잠망경을 보았다는 곳의 해도에 작게 X 표시를 했다. 그리고 U-74에서 보고한 위치와 비교해보았다. 같은 위치였다. 그 위치에서 U-74에게 6발의 어뢰가 발사된 것이다. 함장은 당황한 것 같았다.

"우리가 보고했어야 했습니다."

나는 쓸쓸한 목소리로 함장에게 말했다. 피셔 함장은 침울한 얼굴로 고개를 끄덕였다. 만약 영국 잠수함이 어뢰를 제대로 쐈더라면 피셔 함장의 소홀함으로 인해 무고한 U-74 승조원 전원이 목숨을 잃을 뻔한 것이다.

U-109는 케르네벨(Kernevel)과 포르 루이(Port Louis) 사이 해협을 저속으로 통과하여 왕년의 독일 해군 퇴역함인 레겐스부르크(Refensburg)와 녹슨 순양함 슈트라스부르크(Strasburg) 옆을 지나 과거 항해용 선박이자 지원함인 이제레(Isere)의 녹슨 현측에 신속하게 계류했다. 우리는 전단장, 장교들, 그리고 육상 근무자들로부터 환영을 받았다. 이것으로 U-109의 첫 전투 초계임무는 종료되었다.

5월 30일 아침은 태양이 눈부신 날이었다. U-109 승조원들은 단상 앞 운동장에 2열로 정렬했다.

"총원 차렷! 우로 봣!"

되니츠 제독이 몇몇 보좌관들과 함께 나타났다. 피셔 함장이 단정하게 앞으로 나아가 그의 첫 임무 종료 후 안전 귀환을 보고했다. 제독은 치하 인사를 하고 나서 첫 번째 줄로 다가갔다. 제독은 말랐고 키가 컸으며 진지해 보였다. 되니츠 제독은 장교들과 악수를 하며 인사했고 우리는 모두 그가 하는 말을 들었다.

"베버 대위, 어려운 상황이 일어날 때마다 늘 자네가 원인을 제공한 것 같은 생각이 드네."

기관장은 얼굴이 빨개지면서 항의했다.

"저는 그 상황에서 아무것도 할 수 없었습니다, 제독님."

"자네는 지난번에도 그렇게 말했지."

우리는 되니츠 제독이 무슨 말을 하는지 알고 있었다. 베버 대위가 전에 다른 잠수함을 탔을 때 트림 계산을 잘못해서 배가 노르웨이 해변에 좌초된 적이 있었다. 그 바람에 승조원 총원이 포로가 되었는데, 베버 대위는 바로 그 잠수함의 기관장이었다. 베버 대위와 승조원들은 독일이 노르웨이를 침공했을 때 풀려났다. 되니츠 제독은 천천히 줄을 따라 걸으면서 승조원들을 차례로 격려했다.

"오! 옛 동료 페터젠도 여기 있었구먼! 요즘 어떤가?"

되니츠 제독이 웃으며 조타장과 악수했다.

"감사합니다. 잘 있습니다, 제독님!"

"그 말을 들으니 기쁘군. 좀 더 큰 배를 타니 생활이 편하지?"

"사실, 제독님, 적어도 그 안에서는 똑바로 설 수 있습니다."

사령관은 고개를 끄덕이고 나서 천천히 이 얼굴, 저 얼굴을 보며 걸어 나왔다. 그리고 그는 대열 앞에서 15보 정도 전방에 위치하여 팔짱을 끼고 섰다. 제독의 입술이 갑자기 얇아졌다.

"여러분의 초계는 엉망이었다는 것을 잘 알 것이다."

제독의 목소리는 단호하고 예리했다.

"그리고 잠항할 때 세계 신기록을 깰 필요는 없다!"

오토 페터스가 나에게 속삭였다.

"제독님은 전 승조원에게 연설하고 있지만 실은 함장에게 하는 소리야."

"귀관들이 거둔 총 7,000톤의 상선 격침 전과는 그리 큰 것이 아니다. 여러분은 앞으로 더 잘해야 할 것이다."

제독은 장교 총원을 둘러보다가 강한 눈길로 함장을 쳐다보았다. 피셔 함장이 경례를 했다. 함장은 제독의 말을 충분히 이해한 모양이었다. 되니

U-109 지휘관들

▲ 한스 게오르크 피셔 함장
소령(이후 중령 진급)
1941년 봄, 훈련 및 첫 번째 대서양 초계 당시
모습.

▲ 하인리히 블라이히로트 함장(일명 '해결사')
소령(이후 중령 진급)
1941년 6월부터 1943년 1월까지 U-109를 타고
여섯 차례 초계 임무를 수행했다.
1942년 9월 오크잎 기사십자훈장을 수여받은 후
촬영.

츠 제독이 미소를 지었다. 그리고 회유적인 목소리로 계속해서 말했다.

"그러나 자네는 최소한 배를 부두로 다시 몰고 들어왔다. 나는 그것 또한 가치 있는 일이라 생각한다."

되니츠는 그의 재킷 주머니에 손을 넣어 '2급 철십자훈장'을 꺼냈다. 그러고는 함장 손에 쥐어주었다. 피셔 함장이 부드럽게 웃으며 그것을 제복 주머니에 집어넣었다. 오토 페터스가 내게 속삭였다.

"함장님은 저것 때문에 다음 출동 때에는 더욱 미친 짓을 할 거야."

되니츠 제독이 계속해서 말했다.

"누구 더 할 말이 있는가?"

제독의 질문은 장교들을 향한 것 같았다. 베버 대위가 앞으로 나갔다. 그러자 피셔 함장이 그를 쏘아보았고, 대열은 곧 해산했다. 그 자리에는 오토 페터스만이 남아 있었다. 얼마 후 페터스가 다시 나타났다. 페터스는 '1급 철십자훈장'을 달고 있었다. 그린란드 해협 작전 중에 오토 페터스가 배와 전 승조원의 목숨을 구했다고 베버 대위가 보고한 것이었다. 페터스가 심각한 표정으로 말했다.

"하지만 부두 환영식 행사에서 무엇인가 불길한 음모 같은 게 있었어. 슈바르츠코프 대위와 켈러 중위, 두 장교가 사적인 용무로 되니츠 제독과 면담을 원했어. 내가 생각할 때 그들이 함장을 모함했던 것 같아."

THE SECRET DIARY OF A U-BOAT

04

블라이히로트가
지휘권을 인수하다

● 다음날인 1941년 5월 31일, 누군가 U-556이 계류[1]하고 있다고 소리를 지르는 통에 우리는 지원함 이제레가 정박하고 있는 부두 쪽으로 내려가 볼파르트 함장의 잠수함이 계류하는 모습을 지켜보았다. 턱수염을 기른 승조원들은 환한 미소를 머금은 채 갑판에 정렬하고 있었다. 많은 깃발이 잠망경에 연결되어 펄럭였는데, 그것은 격침시킨 배와 톤수를 나타내는 것이었다. 깃발은 도합 49,000톤을 나타내고 있었다. 군악대는 행진곡을 연주했고, U-556은 신속히 계류했다. 되니츠 제독은 볼파르트 함장에게 인사를 한 뒤 기사십자 훈장을 수여하기 위해 기분 좋은 걸음으로 성큼성큼 배에 올라갔다.

그 후 나는 옛 친구 슐루프(Schlupp)를 만났다. 그는 U-556의 통신장이었고 훈련소 동기였다. 그에게서 나는 다음과 같은 말을 전해 듣게 되었다. 10일 전 그린란드 해협에서 유조선을 공격한 것은 바로 U-556이었고, 유조선이 우리 배 주위에서 폭발하여 구축함들이 U-109를 충돌 공격하지 않아 결국 우리가 살아남을 수 있었던 것이었다.

슐루프는 술을 대단히 많이 마셨다. 그는 술에 탐닉하느라 대부분의 군복을 팔았다. 나는 그에게 현재 갖고 있는 군복이 몇 벌이나 되는지 물어보았다. 그러자 슐루프는 이렇게 말했다.

"아! 종류별로 한 벌씩은 가지고 있어. 다음 출동 때 내가 익사하지 않고 돌아오면 나는 군법회의에 회부될 거야."

"만약 군법회의에서 자네 죄를 인정하면 자네는 더 이상 유보트를 타지 못하겠군!"

내가 웃으며 말하자 슐루프가 대답했다.

"나는 그게 군법회의의 약점이라는 걸 잘 알고 있지."

아무튼 이유야 어쨌든 슐루프는 군법회의에 회부되지 않았다. 볼파르트

---

[1] 함정이 부두에 입항하여 홋줄을 육상에 연결시키는 것.

함장과 그의 승조원들은 그로부터 28일 후에 침몰했던 것이다.

그날 저녁, 나는 휴가를 떠나게 되어 있었다. 내가 부장으로부터 휴가증을 받았을 때 피셔 함장은 교체되었고, 유보트 부대에서 자취를 감추었다는 것을 알게 되었다.

슈바르츠코프 대위는 그 사실을 나에게 전하면서 웃었다. 내가 볼 때 그는 뛰어난 지휘관이었고, 특히 비스마르크가 위기에 처해 있었을 때 명예로운 죽음을 택함으로써 자신의 의무를 헌신적으로 수행하고자 했던 의지가 돋보인 사람이었다. 당시 함장은 적 항공모함이나 전함을 격파시키기 위해서는 잠수함의 희생을 감수할 수도 있다고 말했다.

하지만 U-109 전투일지에 따르면, 1941년 5월 21일에 일어났던 비상상황에서 함을 완전히 지휘 통솔하지 못했다는 것이 사령부의 의견이었다. 특히 함장에게는 다음과 같은 혐의가 있었다.

(1) 그는 잠수함이 일정 심도에서 트림을 잘 유지하고 있는지 확인하지 못했음.
(2) 부사관 페터스가 취한 조치가 정확하고 필수적이었으나, 함장으로서 지시하지 못했음.
(3) 함장은 함이 급히 부상하고 있는 상황에서 정지시키려고 노력하지 않았음.
(4) 함장은 성급하게 해상에서 배를 버리라고 이함 지시를 했음.

이 모든 것을 참고하여 발트 해에서 전술훈련 시 처음 제기된 피셔 함장의 무능함과 관련된 증거들을 고려해볼 때, 사령관은 훈련 시절에 훈련담당 장교가 제기한 평가 유보가 정당한 것이었음을 인정하고 그에 따라 즉시 현 함장직에서 사직토록 결정함.

나는 이 공식적인 기록을 훨씬 나중에 보았다. 열성적인 함장이 부임하는 것이 배를 위해 좋은지, 무능한 기관장을 유임시키는 것이 더 좋은지에 관계없이 슈바르츠코프 대위와 켈러 중위는 가장 잘못이 큰 베버 대위의 행위를 묵인해주었다. 베버 대위는 함장의 직위 해제를 유도하기 위해 의도적으로 왜곡된 사건 설명서를 제출한 것으로 보였으며, 베버 대위는 이 사건에서 아무런 피해 없이 물러나게 되었다.

10일간의 휴가를 마치고 1941년 6월 2일 아침, 나는 파리행 기차에 몸을 실었다. 오토 페터스는 브레멘에서 기차를 탔다. 우리는 서로 악수했지만 기차가 파리에 도착할 때까지 거의 말은 하지 않았다. 돌아오는 길에 우리는 많은 군용 열차가 동쪽으로 향하는 것을 보았다. 기갑부대, 포병부대, 그리고 그 뒤를 이어 더 많은 기갑부대원들이 프랑스를 떠나고 있었다. 기차가 정지했을 때 반대 방향으로 가는 군용 열차의 보병들에게 어디로 가는지를 물어봤지만 그들은 알지 못했다.

함부르크에서 파리의 가르 뒤 노르(Gare du Nore) 역까지 오는 데는 23시간이나 걸렸다. 파리의 몽파르나스(Montparnasse)에서 브레스트(Brest)로 가는 기차를 갈아타는 곳인데 거기서 우리는 독일 역무 담당자와 긴 이야기를 나누었다. 그는 우리 이야기를 거의 한마디도 믿지 않았지만, 오후 6시에 출발하는 야간 기차 승차권을 확보해주어 우리는 그날 파리에서 낮 동안 자유로운 관광을 할 수 있었다. 청명한 하늘과 따뜻한 기온으로 기분 좋은 날이었다.

나폴레옹 묘지를 관광하는데 프랑스 관리인이 우리에게 1년 전 독일이 프랑스를 점령한 이래 이 위대한 코르시카인의 마지막 안식처를 방문한 독일인 방문객 수가 지난 10년 동안 방문한 프랑스인보다 더 많다고 말해주었다.

에펠탑의 엘리베이터는 고장이 나 있었다. 그래서 우리는 꼭대기까지 계단으로 걸어 올라갔고, 시내를 가로질러 시골 뒤편까지 바라볼 수 있었다. 그때 오토 페터스가 진저리를 쳤다.

"바로 밑을 좀 내려다봐! 우리가 저만큼 깊이에 있었던 거야! 상상하기 힘들지?"

나는 에펠탑 밑으로 멀리 조그맣게 보이는 사람들을 바라보았다. 그리고 그린란드 해협 심도에서 선체가 그 가공할 만한 수압을 견뎌낸 것을 회상하자 온몸에 소름이 돋는 것 같았다.

관광을 마치고 우리는 저녁 6시에 브레스트행 야간 열차를 탔다. 로리앙(Lorient)에 도착했을 때 우리 잠수함은 아직도 정기수리를 하고 있었다. 우리는 카르낙(Carnac) 해변에서 긴 여름날을 보냈다. 구름 한 점 없는 맑은 하늘에서는 태양이 작열하고 있었고 미풍이 불어 우리의 타는 몸을 개운하게 해주었다. 휴일을 즐기는 사람들이 오직 유보트 승조원이라는 사실을 제외하고는 정말 평화로운 모습이었다. 우리는 르 그랑(Le Grand) 호텔에 묵었는데, 프랑스풍의 넓은 침대에서 잠을 잤고, 제왕처럼 먹었다. 나는 바다와 모래가 보이는 전망 좋은 방에 묵었다. 발코니로 가는 창문을 열면 파도치는 소리가 들리는 아주 멋진 방이었다.

하지만 그런 전원생활은 6월 22일 아침에 끝나버렸다. 독일 뉴스 게시판은 그날 아침 독일군의 소련 침공 소식으로 가득 찼다. 이것으로 영국이 구원받았고 전쟁이 오래 계속될 것이라는 생각에 착잡했다. 이제 우리는 수년 동안 또는 영원히 영국과 싸우러 바다에 나가야 할 것이다. 나는 진지하게 러시아를 침공했던 프랑스의 강력한 육군에게 어떤 일이 일어났던가를 생각해보면서 나폴레옹을 떠올려보았다.

다음날 나는 다가올 두 번째 임무를 위해 장비 점검 차 U-109에 갔다. 내가 통신실에 있을 때 신임 함장이 도착했다. 나는 통신장이라고 보고했고, 기사십자훈장을 수여받은 하인리히 블라이히로트(Heinrich Bleichrodt) 함장은 나에게 악수를 청하기 전에 예리한 눈길로 나를 바라보았다.

"통신장, 우리 친하게 지내보세! 알겠나?"

"좋습니다. 함장님."

함장이 가고 난 후 슈바르츠코프 대위가 통신실로 들어왔다.

"자, 느낌이 어때? 이제 우리는 진짜 함장다운 분을 만난 것 같아. 그렇지?"

나는 몇 초간 생각한 다음 말했다.

"그렇습니다. 최소한 이분은 벌써 기사십자훈장을 받았으니까요."

슈바르츠코프 대위가 유쾌하게 웃었다.

유보트 부대에서 '해결사(Ajax)'로 알려진 신임 함장은 부임할 때, 그가 배에 있으면 배가 가라앉지 않는다는, 유보트 경험이 아주 많은 갑판사 베르톨트 자이델(Berthold Seidel)을 포함해 전에 탔던 U-67에서 승조원 몇 명을 데리고 왔다.

벤첼은 조타장이 되기 위한 교육 과정을 밟기 위해 전출 명령을 받았다. 나는 브루노 준위가 이런 변화들을 잘 받아들일지 걱정이 되었다.

6월 27일 오후, 우리는 칠면조 고기와 샴페인으로 식사를 했다. 출항하기 전에는 항상 그렇게 식사를 했기 때문에 식당의 프랑스 여자 종업원은 우리가 내일 출항하는 사실을 알았다. 가끔 우리는 그녀들과 불장난을 했지만 더 이상의 진전이 있어서는 안 되었다. 여자가 너무나 그리운 대원들은 육군이 감독하고 있는 사창가를 방문하기도 했다. 하지만 식당의 여자 종업원들과 관계하는 것은 법적으로 금지되어 있었다. 지방의 많은 아가씨들은 성병을 가지고 있었고 이런 병은 비밀 병기로서 영국이 광범위하게 퍼트린 것이라는 소문이 있었다. 우리는 성병이 유보트 작전에 얼마나 방해를 주는지 나중에야 알게 되었다.

6월 28일 토요일, 우리는 개인 물건을 함내 사물함에 챙겼다. 그리고 유언장을 작성해서 전단 행정 사무실에 제출했다. 오후 9시, 우리는 지원함 이제레 옆에 계류되어 있는 U-109의 함미 갑판에 정렬했다. 군악대가 도착해 연주했고, 신속히 인원 파악을 마친 함장은 수행원 몇 명을 인솔하고 도착한 전단장에게 U-109는 출항 준비가 완료되었다고 보고했다. 전단장은 답례를 했고 간단하게 안전 항해를 기원하는 연설을 했다. 대열은 해산했고 "우리는 영국과 싸우러 간다"는 구호와 함께 추진 모터를 작동하여 바다로 항진해나갔다.

우리가 속력을 높여 케르네벨 해협과 포르 루이를 빠져나갈 때 되니츠 제독의 저택 마당에서 참모장교 3명가 모자를 흔들며 잘 다녀오라고 인사하는 것이 보였다. 긴 함수는 비스케이 만의 파도에 묻혔고 배는 전속으로 해협을 빠져나갔다. 우리의 임무는 4개월간의 남아프리카 해안 초계라는 방송이 나왔다. 함장은 550피트까지 시험잠항을 지시했다. 잠망경이 심하게 누수되었고 저속으로 잠항항해를 할 때 우현 디젤엔진 커플링에서 쿵쾅거리는 소리가 크게 나는 것을 제외하면 배는 비교적 수리가 잘 된 것 같았다.

U-109는 비스케이(Biscay) 만을 수상항해로 통과했다. 하늘이 매우 파란 전형적인 여름 날씨였다. 어뢰를 25발이나 적재했기 때문에 배의 함수는 상당히 무거워 가라앉은 것처럼 보였다. 케이프 오르테갈(Cape Ortegal) 서쪽까지 80마일을 항해한 후 우리는 연료를 절약하기 위해 추진 모터를 사용하여 남서쪽으로 향했다. 아조레스(Azores) 남쪽에서부터는 강렬한 태양 광선으로부터 피부를 보호하기 위해 견시들은 열대용 모자를 착용해야 했다. 블라이히로트 함장은 뉴스를 듣는 데 많은 시간을 할애했다. 뉴스의 대부분은 대규모 소련군과의 전투에서 승리한 이야기로 장식되었지만, 함장은 그 뉴스를 들을 때마다 수심에 찬 듯 보였다. 내가 생각하기에 그는 1812년을 회상하는 것 같았다.

우리는 1주일 동안 상선들의 정기 통항로를 따라 항해했다. 그동안 우리는 오직 양털구름에 무역풍, 그리고 거울같이 잔잔한 바다와 파도만을 볼 수 있었다.

7월 6일 오전 10시 45분, 무풍지대를 빠져나와 마데이라(Madeira) 서부 300마일 위치에 도착했을 때 함교에서 견시가 "마스트 보임!"이라고 보고했다. 함장은 쌍안경을 꺼내들고 전투정보실로 올라가 디젤엔진을 작동시키고 전속으로 항해했다. 우리는 그 함정이 남쪽으로 항해하는 단독 함정이라는 것을 확인한 후 곧바로 추적에 들어갔다.

U-109는 접촉 함정의 마스트 끝 부분만을 시각으로 접촉한 채 큰 반원을 그리며 접근했다. 그 배는 일정 침로를 기준으로 지그재그 항해를 하고 있었지만 우리는 그 함정을 앞지를 수가 없었다. 나중에 우리는 그 배의 속력이 최소 14노트 이상이라는 것과 고속 상선이라는 것을 알게 되었다. 함장은 주간 잠항 상태에서 공격하라고 했다. 이른 오후가 되어서야 우리는 상선의 함수 최적 공격 위치에 도달할 수 있었다.

통신사들은 600킬로헤르츠와 36킬로헤르츠 국제 주파수를 점검하다가 청음실로 자리를 이동했고 하겐은 즉시 표적 방위를 확인했다. 발사관 외부 문이 열리자 함내는 이내 조용해졌다. 마우레샤트가 사통 장치 앞에서 "선박이 우리 정면으로 오고 있음"이라고 보고하자, 함장은 "좋아!"라고 말했다. 하지만 잠수함이 발사 위치에 도달하기 위해서는 또 1시간이 필요했다. 수평타가 주기적으로 떨리는 소리가 들렸다. 그 소리 중 하나는 어떤 것에 부딪쳐서 깨지는 소리였는데, 수리가 제대로 되지 않은 것 같았다. 전투정보실에서 함장이 선박의 침로와 속력을 확인해주었고 마우레샤트가 복창하면서 계산기에 입력했다. 갑자기 블라이히로트 함장이 말했다.

"젠장! 지그재그 기동을 하네. 상당히 귀찮게 생겼구먼!"

함장의 말은 마치 메마른 산에 피어난 불처럼 빠른 속도로 함내에 퍼졌다. 바다는 꽤 잔잔했다. 선박의 견시가 당직을 똑바로 섰다면 아마 우리 잠망경을 이미 보았을 것이다.

우리는 다시 접근 기동을 하기 위해 상선이 수평선 너머에 도착할 때까지 기다려야 했다. 베르너 보르샤르트(Werner Borchardt)와 병기사가 함수 발사관 외부 문을 닫고 중앙통로에서 나오며 말했다.

"이 똥 같은 잠수함! 수중에서는 속력이 너무 느려. 지난 전쟁 때와 같은 속력이거든. 그리고 이번 전쟁에서도 이 잠수함으로 승리해야 되는데, 나는 자신 없어."

상선이 시야에서 사라지기 전까지 상당히 긴 시간이 흐른 것 같았다. 오후 4시 30분 블라이히로트 함장은 부상을 지시했고 해치 커버가 열리자 신선한 바람이 함내로 들어왔다. 엔진이 살아서 소리를 내기 시작했다. 함장은 부상해서 그날 밤 수상 공격을 하겠다고 방송했다. 국제 조난 주파수는 조용했다. 새벽 1시 30분, 블라이히로트 함장은 전투 배치를 지시했고 어뢰발사관을 준비했다. 우리가 희미한 항적을 추적하여 어둠 속으로 상선을 향해 속력을 올리고 있을 때 은빛 달을 배경으로 상선의 실루엣이 드러나기 시작했다. 슈바르츠코프 대위는 함교의 거리측정장비 앞에 서 있었고, 함장은 배를 조함했다. 잠수함에서 증기선을 정지시킬 목적으로 2마일 거리에서 어뢰 1발을 발사했다. 나는 청음실에서 어뢰가 발사되는 소리를 들을 수 있었다.

병기사가 함수 격실에서 중앙통로로 초시계를 가지고 내려왔다. 나는 그에게 청음기도 인계했다. 몇 분이 지났다. 우리는 폭발을 기다렸지만 잠시 후 실망스러운 표정만이 교차되었다.

"빗나갔어."

내가 말하자, 보르샤르트가 고개를 끄덕였다.

"어뢰가 표적 앞으로 지나갔는지, 뒤로 지나갔는지 알려줄 수 있어?"

"아니야. 자네도 들었잖아? 어뢰 추진기 때문에 아무것도 들을 수가 없었어."

함교에서 보르샤르트에게 소리를 지르자, 보르샤르트가 허탈하게 웃었다.

"제기랄! 아마 이제 함교에서는 어뢰가 항주를 제대로 하지 않았다고 말할 거야."

보르샤르트는 어뢰가 명중하지 못한 것에 대해 핑곗거리를 준비하면서 잔뜩 화가 난 채 함교로 올라갔다. 그는 어뢰가 지시된 침로로 항주했는가에 대한 증인으로 통신사들을 내세울 수 있었다.

상선은 더 이상 지그재그 항해를 하지 않았고, 목표 선박의 함수 쪽에 잠수함이 다시 한 번 위치하기 위해서 1시간만 더 항해를 하면 되었다. 거리는 1마일이었고 두 번째 어뢰 공격이 실시되었다.

보르샤르트는 통로로 내려와서 초시계를 보고 있었다. 나는 청음기에서 어뢰가 잘 나가고 있는 소리를 들었지만 명중되는 소리는 듣지 못했다. 보르샤르트는 믿을 수 없다는 듯이 나를 바라보았다. 함교에 있던 함장의 표정이 어두워졌다.

"확실히 상선에 명중했어야 하는데……."

세 번째 공격은 새벽 4시에 800야드 거리에서 실시되었다. 하지만 어뢰 공격은 또다시 실패했다. 갑판 아래 있는 승조원들은 안절부절못했고 수군거리기 시작했다. 그들은 슈바르츠코프 대위가 아닌 다른 사람이 광학조준장치를 작동하기를 원했다. 다행히 이 말이 함교에서는 들리지 않았다.

함장은 모든 사격통제장치를 점검했으나 우리가 명중시키지 못하는 이유를 밝혀내지는 못했다. 갑판장 발터 그로스(Walter Gross)가 상선이 지금 정지했다고 보고했다. 상선의 선수파[2]가 작아졌다. 상선은 매우 건방지게 행동하고 있는 것처럼 보였다. 함장은 "돼지 같은 놈!"이라고 중얼거렸다.

네 번째 어뢰가 정지한 화물선을 향해 발사되었다. 그러나 발사하자마자 상선은 함수 좌·우현에 커다란 거품 모양의 물결을 만들며 전진했다. 발터 그로스가 어뢰는 전속으로 항주했다고 보고했다.

"이 어뢰도 빗나갔군!"

함장이 결론을 내리자 슈바르츠코프 대위가 고개를 갸웃거리며 말했다.

"제가 생각하기로는 우리가 어뢰를 발사할 때마다 저 상선이 속력을 조

---

[2] 함정의 항해로 인해 함수에 일어나는 파도.

절한 것 같습니다."

"그렇게 생각한다면 그 상선은 청음기를 가지고 있는 게 분명해. 그리고 선박이 매번 어뢰를 피했다면, 또 어뢰 공격을 받고 있다는 걸 한 번도 통신하지 않았다면 그 선박에는 다른 무엇인가가 있다는 거야."

장교들은 함교로 올라가 네 번째 어뢰는 7분간 항주했다고 설명했지만, 사실 내가 진짜로 함교에 올라간 목적은 상선을 보기 위해서였다.

"함포로 격침시켜야 합니다!"

켈러 중위가 화난 목소리로 외쳤다. 그러나 함장은 뭔가 내키지 않는 듯했다.

"나는 저 배를 믿을 수가 없어. Q-Ship[3]의 함정일 수도 있어."

"그러나 그냥 가게 할 수는 없습니다."

켈러 중위가 강하게 주장하고 나섰다.

"어뢰를 계속 발사한다는 건 그저 낭비일지도 모릅니다."

슈바르츠코프 대위가 말했다. 하지만 함장은 두 사람의 의견을 모두 무시하고 쌍안경으로 상선을 살펴보았다.

"아직도 전속으로 항해하고 있습니다."

갑판장 발터 그로스가 보고하자, 함장은 쌍안경을 내리고 "좋아"라고 말하며 웃었다. 함장이 명령을 내렸다.

"자네가 다른 특별한 방법을 가지고 있지 않다면 함포로 사격하겠어. 함포전을 위해 갑판을 준비하라!"

기관장은 즉시 방송을 했고 함내 승조원들도 "마지막이다!"라고 말하는 듯이 위를 바라보았다. 포 요원들이 갑판으로 올라갔다. 그들은 구명조끼를 입고 있었으나 밤 날씨가 따뜻했기 때문에 옷을 더 입을 필요는 없었다. 조종실 바닥이 분리되자 밑에 보관되어 있던 탄약상자를 승조원들이 1열

---

3 독일 유보트를 공격하기 위해 영국에서 운용하던 상선을 위장한 군함.

로 줄을 서서 함교로 옮겼다. 배는 전속으로 전진했다.

마우레샤트는 함포사격 준비완료를 보고했고, 상선 거리가 드디어 사정거리 내에 진입했다. 함장이 발사 지시를 하자 10.5cm 함포가 사격을 시작했다. 포대가 통신실 바로 위에 위치해 있어서 국제 조난 주파수에 맞추고 당직을 서기에는 너무 시끄러웠다. 통신 당직자들은 진동 소리에서 귀를 보호하기 위해 개인용 수화기를 사용했다. 계속되는 사격으로 적함은 침몰하기 시작했다.

"SSS 시티 오브 오클랜드(City of Auckland) 33-14N, 31-21W SSS."

들뜬 분위기 속에서 우리는 상선 등록부(Lloyds Register)를 뒤졌다.

"시티 오브 오클랜드. 8,000톤, 제작사 AG 베저(Weser), 브레멘(Bremen)!"

함장에게 내용을 보고하기 위해 함교탑 사다리 하부로 신속히 갔지만 시끄러운 함포 소리 때문에 아무것도 들리지 않았다.

"함미 명중!"

누군가가 외쳤다. 함포가 다시 작렬했다. 나는 함교로 가서 상선에 대해 보고했다. 함장은 쌍안경을 목에 걸고 있었다.

"8,000톤이라……, 나도 톤수는 그 정도로 예상했어. 젠장! 저 배가 연막을 치고 있잖아!"

"그게 아니라면 마우레샤트가 연기 제조 장치를 맞힌 것 같습니다."

슈바르츠코프 대위가 말했다.

"가능한 얘기야. 하지만 무슨 놈의 상선이 연기 제조 장치를 갖추고 있을까?"

함포는 두 번 더 발사되었고 검고 두꺼운 연막 속에서 불꽃이 몇 번 튀었다.

"함미 쪽 다시 명중!"

켈러 중위가 보고했다. 연막이 상선을 완전히 가려버렸다.

"사격 중지. 엔진 정지!"

함장이 명령하자, 배의 속력이 급격히 줄었다.

"접근해 들어가서 완전히 끝장내버립시다."

켈러 중위가 주장했다. 우리 모두 그의 말에 동의하면서 중얼거렸다.

"상선 함미 갑판의 함포는 고장난 게 틀림없어."

슈바르츠코프 대위가 말했다. 함장은 그저 미소만 짓다가 조용히 말했다.

"우리 몸부터 조심해야 할 거야. 나는 아직도 저 선박이 Q-Ship이라고 생각해. 아직 끝나지 않았어. 조금 더 기다려봐."

우리 승조원들이 연기 기둥 속을 자세히 들여다보니 상선은 약간 기운 채 정지해 있었다. 잔물결이 찰랑거리며 선체에 부딪쳤다. U-109가 파도에 흔들리자 탄피들이 함수 갑판을 가로질러 앞뒤로 뒹굴며 소리를 내고 있었다. 총 35발이 발사되었다. 사수들은 서서 대기하고 있었다. 모두 다 함장의 지나친 신중함을 이해하지 못했다. 그때 슈바르츠코프 대위가 갑자기 외쳤다.

"계속 공격해야 할 것 같습니다! 상선이 연기 속에서 빠져나오고 있습니다."

상선은 함수 쪽에 이는 파도와 함께 연기 장막을 헤치며 나오고 있었다. 함장이 중얼거렸다.

"상선이 우리에게 충돌 공격을 시도하리라는 것쯤은 이미 생각했어."

그리고 함장은 전속, 키 오른편 전타를 지시했다. 나는 적함이 아직도 상당한 거리에 있었기 때문에 함장의 지시가 지나친 행동이라고 생각했다. 함장은 전속을 지시했다. 마치 적함에 의해 추적당하는 것처럼 엔진은 미친 듯이 쿵쾅거리며 증속되었다. 사수들은 여전히 함수 갑판에 서 있었다. 그러나 표적이 함교탑에 가려서 사격을 할 수가 없었다.

"상선이 변침하고 있습니다."

슈바르츠코프 대위가 말했다. 배의 윤곽이 길어졌다. 갑자기 상선 현측에서 섬광이 분출되었고, 잠시 후 우리는 무의식적으로 몸을 움츠렸다. 포탄이 연속적으로 우리 머리 위를 지나갔다.

"저것은 중갑판에 설치된 중구경포입니다."

켈러 중위가 말하자, 함장은 거봐란 듯이 대꾸했다.

"내가 말했지? 상선으로 위장한 군함일지 모른다고. 저것이 바로 Q-Ship이야!"

그는 쌍안경을 눈에 대고 조타장에게 동쪽으로 향하도록 지시했다. 나는 계속 함교에 있었다. 함교에서 내려와야 했지만 흥분한 나머지 내가 어디에 있는지조차 몰랐다. 상선으로부터 또 다른 함포 섬광이 보였다. 매우 위험한 상황이었다. 우리는 상선 함포의 사정거리 내에 있었던 것이다.

"포대 제자리, 사수 총원 함내로!"

함장이 마우레샤에게 지시했다.

"탄피는 어떻게 합니까?"

"배 밖으로 던져버려."

탄피가 물 속으로 굴러 떨어지는 동안 슈바르츠코프 대위가 말했다.

"상선에서 사격을 중지했습니다. 우리 배가 상선에게는 대단히 어려운 표적이었던 것 같습니다."

하지만 켈러 중위는 고개를 저었다.

"아닙니다. 상선은 함수 쪽으로는 사격을 할 수 없습니다. 우리가 저 배의 현측 방향에만 위치하지 않으면 우리는 안전할 겁니다."

우리가 추적을 당한 지 약 1시간 정도가 흘렀다. 상선이 큰 소리를 한 번 냈다. 그리고 함장은 시티 오브 오클랜드 호가 해군 지휘 하에 행동하고 있다고 결론을 내렸다. 내가 조종실로 갔을 때 조타장은 해도에 기대어 있었다. 나는 조타장에게 물었다.

"날이 밝으면 우리는 뭘 해야 하지요?"

"계속 가야지. 우리는 잠항하면 안 돼."

"우리가 계속 달린다면 어디서 멈춘단 말인가요?"

페터슨은 해도 위에서 우리의 위치를 보여주었다.

"아가디르(Agadir)에 있는 해변이나 카나리아 군도를 통과해서 가야 해."

"모두 괜찮을 것 같은데……. 그런데 이제 우리는 정말 뭘 하지요?"

페터슨은 자신의 머리에 손을 대고 생각했다.

"아직도 우리에게는 기회가 있어. 해 뜨기 1시간 전에 달이 사라질 거야. 그때가 가장 어두운 시간이지. 우리는 그때를 이용해야 돼."

이른 새벽 동안 추적은 계속되었다. 우리는 표적보다 4노트가 더 빨라 속력에서 우위를 점하고 있었고 수면에는 안개가 낮게 드리워져 있었다. 견시는 쌍안경으로 조용히 수면을 관측했고 함장은 잠망경 케이스에 기댄 채 함미를 바라보고 있었다. 상선은 맨눈으로는 더 이상 보이지 않았고 선수 하단에 발생하는 물거품으로 볼 때 우리를 추적하고 있는 것 같았다.

내가 잠시 후 함교에 올라갔을 때 함장은 내 팔을 잡고 상선이 통신을 하지 않았느냐고 물었다.

"조용했습니다."

"좋아! 이제 내려가서 보르샤르트에게 함미 발사관을 준비하라고 해. 완전히 어두워지면 우현으로 변침해서 상선이 통과할 때 명중시킬 수 있을 거야."

나는 함장의 지시를 전달했고, 그 내용은 금세 함내 전체로 퍼졌다. Q-Ship을 침몰시키기 위해 세운 교활한 기동 계획에 함내 총원은 흥분하기 시작했다.

완전히 어두워졌을 때 엔진은 항적을 줄이기 위해 감속했고 잠수함의 침로는 우현 90도로 맞추어졌다. 우리는 추진 모터를 전속의 절반 속력으로 변경하여 정숙을 유지하고 전투 배치를 유지했다. 함미 5, 6번 발사관의 준비가 완료되었다는 보고가 올라왔다. 휨펠과 나는 통신 당직을 섰고 페르디난트는 청음 당직을 섰다. 우리는 기다리고 또 기다렸다. 하지만 '시티 오브 오클랜드'는 나타나지 않았고 통신도 없었다. 페르디난트는 청

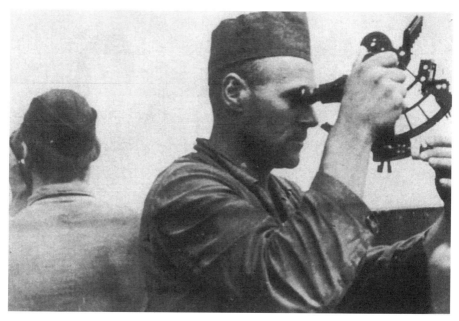

페터슨 준위가 태양의 고각을 측정하고 있다. 1941년 2월~8월 대서양. 유보트에서 항해는 조
타사들의 책임이었고 페터슨 준위는 이 분야에서 매우 뛰어난 능력을 보유하고 있었다.

1941년 여름 함교에서. 블라이히로트 소령과 푀터(카메라 가까이 서 있는 사람). 푀터는 종전
직전 영국 해군에 의해 침몰된 U-859에서 살아남은 몇 명 되지 않는 생존자 중 한 사람이다.

음기를 사용해서는 도저히 소음을 찾을 수 없었다.

1시간 정도 고요한 침묵이 흐른 뒤, 함장은 전투배치 해제를 지시했고 한숨을 쉬며 침대로 가버렸다. 함장이 허탈하게 웃으면서 말했다.

"그 배는 우리가 시야에서 사라지자마자 정지한 것 같아. 상선의 함수 파도는 단순히 우리가 보기에 적어지는 것처럼 보인 거야. 그 배는 매우 세련된 특징을 가지고 있어. 아마 그쪽 어디선가 지금 우리의 디젤엔진 소리를 청취하고 있을 거야."

해가 뜨기 직전, 우리는 잠항해서 함수 어뢰 발사관에 네 발의 어뢰를 재장전했다. 그리고 상선을 찾기 위해 출발했다. 하지만 정오에 함장은 결국 상선을 포기했다. 함장은 상선이 도망간 것에 대해 상당히 고민했는데, 사실은 내가 생각했던 것보다 더 괴로워하는 듯했다.

시험잠항 도중에 함교탑 부근에서 공기방울이 나오는 것을 발견했다. 쉐베는 그곳에 저장된 아세틸렌 병에서 나오는 것 같다고 했으나 비누칠을 하고 압력 시험을 실시한 결과 그것이 아닌 것으로 판명되었다.

우리는 좋은 날씨 속에서 아조레스 남동쪽으로 향했다. 그러나 약 1시간 동안 우리 배 앞에서 헤엄치는 고래떼와 돌고래를 제외하고는 아무것도 볼 수 없었다. 바다가 마치 사막처럼 느껴졌다. 그날 잠수함 사령관은 모든 유보트에게 전문을 보냈다.

소련과 전쟁 중. 총통 각하는 미국과는 그 어떤 분쟁 가능성도 회피하기를 원함. 유보트 함장들은 유념해서 행동할 것. 미국 상선은 전쟁선포구역 안에 있는지, 밖에 있는지, 호송선단이든, 단독 이동 함정이든 간에 공격해서는 안 됨. 순양함급 전함, 적으로 식별된 군함은 전쟁구역 내에 있는지, 밖에 있는지 공격이 가능함. 그러나 어떠한 군함도 전쟁구역 내에 있다고 할지라도 단순히 야간에 등화를 켜지 않았다는 이유로 적으로 분류할 수는 없음.

이것은 정말 말로 하기에는 쉬운 내용이었다. 1941년 7월 13일 일요일, U-109는 테네리페(Tenerife) 섬을 지나고 있었다. 로리앙을 떠난 지 2주째 되는 날이었다. 우리는 목화더미가 떠 있는 구역을 서서히 항해하고 있었는데, 이 구역에서 최근 배가 침몰되지 않은 것으로 봐서 몇 주 동안 떠 있었던 거 같았다. 게다가 대서양 중부 해역에는 우리 외에 U-66, U-123, U-A 등이 프리타운(Freetown)을 떠나 있었으나 누구도 전과를 보고한 함정은 없었다. 몇 개월 전에 유보트가 이곳에서 영국 함정을 격침시켰기 때문에 영국은 일시적으로 어떠한 노력을 해서라도 이 구역을 회피하기로 결정한 듯했다.

얕은 심도로 잠항을 하고 있는데도 불구하고 잠망경에서 누수가 되고 있었다. 방수판이 똑바로 부착되지 않고 비스듬하게 부착되어 있었다. 그것은 조선소의 수리 능력이 부족했음을 여실히 보여주고 있는 것이었다.

쉐베가 나에게 말했다. 우리에게는 아직 어뢰 21발이 있기 때문에 연료를 50톤까지 떨어뜨릴 수가 없고 만약 떨어뜨린다면 배의 상부가 무거워진다고……

그날 저녁, 사령관은 블라이히로트 함장이 이전에 요청한 약간의 수리 부속품과 연료에 관한 전문을 보내왔다.

7월 21일 저녁, 모로(Moro)에서 보급 가능함. 정해진 날짜에 도착 가능하면 YES로 보고할 것. 그렇지 않으면 원하는 날짜를 보고할 것.

블라이히로트 함장은 부장에게 전문을 보여주며 말했다.
"도대체 무슨 전문이 이래?"
"모로가 어디에 있습니까?"
슈바르츠코프 대위가 물었다. 나는 살며시 웃으며 말했다.
"남부 스페인에 있을까요?"

함장이 조타사에게 지시했다.

"침로를 카디스(Cadiz)로 돌려!"

7월 17일 밤 12시 직후, 함장은 유보트 사령부에 적도 부근에서 보급선을 만나기를 원한다는 내용의 신호를 보냈다. 그러나 그것은 불가능하다는 회신이 왔다. 다카르(Dakar)와 라스팔마스(Las Palmas)에 있는 비밀 기지들도 더 이상 안전하게 사용할 수 없었던 것이다. 임시로 우리는 카디스를 이용해야만 했다.

7월 18일, 무선관측국은 구축함 4척의 호위를 받으며 지브롤터(Gibraltar)를 출항하여 서북서쪽으로 향하는 호송선단 15척을 보고했고, 우리는 그곳을 향해 전속으로 항해했다. 북동쪽으로부터 긴 파랑이 일자 함교에는 큰 파도가 넘쳐 올라왔다. U-109는 이 부근에 있는 유일한 잠수함이었고 항공정찰도 없었다. 카디스 만에 도착하자마자 함장은 호송선단을 포기했다.

1941년 7월 21일 이른 아침, 우리는 중립해안을 바라보고 서 있었다. 중립국 협약에 따르면 중립국 항구 내에서 전투함이 재보급을 받거나 무기를 적재하는 것은 불법이었다. 그래서 우리는 영국이 이러한 보급행동의 증거를 발견하지 못하도록 하는 것이 중요하다고 생각했다.

새벽 1시쯤, 60마일 거리에 있는 케이프 세인트 빈센트(Cape St. Vincent) 등대가 보였다. 해가 뜰 때까지 우리는 스페인 해안에 있었다. 그리고 페터슨이 해가 질 때까지는 카디스에 도착할 수 있다는 계산을 끝내자마자 잠항을 실시했다. 함장은 오후 2시까지 잠망경으로 수평선을 살펴본 후 조종실로 나를 불렀다.

"청음기에 무슨 소리가 들리는 게 있나?"

"없습니다."

"포르투갈 어선으로 보이는 표적이 2.5마일 거리 정도에서 보였네. 자네가 그것을 오래전에 수중청음기로 접촉했어야 했는데……."

"함장님, 청음기 장비를 즉시 점검해보겠습니다."

내가 청음실로 돌아왔을 때 나는 무척 당황했다. 이것은 내가 지금까지 전혀 경험해보지 못한 상황이었다. 통신사들은 외부 압력단자에 습기가 있는지, 부속품이 깨졌는지 등을 점검했으나 모든 것이 정상이었다. 함장이 잠망경을 내리고 보고를 받기 위해 왔을 때, 나는 장비가 정상적으로 작동하고 있지만 소음은 청취되지 않는다고 보고했다. 그러나 함장의 목소리에는 가시가 박혀 있는 듯했다.

"어선이 우리를 향하고 있는데 자네들은 듣지 못하고 있어! 그런데 어떻게 장비가 정상적으로 작동한다고 보고할 수 있나?"

나는 96개의 센서 튜브를 모조리 닦고 청소한 후 교환했다. 하지만 결과는 마찬가지였다. 바닷소리는 들렸지만 다른 기계나 추진기 소리는 전혀 들리지 않았다. 켈러 중위가 와서 무엇이 문제냐고 물어보았다.

"저도 모르겠습니다. 함장님이 뭔가 잘못 보았던지, 엔진이 없는 범선이든지, 하여튼 추진기 소음이 전혀 들리지 않고 있습니다."

켈러 중위는 주위를 둘러보면서 함장이 우리 이야기를 들을 수 없는 곳에 있는 것을 확인하고는 "아마도 그것은 날아다니는 네덜란드 사람일 거야" 하고 조용히 말했고, 우리는 모두 웃었다.

몇 시간 후 휘펠이 통신 당직을 서고 있을 때 나는 함장이 잠망경으로 선박을 보았다고 해서 즉시 청음기로 달려갔다. 함정이 약 2마일 가까이 왔을 때 미세한 프로펠러 소음을 들을 수 있었다. 켈러 중위가 나에게 다가왔고 함장은 어떤 종류의 함정이냐고 물어보았다.

우리 둘은 어깨를 들썩이며 의아한 눈으로 서로를 바라보았다. 그리고 켈러 중위가 전성관(傳聲管)[4]을 통해 조용히 "어선입니다. 선박의 선저[5]는

---

4 함정에서 전화거나 기타 전기 장비를 사용하지 않고 서로 말을 할 수 있도록 각 격실마다 연결된 파이프.
5 함정의 아랫부분, 즉 물에 잠겨 있는 부분.

최근 붉은 납으로 칠했고 선장은 선교에서 입에 두꺼운 시가를 물고 있습니다. 확실합니다"라고 말했다.

우리는 숨을 죽이고 있었다. 전투정보실에 있는 조타사가 우리가 보고한 것을 중계하자 순간 전투정보실은 쥐죽은 듯이 조용해졌다.

"통신장! 전투정보실로 보고하게!"

나는 헤드폰을 벗고 일어났다.

"보고한 것은 나였다고 말할게."

켈러 중위가 웃으며 말했다. 나는 통로를 지나 전투정보실로 갔는데 거기 있는 모든 사람이 소리를 죽인 채 웃고 있는 것을 보았다.

나는 함장에게 보고를 하기 위해 전투정보실 사다리 옆에 섰다. 그런데 내가 말하기도 전에 함장은 나에게 심한 질책을 했다. 끝난 후 보고를 했고, 전성관을 통해 보고한 사람은 켈러 중위였다고 함장에게 말했다. 함장은 켈러 중위를 불러오라고 했다.

켈러 중위가 혼나고 있는 동안에도 전 승조원은 웃음을 감추지 못했다. 심지어 기관장마저도 웃음을 터뜨리고 말았다. 그러나 그 일은 나에게 그다지 재미있는 일은 아니었다. 왜 수중 청음 능력이 그렇게 약해졌을까?

황혼 무렵 함장은 함수 전방에 등화를 켜지 않은 선박 3척을 발견했는데 영국 함정임이 거의 확실했다. 내가 수중청음기를 통해 접촉할 수 없다고 보고하자, 함장은 청음기를 한 대 때리라고 말했다. 함장은 특별한 이유 없이 신경질적이었고, 아마도 이것이 함장에게 나타나기 시작한 심각한 신경성 노이로제의 첫 번째 징조였던 것 같다.

초계함 근처로 접근할 시간적 여유가 없었기 때문에 함장은 심도 180피트, 회전수 90으로 잠항항해를 하기로 결정했다. 나는 계속 영국 함정의 추진기 소음을 듣기 위해 노력했으나 실패를 거듭하던 중 갑자기 소음을 들을 수 있었다. 나는 몸을 굽히고 함장에게 보고했다.

"그들이 무엇을 하고 있나?"

"그들은 서서히 움직이며 아마도 우리를 탐지하려는 것 같습니다. 우리는 지금 중간 위치에 있는 선박의 선저 아래에 있습니다."

함장은 휨펠의 헤드폰을 쓰고 눈살을 찌푸리며 듣고 있었다. 바로 우리 상방에서 추진기들이 서서히 돌고 있었던 것이다.

"그들도 지금 우리처럼 희미하게 들을 수 있을 겁니다. 이것은 해수의 층심도와 관련이 있습니다."

내가 설명하자, 함장이 헤드폰을 돌려주며 측은해하는 눈으로 나를 쳐다보았다.

"이런 쓸데없는 건 다 박살내버리라고 말했지? 하지만 우리가 부두로 돌아가면 이것에 대해 더 말할 게 있네."

함장은 약속이나 하는 듯 중얼거리며 나갔다. 휨펠이 투덜거렸다.

"함장님 눈을 보니 우리를 정말로 무시하고 있다는 걸 느낄 수 있었어요."

나는 휨펠에게 설명했다.

"그저 조용히 기다려. 장비에는 문제가 없어. 이 심도에서 우리는 그 어떤 소리도 모두 들을 수 있어야 해. 항해과 장교들은 해양환경 특성에 대해 잘 모르기 때문에 음파탐지기를 신뢰하지 않아. 하지만 그들도 이런 걸 알아야 해."

그러자 휨펠이 머리를 긁적였다.

"만약 그렇다면 통신장이 되고픈 마음이 없는데요."

저녁 10시경, 우리는 부상했다. 조타장은 잠수함을 정확하게 카디스 항만 입구로 접근시켰다. 평소와 같이 그의 항해 능력은 완벽했다. U-109는 자정이 지난 후에 항구로 미끄러져 들어갔다. 함장과 당직사관 3명은 함교에 있었다.

아름다운 여름밤이었다. 부두 주변 시설의 밝은 불빛들이 수면 위에서 반짝이고 있었다. 유보트 사령부의 정보에 따르면, 독일의 보급함 탈리아(Thalia)가 항내 중간 지점에 정박해 있다고 했다.

"저기 함수 좌현 쪽입니다."

슈바르츠코프 대위가 조용히 보고했다. 함교에 있는 사람들은 그들 쌍안경의 초점을 맞추면서 희미한 윤곽을 쳐다보고 있었다.

"저기 증기선 3척이 보입니다."

페터젠이 말했다.

"제기랄! 지금 우리가 할 일은 우리를 지원해주는 배가 어떤 것인지를 찾는 일이야!"

블라이히로트 함장이 그들에게 말했다. 슈바르츠코프 대위는 탈리아 함의 스케치와 계류되어 있는 상선 3척의 실루엣을 비교하고 있었다.

"첫 번째 함정입니다."

그러나 함장은 신중했다.

"발광신호로 물어봐!"

함장은 발터 그로스에게 지시했고, 그로스는 파란 필터가 끼어 있는 큰 램프를 들었다. 그로스는 음어화된 신호를 보냈다. 하지만 돌아온 신호는 이상하고 어려워서 알 수가 없었다.

"좀 이상한데요."

발터 그로스가 크게 말했다. 그러자 함장이 긴장한 목소리로 말했다.

"저놈이 우리를 끌어들이려 하고 있어."

우리가 속력을 서서히 줄이며 두 번째 함정을 지나면서 보니 상부 구조물로 볼 때 그 배는 탈리아 함이 아니었다. 그로스가 세 번째 함정에 신호를 보내니 조타실로부터 즉시 정확한 응답신호가 돌아왔다. 함장은 함교 요원에게 만약을 대비해 무장하라고 명령했고, 혹시 수상한 행동이 취해지면 즉시 발사하라고 지시했다. 심지어 나에게도 기관총이 지급되었다.

우리는 항내를 크게 한 바퀴 돌아서 독일 보급선 함미로 접근하여 현측에 계류했다. 그들은 사다리를 내리기 전에 어둡고 높은 함교에서 조용히 우리의 도착을 기다렸다. 슈바르츠코프 대위가 기어 올라갔고 몇 분 후 모든 것이 확실하다는 소리가 들려왔다. 어둠 속에서 휴대하고 있던 무장을 해제하고 승조원들이 떼를 지어 갑판에 올라가 기다리던 보급품 수령 작업을 시작했다.

새벽 5시까지 우리는 연료를 가득 채우고 요청한 부속품을 실었다. 추가로 어뢰 3발과 야채, 과일 등을 포함한 식료품도 실었다. 탈리아 함에서 돌아올 때 페르디난트는 술에 너무 취해서 비당직자들의 부축을 받아야 할 정도였다. 홋줄이 걷히고 우리는 전기 모터를 전속으로 가동해 대양으로 빠져나왔다.

카디스 항구를 빠져나오고 나서 얼마 되지 않아 영국 함정 3척이 스페인으로부터 3마일 떨어진 해역에서 우리를 기다리고 있음을 발견하고 급히 잠항을 실시했다. 함장이 진저리치며 말했다.

"저들은 우리가 오는 것을 알고 있었어. 항구에서 처음에 우리에게 알 수 없는 응답신호를 보낸 화물선은 영국 배였어. 그 배는 항구에 여러 날 머물러 있었으니, 독일 잠수함이 여기 있다고 영국 구축함들에게 연락했을 거야."

우리는 음파 탐지 조건이 좋지 않은데도 영국 군함을 잘 피했고, 함장은 배를 대서양으로 몰고 갔다. 잠망경으로 관측하는 동안 아직도 U-109의 항적에서 공기방울이 새는 것을 볼 수 있었다.

7월 24일, 이탈리아 잠수함이 케이프 세인트 빈센트에서 지브롤터 쪽으로 이동하는 호송선단이 있다고 보고했으나, 위치가 불분명했고 통신신호도 없었다. 우리는 오직 중립국 선박 3척을 바라보며 마데이라 (Madeira) 남부에서 기름기 많은 파도를 맞으며 서쪽으로 향했다. 쉐베는 탈리아 함에서 수급한 질이 좋지 않은 기름과, 아직도 공기방울이 새어나오고 있는 데 대해 불평했다. 배의 분위기는 매우 가라앉아 있었다. 영국이 프리타운 쪽으로 가는 항로를 차단했기 때문에 우리는 상선을 한 척도 발견할 수 없었던 것이다.

7월 30일, 우리는 아무런 전과도 없이 케이프 세인트 빈센트 북쪽 지점에 다다랐다. 유보트 사령관으로부터 곧 지브롤터를 떠나는 호송선단에 대한 작전이 있을 것이니 180마일 정도를 지그재그 항해로 북쪽을 향해 가라는 지시를 받았다. 남쪽에는 U-93, U-94, U-124가 있었는데 그들도 우리와 같은 방향으로 가라고 지시를 받았으며, U-123의 하르데겐 (Hardegen) 함장만 프리타운에 머물라는 지시를 받았다.

대규모 고래떼가 우리 선체로부터 9피트 정도 가까이에서 우리와 함께 헤엄치고 있었다. 블라이히로트 함장이 함교에서 고래떼들을 주시하면서 말했다.

"특별한 문제는 없지만, 혹시나 이 고래들이 함미 수평타에 손상을 줄까 걱정이군."

기관장이 고래떼를 한번 쳐다보고는 소리를 질렀다.

"만약 고래가 큰 꼬리로 수평타를 한 번 둘러치면 문제가 생길 수도 있습니다. 잠항항해를 권고드립니다, 함장님."

결국 몇 분 후 U-109는 잠항을 실시했다.

고래떼는 잠수함의 단조로운 생활, 즉 당직, 식사, 수면, 끊임없이 들려오는 단조로운 엔진 소리, 저속으로 회전하는 스크루 소리 등으로부터 분위기를 바꾸는 청량제 역할을 하기도 했다. 함장은 신경이 쉽게 예민해지고 모든 일을 귀찮아했다. 그는 잠수함 부대에서 유명했고 기사십자훈장도 받았으며 사령관의 기대 또한 매우 큰 사람이었다. 그러나 그런 기대와는 달리 지금까지 아무런 전과도 달성할 수 없었다. 고래떼는 U-109와 함께 헤엄치는 게 좋았던 모양이다. 배가 다시 부상을 하고 보니 아직도 우리 옆에서 가지 않고 헤엄을 치고 있었다. 물줄기를 너무 많이 내뿜어서 함교 당직자는 우의와 폭풍우용 모자를 착용해야 했다.

8월 2일, 우리는 해상에서 5주째 항해를 하고 있었다. 잠수함 안은 짜증이 날 정도로 무더웠다. 마치 긴 원통형 철제 실린더 안에 갇혀 있는 것 같았다. 조소기[6]가 고장이 나서 식수는 1인당 1일 한 잔으로 제한되었다. 세

수는 해수로 했고 면도는 아예 하지 않았으며 목이 마르면 탈리아 함에서 가져온 적포도주로 갈증을 해소해야 했다. 게다가 잠망경 방수판에 누수가 심해서 함내로 많은 물이 튀어 들어왔다.

3일 후, 우리가 마데이라로 다시 접근했을 때 함장은 카사블랑카(Casablanca)에 있는 모로코 해변으로 항해하라고 지시했다. 우리는 때때로 함교 견시를 놀라게 하는 산처럼 높은 파도와 한 치 앞도 볼 수 없는 저시정 속에서 비를 맞으며 항해를 하기도 했다. 한 사람은 해수에 젖은 쌍안경을 말리기 위해 전투정보실에 계속 있어야 했고, 타를 잡는 조타사는 열어놓은 해치로 너무 많은 해수가 들어왔기 때문에 우의를 입어야 했다. 이런 날씨 속에서 해상 정찰은 큰 의미가 없었으므로 우리는 다른 때보다 많은 시간을 잠항 상태로 보냈다.

어느 날인가 수상항해 도중, 몇 시간 동안 심한 함의 요동을 겪은 적이 있었다. 오토 페터스는 부사관 식당으로 와서 평소 자기가 습관적으로 목에 두르고 다니던 수건으로 얼굴을 닦으며 말했다.

"왜 함장은 당직자를 4명이나 함교에 배차하는지 알 수가 없어! 한 명이면 충분하지 않나? 지금 대서양에는 상선도 없잖아?"

조종실 부사관들은 약올리기를 좋아했다. 다른 사람을 화나게 하는 것보다 더 재미있는 일은 없으니까. 우리는 그의 말을 무시하면서 커피를 조금씩 마셨다. 그는 커피 한 잔을 들고 우리 반대편에 앉으며 살며시 웃었다. 그는 누구를 특별히 지칭하지 않고 말을 시작했다.

"여러분! 우리는 거의 6주 동안이나 나와 있고, 아직도 어뢰를 24발이나 갖고 있어. 이건 잠수함 부대에서 엄청난 기록일 거야. 나는 이 어뢰들을 크리스마스까지 계속 갖고 있다면 어떻게 될까 걱정이야."

우리는 아무런 대꾸도 하지 않고 아니꼬운 듯이 웃고 있는 그의 모습을

---

6 함정에서 바닷물을 사용하여 승조원들이 생활하는 데 필요한 청수를 만드는 장비.

바라보았다. 오토 페터스가 팔꿈치로 나를 살짝 건드렸다.

"이건 길고 긴 항해가 될 거야. 여자도 없이 보내야 하는 긴 세월이 될 거라고. 나는 이 배에서 곧 내릴 거야."

그때 갑자기 천둥이 치고 두 번의 강한 수중 폭발음이 들렸다. 우리는 대경실색을 하며 서로의 얼굴을 바라보았다. 오토 페터스가 말했다.

"아이쿠! 하나님! 우리 배에서 공기방울이 새고 있다고 생각하면 나는……."

"히르쉬펠트! 조종실로!"

조종실로 뛰어가 보니 쉐베가 접어넣을 수 있는 휴대용 통신 안테나 옆 해도대에서 손전등을 비추며 서 있었다.

"안테나에서 물이 새고 있어. 방수판을 보라고!"

쉐베가 나에게 말했다. 약간의 물이 파이프의 외부를 타고 내려와 빌지로 들어가고 있었다.

"누수 방지를 위해 위쪽 부분에 헝겊을 동여매고 싶은데 그렇게 하면 안테나 마스트가 올라가지 않을 거야."

"그렇게 해도 됩니다. 잠망경 심도에서는 통신을 하지 않거든요."

나는 이렇게 대답하고 장교 식당으로 갔다. 켈러 중위가 내 팔을 잡고 속삭였다.

"장교에게만 해당되는 전문을 지난밤에 받았는데 아직 해독하지 못하고 있네. 자네가 좀 도와주게. 하지만 누구에게도 내용을 말해서는 안 돼."

"물론입니다."

나는 즉시 잘못된 해석을 발견하고 다시 해독해주었다.

경고! 유보트 어뢰의 사보타주[7]에 관한 혐의! 임무 수행 후 반납된 두 개의 어뢰에

---

7 불법적인 파괴 행위.

서 방향 유지장치의 외부 링에 이물질이 들어 있는 것이 발견되었음. 그리고 어뢰가 직진하지 않고 원형으로 달리도록 자이로[8] 각도 세팅이 변경되었음. 모든 어뢰를 확인하고 유사 현상이 발견되면 어뢰 번호와 함께 즉시 보고할 것. 사령관.

"돼지 같은 놈들! 우리 어뢰에 우리가 침몰되겠구먼!"
켈러 중위가 말했다.
그리고 켈러 중위가 서둘러 전문을 함장에게 보여주었다. 즉시 베르너 보르사르트와 병사들이 어뢰 24발을 모두 검사했으나 다행히 보고할 만한 것은 없었다.
우리 배가 카사블랑카에 가까이 갔을 때 그 해역의 파도가 너무 높아서 배가 몹시 흔들렸다. 승조원들은 침대 옆 가드레일에 다리를 묶고 나서야 겨우 잠을 잘 수 있을 정도였다. 나는 함장에게 사령관으로부터 날아온 전문을 보고했다.

T0938/7/178 8월 8일, 호송선단이 지브롤터를 출항할 것으로 예상됨. 모든 수단을 강구하여 피탐되지 말고 대기할 것. 중요한 전술 상황이 없을 시 무선침묵을 유지하라!

오토 페터스는 면도도 하지 않은 얼굴로 통신실로 들어왔다.
"뭐, 특별한 비밀거리라도 있나, 히르쉬펠트? 골치 아픈 호송선단이라도?"
"응. 있지만 나는 단지 우리 배에게 표적을 접촉 유지하고 있으라는 지시가 내려오지 않길 바랄 뿐이야."
다음날인 8월 8일 U-93의 코르트(Korth) 함장이 전함 1척과 병력이송

---

8 일정 침로를 유지할 수 있도록 방위를 나타내는 장비.

선박 1척 그리고 구축함 2척으로 구성된 해군 선단이 서쪽으로 향하고 있다고 보고했으나, 지브롤터를 출발하는 호송선단이 우선순위가 더 높아 유보트들은 지정받은 대기 위치로부터 16시간 항해 거리 이상 벗어나서는 안 된다고 지시받았다.

타리파(Tarifa)라는 작은 스페인 도시는 8마일도 채 떨어지지 않은 모로코 해변을 마주보는 곳에 위치해 있었다. 바로 여기서 독일 요원들이 쌍안경으로 관측하여 해협을 통행하는 선박들을 접촉, 유지할 수 있었다.

8월 9일, 지브롤터를 출항한 호송선단은 카디스 만으로 향하고 있었고, 모로코 해안을 경유하여 남서쪽으로 항해하고 있다는 정보가 접수되었다. 만약 이 침로로 항해한다면 U-109가 접촉 유지함이 될 것이 분명했고, 우리는 제발 이것만은 피하고 싶었다. 호송선단은 1,500~2,000톤의 소형 선박 70여 척으로 구성되었다. 이 전문 내용을 함장에게 보고했다. U-109가 접촉 유지함이 될 것 같다는 우려를 보고해도 함장은 그저 어깨만 으쓱거렸다.

"걱정하지 말게, 히르쉬펠트! 그렇게 되면 처음에 한 번 보고하고, 호송선단 중앙에 들어가 모든 발사관을 이용해서 좌우로 공격할 거야. U-48의 테디 주렌(Teddy Suhren) 함장이 한 것처럼. 70척이라! 굉장한 호송선단인 것 같군!"

함장이 머리를 흔들며 통신일지를 돌려주었다. 보고서는 호위함들에 대해서는 언급하지 않고 있었는데 그 점이 약간 이상했다.

블라이히로트 함장은 카사블랑카에서 약 20마일 떨어진 좌표 DJ2215 점을 향해 고속으로 항해할 것을 지시받았다. 함수는 파도 속에 잠기고 거대한 파도가 함교탑을 뒤덮었다. 함교 당직자는 주기적으로 10초 동안 물에 잠겨 있어야만 했고 기관장은 빌지 펌프로 계속 물을 퍼내야 했다. 견시는 함교탑에 물이 넘칠 때마다 신속하게 해치를 닫기보다는 파도에 휩쓸려 떠내려가지 않으려는 데 더 신경을 써야 했다.

8월 10일 이른 아침, 카사블랑카와 아조레스 사이에서 이리떼 전술 (Wolfpack)을 구사하기 위해 정찰선을 형성하고 있는 함정들에게 사령관은 또 다른 지시를 내렸다. 카디스 만을 지나 서쪽으로 향하고 있는 호송선단에 가장 가까이 접근한 유보트는 호송선단의 예상 항적을 따라 동서, 남북으로 기동하라는 내용이었다.

U-109는 오전 내내 낮게 떠 있는 구름 아래 거대한 파도 속에서 탐색을 실시했는데 승조원들이 점심식사를 막 시작하려는 순간 갑자기 비상벨이 울렸다. 함교 당직자는 조종실로 급히 내려오고 벤트밸브가 개방되었다. 35초 만에 잠항이 완료되었다. 슈바르츠코프 대위가 나에게 말을 건넸다. 저시정에도 불구하고 그는 연돌 3개짜리 구축함을 4마일 거리에서 본 것이다. 내가 물어보았다.

"왜 잠망경 심도에 머무르고 있습니까?"

"함장은 충분히 접근한 다음 구축함을 격침시킬 계획이야."

나는 함장에게 청음기로는 구축함 프로펠러 소음을 들을 수 없다고 보고했는데, 함장은 그때 공격 잠망경에서 구축함을 본 상태였기 때문에 청음기 장비에 대해 막 질책을 하려던 참이었다. 우리가 부상 준비를 하고 있을 때 함장은 잠망경으로 적함이 우리 함미 쪽에서 접근하고 있는 것을 확인했다. 나는 허리를 굽혀 전성관을 통해 조종실에서 일어나는 대화를 도청했다. 함장이 말하는 소리가 들렸다.

"구축함이 우리 쪽으로 곧장 오고 있어. 그것참 이상한 일이야. 구축함은 우리를 보지 못했을 텐데. 페터슨, 기록하게! 크고 좁은 함교, 연돌이 3개 있지만 함미 2개의 간격은 매우 넓음. 높고 얇은 전부 마스트에 견시 근무 장소가 있음. 함미에는 단지 짧은 신호 마스트만 있음."

잠망경 구동 모터가 주기적으로 덜컹거리는 소리만이 긴 침묵을 깨고 있었다. 기관장은 확실히 황천 중에 잠망경 심도에서 심도 유지를 하는데 어려움이 많은 것 같았다.

"전투배치!"

함장이 지시했다. 마우레샤트는 전투정보실 사통장비로 갔고 병기사들은 발사관에서 어뢰 발사 준비를 했다. 갑자기 프로펠러 소리가 청음기를 통해 들렸다.

"그래, 장비에는 문제가 없는 거야!"

슈바르츠코프 대위가 놀란 음성으로 나에게 말했다.

"물론 없습니다. 장비는 역할을 다하고 있습니다. 단지 지금은 천해를 지나고 있어서 그렇습니다."

그곳에는 우리 마음대로 할 수 있는 구축함 한 척과, 어뢰가 우리의 기대를 저버리지 않기를 바라는 간절함만이 있었다.

"기관장! 심도 낮춰!"

함장이 갑자기 외치면서 잠망경을 신속히 내렸다.

"권고, 속력 증가! 현 속력으로는 심도 유지가 불가능합니다!"

기관장 베버 대위가 소리쳤다.

함내 분위기는 갑자기 썰렁해졌다. 만약 배가 수면 위로 잠시 노출되었다면 구축함은 우리를 확실하게 보았을 것이다. 기관장은 배를 잠항 상태로 유지했으나 지금 우리는 너무 깊이 내려와 있어서 잠망경을 최대한 올려도 함장은 물 밖을 볼 수 없었다. 기관장은 배를 지시된 심도에 위치시키려고 여러 가지로 애쓰고 있었지만 구축함은 이미 빠져나가버렸다.

"제기랄! 지금 구축함이 달아나고 있잖아!"

함장이 말했다. 우리는 구축함을 놓쳐버렸다. 함내에는 실망감이 팽배하고 침묵만이 남아 있었다. 차갑고 냉담한 시선이 기관장에게 쏟아졌다.

오후 3시쯤, 우리는 부상했다. U-79의 카우프만 함장은 좌표 CG8661에서 호송선단을 시각으로 접촉했다고 보고했다. 위치는 카디스와 평행한 알가르브(Algarve)의 남쪽이었다. 호송선단이 침로를 바꾼 것이다. 하지만 U-79는 호위함정에 의해 격침되었고 지금은 접촉을 소실한 상태였다. 함장은 선단을 차단하기 위해 북서쪽으로 향했다.

강풍이 밤새도록 계속되었지만 구름은 약해지다가 해 뜨기 직전에 없어졌다. 아침 9시를 막 지나서 엔진 냉각펌프가 고장이 났다. 우리는 엔진 한 대만 사용해야 했다. 11시에 구름 속에서 항공기가 엄습하여 180피트까지 긴급잠항을 했다. 몇 분 후, 귀를 찢는 듯한 폭발음이 두 번 이어졌다.

"이 폭탄은 우리 앞쪽에서 터진 거야."

켈러 중위가 말했다.

"그놈들은 약삭빠른 개새끼 같아! 다른 항공기처럼 우리가 잠항한 지점에 투하하지 않았거든."

다행히도 손상 보고는 없었다. 함장이 심각하게 말했다.

"켈러, 적어도 우리가 지브롤터에 있는 동안은 대공감시를 위해 추가로 견시를 한 명 더 늘려야 할 것 같아."

"알겠습니다. 얼마 동안 더 잠항항해를 하실 겁니까?"

"우리는 180피트에서 1시간만 더 머물러 있으면 돼. 항공기가 그렇게 오랫동안 떠 있지는 않을 거야."

멀리서 폭뢰 소리가 으르렁거렸다. 그것은 아마도 호송선단이 있는 방향인 것 같았다.

내가 통신 안테나와 방향탐지기 검사를 위해 조종실에 들어가 보니 안테나는 완전히 말라 있었지만 방향탐지기에서는 계속 분무 형태로 물이 새고 있었다. 쉐베는 잠망경에 기대어 서서 이상한 표정을 짓고 있었다.

"겨우 108피트 심도야. 300피트 심도라면 수평타 작동수는 우의를 입고 근무해야 될 것 같은데……."

쉐베가 말했다.

"함미에서 들리는 저 소리는 뭐지?"

내가 물었다. 쉐베는 걱정스러운 듯 고개를 끄덕이며 나에게 말했다.

"디젤엔진 커플링이 이상해. 저 소리는 먼 거리에서도 들을 수 있을 거야. 하지만 우리가 할 수 있는 건 아무것도 없어."

바다를 찢을 듯한 소리들이 전보다도 훨씬 더 가까이에서 들렸다. 조타사가 해도대에서 말했다.

"뭔가 침몰하는 소리 같은데……."

우리는 전체 폭발음 유형을 판단해보았다. 그것은 불규칙하게 산재해서 투하되는 폭뢰 소리가 아니라 질서 정연한 소리였다. 가까이에서 폭발하는 소리가 그쳤을 때도 우리는 멀리서 폭격하는 소리를 들을 수 있었다. 오토 페터스가 머리를 흔들었다.

"이 소리는 항상 나는 거야. 물고기들은 이 소리를 어떻게 생각할까?"

함장도 위에 무슨 일이 있는지 궁금해서 조심스럽게 부상하기로 결심했다. 그러나 바다와 하늘은 깨끗했다. 그리고 점심때쯤 함장에게 전문을 보여주었을 때도 그 혼란스러운 상황은 정리되지 않았다. 많은 잠수함들이 호송전단을 접촉했다고 전문을 보냈으나 제각기 다른 위치였다. 사령관은 호송선단이 케이프 세인트 빈센트 가까이에 있는 CG8226 위치에서 리스본(Lisbon) 쪽으로 북진할 때, 잠수함들은 U-93이 접촉하고 있는 선단 쪽으로 아침 8시까지 집결하라고 했다. 가는 길에 우리는 선단이 케이프 세인트 빈센트 남서쪽으로 향한다는 FW200 항공기의 보고를 믿고 작전하는, U-124의 슐츠(Schulz) 함장과 U-331의 티센하우젠(Tiesenhausen) 함장과 교신을 했다. 그러나 함장은 어떤 이유에서인지 이것을 무시하고 북쪽으로 추적했다. 선단 접촉에 관한 수많은 보고 전문들이 중구난방으로 쏟아져 나오고 있었다. 화물선 3척과 구축함 4척이 여기에 있었고, 상선 8척과 호위함 7척이 저기에 있었다. 상선만큼이나 많은 수의 군함도 접촉되었다. 오후 3시 45분, U-94의 쿱피쉬 함장은 호송선단을 접촉했고 저속으로 좌표 5876쪽으로 서진하고 있다고 보고했다. 그곳은 포르투갈 리스본 아래쪽의 실베스(Silves)였다.

오후 4시에 우리는 기관부 대원들이 좌현 엔진 작동 검사를 할 수 있도록 잠항을 실시했다. 기다리는 동안 나는 함장과 슈바르츠코프 대위가 호송선단에 대해 이야기하는 것을 들었다.

"이것은 대서양의 이쪽 해역에서 가능한 한 많은 유보트를 붙들어 매놓기 위한 영군 해군의 기만작전이야. 우리가 이러고 있는 동안에 중요한 호송선단은 캐나다에서 영국까지 방해받지 않고 항해를 하고 있단 말이야."

그러나 사령관은 그렇게 생각하지 않았다. 그날 오후 사령관은 전문으로 모든 잠수함에게 지시했다.

어떠한 상황에서도 이 호송선단이 영국에 도착하지 못하도록 하라!

우리는 자정쯤 부상했다. 압축공기 계통의 일부분과 벤트밸브 3개가 손상을 입어 주 부력 탱크를 주의해서 천천히 불어야 했다. 디젤엔진 배기밸브도 물이 새고 있었다. 8월 12일, 함장은 이른 아침부터 선단을 탐색하고 있었다. 북서풍이 불어왔고 파도는 높았으며 칠흑같이 어두워서 시정도 매우 불량한 밤이었다. 호송선단은 목적 없이 단지 항해만 하는 것처럼 보이는 작은 그룹들로 나누어져 있었다. 몇몇 유보트들은 이 소규모 선단 가운데 하나를 발견하여 보고했지만 그들은 탐색 도중 짙은 어둠 속에서 영국 구축함과 소형 초계함에 의해 피탐되었다. 이런 경우는 전에 거의 없었다.

새벽 4시 25분, 티센하우젠 함장으로부터 전문이 왔는데 그 내용은 리스본 서쪽에서 서북쪽 방향으로 7노트 속력으로 이동하는 호송선단을 발견했다는 것이었다. 블라이히로트 함장은 그와 합류하기로 결심했다. 날이 밝으면서 우리는 수평선상에서 무엇인가가 활동하는 것을 잠깐 보았는데 수상 항공기 선더랜드(Sunderland) 때문에 더 이상 확인할 수가 없었다. 오후 4시경 리버레이터(Liberator) 폭격기가 저공으로 우리에게 다가와 폭탄을 투하하여 우리는 긴급잠항을 해야 했고, 지그재그 항해를 했음에도 1시간 후에 항공기는 함미 쪽에 또 한 번 폭탄을 투하했다. 함장이 의혹이 가득한 눈으로 말했다.

"기관장! 우리 배가 기름띠를 흘리고 있는 것 같은데. 폭격기가 계속해서 공격하는 건 과연 우연일까?"

"그건 우리가 부상해야만 확인할 수 있습니다, 함장님!"

우리가 부상했을 때 함교 당직자는 곧바로 함미의 기름 항적을 발견했다. 함장은 기름 항적이나 공기가 누출되는 상태에서 호송선단을 공격하는 것은 매우 어려울 것 같다며 근심스런 표정을 지었다.

가장 최근의 보고는 U-123의 하르데겐 함장으로부터 온 것이었는데, 기니아 만(Gulf of Guinea) 근해에서 접촉 보고를 했다는 내용이었다. 나는 그 전문을 보고 하르데겐 함장이 그렇게 빨리 그곳에 도착한 것에 대해 무척 놀랐다. 하르데겐 함장은 주 호송선단을 실제로 목격한 유일한 함장이었고, 그는 접촉 후 잠항해서 선단의 바로 밑으로 들어가 호송선단을 통과시켰다. 그가 보낸 전문에 의하면 호송선단의 주 세력 함정 중에는 마스트에 강철 매트리스를 가지고 있는 중순양함이 있고, 그것은 위치를 산출하는 장비 같아 보였다고 했다. 순양함은 구축함 4척의 근접 호위를 받았고 중앙 그룹 주변에는 일정한 간격으로 떨어져서 구축함과 초계함이 원형진을 형성했으며 그 주변에는 또 다른 소형 군함이 원형으로 배치되어 있었다.

그 진형에 대한 정보는 대단히 기분 나빴다. 마치 새로운 유보트 대응체계를 시험하는 호송선단 같아 보였던 것이다. 만약에 그렇다면 그것은 우리를 유인하는 죽음의 함정이었다. 그 선단은 무의미하게 우리 쪽으로 오는 듯했고, 그렇게 천천히 항해를 한다면 2주 후에도 영국 근해 어느 곳에도 도착하지 못할 것 같았다. 블라이히로트 함장은 하르데겐 함장의 정보에 집중하고 있었다.

저녁 7시경 견시가 마스트를 접촉했다고 보고했다. 함장은 거리를 유지하면서 어두워진 후에 공격하겠다고 선언했다.

날씨는 우리에게 유리했다. 구름이 두껍게 끼어 있었고, 간간이 소나기가 내려 시정이 좋지 않았다. 갑자기 비상벨이 울렸고 U-109는 급히 잠항을 했다. 함장이 침대에서 잠을 자려고 막 누우려던 참이었다. 함장 방으로 달려온 슈바르츠코프 대위의 우의와 폭풍우용 모자에서는 빗방울이 뚝뚝 떨어지고 있었다.

"구축함이 좌현 함수 쪽에서 우리 쪽으로 소나기를 뚫고 다가오고 있습니다."

"구축함이 우리를 봤나?"

"그렇습니다. 거리는 4마일 이내입니다."

휨펠이 나에게 헤드폰을 건네주었다. 우리는 구축함 추진기 소리를 확실히 들을 수 있었다. 함장은 내게 영국 함정의 위치를 산출했는지 물어보았다.

"네, 270도입니다."

"좋아, 기관장! 300피트로 심도 변경."

함장은 새로운 침로를 지시했다. 적함의 추진기 소리가 그 어느 때보다 크고 가깝게 들렸다. 갑자기 배가 흔들렸다. 마치 거인이 주먹으로 한 방 내려친 것처럼. 아주 가까이에서 거대한 폭발이 세 차례 있었으나 다행스럽게도 폭발은 정함미 쪽에서 일어났다. 조종실에서는 심도계가 깨졌고, 나는 청음기 장비를 꽉 잡았다. 휨펠이 나를 쳐다보며 물었다.

"그린란드에서와 같은 상황으로 갈 것 같습니까?"

"물론 아니지. 지금은 구축함 한 척뿐이잖아. 구축함이 선회하고 있군."

나는 함장에게 구축함이 선회하고 있다고 보고했고 함장은 심도를 변경하여 450피트까지 내려갔다. 수평타 작동수는 머리 위에서 물이 새면서 이슬비처럼 분무되고 있어 계속 투덜거렸다. 우리 상방에서는 아직도 구축함이 선회하다가 우리를 따라 함수 쪽으로 접근해왔다.

우리는 숨을 멈추었다. 구축함의 추진기 소음이 잠수함으로 파고들 것만 같았다. 폭뢰를 투하하는 소리가 들렸다. 나는 두려움이 가슴을 짓눌러 온몸의 힘이 빠지는 것 같았다. 나는 구축함이 자신이 투하한 폭뢰로부터 피해를 줄이기 위해 우리 위를 신속하게 지나가면서 구축함 추진기 소리가 점차 작아지는 것을 알 수 있었다. 시간을 재보았다. 그러나 폭발은 없었다. 안도의 숨을 내쉬려 할 때 가공할 위력으로 선체를 두드리는 소리가 좌현에서 들렸다. 휘몰아치는 천둥 소리와 같은 재난을 겪고 있는 도중에 함장이 소음 속에서 외쳤다.

"양현 앞으로 계속!"

전등이 서서히 꺼지기 시작했고 비상전등이 켜졌다. 폭발로 인한 진동은 약해졌지만 여전히 배가 흔들리고 있는 것을 느낄 수 있었다. 함미에 손상을 입었다. 방수판과 몇 개의 외부 수밀 부위에서 심하게 물이 새고 있었다. 함내 전등이 다시 깜박거렸다. 구축함이 폭뢰 6발을 투하했다고 켈러 중위가 전했다. 나도 고개를 끄덕였다.

"공격할 때마다 투하 폭뢰 수를 두 배로 늘리고 있는 것 같습니다."

구축함은 전속으로 달려왔다. 구축함 함장은 우리 위치를 알아내지 못하고 함미 쪽에 투하했다. 다음 투하 때는 복반사음이 울려 퍼졌지만 큰 피해는 없었다. 계속해서 영국 구축함은 우리의 기름 항적을 보고 원을 그리며 앞뒤로 기동하면서 폭뢰 6발을 더 투하하고 공격을 종료했다.

우리는 잠시 후에 부상한 후 함장이 예상한 호송선단 방향으로 항진했다. 저녁 9시 40분 하르데겐 함장은 "호송선단은 리스본에서 200마일 서쪽인 CG4551에 있다"고 통보했다. 그 위치는 우리보다 남쪽이어서 우리는 다시 남쪽으로 항해를 해야 했다.

8월 13일 자정 직후, 블라이히로트 함장은 선단의 호위함정을 발견했다. 그날 밤은 매우 깜깜했고 파도는 높았다. 그러나 함정의 그림자가 관측될 때마다 호위함정이 우리를 향해 돌진했고, 우리는 선택의 여지 없이 회피해야 했다. 함장은 호송선단이 있을 것이라고 예측한 곳에서 항상 초계함이 오는 것 같다고 말했다. 우리가 영국 함정을 피했을 때 그들은 사전에 예정된 것 같은 침로로 항진했다. 함장은 이런 사실을 근거로 호위함정은 스스로 위치를 파악할 수 없고 순양함의 지시를 받으면서 항해하고 있을 것이라 추측했다.

새벽 1시쯤 우리는 남쪽으로 계속 항해했다. 그리고 함장은 호송선단을 지나쳤을 것이라고 생각했다. 어떤 유보트도 공격 성공을 보고하지 않았고 호송선단의 방어망을 뚫고 들어가는 것은 불가능해 보였다.

새벽 2시 45분에 이탈리아 잠수함이 CG4439 위치에 호송선단이 있다고 보고했는데, 함장은 그 내용을 무시했다. 조금 전 우리가 그곳을 통과했지만 아무것도 발견하지 못했기 때문이었다. 그리고 티센하우젠 함장도 전문을 보내왔다. CG4153에서 선단을 발견했는데 그곳은 1시간 전 이탈리아 잠수함이 보고한 위치에서 북쪽으로 100마일이나 떨어진 곳이었다. 페터슨은 고개를 가로저었다. 그러고는 나에게 해도에서 호송선단 표시를 한 X표를 모두 보여주었다.

U-331이 통신신호를 보내게 되어 있었으나, 우리는 방향탐지기가 침수되어 신호를 받을 수가 없었다. 다른 잠수함에서 호송선단 주위에서 밤새도록 선더랜드 항공기가 원을 그리며 초계하고 있다고 사령관에게 보고했다.

해가 뜨기 전, 수평선상에서 여러 개의 마스트가 관측되었다. 그중 구축함 한 척이 고속으로 우리 쪽을 향해 달려왔다. 물론 배에서는 기름이 계속 흘러나오고 있었지만 함장은 어쩔 수 없이 회피하기 위해 잠항을 해야 했다. 그는 함수를 북쪽으로 돌렸고, 영국 함정은 동쪽에서 접근했다.

"그놈 잡았어?"

함장이 청음기에 집중하고 있는 나에게 물었다.

"네, 상당히 큰 소리로 접근하고 있습니다."

"좋아. 그가 우리를 따라오는지, 아니면 발견 방향으로 가는지를 확인하게. 우리는 90피트 심도에 있을 거야."

나는 등골이 오싹해졌다. 만약 구축함이 원래 침로로 계속 온다면 함장은 함미 발사관을 이용해 구축함을 공격할 예정이었다. 그래서 우리가 잠망경 심도 근처에서 항해하고 있었던 것이다. 구축함은 원래의 침로를 유지했고, 함장이 옳았다고 생각하는 순간 추진기의 소음이 약해졌다.

"구축함이 정지했습니다, 함장님!"

내가 조종실에 보고하자, 함장은 회전수 90을 지시했다. 위에서 구축함이 정지하여 우리를 탐색하고 있었고, 우리는 정숙을 유지했다.

"구축함이 지금 뭘 하고 있는 거야, 히르쉬펠트?"

"더 이상 들을 수가 없습니다."

"하지만 보조기나 다른 소리들은 들을 수 있잖아?"

"전혀 안 들립니다."

함장이 얼굴을 찡그렸다.

"내가 말했지? 그놈의 장비를 염산에다 넣고 삶아버리라고!"

그는 그렇게 말하고 돌아서서 조종실로 갔다.

켈러 중위가 옆으로 다가와서 무슨 일이냐고 물었다.

"함장님은 아직도 청음기에 문제가 있다고 생각하고 계십니다."

내가 말하자, 켈러 중위가 고개를 끄덕였다.

"함장님은 배의 어느 곳, 어느 장비도 믿지 않아. 우리 배 함미 쪽에는 상당히 많은 해수가 들어와 있어. 우리는 더 이상 폭뢰 공격에 살아남을 수 없을 거야. 그것 때문에 함장님이 상당히 불안해하시는 것 같아."

켈러 중위는 머리를 조종실에 살짝 들이밀었다가 잠시 후 터벅터벅 걸어나갔다.

"우리는 더 깊은 심도로 들어갈 거야. 그러면 소리를 듣기 쉬울 테지."

그것은 정말 도움이 되었다. 잠시 후 나는 구축함의 스크루가 천천히 회전하는 소리를 들을 수 있었다.

"구축함, 저속으로 전진 중!"

나는 조종실에 보고했다. 켈러 중위는 아직도 내 옆에 서 있었다. 그는 어두운 표정으로 중얼거렸다.

"구축함이 만약 우리의 기름 항적을 본다면⋯⋯."

오랫동안 기다렸다. 물이 조금씩 흘러 들어오는 소리를 들을 수 있었다. 특히 조리실 구역에서 크게 들렸다. 그리고 구축함의 추진기가 다시 돌기 시작했다.

"구축함 접근 중!"

"심도 변경 450피트."

우리는 가능한 한 빨리 심도를 변경하기 위해 추진 모터를 전속으로 올렸다. 기관장은 480피트에서 트림을 잡았다. 영국 함정이 또다시 폭뢰를 투하했고, 폭뢰는 30초 후에 폭발했다. 그렇게 가까이에서 폭발해도 잠수함이 떠 있다는 사실을 도저히 믿을 수가 없었다. 그러나 다행히 침수 상황은 더 이상 나빠지지 않았다. 잠시 후 구축함은 속력을 올려 이탈했다. 켈러 중위가 함장에게 의견을 내놓았다.

"만약 구축함이 확실히 이탈한다면, 그 구축함은 우리 위치를 찾지 못했을 겁니다. 저는 구축함이 우리의 소리를 확실히 듣지 못했을 거라고 생각합니다. 우리도 구축함 소음을 못 들었으니까요."

"구축함은 우리의 기름 항적을 확실히 보았을 거야. 그렇지 않으면 어떻게 마지막 공격처럼 그렇게 가까이서 공격을 할 수 있겠나? 또 다른 의견 있나?"

"아닙니다. 그런데 왜 구축함이 떠났을까요?"

함장은 어깨를 으쓱거렸다.

"다른 함정이 구축함을 불러들였을지도 몰라. 원거리에서 폭뢰 소리를 들어봐. 그들이 호위해야 할 호송선단에 더 가까이 접근한 다른 유보트가 있는지도 모르잖아."

구축함은 떠나고 있었다. 그 구축함이 ASDIC을 가지고 있지 않은 게 천만다행이었다. 기관부 승조원들은 디젤엔진 커플링 소리를 고칠 수 있다고 했다. 우리는 계속 잠항항해를 한 후 그날 아침 늦게 부상했다. 이탈리아 잠수함은 CG4172의 위치에서 호송선단이 서쪽으로 향하고 있다고 계속 보고했는데, 정확하게 12시간 전에 티센하우젠 함장이 보고한 위치였다. 우리는 그날 밤 늦게 수리를 위해 북서쪽으로 빠져나갔으며 밤에 다시 공격할 예정이었다. 우리가 주간에 할 수 있는 것은 더 이상 아무것도 없었다.

오후 3시 47분, 저공으로 비행하는 선더랜드 때문에 다시 300피트로 잠항했다. 우리는 곧바로 공격을 받지는 않았으나 15분 후에 세 차례 큰 폭발음을 듣고 놀라서 가슴을 쓸어내렸다. 그것은 폭탄이 아니라 항공기에서 투하한 폭뢰였다. 잠시 뒤에 잠수함이 잠망경 심도로 올라갔을 때, 항공기는 정확히 우리의 상공을 선회하며 폭뢰 3발을 더 투하했다.

오후 5시 30분, 함장이 쌍안경으로 공중 탐색을 하고 있을 때 슈바르츠코프 대위가 공격 잠망경을 통해 배에서 나오는 공기방울 흔적을 발견했다. 공기방울은 지속적으로 나왔는데 어떤 방울은 손바닥만했고 함교탑 내부에서 수면으로 나오고 있었다.

전문에 따르면, 다른 잠수함 3척도 공격을 받고 항구로 돌아가고 있었다. 오후에는 이탈리아 잠수함 마르코니(Marconi)와 U-123도 폭뢰 공격을 받았다. 누구도 공격 전과를 올리지 못했다. 장교 식당에서 회의가 열렸다.

기관장 베버 대위는 현재 잠수함의 손상은 배에 있는 공구로는 도저히 수리가 불가능하다고 보고했다. 그리고 저녁 10시, 함장은 로리앙으로 돌아가기로 결정했다. 배를 이런 상태에서 계속 운용할 아무런 이유가 없었다. 함장이 이런 어려운 결정을 내린 것에 대해 승조원들은 모두 기뻐했다. 유보트 함장으로서는 최초로 어뢰를 모두 실은 채 부두로 귀환하게 되는 것이다.

다음날 U-94의 쿱피쉬 함장과 U-124의 슐츠 함장은 심각한 손상을 입어 기지로 귀환 중이라고 사령부에 보고했다. 공격에 참가했던 잠수함 여섯 척은 아무런 전과도 얻지 못한 채 귀환했고, 호송선단은 무사히 영국에 도착할 것이다. 이것은 유보트 부대를 무찌른 영국 최초의 중요한 전투였다.

U-109는 스페인 해안을 따라서 케이프 피니스테레(Cape Finisterre)를 지나 로리앙으로 향했다. 전날 U-124에 의해 FW200 항공기가 긴 연기 자국을 남기면서 바다로 추락하는 것이 목격되었는데, 기지로 복귀하는 유보트는 항공기 승조원을 찾아보라는 지시를 받았다.

8월 16일 새벽 2시, 우리는 백색 조명탄을 발사해서 찾아보았으나 초계함이 우리 쪽으로 다가오는 바람에 도망치지 않을 수 없었다. 우리는 가까스로 수상함 세력을 피했다.

"그렇게 조그마한 초계함도 우리 위치를 알아낼 수 있다니! 정말 무서운 느낌을 떨쳐버릴 수가 없군!"

켈러 중위가 나중에 내게 물었다.

"자네는 어떻게 생각하나? 그게 가능한 것 같아?"

나는 확신을 갖고 대답했다.

"그건 분명합니다. 그들은 작은 안테나를 개발했고 전에 설치했던 마스트 꼭대기에 달린 큰 매트리스는 이제 더 이상 필요없을 겁니다."

그날 아침 부사관 식당에서 보르샤르트가 투덜거렸다.

"히르쉬펠트, 생각해봐. 우리는 모항으로 향하고 있는데 분위기는 완전히 바다이야. 이해가 돼?"

나는 겁먹은 얼굴들을 둘러보았다. 오직 오토 페터스만이 낙천적으로 웃고 있었다. 갑판사 베르트홀트 자이델(Berthold Seidel)이 커피를 마시러 침대에서 나왔다. 그는 지금까지 함장과 모든 항해를 같이 했었다.

"으음, 한 척도 격침시키지 못하고 잠망경에 격침을 표시하는 깃발도 달지 못한 채 모항으로 돌아가는 건 이번이 처음이야."

긴 침묵이 흐른 뒤 갑판사 자이델에게 뭔가 생각이 떠오른 듯했다.

"오! 하나님! 총통이 이 일을 안다면!"

자이델의 농담에 우리 모두 웃음을 터뜨렸다. 그것은 BBC 광고방송에 등장하던 최신 구호였다.

부두에 들어가기 전 마지막 저녁, 일 드 크로아 근해에서 우리는 수많은 어선들을 피해야 했기 때문에 90피트로 잠항하여 착저[9]한 후 대기하고자 했다. 함장은 그곳에서는 투묘하여 기다리는 것보다 착저하여 기다리는 것이 안전하다고 생각했다. 그곳은 조류가 심했고, 착저했을 때 용골이 해저 바닥과 부딪치면서 바닥에 있는 자갈, 조개껍질 등이 부서지는 소리가 났다.

"배를 좀 더 조용히 착저시킬 수는 없나?"

함장은 침대로 가고 있는 기관장을 보고 꾸짖었다. 10톤 정도의 물이 추가로 보상탱크에 채워졌으나 마찰 소리는 사라지지 않았다. 결국 우리는 자갈 위에서 용골이 마찰하는 소리를 들으며 불안한 밤을 보내야만 했다.

오전 11시, 우리는 수면으로 부상하여 맑게 갠 하늘을 바라보며 우리를 기다리고 있는 소해정을 따라 해안으로 향했다. 잠수함은 저속으로 케드네벨과 포르 루이 해협을 통과했다. 스코르프(Skorf) 강둑의 나무 아래 있는 사령관 관사 마당에서는 사령부 참모들이 모자를 흔들며 서 있었다. 그리고 소해정은 이제레의 노후한 선체 앞부분이 나타나자 사라졌다. 군악대는 연주를 시작했고 홋줄이 육상에 연결되었으며 이로써 U-109의 두 번째 전투 초계는 끝나게 되었다.

---

9 잠수함이 해저에 완전히 앉아 정지하고 있는 것.

1941년 8월 17일 로리앙으로 항해 중. 히르쉬펠트(국기대에 기대어 서 있는 사람)와 또 다른 통신사 페르디난트 하겐 중사(왼쪽) 및 쿠르트 보스 중사(오른쪽). 하겐과 보스는 1943년 5월 9일 U-109가 침몰했을 당시 사망했다.

……그리고 도착. 파울 푀터(맨 왼쪽)가 함교에서 타를 잡고 있다. 슈바르츠코프 대위(앞으로 몸을 기울인 사람), 그 뒤에 켈러 중위(이후 대위), 블라이히로트 소령(경례하고 있는 사람)과 페터젠 준위.

세수를 하고 수염을 깎은 다음, 우리는 사령관의 도착을 기다리며 잘츠베델(Salzbedel) 군영 앞뜰에 정복을 입고 정렬해 있었다. 정확히 오전 10시에 검은 벤츠 리무진이 철문 사이에 도착했다. 블라이히로트 소령은 승조원을 정렬시키고 경례했다. 되니츠 사령관은 답례를 하고 간단하게 감사의 말을 했다. 그리고 천천히 승조원들에게 다가와 앞줄에 섰다.

"편히 쉬어."

제독은 팔짱을 끼고 조용히 서 있었다. 제독의 입술과 눈이 얇아졌다. 순간 긴장감이 돌았다. 함장은 살며시 제독 뒤에 숨었다. 마침내 제독이 침묵을 깼다.

"U-109 승조원 여러분! 여러분은 아프리카 해변까지 갔지만 아무것도 성취하지 못했다."

그러고는 잠시 뜸을 들였다.

"그러나 그로 인한 문책은 없을 것이다."

제독은 천천히, 그리고 조용히 말했다. 하지만 제독의 목소리는 조금 전처럼 상당히 날카로웠다.

"스페인 해안에서 여러분은 호송선단을 발견했지만 단 한 척도 격침시키지 못했다."

그는 잠깐 멈췄다가 깊고 거칠게 다시 말을 시작했다.

"나는 여러분이 노력도 안 했다는 느낌을 받았다."

제독이 함장에게 서서히 고개를 돌렸고 함장은 돌기둥처럼 서 있었다. 제독은 오른손으로 모자를 살짝 들어 머리에 다시 쓴 다음 정렬 앞쪽을 향해 가면서 심각한 얼굴로 승조원들을 쳐다보며 말했다.

"나는 U-109에 대해 다시는 이렇게 말하지 않기를 진심으로 바라는 바이다."

제독은 이렇게 말하고는 천천히 리무진으로 돌아갔다. 블라이히로트 함장은 승조원에게 총원 차렷을 외쳤으나, 제독은 돌아보지도 않았다.

아무 반응 없이 되니츠 제독은 차를 타고 사라져버렸다.

"아! 정말 심하구면!"

오토 페터스가 말했다. 블라이히로트 함장은 잠시 서 있다가 총원에게 말했다.

"총원 가까이 모여!"

우리는 그를 중심으로 반원을 그리고 섰다. 함장은 이상한 미소를 지었다.

"여러분, 우리는 사령관님의 말을 너무 가슴 아프게 들어서는 안 된다. 사령관님 말씀은 그렇게 심각한 이야기가 아니야. 여러분은 모두 우리 배가 전투를 수행할 만큼 좋지 않았다는 것을 알고 있을 것이다. 이런 상태의 배로 전투를 했다면 우리는 호송선단 전투에 결코 참여할 수 없었으며 살아서 돌아올 수도 없었다. 나는 여러분과 배를 모두 안전한 상태로 귀환시켰으며, 이것은 가치 있는 일이라 믿고 있다."

조타사가 고개를 끄덕였고, 승조원들은 미소를 지었다. 함장도 따라 웃기 시작했다.

"이제 여러분은 모든 것을 다 털어버리기 바란다. 선임 부사관은 조선소에 식별된 수리목록을 제출하고, 내일 당직 1직은 휴가를 실시하도록. 그리고 청음기에 대해 내가 제출한 보고서와 관련하여 통신국 자이델 대위가 기다리고 있으니 히르쉬펠트 중사는 그를 만나보도록!"

대열이 해산되고 나서 갑판사 베르트홀트 자이델이 나에게 말했다.

"자, 저것이 진정한 해결사의 모습이야. 사령관이 뭐라고 말해도 신경 쓰는 사람이 아니야."

내가 고개를 끄덕였다.

"그래. 하지만 함장님은 청음기 문제 때문에 아직도 나를 용서하지 않고 있는 것 같아."

그때 블라이하우어(Bleihauer) 준위가 내게 다가왔다.

"날 따라오게. 통신국 자이델 대위에게 데려다주겠네."

"감사합니다. 하지만 저는 하겐 중사를 증인으로 데려가고 싶습니다."

"좋을 대로 하게."

내가 대답하자, 블라이하우어가 말했다. 우리 3명이 2전단 통신국에 갔을 때 자이델 대위는 따뜻하고 좋은 매너로 우리를 맞았다.

"아, 히르쉬펠트 중사. 함장님의 보고서에 의하면 청음기가 자주 고장나서 청음 결과가 불만족스러워 작전을 중단했다는데, 그게 사실인가?"

나는 발끈해서 대답했다.

"저는 결코 청음기가 고장났다고 보고하지 않았습니다. 그리고 대위님! 비공식적으로 말해도 되겠습니까?"

"물론이네."

자이델 대위가 차분하게 대답했다.

"여기 우리 모두는 통신사들입니다."

나는 그에게 카디스에서 무슨 일이 일어났는지 설명했다. 자이델 대위가 눈살을 찌푸렸다.

"나는 다른 함정에서 보고한 기록을 가지고 있는데, 지브롤터 근해에서의 청음 조건은 상당히 불량해. 그것은 빠른 조류와 그 해역에서 형성되는 층심도 때문이지. 당시 구축함의 경우도 해양 조건을 잘 기록해두어야 해. 나중에는 잘 들렸으니까."

"네. 그러나 대위님도 전투병과 장교들한테는 그냥 단순하게 이야기하지 않습니까? 아무튼 우리 2명은 다른 배로 전출 가기로 결심했습니다. 우리를 믿지 못하는 지휘관과는 항해를 같이 할 수가 없습니다."

내가 비꼬듯이 말하자, 자이델 대위가 웃었다.

"하지만 여러분, 블라이히로트 함장은 여러분의 전출을 허락하지 않을 걸세. 서두르지 말게. 먼저 휴가를 즐기고, 그러는 동안 우리가 청음기를 상세하게 한 번 점검해보겠네. 그럼 이만하고 휴가 잘 다녀오게."

우리가 밖으로 나왔을 때 블라이하우어 준위가 내 어깨를 쳤다.

"다른 배로 간다니, 그게 무슨 쓸데없는 소리야? 내가 청음기를 잘 점검해볼 테니 휴가나 잘 다녀오게."

나는 수리창으로 가서 수리신청서를 제출했다. 그리고 아까 했던 말을 후회하며 짐을 챙겨 로리앙 기차역으로 가서 브레스트-파리행 야간 휴가 열차를 탔다.

THE SECRET DIARY OF A U-BOAT

05
성공적인 특수임무

● 휴가에서 돌아오자마자 다음 항해를 위하여 로리앙에 있는 모든 승조원은 카르낙의 유보트 건강센터에서 1주일간 건강검진을 받아야 했다. 건강검진을 받지 않을 때에는 해변에 있는 르 그랑 호텔에서 휴식을 취했다.

1941년 9월 17일 저녁, 나는 하겐과 함께 영내숙소 식당으로 돌아왔다. 다음날 해상 시운전이 계획되어 있었는데, 그것은 세 번째 전투 초계가 근해에서 계획되고 있음을 의미했다. 수리창 통신전자 담당반은 수중청음기를 점검했으나 우리가 예상한 대로 결함을 찾을 수 없었다.

숙소 근처에 있는 술집에서 우리는 블라이하우어 준위를 만나 같이 술을 한 잔 마셨다. 술자리는 골치 아픈 청음기에 대한 토의와 통신사들의 명예를 의심한 함장의 태도에 대한 불만이 주 화젯거리가 되었다. 발데마르 자이델 대위는 술집 한구석에서 즐거운 표정으로 우리를 바라보고 있었다. 우리 뒤쪽 다른 테이블에서는 기사십자훈장 수상자들이 큰 소리로 그들의 항해에 대해 떠들어대고 있었다.

"오늘 여기에는 전투 전문가들이 꽤 많군."

블라이하우어는 술이 한 잔씩 돌자 이렇게 말했다. 그러자 페르디난트 하겐이 주위를 둘러보고 나서 갑자기 속삭였다.

"아, 지금은 쳐다보지 마세요. 저기 늙은이가 옵니다."

그때 나는 블라이히로트 함장이 다른 테이블에 있는 동료 함장들과 크게 웃으며 인사를 하고 있는 것을 볼 수 있었다.

"여보게, 해결사! 어뢰운반선 U-109는 다시 출항 준비를 하고 있나?"

누군가가 소리쳤다. 그러자 웃음소리가 주위에 울려 퍼졌다. 우리 테이블에서는 오직 짧은 대화 몇 마디만이 오가고 있었다. 되니츠 제독이 말하기를 등등…….

우리는 조용히 술을 마셨고 술값은 자꾸만 늘어났다.

갑자기 누군가가 내 어깨에 손을 올리는 것을 느꼈다. 블라이히로트 함장이 바로 내 뒤에 서 있었다.

"하겐, 나도 좀 앉겠네."

함장은 그렇게 말하고 우리 둘 사이에 끼어들면서 감자칩을 손으로 집어 짧은 코트 주머니에 넣고 새로 주문했다. 함장은 우리에게 건배를 제의했지만, 나는 기분이 언짢아 단숨에 마셔버렸다. 갑자기 브라이히로트 함장이 팔꿈치로 내 갈비뼈를 찌르며 말했다.

"통신 직별은 개똥이야! 그렇지?"

나는 굳은 표정으로 그를 주시하며 대답했다.

"함장님 배에 타는 것이 개똥입니다."

"그렇다면 우리는 서로 생각이 같은걸? 자, 건배!"

함장이 블라이하우어 준위를 가리키며 말했다.

"오늘부터 나는 자네를 레아다르제(Leadarse)[1]라고 부르기로 했네."

그러자 블라이하우어 준위가 웃으며 대답했다.

"영광입니다. 내일 조선소에서 수리를 끝낸 배를 다시 인수하게 됩니다. 내일 시운전차 출항할 때 동승하겠습니다."

"알았네, 레아다르제. 나는 그것에 대해서는 관여하지 않겠네."

그러고는 나에게 물었다.

"통신장비는 잘 작동되나?"

"네."

페르디난트가 조심스럽게 끼어들며 대답했다.

"그리고 청음기에도 아무 이상이 없습니다."

블라이히로트 함장은 고개를 끄덕였다.

"이것 보게, 젊은이. 그 낡은 청음기에 대해선 그만 이야기하세. 그 모든 것이 나에게는 기술적인 것이라 두렵다네."

그 순간 공습경보가 울렸고, 우리는 술을 곧바로 비워야 했다. 항해학교

---

1 살충제.

시절부터 블라이히로트 함장을 잘 알고 있던 갑판장이 우리 일행을 안전하게 술을 마실 수 있는 조그만 지하실로 안내했다. 적의 폭격기를 향해 대공포가 사격을 하고 있는 동안에도 우리는 갑판장과 함께 어둠 속에서 술을 마시고 있었다. 우리가 지하실에 도착했을 때 자이델 대위는 우리의 최대 관심사가 무엇인가를 생각하며 우리 일행과 술을 한 잔 더 마셨다.

지하에 있는 방은 두꺼운 카펫과 화려한 팔걸이 의자가 잘 갖추어져 있어서 우리 모두는 편안하게 술을 마실 수 있었다. 갑판장이 술을 가져다 주었지만 술잔이 없어서 우리는 병째로 술을 마셔야만 했다. 블라이히로트 함장은 매번 우리들에게만 건배를 유도해서 많이 마시게 했고, 나는 함장이 우리를 완전히 취하게 만들려고 한 것을 나중에야 알게 되었다. 페르디난트 하겐이 나를 찌르면서 말했다.

"눈치챘습니까?"

"물론이지. 함장님은 우리를 취하게 만들어서 통신사는 언제나 일찍 나가떨어진다고 말씀하시려는 거야."

나와 가까이 앉아 있던 자이델 대위가 가만히 내 발을 차면서 더 이상 아무 말도 하지 말라고 했다. 그때 갑자기 블라이히로트 함장이 웃으면서 말했다.

"하지만 히르쉬펠트! 우리 모두는 다시 같이 항해하기를 원하네. 이 말은 무엇이 잘못되면 언제나 통신사에게 비난이 쏟아진다는 것을 이해해 달라는 것이네."

나는 술에 취해서 모든 것이 혼란스러웠지만 함장의 말도 약간 뒤범벅이 되어 있다는 것을 느낄 수 있었다. 블라이히로트 함장도 자신을 통제할 수 없을 정도로 술에 취해 있었던 것이다.

"그 이야기 들었습니까?"

페르디난트 하겐이 큰 소리로 말했다. 그의 말은 함장을 비난하는 것이었다. 그는 팔걸이 의자에 앉아 있는 것조차 힘들어 보였다. 나는 자리에서 벌떡 일어서며 말했다.

"아닙니다! 우리는 더 이상 참을 수가 없습니다. 우리는 함장님의 배에
서 내리겠습니다. 이것은⋯⋯."

나는 내 마음속에서 미친 듯이 하고 싶은 말을 찾고 있었다. 하지만 나
는 더 이상 적당한 단어를 찾지 못하고 그 말을 했다는 자체로 만족하면
서 말을 끝냈다. 나도 많이 취해 있었다. 블라이히로트 함장이 조용히 웃
으며 말했다.

"히르쉬펠트, 그 정도로는 어림도 없지. 자, 우리 이제 나가세."

"네? 네."

나는 대답을 하고 문을 향해서 휘청거리며 나왔다. 블라이하우어 준위
와 자이델 대위도 나를 부축하고 같이 일어섰다. 문이 너무 좁은 것 같아
서 나는 함장 뒤를 따라갈 수 있도록 자이델 대위에게 인도해 달라고 말
했다. 하지만 술집 문을 나서자마자 술기운이 오르면서 나는 바닥에 쓰러
지고 말았다.

공습이 끝났을 때 페르디난트와 나는 전단 소속의 무장 차량에 몸을 싣
고 숙소로 왔다. 전단 소속 운전수들은 제1·2차 세계대전 기간 동안 파리
에서 택시 운전사로 일한 차르 시절의 전직 러시아 장교들이었다. 블라이
하우어 준위는 그날 숙소에 우리를 집어넣은 후 블라이히로트 함장 때문
에 케로만(Keromann)에게 다시 갔다고 말했다. 그 역시 나와 비슷하게 취
한 상태였는데도 관사에 있는 함장 방까지 부축을 해주어야 했던 것이다.

나는 4시간 동안 거의 죽은 사람처럼 잠을 잤다. 통신사 라이프링
(Leibling)이 아침 8시 직전에 나를 깨웠다. 출항을 위해 배로 내려가기 전
에 나는 수돗물로 잠깐 머리를 적셔 겨우 정신을 차렸다. 내겐 그 정도의
시간밖에 없었다. 블라이히로트 함장은 함교에 있는 잠망경 보호대에 기
대고 서 있다가 우리가 사다리를 타고 함교로 올라가자 우리를 보고 웃었
다. 함교탑 보호대 주변에는 맥주병이 12개 늘어서 있었다. 그것은 사관

생도 헹엔(Hengen)이 함내로 몰래 가지고 오려는 것을 함장이 몰수한 것이었다. 함장은 우리에게 손짓하며 오라고 했다. 그리고 나를 비롯해 하겐, 라이프링, 휩펠에게 한 병씩 나누어주었다.

"이건 자네들 해장술이네."

함장이 말했다. 그리고 자신도 병을 입에다 대고 반쯤 비워버렸다. 우리는 정확히 아침 8시에 비스케이 만을 출항했다. 많은 조선소 수리요원이 탔고, 블라이하우어 준위와 배가 잠항할 때 공기방울이 완전히 없어졌는지를 확인하기 위해 기관장교 샤를리 쉘(Charly Scheel) 대령도 편승했다.

발터 그로스는 쉘 대령을 위해서 보트를 준비해야 했다. 보트는 공기 체임버[2]를 가지고 있는 철제 소형 보트였는데 늪에 처박혀도 가라앉지 않도록 충분한 부력을 가지고 있었고, 뒷부분 아래쪽에는 추진 모터 스크루를 부착할 수 있도록 구멍도 나 있었다. 하지만 발터 그로스는 그 구멍에 원래 있어야 하는 플러그 대신 작은 소켓을 헝겊으로 덮은 뒤 막아놓은 것을 확인하지 못했다.

쉘 대령은 그의 두 손을 짧은 노에 올려놓고 보트에 기분 좋게 앉아 있었다. 영국 잠수함이 그 해역에서 활동하고 있었고, 또 어뢰 공격에 대해 각별히 주의하라는 장교들의 권고를 받았기 때문에 U-109는 잠항했다. 블라이히로트 함장은 공격 잠망경으로 전단 기술자들을 바라보면서 전투정보실에 앉아 있었다. 나는 갑자기 함장이 크게 웃음을 터뜨리는 소리를 들었다.

"켈러 중위와 베버 대위는 빨리 올라와서 이것을 한번 봐라! 보트가 침수되고 있어. 그리고 쉘 대령이 공격 잠망경에 매달려 있어."

브루노 페터젠 준위, 오토 페터스, 그리고 내가 전투정보실 해치에서 그 말을 듣고 있는 동안 호출된 장교 2명이 재빨리 전투정보실로 올라갔다.

---

2 공기를 압축하여 보관할 수 있는 구형의 실린더.

"젠장! 우리에게 주먹을 흔들고 있잖아!"

켈러 중위가 말했다.

"빨리 부상하는 것이 좋겠습니다, 함장님."

이 이야기는 순식간에 함내로 퍼졌고 모든 사람들이 웃기 시작했다. 하지만 그 작은 보트의 안전 책임자였던 갑판장 발터 그로스는 조금도 웃지 않았다.

기관장 베버 대위가 주 부력 탱크를 열었다. 하지만 함장은 함교 해치를 완전히 열 수가 없었다. 보트가 해치를 가로질러 끼어 있기 때문이었다. 틈새로 함장은 대령에게 잠수함이 다시 잠항해야 한다고 소리쳤다. 전단 기술자들이 보트를 잡아당겨서 함교탑 후부 쪽으로 완전히 빼놓은 상태에서 부상시켜야 함교 해치를 열 수가 있었던 것이다. 결국 쉘 대령은 한 번 더 수영을 해야 했다. 그가 배로 돌아왔을 때 대단히 화를 냈다. 발터 그로스는 고개를 숙이고 그의 꾸지람을 듣고 있었다. 대령은 속옷, 유보트 가죽옷 등 일체를 갈아입었다. 나중에 "저는 그 대령님을 다시는 볼 수 없을 것 같습니다"라고 갑판장이 말했다.

우리가 로리앙으로 돌아왔을 때 라이프링이 내게 물었다.

"하겐에게 무슨 일이 있습니까? 거의 말을 하지 않는데요."

"걱정말게. 어젯밤 일로 지금 함장에게 몹시 화가 나서 그렇다네."

나는 그렇게 대답했다. 부두에 계류하고 나서 페르디난트 하겐은 의무실에 가겠다고 했다.

"이 사람아, 정말 안 좋아?"

내가 묻자 페르드난트는 그저 고개만 끄떡이고 나가버렸다. 잠시 후 그가 다시 나타나서 나를 통신실로 끌고 갔다. 그는 눈물을 흘리며 임질에 걸렸다고 고백했다. 그 말은 그가 다음 출동 때 육상에 있어야 한다는 것을 의미하기도 했다. 나는 블라이하우어와 함께 인사참모부에 가서 인원 교체를 신청했다.

슈바르츠코프 대위는 그의 희망에 따라 U-107 헤슬러(Hessler) 함장의 배로 전출되었고 U-109보다 10일 정도 일찍 출동을 나갔으며 다시 돌아오자마자 함장 과정에 입교할 예정이었다.

우리는 에버하르트 호프만(Eberhard Hoffmann) 중령을 손님으로 맞이했는데, 그는 예비 함장으로서 경험을 쌓을 목적으로 탑승했다. 그는 이전에 계획담당 장교로서 베를린 해군 사령부에서 근무를 했지만 1급 철십자훈장을 받았다. 내가 하겐이 떠난 것에 대해 설명하자, 조타사는 고개를 끄덕이며 말했다.

"많은 사람이 배를 떠나고 있습니다. 그리 놀란 만한 일도 아닙니다."

갑판사 베르트홀트 자이델이 페터젠 준위의 어깨를 두르렸다.

"조타장님, 제가 이 배에 타고 있는 한 배에는 이상이 없을 겁니다. 그 점에 대해서는 함장님도 인정하고 있는 거 아시죠? 그게 함장님이 저를 이 배, 저 배 데리고 다니는 이유거든요."

페터젠 준위가 고개를 끄덕였다.

"그것은 자네도 조타장으로서 블라이히로트 함장님이 바다에 있는 한 같이 있으라는 말이기도 하네."

켈러 중위가 정식 대위로 진급했다. 그러나 제2당직사관으로 머물러 있었다. 슈바르츠코프 대위는 프리드리히 빌헬름 비스만(Friedrich Wilhelm Wissmann) 대위와 교대했다.

마우레샤트는 지난번 출동 후 35개의 탄피가 부족하다는 이유로 조사차 전단 행정장교 호프만에게 불려갔다. 그는 한 번도 전투에서 실제 사격을 해보지 않은 사람으로부터 전투 후 어떻게 하면 빈 탄피를 정확히 회수할 수 있는가에 대한 강의를 들은 것에 대해 상당히 자존심이 상한다고 말했다.

1941년 9월 21일 일요일 저녁, U-109는 세 번째 전투 초계 준비를 완료했다. 승조원은 함수 갑판에 정렬했고, 우리 앞에는 블라이히로트 함장이 팔꿈치 부분을 캔버스 조각으로 덧붙인 낡고 짧은 재킷과 바닷물에 절은 가죽신발 위로 툭 튀어나온 바지를 입고 서 있었다. 지원함 이제레 선상에 줄지어 서 있는 장교들이 맥주병을 흔들며 "행운을 비네, 해결사. 잘다녀 오게!"라고 외쳤다. 함장에게는 벌써 초계가 시작되었던 것이다.

새로 부임한 전단장이 배에 올랐다. 과거에 몇 척의 유보트를 지휘했었던 빅토르 쉬체(Viktor Schuetze) 전단장은 '오크잎 기사십자훈장'을 달고 있었다. 함내에 있는 사람들은 그를 뚱뚱보라고 불렀는데 그럴 만한 이유가 있었다. 블라이히로트 함장이 명령했다.

"총원 차렷! 우로 봣!"

그리고 U-109는 출항 준비가 완료되었음을 보고했다. 쉬체가 답례했는데 함장이 술에 취한 것을 알아차린 후 뚫어질 듯한 눈빛으로 휘청거리는 대원들 앞을 지나갔다. 전단장은 우리에게 강렬한 내용이 담긴 연설을했다. 독일의 운명은 위대한 대양에 있다고! 하지만 우리는 속으로 신음소리를 냈다. 그리고 쉬체 전단장이 폭뢰의 음악에 대해 이야기하기 시작했을 때 우리는 팔꿈치로 서로를 찌르며 큰 웃음소리가 터져나오는 것을겨우 참았다. 갑판사 베르트홀트 자이델이 나에게 속삭였다.

"저 아저씨, 작고 뚱뚱하지 않아? 만약 전단장님이 목에 오크잎 기사십자훈장을 달고 있지 않았더라면 전단장님을 잠수함 요원이라고 생각하지못했을 거야."

함내 스피커에서 잠수함 군가인 〈우리는 영국과 싸우러 간다(Wir fahren gegen England)〉가 울려 퍼졌다. 연설이 끝난 후 전단장은 육상으로 내려갔다. 잠시 후 홋줄이 걷히고 배는 수로를 빠져나갔다. 세 번째 전투 초계가 시작되었다.

제2일 자정, 우리가 비스케이 만 부근 600피트 수심 해역에 도착했을때 블라이히로트 함장은 배의 상태를 점검하기 위해 550피트까지 잠항하기로 결심했다. 함장은 여전히 수리창의 수리 내용을 신뢰하지 못하는 것 같았다.

우리는 천천히 외부 수밀과 계기 점검을 위해 120피트까지 내려갔고 다음에는 300피트까지 내려갔다. 방향탐지기에서 전 방향으로 물이 분사되자 여기저기서 조심하라는 소리가 들렸다. 수평타 작동수 위에 방향탐지기가 있었는데 작동수들은 이미 우의를 입고 있었다. 나는 누수를 멈추게 하기 위해 방수판 주위를 조이고 난 후 윤활유를 발랐다. 그러나 이것은 방향탐지기 안테나를 올릴 수 없다는 것을 의미했다. 블라이히로트 함장은 해도대에 기대어 각 잠수함 분대에서 보고된 내용들을 조용히 확인하고 있었다. 함수에서 통신사를 지원해달라는 전화가 왔다. 블라이히로트 함장은 나를 바라보았고 나는 드라이버를 들고 불안한 마음으로 함수 쪽으로 갔다.

병기사 베르너 보르샤르트가 수중청음기 분배 박스[3]를 가리켰다. 어디에서 케이블이 나와 우현 압력선체로 들어오는지 그곳에서는 미세한 물이 분무되고 있었다. 통신실로 향하는 케이블이 넘친다면 수리요원들은 함수 갑판 전부를 열어야 할 판이었다. 나는 어뢰발사관과 압력선체 사이를 비집고 들어가서 우현 분배 박스를 풀었다. 커버를 제거하자 내 얼굴로 해수가 쏟아졌다. 내가 다시 좌현 박스를 아까와 똑같이 작업했을 때는 그 커버를 들어내기 전부터 이미 흠뻑 젖어 있었다. 잠시 후 압력선체의 입구 지점과 분배 박스 사이의 케이블이 분리되었고, 손가락 굵기의 물줄기가 어뢰발사관 쪽으로 강하게 분사되고 있었다. 보르샤르트가 말했다.

"제기랄! 발사관에서 좀 떨어져서 분사되는 물이 자네한테 직접 닿지 않도록 해. 만약 그것이 외부 수압으로 들어오고 있다면 압력이 너무 강해서 자네 머리에 구멍이 날 거야."

나는 재빨리 나와서 조종실로 돌아왔다. 오는 길에 조리실을 지날 때 냉

---

3 장비의 전원 또는 신호체계를 다른 장비에 분배하는 상자.

장고에서 미세한 분무가 있는 것을 발견했다. 조리장 야르쉘은 냉장고에서 물이 새는 것에 대해 이미 보고했다고 말했다.

조종실에서는 함장이 아직도 화가 난 표정으로 해도대 옆에 서 있었다. 내가 청음기 분배 박스가 물에 찼고 장비계통이 작동되지 않는다고 보고하자, 함장은 아랫입술을 깨물며 안테나를 올려보라고 말했다. 해수가 빌지로 흘러들었다. 블라이히로트 함장이 보라는 듯이 말했다.

"이제 알았나? 내가 맞았다는 것을. 통신은 개똥이야! 히르쉬펠트, 전문을 준비해. 우리는 돌아간다고. 기관실에서 잘못된 것이 너무 많고 외부수밀도 되지 않아!"

함장은 승조원 총원에게 임무를 포기한다고 방송하고 나에게는 전단에 보낼 전문 내용을 알려줬다. 돌아갈 테니 내일 아침 6시까지 선도 함정을 대기시켜달라는 내용이었다.

라이프링이 이 전문을 조립하고 있을 때 나는 부상하자마자 보내기 위해 통신 송수신기를 준비했다. 청음기는 고장났고 밤은 칠흑같이 어두웠지만 우리는 부상해서 전속으로 로리앙을 향해 달렸다. 단파 수신기를 켜고 몇 분이 지나자 수신기 세트가 고장나버렸다. 나는 휨펠에게 청음실로 가서 전 주파수 대역에서 사용 가능한 수신기를 단파 주파수 범위에 맞추고 그것을 통신실로 연결하라고 했다. 이것은 성공적으로 작동되었다. 그러나 몇 분 후 이 수신기마저 또 고장났다. 나는 헤드폰을 내던지고 전시 패널에 있는 계기들을 확인해보았다. 장비에 들어오는 출력은 기관실에 있는 변압기[4]에서 오는 것이었다. 나는 통신 수신기를 위한 전압 볼트 게이지를 바라보며 내 눈을 의심했다.

"저것봐! 휨펠! 저것들이 지금 350볼트야! 어떻게 그게 가능한 거야?"

휨펠이 게이지 패널을 바라보았다.

---

4 전기의 전압을 변환시켜주는 장비.

"볼트미터가 잘못 읽혀진 것 같습니다. 변압기는 점검했습니다. 전에 하겐과 함께 점검했습니다."

"아니야, 휨펠. 내가 읽은 게 정확할 거야. 수신기 2개는 전압 때문에 나간 걸 거야. 함미에 가서 지금 당장 저항을 점검해봐!"

함장이 통로로 나타났다.

"무슨 일이야, 히르쉬펠트? 아직도 신호를 안 보냈어?"

내가 함장에게 상황을 설명하자, 함장은 포기한 듯 고개를 저었다.

"통신까지 포함해서 단파 수신기 2개가 고장났다고 해. 그리고 지금 뭣하고 있나?"

"저는 교신 도중에 송신을 하려고 합니다. 송신기로 비어 있는 주파수를 탐색하는 중입니다."

내가 송신 준비를 했을 때 휨펠이 함미에서 돌아왔다.

"이해할 수가 없습니다. 수리 기간 중 저항은 수리되지 않았고 아마도 디젤엔진이 진동할 때 스스로 전압이 바뀌어버린 것 같습니다. 그러나 시운전할 때는 이상이 없었습니다."

휨펠은 지금 가장 기분 나쁜 변명을 나에게 늘어놓고 있었다. 시운전할 때는 모든 통신장비가 제대로 가동되었다. 그 당시는 몇 가지 사소한 엔진 문제 때문에 수리소에 들어갔다. 그때 이 모든 상황이 일어날 수 있었을까? 믿기 어려웠다. 우리는 수리요원과 좋은 관계를 유지했고 수리감독과 그의 예하 직원 4명에게 술, 담배 그리고 커피를 제공하기도 했다. 그들은 우리의 작은 친절을 죽음의 선물로 갚으려고 했던 것일까? 프랑스인들의 소행일 리는 없었다. 각 배에는 그들이 들어오지 못하도록 무장병력이 경비를 섰고 오직 독일 수리요원들만이 유보트에 접근할 수 있었기 때문이다.

선도함정은 정확히 나타났다. U-109는 항내로 들어가 지원함 이제레의 낡은 선체를 지나서 수리창으로 향했다. 수리요원들이 부두에 대기하고 있다가 배를 계류하자마자 올라왔다.

"우리가 수리 관련 회의를 하기 전에, 여러분이 제출한 고장 내용을 먼저 점검하겠습니다."

통신 수리요원이 나에게 말했다.

"좋습니다. 보는 데서 시작하지요."

나는 그렇게 말했다. 마우레샤트는 갑판을 완전히 열었고 우리는 청음기 압력 박스에 도달할 때까지 물방울이 떨어지는 막대와 파이프를 따라 기어 내려갔다. 나는 치솟는 분노를 꾹꾹 참으며 말했다.

"우현 쪽 전체가 물에 잠겼을 겁니다."

"정말 믿기 어렵군요."

수리요원이 대답했다. 그리고 나사가 풀린 커버 가장자리를 만지면서 그것을 들어 뜯어냈다. 그는 놀란 눈으로 나를 바라보았다. 우리는 서로 눈길만 교환했다.

"이 모든 부위가 물에 잠겨 있다니 이상하군. 히르쉬펠트! 압력선체 관통구가 모두 열려 있어요!"

"네. 누군가가 시운전을 한 후에 그것들을 잠그지 않은 것이 틀림없습니다. 시운전 때에는 모든 것이 좋았거든요."

수리요원이 나에게 절망의 눈빛을 보냈다.

"당신은 이것이 사보타주라고 생각합니까?"

"그렇다기보다는……."

"내가 개인적으로 조사를 하겠습니다. 그때 프랑스 작업요원이 배에 탔는지를!"

나는 잠시 기억을 더듬었다.

"전에는 그랬습니다. 하지만 해상 시운전 직후에는 아닙니다. 독일 수리요원이 틀림없었어요."

나는 파괴행위일 수도 있다는 생각에 왠지 오싹해졌다. 만약 우리 내부에도 파괴행위자다 있다면……. 지금부터는 항구에서도 조심해야 할 것 같았다. 수리는 14일 동안의 공정[5]이 잡혔다.

블라이하우어 준위가 최신 뉴스를 가지고 왔는데 1941년 9월 15일 미국 국방부장관 녹스(Knox)가 제기한 명령서 사본도 포함되어 있었다.

상선에 대해 공격하는 함정은 그것이 수상함이든, 잠수함이든 간에 가용 수단을 이용하여 나포하든지 격침하라는 것이었다. 참으로 이상한 중립국이었다.

"그러면 우리는 어떻게 해야 하죠?"

내가 묻자 블라이하우어가 대답했다.

"글쎄, 물론 할 수 있는게 아무것도 없지. 우리 총통 각하의 지시사항을 알잖아?"

우리는 당분간 카르낙에 있는 르 그랑 호텔에서 묵었다. 그리고 라이프링과 나는 자이델 대위의 명령에 따라 로리앙으로 불려갔다.

"히르쉬펠트! 이 일로 계속 붙잡아서 미안하네. 사령관이 '자동 음어통신(Coded Morse Conversation)을 시험하기를 원하는데 현재로서는 어떤 배도, 다른 통신사도 없네. 자네가 좀 해줄 수 있겠나?"

나는 탐탁지 않아 어깨를 들썩했다.

"우선 그것이 무엇을 뜻하는지 알아야겠습니다."

지금까지 통신 절차는 통신사 2명이 평문으로 메시지를 보낼 때, 그러니까 한쪽은 유보트의 통신실, 한쪽은 사령부 통신본부라고 할 때 전문을 보내기 전에 음어로 조립하고, 받은 후에 음어 해독을 함으로써 때로는 몇 시간 정도의 시간이 소요되었다. 그러나 사령관이 제안한 것은 이 시간을 절약하기 위해 송수신국에서 이니그마(Enigma)라는 암호장비를 이용하는 것이었다. 그것은 쉬워 보였다.

"히르쉬펠트!"

---

5 수리 진행 과정.

자이델 대위가 웃으면서 말했다.

"오후 3시에 케르네벨에서 배의 송수신기를 작동해 튜닝하게. 오후 4시에 우리는 되니츠 제독과 교신을 하려고 하는데 잘못되지 않게 도와주게."

나는 지침에 따라서 모든 회로와 저항을 점검했고 지금까지 모든 것은 정상적으로 작동되었다.

자이델 대위가 왔고 라이프링과 나는 모든 것이 준비되었다고 통보했다. 자이델 대위가 말했다.

"여러분, 역사적인 순간입니다. 처음으로 사령부와 U-190 간의 자동 음어통신이 진행될 것입니다."

"총통이 알고 있습니까?"

내가 물어보자, 우리는 모두 웃었다.

오후 4시에 케르네벨의 송신기가 보통 속도의 4분의 1 속도로 송신하기 시작했다. 휩펠은 들어오는 모스 신호를 암호해독기에 넣었고, 나는 해독된 글자에 불이 들어오는 것을 보고 해독되어 나오는 전문을 적었다. 되니츠 제독이 자이델 대위에게 인사를 전했다. 보내는 속도가 너무 빠르지 않았는지, 이 새로운 아이디어를 어떻게 생각하는지, 만약 케르네벨과 대서양에 나가 있는 유보트 간의 긴급 통신수단으로 사용하면 어떻겠는지 등을 물어왔다.

이제는 자이델 대위 차례였다. 그는 상당히 천천히 받아 적었다. 휩펠이 전문을 기계에 넣었다. 그리고 나는 쳐넣은 글자가 모스 부호화되어 불이 켜지는 것을 확인했다.

"여기는 U-109! 우리는 매우 잘 이해했다. 수신감도가 매우 좋다……."

"정지!"

나는 다급하게 외쳤다. 어찌된 일인지 내가 송신하는 소리를 들을 수 없었던 것이다. 그리고 내가 키(Key)를 눌렀을 때 조용해졌다. 기기의 모든 다이얼이 0으로 떨어졌다. 수신기마저 작동이 중지되었다. 자이델 대위가 물었다.

"뭐가 잘못된 건가?"

"더 이상 작동하지 않습니다."

나는 헤드폰을 벗어놓고 청음실에 있는 장비 패널로 갔다. 모든 장비가 0을 가리켰다. 변압기도 작동하지 않았다.

"제기랄! 저건 수리창 요원들 짓이야!"

내가 소리를 지르자, 자이델 대위의 얼굴이 붉어졌다.

"그래, 히르쉬펠트. 만약 어떤 것이 잘못될 가능성이 있다면, 그것이 만약 U-109에서 시험된다고 할지라도 확실히 실패할 거야. 그렇지?"

"잠시 후에 돌아오겠습니다."

나는 그렇게 말을 하고 원형 통로를 돌아서 함미의 기관실로 갔다. 어딘가 전원이 차단된 것 같았다. 어디인지는 몰라도……. 나는 디젤엔진실로 돌아가서 함미 해치를 열었다. 그리고 거기에 있는 당직자에게 전기 모터실로 누가 들어가는 것을 보았느냐고 물었다. 당직자가 대답했다.

"그들은 다 돌아갔습니다. 그들은 독일 섬머 타임(Summer time)까지만 일을 합니다."

나는 그날은 더 이상 전원이 공급되지 않는다는 것을 자이델 대위에게 알려주기 위해 통신실로 돌아왔다.

"대위님, 너무 그렇게 나쁘게만 생각하지 마십시오. 우리는 다시 한 번 수리창 고관대작의 희생물이 된 겁니다."

나는 그렇게 대답했다. 자이델 대위는 나에게 쓸쓸히 손을 흔들며 자리를 떠났다. 라이프링이 암호기를 닫고 말했다.

"이것만 끝내고 한잔합시다."

말이 떨어지기가 무섭게 우리는 술을 마시러 갔다. 블라이하우어는 숙소 식당에서 우리를 기다리고 있었다.

"블라이하우어 준위님은 사령관이 우리를 용서할 것으로 생각하십니까?"

내가 물었다. 블라이하우어 준위는 미안해하면서 고개를 저었다.

"아니! 결코."

그는 몇 마디 말을 덧붙였다.

"아마도 우리 배가 격침돼서 다들 바다에 빠져 죽으면 사령관은 이렇게 말할지도 모르지. 오! U-109. 이 배가 옛날에 나를 그렇게 화나게 했던 통신사 2명이 근무했던 배란 말이지?"

우리는 너무 크게 웃어서 식당 안에 있는 모든 사람이 쳐다볼 정도였다.

9월 30일, 다시 한 번 통신시험이 실시되었고 이번에는 성공적이었다. 되니츠 제독과 자이델 대위는 만족을 표했고 U-109 통신사들의 명예는 회복되었다.

3일 후, 배에 탄약과 보급품을 적재하며 나와 자이델 대위가 함수 갑판에 서 있을 때 페르디난트 하겐이 건강증명서를 가지고 의무실에서 돌아왔다. 자이델 대위가 웃으면서 말했다.

"승조원들에게 말하게. 자네가 이 고철 깡통을 타고 다시 항해를 하고 싶다고."

"만약 제가 바다에 다시 나가야 한다면, 오직 이 배를 탄 경우에 한해서입니다."

하겐이 대답했다. 나는 그가 다시 돌아온 것이 여간 기쁘지 않았다. 그리고 페르디난트를 대신해서 새로 전입한 승조원에게 전쟁은 몇 년 동안 지속될 것이나 다른 배를 타고 바다에서 죽음을 자청할 만큼 길지는 않을 거라는 위로의 말을 한 후 케르네벨 통신소로 돌려보냈다.

그날 오후, 통신사 회의에서 자이델 대위는 각 해역에서 모든 유보트는 통신기와 청음기 수신 상태에 관한 기록을 유지하라고 지시했다. 난 이런 기록이 미래의 승조원을 위한 정보가 될 것이고 지난번 항해에서 블라이히로트 함장과 통신사 간에 있었던 오해와 갈등을 피할 수 있는 방안이 될 수 있을 것이라고 생각했다.

1941년 10월 5일, 우리는 잘츠베델에 있는 숙소를 떠났으며 U-109는 저녁 7시에 아무런 공식행사도 없이 출항했다. 통신 수리요원 브레헬트(Brechelt), 블라이하우어, 그리고 몇 명의 민간인이 함교탑 후부에 탔다. 그들은 600피트 수심 해역까지 따라가서 심해 잠항 시 장비를 점검할 예정이었다. 무장한 트롤어선이 우리를 안내했고, 다음날 자정 시운전이 사고 없이 끝난 후에 선도함은 편승자를 태우기 위해 현측에 계류했다. 일단 인원 이송이 끝나자 블라이히로트 함장이 컵을 들고 소리쳤다.

"어이! 블라이하우어 준위! 집에까지 안전하게 가기를 바라네. 가다가 침몰 당하지 말고!"

"감사합니다! 함장님도요!"

블라이하우어도 그렇게 농담을 받았다. 그러고 나서 트롤어선은 어둠 속으로 사라졌다. 블라이히로트 함장이 껄껄 웃었다.

"우리가 그들을 놓아주니 참 좋아하는 것 같아."

모든 사람들은 비스케이 만을 두려워했다. U-109의 세 번째 초계는 13일 늦게 시작하여 서쪽으로 향했다.

5일 동안 우리는 높은 파도 속에서 서쪽으로 향했다. 420마일 정도 앞서 있는 다른 잠수함들은 각각 북쪽과 남쪽으로 향하는 호송선단을 보고했지만, 불량한 해상 상태 때문에 우리는 고속으로 항해할 수 없었다. 결국 양쪽 모두 우리가 도달할 수 없는 것만은 확실했다.

10월 8일, 블라이히로트 함장은 히틀러의 중대 발표를 듣기 위해 통신실로 왔다. 함장은 아주 고통스러운 표정으로 나를 몇 번 쳐다보았다. 함장은 아무 말도 하지 않았지만 나는 그가 무슨 생각을 하는지 추측할 수 있었다. '독일군은 모스크바는 고사하고 볼가 강까지도 진입하지 못했는데 히틀러 내각은 왜 러시아에서 이미 승리한 것처럼 떠들고 있는 것일까?' '우랄 산맥 뒤에는 무엇이 기다리고 있을까?' '왜 일본은 이 전쟁에 참여하지 않는 것일까?' 등등이었을 것이라고 나는 생각했다.

다음날 사령관은 U-111의 클라인슈미트(Kleinschmidt) 함장에게 위치를 보고하라고 수차례 반복해서 지시했다. 그러나 응답이 없었다. U-111은 카나리아 군도 근해에 있었는데 우리가 지난번 시티 오브 오클랜드를 만났던 장소였다.

잔뜩 찌푸린 하늘 아래, 함교 견시들이 해수를 온몸에 뒤집어쓰면서 U-109는 앞으로 나아갔다. 함내로 들어갈 때마다 물방울이 떨어지는 옷을 쥐어짜야 했다. 북대서양은 견시들의 불평 대상이었다. 그에 비해 지난 항해는 너무 기분 좋게 따뜻했었다.

"그린란드에 도착할 때까지만 기다려."

마우레샤트가 견시들에게 말했다.

"지금 거기에서는 동상에 걸릴 거야. 래브라도(Labrador)는 겨울이란 걸 기억하라구!"

우리는 케이프 페어웰 남단에 있는 정찰선들과 합류하라는 지시를 받았다. 그것은 마데이라 남쪽에 유보트를 잡기 위해 적 수상함이 함정을 파고 기다린다는 사실을 명심하라는 것을 경고하기 위한 신호의 일부분이기도 했다.

10월 12일, 폭풍우는 약해졌지만 괴물 같은 파도는 여전했다. 파도가 너무 거칠어서 함내 침대에 온몸을 묶어놓고 잠을 자야 했다. 함장은 그날 점심때 좀 더 편하게 식사를 준비하고 음식을 먹기 위해 잠항하기로 했다. 파도가 너무 높아서 심도 180피트에서도 배가 흔들렸기 때문에 우리는 250피트까지 내려갔다. 해도대에서 조타장 브루노 페터젠 준위가 내게 물었다.

"클라인슈미트 함장에게 무슨 일이 있어?"

"제 생각에는 아마 함정에 빠진 것 같습니다. 이유야 어쨌든 간에 그 배는 격침된 것 같습니다."

페터젠은 고개를 끄덕이면서 연필로 해도대를 두드렸다.

"히르쉬펠트, 봤지? 남쪽에서도 쉽게 격침당할 수 있어."

"저도 압니다. 하지만 따뜻한 물에서 죽는 게 훨씬 낫겠습니다."

페터젠이 웃었다.

"그리고 귀여운 상어들이 자네가 빨리 죽도록 도와줄 거야."

우리가 케이프 페어웰로 계속 나아갈 때는 날씨가 좋아졌다. 하지만 겨울 날씨 때문에 공기는 매우 차가웠다. 우리는 케이프 페어웰로부터 남동쪽 250마일에 있었는데, 독일 잠수함들을 피해 멀리 돌아 항해하는 호송선단을 찾는 독일 잠수함들의 남북 정찰선에서 가장 북쪽에 위치해 있었다. 선미에서 400마일 떨어져 있는 유보트 5척이 높은 파도에도 불구하고 구축함 세력이 완벽하게 호위하는 호송선단을 공격할 예정이라고 보고했다. 우리는 폭풍우을 뚫고 그곳에서 아주 가까운 곳을 지나가고 있었다. 만약 우리가 그때 잠항했었다면 청음기로 그들을 접촉했을 텐데……. 켈러 대위가 통신일지를 읽고 나서 통신실로 들어왔다. 그가 웃으면서 말했다.

"참 이상도 하지. 우리 배는 마치 호송선단을 일부러 피하는 것 같단 말이야."

"그러게 말입니다. 아마도 지난번 이 부근에서 항해할 때와 무슨 관계가 있는 것 같습니다."

나는 웃으면서 대답했다.

10월 6일, 블라이히로트 함장은 벨 아일(Belle Isle) 해협에 있는 케이프 세인트 찰스(Cape St. Charles)로 항해하라는 지시를 받았다. 이것은 사령관이 지금, 호송선단이 래브라도와 뉴펀들랜드(New Fundland) 사이의 해협을 통과하여 북으로 향하는지, 아니면 통과하고 나서 대권[6]을 따라 영

---

6 대권이란 지구 중심을 지나는 평면과 지구 구면의 교선이 되는 원이다. 임의의 두 지점 사이에서 대권을 따라가면 최단거리가 되어 원거리 항행에 이용된다.

국으로 가는지, 또는 북쪽 측면을 돌아옴으로써 유보트 정찰선을 회피하고 있는지 등을 알고 싶어했기 때문이다. 래브라도의 바람은 얼음같이 차가웠고 습기가 너무 많아 옷장의 옷들은 축축하게 젖었다. 또한 침대에 있는 빵 조각과 조종실 주머니 속에 보관되어 있는 감자에도 곰팡이가 핀 것처럼 보였다. 저녁 바다는 석탄같이 검었고 북극성만이 하늘에서 반짝이고 있었다. 북극의 오로라가 통신수신에 혼란을 초래하여 우리는 독일 방송을 수신할 수 없었다.

호프만 중령과 비스만 대위는 중파 라디오로 미국 방송을 듣기 위해 통신실로 왔다. 라디오에서는 유보트가 미국 구축함 카니(Kearney)를 공격했다는 내용이 방송되었다. 중립국 미국 선박은 호송선단의 일부에 속했으며 많은 손상으로 기동이 불가능했으나 아이슬란드(Iceland)에 도착할 수 있을 것 같았다.

다음날 유보트 사령부는 그쪽에 있는 20여 척의 잠수함 중 누가 미국 구축함을 공격했는지 물어왔다. 그러나 누구도 공격했다고 보고하는 함정이 없었다. 어떻게 호송선단 속에서, 그것도 밤에 미국 배인지 영국 배인지를 구분할 수 있단 말인가? 미국 방송을 통해 상선을 무장할 수 있는 법령이 승인되었다는 것을 알았을 때 사령관이 카니 함에 대해 왜 그렇게 호들갑을 떨었는지 약간은 이해가 되었다.

벨 아일 해협은 날씨가 대단히 추웠지만 시정은 그래도 양호한 편이었다. 구름이 조금 있었지만 수평선 위에는 아무것도 없었다. 배는 마치 숨을 쉬듯이 파도 속을 들락거렸고 디젤엔진에서는 두 마리의 말이 마차를 끌 때 내는 신음 소리와 같은 소음이 나고 있었다. 동쪽에 있던 유보트들이 구축함 2척이 호송하는 빠른 상선 4척을 발견했다. 그들은 15~18노트의 속력으로 나아가고 있었다. 뉴펀들랜드 남쪽에서는 속력이 느린 22척의 선단이 우리의 남쪽으로 항해하고 있다고 프라흐센베르크(Flachsenberg)에서 통신이 오고 있었지만 아무도 공격할 수 있는 거리에 있지 않았다.

10월 21일 이른 아침, 나는 함교탑에서 들려오는 커다란 소리에 잠을 깼다. 밖에는 눈보라와 함께 돌풍이 불고 있었다. 견시가 당직 교대 후 조종실로 내려왔을 때 그들의 수염이 얼어붙어 있었고, 모자 끝에는 고드름이 매달려 있었으며, 옷은 갑옷처럼 딱딱하게 얼어 있었다.

이틀 후, 우리는 래브라도에서 60마일 떨어진 명령 지점 56-00N, 55-00W에 도착했다. 함교 당직자들은 양가죽 옷에 여러 가지 옷가지를 몇 벌 더 껴입고 있었기 때문에 너무 부피가 커서 함교탑 해치 구멍을 통해서 다시 들어오는 데 시간이 한참 걸렸다. 만약 항공기 활동이 있었더라면 그렇게 옷을 많이 입을 수 없었을 것이다. 그러나 그곳에서는 항공기도, 배도 없었다. 보이는 것은 오로지 멀리 보이는 갈매기와 이상할 정도로 고요한 바다, 기분 나쁜 황무지 같은 해변을 때리는 파도뿐이었다. 그래도 그중에서 가장 볼 만한 것은 북극성이었다.

10월 24일, 우리는 벨 아일 해협에서 파도를 맞으며 항해하고 있었다. 갑판 포대와 어망걸림 방지용 함수 와이어에는 얼음이 꽁꽁 얼어붙어 있었다.

그날 오후, 서쪽 하늘에 먹구름이 끼었고 엄청난 소낙비가 퍼부었다. 게다가 견시의 얼굴에 상처가 생길 정도의 단단하고 각진 우박이 쏟아져내렸다. 바람이 너무 강해서 쌍안경을 더 이상 손으로 잡고 있을 수가 없을 정도였다. 당직사관은 함내에 소리를 질러 가죽끈을 올려달라고 했고 그 끈을 이용하여 함교 테두리에 몸을 묶었지만 강한 바람 때문에 생긴 거대한 파도가 배를 덮쳤다. 너울이 너무 크고 심해서 배가 뒤집힐 것 같았다. 물론 축전지 등 무거운 장비가 함내 바닥에 있어 그럴 일은 없었지만.

우리는 수상항해로 대기했다. 함장은 속력을 낮추었다. 나는 비교적 바다가 잔잔한 때에 맞춰 조타사가 당직 근무 중인 함교로 올라갔다.

"함교요원이 아닌 것을 다행스럽게 생각하지?"

윙윙거리는 바람 소리 속에서 소리쳐야 했기 때문에 내가 듣기에는 브레이크가 깨지는 소리처럼 들렸다. 하지만 나는 고개를 끄덕였다.

"내가 다시 태어난다면 난 통신사가 될 거야."

그 말이 내 귀에 스며들었다. 나는 그저 웃고 있다가 되받아쳤다.

"하지만 남쪽에서 함교요원은 햇빛을 즐길 수 있잖아? 다른 사람은 전등 아래서 갑갑하게 있을 때 말이야!"

우리는 안개, 비, 얼음, 눈 등의 폭풍우 속을 항해했고 함내는 항상 높은 습도 때문에 축축하게 젖어 있었다. 우리는 곰팡이가 생긴 빵과 감자들을 버려야 했고, 견시들의 교대 주기인 8시간의 휴식시간은 기관실에서 옷 말리기에도 부족한 시간이었다.

10월 26일 저녁, 배가 이상하게 흔들리기 시작했다. 큰 파도가 없었는데도 배가 경사가 매우 심했다. 해가 뜰 무렵, 당직사관은 전부 갑판이 심하게 얼어붙어 있다고 보고했다. 갑판 함포는 거대한 눈과 얼음 덩어리로 싸여 있었다. 함교탑 주위에 얼어붙은 반짝거리며 빛나고 있는 얼음 때문에 배의 상부가 무거웠던 것이다.

"만약 우리가 도끼를 이용해서 얼음을 깨면 함수 갑판에 손상이 생길 겁니다."

함장이 상황을 파악하기 위해 함교에 왔을 때 갑판장 발터 그로스가 말했다. 함장도 수긍했다.

"이런 상황에서는 어느 누구도 갑판에 서서 작업할 수가 없어. 누가 넘어지면 구조하기도 힘들겠어."

나는 함장에게 잠항을 하자고 권고했고, 함장은 고개를 끄덕였다.

"그래, 얼음을 제거하는 방법은 그것밖에 없을 것 같군. 벤트밸브가 잘 열려야 할 텐데……."

잠항하기 위해 승조원들은 지정 위치에 배치했다. "충수!"라는 구령이 떨어졌으나 아무 변화가 없었다. 벤트밸브가 얼어붙어버렸기 때문이었다.

벤트밸브를 열기 위해 상당한 고생을 하고 나서야 120피트까지 잠항할 수 있었다. 수온은 공기 중의 온도보다는 따뜻했다. 얼음은 녹았으나 금세 새로운 얼음막이 생겼다. 그래서 우리는 4시간 잠항하고 나서 4시간 부상하기로 결정했다. 함내 분위기는 무척 썰렁했다. 부사관 식당에서 내가 말했다.

"항상 북극에서만 작전하는 잠수함을 생각해봐. 최소한 우리는 조금 따뜻한 곳으로 다시 가잖아?"

"크리스마스 때나 갈 수 있겠지. 우리는 이곳에서 절대 호송선단을 찾을 수 없을 거야."

오토 페터스가 진저리치며 말했다. 함내가 너무 추워서 나는 배에서 입는 옷을 모두 꺼내 껴입었다. 두꺼운 겨울 속옷, 군청색 양모 콤비, 회색 두더지 모피 옷, 그리고 양가죽으로 만든 유보트 가죽점퍼 등이었다. Type-9급 유보트는 디젤엔진 배기 계통에서 라인을 따서 만든 난방 시스템이 있어서 전속으로 항해할 때는 함내가 따뜻한 온도를 유지할 수 있었다. 하지만 지금 우리 배의 수상속력이 낮아서 열을 조금밖에 낼 수 없었고, 기관장은 2,000와트짜리 전기 히터를 축전지 소모 때문에 쓰지 못하게 했다. 부사관 침실에는 2,000와트짜리 전기 히터 2개가 있었는데 하나는 테이블 밑에, 또 하나는 내 침대 옆에 놓여 있었다. 오토 페터스가 조종실에서 돌아오는 도중 히터를 발견하고 미친 듯이 뛰어와 그 옆에 앉았다. 하지만 그는 곧 투털거렸다.

"제기랄! 여기도 따뜻하지 않군! 왜 히터를 켜지 않는 거야?"

"알잖아. 우리가 히터를 켜면 기관장은 아마 미쳐버릴 거야!"

내가 그렇게 말했지만 오토 페터스는 도저히 못 참는 듯했다.

"축전지는 최대한 충전이 되어 있어. 기관장은 모를 거야!"

오토 페터스는 내 옆 히터로 와서 전원을 켰다. 히터가 서서히 빛을 발하자, 우리 모두는 반원형으로 모여들면서 그 위에 손을 얹었다.

"바로 이거야! 이제 우리 모두 히터 위에 배를 올려놓고 따뜻해지도록 주문을 외우자고!"

오토 페터스가 말했다. 우리는 그의 말대로 했지만 히터에서 곧 냄새가 나기 시작했다.

"보라구, 오토! 누군가가 통풍기를 작동했어."

내가 소리치자 오토가 통로를 자세히 쳐다보았다.

"젠장! 정말 개코를 가지고 있구먼. 기관장이 오고 있어."

우리는 히터를 곧바로 끄고 이불로 덮어놓았다. 기관장은 냄새를 맡으며 부사관 침실로 와서 의심스러운 눈으로 히터를 찾았다.

"여기서 전기 히터를 켰지?"

기관장이 다그치듯 물었다. 오토는 침대에서 내려와 고개를 저었다.

"우리 히터는 테이블 밑에 있습니다! 한 번 보십시오. 여기는 이렇게 추운데요."

기관장은 히터를 확인하기 위해 한 번 만져보고 다시 고개를 들며 머리를 흔들었다. 기관장이 강한 어조로 말했다.

"하지만 어딘가 히터가 켜져 있을 거야. 내가 분명히 냄새를 맡았단 말이야!"

"그러면 아마도 함미 격실이겠죠."

오토 페터스가 뻔뻔하게 대꾸하자, 결국 기관장이 돌아갔다.

우리는 매일 잠항 시간을 조금씩 늘려갔다. 청음기 수신 장치의 성능이 이 지역에서는 상당히 좋았다. 그래서 견시가 시각으로 보는 것보다 훨씬 원거리에서 표적을 접촉할 수가 있었다.

10월 28일, 블라이히로트 함장은 그랜드 뉴펀들랜드 뱅크[7]로 가라는

---

7 연안에서 흘러나온 모래 및 기타 퇴적물 등에 의해 연안 해저에 형성된 해역으로 통상적으로 사주보다 깊은 해역에 형성된 퇴적층을 말한다.

1941년 대서양. U-109 함수에서 함교탑을 바라본 모습.
10.5cm 함포와 어뢰장전 장치가 보인다.

1941년 겨울 래브라도 근해에서 견시 임무. 바겐호퍼 수병(왼
쪽)과 U-165 함장 재직 시 사망한 에버하르트 호프만 중령.

지시를 받고 함수를 130도로 변침했다. 청음기 작동수는 우리 함수 전방 수백 마일에서 폭뢰가 폭발하는 소리를 들었다. 이 지역에서의 청음 능력은 놀라울 정도였다. 사령관은 세절기라고 불리는 유보트 그룹에게 호송 선단을 분산시키라는 지시를 했다. U-109는 48시간 내에 현장에 합류해야 했다. 타수는 해도에서 우리의 목적지를 보여주었다. 우리가 그곳에 도착했을 때, U-74조차도 접촉하지 못했던 호송선단을 우리가 추적했다. 호프만 중령이 이를 보기 위해 통신실로 왔을 때 나는 그에게 어떻게 1급 철십자훈장을 탈 수 있었느냐고 물었다. 그러자 그는 해군본부 수상함 전략기획부서에서 영국 상선에 대한 대항책과 관련한 기획 근무 중에 수여받았다고 했다.

"나는 그것을 타려고 유보트 부대에 자원했어."

그가 그렇게 말했을 때 나는 할 말을 잃고 말았다. 그는 유보트 함장으로서 죽음을 자청하기 위해 안전한 해군본부 직책을 포기한 것이다.

10월 29일 저녁 10시, 우리는 "방화모살범 출현!(Mordbrenner ran!)"이라는 신호를 수신했다. 이 신호는 돌격대로서 호송선단을 향하라는 명령이었다. 격렬한 눈보라 속에서 갑판 및 상부 구조물이 얼어붙은 가운데 영국 함정을 향해 우리는 전속으로 항해했다. 5시간 후 사령관은 전문을 다시 보냈다.

블라이히로트, 켄트라트(Kentrat) 함장의 호송선단에 대한 공격 작전에 참여하지 말 것. 케이프 뉴펀들랜드로부터 남쪽으로 8마일 떨어진 곳에 위치할 것.

함장이 전문을 읽었다. 그리고 입술을 굳게 다물고는 해도대로 가서 아무 말 없이 전문을 조타사에게 건네주었다. 그들은 해도대에 허리를 구부리고 지시된 위치에 도착할 예정 시간을 계산하고 켄트라트 함장이 보고한 호송선단의 최종 위치를 확인했다. 함장이 해도대에서 벌떡 일어서며 말했다.

"우리가 호송선단을 공격할 거야!"

배는 다음날 아침 9시에 호송선단 차단 위치로 가기 위해 디젤엔진을 작동하여 남쪽으로 향했다. 우리는 곧 걸프 스트림(Gulf Stream)에 도착했고 모피와 두꺼운 콤비를 벗어버렸다.

새벽 4시 직전, 켄트라트 함장에게서 호송선단을 더 이상 접촉하지 못하고 있다는 전문이 왔다. 우리에게는 상당히 안타까운 상황이었으나 해가 뜰 무렵에 견시들이 동쪽 수평선상에서 연기 기둥 2개를 발견했고, 마스트가 시야에 들어왔을 때 그것들이 선단의 호위 함정들이라는 것을 알 수 있었다. 우리는 남쪽을 향해 고속으로 빠져나왔고 호송선단의 예상 침로를 가로질러 넓게 지그재그 항해를 하며 북쪽으로 함수를 다시 돌렸다. 우리는 아무것도 볼 수 없었다. 켈러 대위가 나에게 웃으면서 말했다.

"내가 말했지? U-109와 함께 가면 모든 것이 스스로 피해간다고!"

"잠깐만요, 대위님. 잠시 후에 무엇인가 올 겁니다."

"자네는 낙천주의자로군."

켈러 대위가 나에게 말했다. 오후 2시 45분, 함교 당직자가 마스트를 보고했다. 유조선 1척. 순간적으로 비상벨이 울렸고 함교탑 해치 커버가 닫히기도 전에 벤트밸브가 열렸다. 우리는 급경사로 잠항했고 기관장은 함미 벤트밸브가 열리는 것에 대해 히스테릭한 반응을 보이며 소리쳤다. 함미 벤트밸브가 고착[8]되었으니 수동으로 작동하라고 소리치고 있었다.

나는 전투정보실로 향하는 전성관을 열어놓고 함장의 말을 들었다. 함장은 잠망경 옆에 앉아서 소리쳤다.

"제기랄! 항공기가 우리를 향해 곧바로 오고 있어. 기관장! 함미가 아직도 물 밖에 있잖아!"

---

8 장비가 무엇인가에 걸리거나 녹이 슬어 움직이지 않는 것.

몇 초가 지난 후 함장이 다시 외쳤다.

"기관장! 왜 함미가 물속으로 들어가지 않는 거야? 빨리 집어넣어!"

나는 함장의 목소리를 듣고 함장이 기관장을 질책하고 있다는 것을 느낄 수 있었다. 기관장은 계속해서 벤트밸브를 열고 닫고를 반복해보았으나 결함을 찾아내지 못했다. 이 때문에 그는 매우 곤란해했는데 가끔 일어나는 알 수 없는 결함이 결국 위험한 상황을 초래한 것이다.

우리는 다시 거대한 상선 2척을 찾을 희망으로 부상했다. 그러나 1시간 후에 함미 쪽에서 빠르게 접근하는 구축함 때문에 또다시 잠항을 해야 했다. 그리고 그날 저녁 늦게 몇 시간 동안 다른 구축함과 숨바꼭질을 했으며 결국 함장은 상선을 격침시키겠다는 희망을 버리게 되었다.

우리는 캐벗 해협(Cabot straight)에서 며칠 동안 켄트라트 함장이 보고한 호송선단을 찾는 데 시간을 보냈다. 11월 2일 정오에 유보트 사령관은 블라이히로트 함장에게 자유롭게 기동할 것을 지시했다.

우리는 속력을 높여 즉시 남쪽으로 향했는데 뉴욕과 비슷한 위도인 걸프 스트림에 도착했을 때는 무더위에 완전히 지친 상태였다.

우리는 장교만 열람하라는 전문을 수신했다. 이 전문은 해독이 되면 다른 코드가 나왔는데 그러면 이니그마 암호해독기와 함께 통신관에게 보내야 했고, 통신관은 타자기판으로 다시 쳐서 본문을 확인해야 했다. 잠시 후 켈러 대위는 그것을 나에게 돌려주며 도움을 요청했다.

"하지만 그것에 대해 입 다물고 있어야 돼! 잘 알지?"

"물론입니다, 대위님."

전문은 U-109에게 특수임무를 수행하라는 내용이었다. 버뮤다 동쪽으로 가서 11월 10일 노르웨이 함정인 4,793톤급 실바플라나(Silvaplana)와 상봉하라는 것이었다. 이 함정은 9월 10일 독일 함정 아틀란티스에 의해 나포되었던 노르웨이의 추디 앤 아이첸(Tschudi & Eitzen) 회사의 신형 함정이었고 2,000톤에 달하는 천연고무, 5,000톤에 달하는 녹말, 향료,

커피, 차 등 중요한 노획물을 싣고 있었다. 그 배에는 독일 나포 책임 승조원 15명이 타고 있었고, 나머지는 전원 노르웨이 승조원이었다. 목적지는 보르도(Bordeanx)였다. 그래서 우리는 두 번째로 잠망경에 전과를 표시하는 깃발을 하나도 달지 못한 채 귀환할 것 같은 느낌이 들었다.

우리는 남동쪽으로 향했다. 장교들과 조타사, 그리고 통신사들만 이 임무를 알고 있었다. 마우레샤트는 호기심을 자제하지 못했다. 그는 깊이 생각한 후, 나에게 한 가지 재미없는 질문을 했는데 그것은 오토 페터스를 즐겁게 했다.

"제기랄! 에두아르트, 기다려봐. 중요한 것은 북쪽으로 안 간다는 거야. 그것만으로도 만족해!"

조종실 요원들은 그에게 그렇게 말했다.

태양이 푸른 하늘에서 내리쬐고 있었고, 비당직자는 함교탑 뒷부분에서 일광욕을 즐겨도 된다는 함장의 허락이 떨어졌다. 적 항공기가 이곳을 지나다니는 경우가 드물기 때문에 가능한 일이었다. 날씨는 따뜻했고 심지어는 함교에서의 휴식과는 가장 거리가 먼 병사들까지도 함교에 올라왔다.

"이번에도 어뢰 전부를 다시 모항으로 가지고 갈 것 같은 불길한 느낌이 들어. 어뢰를 어디에 사용해야 할지 생각해봤어?"

베르너 보르샤르트가 투덜거렸다. 내가 웃으면서 어선을 향해 어뢰를 쏘면 어떻겠냐고 농담을 했다.

"왜, 조금만 더 기다려봐. 4일만 기다려. 그러면 확실해질 거야."

11월 7일, 함장은 승조원들에게 부여된 임무를 방송으로 알려주었다. U-109는 안톤 코리도어(Anton Corridor: 중립국 선박들에게 국제적으로 인정된 안전 항로) 근해에서 실바플라나를 상봉하여 해상 및 항공 공격으로부터 이 배를 보호하라는 것이었다. 오토 페터스가 머리를 긁적였다.

"들었어? 화물선을 공습으로부터 보호하라는 것 말이야. 우리 잠수함이 대공포 순양함 역할을 한다는 소릴 들으면 사람들이 어떻게 생각할까?"

지나가면서 이 이야기를 들은 호프만 중령이 웃었다.

"맞아. 그 말을 베를린에서 들으면 분명히 희망적이라고 하겠지."

큰 파도가 배를 흔들며 밀어주는 우리는 연료를 절약하면서 동쪽으로 향할 수 있었다. 상봉 전날 켈러 대위와 나는 함교탑 후부 포대의 쇠줄에 기대어 쉬면서 이야기를 나누었다. 켈러 대위가 나에게 물었다.

"자네는 왜 사령관님이 우리 배를 나포 화물선 호위 임무에 적합하다고 선정했는지 알고 있나?"

내가 모르겠다는 듯이 머리를 흔들자, 켈러 대위가 웃으면서 말했다.

"그건 사령관님이 오직 우리 U-109만이 적과 만나지 않고 대서양을 가로지를 수 있는 유일한 잠수함이라는 사실을 알아차렸기 때문이야!"

"저의 유일한 희망은 호송선단을 만나는 겁니다. 아직 그럴 여지는 있습니다."

차마 웃을 수가 없어서 나는 그렇게 대답했다. 켈러 대위가 고개를 끄덕였다.

"나는 알아. 이 파도를 봐. 20에서 50피트의 파고[9], 골[10] 간격이 200야드야. 하지만 우리는 물에 젖지도 않고 있잖아."

말이 끝나기가 무섭게 함미에서 거대한 파도가 밀려와 포대에 있던 우리는 흠뻑 젖어버렸다.

병기사들은 수송선을 만날 것인지를 놓고 내기를 걸었다. 그런데 다음날 오전 11시 45분경, 당직사관이 갑자기 나타난 마스트를 보고하여 우리는 잠망경 심도로 잠항해서 그 배를 확인했다. 견시는 마스트가 연기 자국도 없이 떠나버렸다고 보고했다. 나는 수중청음기에서 그것이 구축함이 아닌 상선임을 확인했는데 함장은 이것을 의심했고 당분간 잠망경

---

9 파도의 높이.

10 파도와 다음 파도의 간격.

심도에서 머물렀다.

잠망경은 작동할 때마다 간헐적인 소음을 냈다. 기관장은 심한 파도에서는 효과적으로 심도 유지를 하지 못했다. 마침내 함장이 말했다.

"배의 전 길이를 볼 수 있음. 상부 구조물이 맞는 것 같음. 가늘고 높은 마스트 선미에 포대, 해치들, 모든 것이 알려진 대로이며 전부 갑판 청소 중. 분명 상봉하기로 한 배가 맞음. 부상!"

상호 식별신호가 교환되었다. 1940년 3월 이후 바다에 나가 있었던 나포 승조원들은 노르웨이인들이 어떤 문제도 일으키지 않았다고 했다. 블라이히로트 함장은 실바플라나 나포 함장에게 다음과 같이 설명해주었다. 만약 적함의 공격을 받는다면 U-109는 즉시 잠항을 할 예정이므로 상선은 U-109의 잠항침로를 가로질러 적함을 따라서 항해를 하고, 실바플라나가 적함의 후미 0.5마일에 위치할 때 우리가 동북동쪽 10노트로 항해할 예정이라고.

곧 스페인 해안으로부터 우리를 정찰하게 되어 있는 FW 200 항공기 4대 중 일부를 만날 것이다.

다음날인 11월 11일, 나포 선장은 자기가 제1차 세계대전 당시 유보트 장교였다고 수기신호를 보내왔다. 정오에 U-109는 시험잠항을 했고 블라이히로트 함장은 그를 초대해서 긴급잠항의 절차 및 소요 시간 등을 보도록 했다.

함장이 깃발을 들었다가 내리면 비상경보를 뜻하는 것으로 사전에 서로 약속을 했다. 그 배에서 이해했다는 신호를 보내왔다. 정오에 모든 준비가 완료되었다. 물론 함장에 의해서 여러 번 연습이 실시되고 난 뒤였다. 모든 승조원들에게 전달되었고, 시범 준비가 완료되었다. 배기구 마스트가 닫혀졌고 함교에는 3명만 남아 있었다. 상선 조타실에서 모두 쌍안경으로 유보트를 쳐다보고 있었다. 함장이 손을 들어 소리쳤다.

"비상!"

그리고 기를 내렸다. 벤트밸브가 열리고 함교 당직자는 함내로 뛰어 내려왔으며 해치가 닫히기 바로 직전부터 해수가 함교에 닿기 시작했다. 잠수함은 급경사를 이루며 잠항하기 시작했다. 나는 기관장이 흥분하며 "잠항타! 부상전타! 내부 밸러스트 탱크 불어! 불란 말이야!"라고 고함을 지를 때까지 Type-9 잠수함 중 가장 빨리 잠항했다고 생각하고 있었다.

하지만 뭔가 대단히 잘못된 것 같은 불안감이 엄습했다. 내가 청음실에 도착했을 때, 비상 구령과 함께 큰 각도의 함 경사를 느낄 수 있었다.

휨펠은 청음장비 손상에 대비하고 있었다.

"경사가 너무 커요. 어떻게 생각하십니까, 통신장님?"

나는 문고리를 잡고 서 있었다. 나도 그렇게 생각했다. 보여주기 위한 기동으로서는 너무 심했다.

"불어! 불란 말이야!"

기관장이 소리쳤다. 내가 압력선체 통로를 통해서 본 것은 내부 부력 탱크를 불기 위해 2명이 혼신의 힘을 다해 큰 밸브를 돌리는 모습이었다. 오토 페터스가 소리쳤다.

"밸브 회전대 고착!"

"밸브를 회전시키는 막대기를 가져와!"

기관장이 또 소리쳤다. 이 막대기는 밸브 회전대에 꼭 끼도록 발톱 같은 모양으로 제작되어 있고 밸브를 열기 위해서는 이 발톱을 맞추고 여러 사람이 막대기를 잡고 돌려야 했다.

"막대기가 감자상자 뒤로 떨어졌어!"

누군가가 소리쳤다. 이제는 정말 위험했다. 그것을 꺼내오는 데는 많은 시간이 걸릴 것이다. 우리는 수심 108피트에 있었다. 부력 탱크 2개는 압력선체 내부에 있었고 수중에서 배의 중량을 증가시키기 위해서 10톤의 예비 해수가 담겨져 있었다.[11] 하지만 그 해수도 외부 부력 탱크가 손상되어 물이 들어오고 선체가 계속 가라앉을 때 90피트 이내의 심도에서만 불어야 하는 것이었다.

"함장님! 심도 유지가 불가능합니다! 전 탱크를 불겠습니다."

기관장이 간청했다.

"그러면 불어!"

함장이 말했다. 오토 페터스는 부력 탱크를 불기 위해 압축공기를 조절하는 불기 다기관 앞에서 압축공기로 부력 탱크를 불어낼 준비를 하고 있었다.

기관장이 볼 때 모든 벤트밸브가 열려 있어 심한 함 경사가 잡힐 것으로 판단했지만 함수가 무거운 것은 변함이 없었다. 동시에 함장이 말하는 소리가 들렸다.

"기관장, 지금까지 자네가 실수하지 않은 유일한 것은 부력 탱크를 불 때 상선을 들이받지 않았다는 거야!"

배는 함미부터 신속하게 부상했다. 그것은 케이프 페어웰에서 깊이 잠항했던 것과 유사했지만 함수는 반대 방향을 바라보고 있었다. 몇 초 후에 우리는 파도 소리를 들으며 함미부터 부상했다. 함장은 함교탑 해치를 열고 함교로 올라갔다. 가까이 접근하는 것은 아무것도 없었다.

"함교 당직자 배치!"

함장이 조용히 지시했다. 견시들은 제자리에 배치되었다.

"상선이 신호를 보내고 있습니다."

함미 견시가 말했다.

"아는 체하지 마!"

참담한 목소리로 함장이 말했다. 잠시 후 견시가 말했다.

"계속 우리를 부르고 있습니다. 아마도 중요한 일인 것 같습니다."

---

11 잠항할 때 함내에 일정량의 해수를 가지고 잠항 후 긴급할 때 이를 배출하면 그만큼의 부력을 얻게 되어 부상할 수 있다.

"좋아! 무엇을 원하는지 알아봐!"

함장이 중얼거렸다. 갑판사가 수기신호를 해석했다.

"정말 스마트한 잠항이었습니다. 시간을 재보니 25초가 소요되었습니다. 질문이 있는데, '귀함은 왜 부상할 때 함미부터 합니까?'라고 했습니다."

함장은 괴로운 표정을 지으며 잠시 실바플라나 나포 화물선을 쳐다보았다.

"신호를 보내. 기분전환이 필요할 때에만 함미부터 부상한다고. 아냐, 아냐. 다시 생각해보니 이렇게 보내는 게 낫겠어. 우리 배 기관장은 항상 거꾸로 올라가는 걸 좋아한다고!"

함장은 개인적으로 기관장에게 분노하고 있었다. 그래서 나는 되니츠 제독이 했던 말이 다시 생각났다. '문제가 있으면 항상 베버 대위가 그 원인이라고……'

4일 동안 우리는 안톤 코리도어(Anton Corridor)를 따라 스페인 북부쪽으로 갔다. 함장은 기분이 좋지 않았다. 함장은 그곳은 그 누구도 어뢰를 쏘아본 적이 없는 곳이라는 걸 알고 있었기 때문이다. 11월 15일, 조타사에게 현재 위치를 물었을 때 그는 연필로 해도대를 두드리며 웃었다.

"사랑하는 히르쉬펠트! 5시간 내에 우리는 케이프 오르테갈(Cape Ortegal)과 작별할 거야."

예전과 같이 그의 해도 작업은 역시 깔끔했다. 자정 무렵에 우리는 케이프 에스타카(Cape Estaca)를 볼 수 있었고, 함장은 실바플라나에게 우리가 실바플라나의 좌현 3마일 이내에서 호송하는 동안 스페인 영해 내에서 빠져나가도록 지시했다. 다음날 이른 아침, 여명을 보기 위해 내가 함교에 올라갔을 때 붉은 빛 태양 속에서 백색 화물선 한 척이 아름답게 나타나는 걸 보았다. 그 배는 칸타브리아 산맥(Cantabrian Mountains)의 눈 덮인 정상 뒤쪽에 바위가 많은 검은 해변을 배경으로 하고 있어서 그 윤곽만 보였다. 나는 스페인 사람들이 최소한 몇 명이라도 이런 평화스러운 광경을 함께 보기를 희망했다.

통신실에서 휨펠이 우리가 히온(Gijon) 해안에서부터 빌바오(Bilbao) 해안까지 대공방어를 약속했던 그 전술을 나에게 보여주었다. 점심식사 시간에 부사관 식당에서 오토 페터스가 말했다.

"자, 여러분! 오늘이 해상에서 보내는 마지막 일요일입니다. 우리는 곧 '엄마'를 보러 집으로 갈 것입니다."

보르샤르트가 페터스에게 차가운 눈길을 보냈다.

"오토, 너무 그렇게 흥분하지 말게."

그 순간 함교에서 항공기가 접근한다는 당직자들의 고함 소리가 들려 왔다. 함장이 올라갔고 견시들은 그 비행기가 하인켈(Heinkel) 115기라는 것을 확인했다. 그것은 호위 항공기였다.

갑자기 비상벨이 울렸고 우리 배는 잠항했다. 우리가 120피트에 도달 하기도 전에 함미 쪽에서 귀를 찢는 듯한 세 차례 폭발음이 들렸다. 당직 사관은 비행기가 북쪽에서 왔다고 말했다. 함장은 상호 식별신호탄을 발 사했고 항공기는 우리가 알 수 없는 불꽃 신호탄 3발을 발사하면서 마치 독수리처럼 우리 앞쪽으로 하강했다. 우리가 180피트에 도달했을 때 함 장이 화를 삭이는 목소리로 나에게 말했다.

"히르쉬펠트! 자네가 틀린 식별신호를 줬어! 그 때문에 모두 죽을 뻔했 단 말이야! 뭐가 잘못되었는지 확인해봐!"

나는 창백해졌다. 사령부로부터 신호를 해독한 것은 라이프링이었다. 이전에는 하겐 또는 내가 그 작업을 했었다. 그렇지만 궁극적인 책임은 통신장인 나에게 있었다. 나는 아무 말도 하지 않고 라이프링만 쳐다보았 다. 함장은 격노했다. 그리고 침대로 들어가버렸다. 라이프링은 떨리는 손 가락으로 신호를 해독할 때 처음 작업했던 책을 뒤적거렸다. 그리고 그가 조타사에게 넘겨준 필기한 식별표와 비교해보았다. 그것들은 동일했다. 그곳에는 틀린 부분이 없는 것 같았다.

"그러면 원래 신호는 뭐야?"

내가 물어보았다. 라이프링이 날짜를 확인했다.

"우리는 그것을 파기했습니다. 그게 이틀 전입니다."

라이프링이 체념하듯 말했다. 작명에 해독된 신호는 배가 천해 또는 연안에 근접하여 작전을 할 때는 수령 후 48시간 내에 파기하도록 명시되어 있었다.

현장에서 나는 우리가 지금까지 받은 모든 전문을 재빨리 훑어보았고 우리가 원하는 전문을 찾았을 때 그 기쁨은 말로 표현할 수가 없었다.

라이프링은 통신일지에 곧바로 해독문을 기록했다. 그리고 원래 메시지는 파기하지 않고 보관했다. 이제 우리는 누구에게 잘못이 있는지를 확인할 수 있었다. 나는 이니그마 해독기를 문제의 날짜에 맞추고 신호를 다시 해독했다. 11월 16일, 분명히 식별된 신호는 시그널(Signal) 5였다. 라이프링과 나는 안도의 한숨을 내쉬었다. 우리가 인식한 신호가 정확했다고 보고하자, 블라이히로트 함장은 팔꿈치를 턱에 괴고 천천히 말했다.

"그거 정말 흥미롭군. 그러면 항공단에서 비행기에 잘못된 신호를 주었단 말인가? 우리가 돌아갈 때까지 기다려보자구. 돌아가면 분명히 진실을 규명할 수 있을 거야."

1시간 후에 우리가 다시 부상했을 때 항공기는 가버렸고, 우리는 실비 플라나를 전속으로 추적했다. 그들은 약간 먼 거리에서 우리에게 어떤 도움이 필요한지 불빛신호로 물었다. 그러나 함장은 그들에게 무슨 일이 일어나도 스페인 해역에 남아 있어야 한다는 신호를 보냈다.

사령관이 전문을 보내왔다.

블라이히로트 함장. 만약 우리 폭격기에 의해 손상을 받으면 모든 것을 포함하여 보고할 것.

"그들은 이미 알고 있었군."

함장이 나에게 말했다.

"좋아! 우리는 그 내용을 기록하지 않겠어."

저녁 11시에 우리는 산탄데르(Santander)에 도착했다. 매우 따뜻했지만 칠흑같이 어두운 밤이었다. 실바플라나도 항해등을 켰다. 소해정 4척이 어둠 속에서 기다리고 있었다. 램프 불빛을 이용하여 함장은 나포선박을 그들에게 넘겼고, 호송선단은 비아리츠(Biarritz)로 향했다.

정말 날씨가 여름같이 무더웠다. 비당직자들은 함미 포대 주변에서 재미있게 놀고 있었다. 나는 함교탑 보호대에 기대고 있는 켈러 대위 옆에 서서 석탄같이 검은 바닷물을 바라보고 있었다. 함수에 이는 파도와 함미에 이는 물 흔적은 인광[12]을 내며 플랑크톤을 뒤섞어놓았고 그것은 마치 바다를 쟁기질하는 것 같았다. 소해정들은 대형 탐조등을 비추면서 계속 소란을 피우고 있었다. 나는 켈러 대위에게 말을 건넸다.

"저 불빛 좀 보세요. 비스케이 만 모든 해역에서 영국 잠수함이 활동한다는 경보가 있었습니다. 만약 영국 잠수함이 이곳에 있다면 그 배는 우리에게 치명타를 줄 겁니다."

켈러 대위가 끄덕였다.

"그래. 영국 놈들은 바보야. 하지만 이 소해정에 타는 사람들도 마찬가지지. 그들이 보르도까지 이 상선을 잘 데려다줄지 알아보는 게 흥밋거리야."

그때 켈러 대위가 갑자기 내 팔을 잡고 우현 쪽을 가리켰다. 나는 순식간에 온몸의 피가 얼어붙는 듯했다. 번쩍이는 어뢰 3개의 항적이 평행으로 우리 쪽을 향해 다가오고 있었다. 가운데 어뢰는 우리 함교탑 아래를 겨냥했다. 발터 그로스가 소리쳤다.

"어뢰다!"

---

[12] 바다의 플랑크톤에 의해 바닷물이 흔들리거나 혼합될 때 밝은 빛을 내는 것.

"드디어 당했군!"

누군가 조용히 말했다. 이 거리에서는 피할 도리가 없었다. 함장도 공포에 질린 눈으로 그저 바라보기만 했다. 하지만 선체 6피트 전방에서 그 항적들이 함수 쪽으로 방향과 속력을 바꾸었다. 그것은 어뢰가 아니라 돌고래였던 것이다.

"아이쿠! 하나님, 정말 무섭구먼!"

함장이 말했다. 우리 모두 안도의 한숨을 내쉬었다.

"방금 그것은 우리에 대한 어떤 경고인 것 같습니다."

비스만 대위가 함장에게 말하자, 함장은 고개를 끄덕였다.

"자, 여기를 떠나세. 우리는 더 이상 이 배를 지원할 수 없어. 떠다니는 저 불빛들이 항구에 잘 도착하기를 빌기나 하자구!"

11월 17일, 자정 직후 유보트 사령부는 다음날 아침 6시에 일 드 크로아(Ile de Croix)에서의 호송 임무에 대한 요구를 수락했다. 왜냐하면 독일의 대잠세력이 비아리츠와 로리앙 사이에서 작전을 하고 있었고, 우리는 항구로 들어가는 허가된 유보트 접근로 '그린 루트(Green Route)' 가까이에서 로리앙까지 항해하기 위해 이곳까지 왔던 침로 반대 방향으로 항해를 해야 했기 때문이었다. 이미 함내는 긴장이 풀린 분위기였다. 조리장은 남은 보급품을 승조원에게 나눠주고 있었다.

"전단에 있는 놈들에게 보급품을 나눠주고 살찌게 하는 것은 수치스러운 일입니다."

조리장은 그렇게 설명했다. 나는 이들이 하는 일을 묵인하고 있었다.

그날 저녁 8시경, 켈러 대위와 견시 3명이 함교에 배치되었고 파도도 낮았다. 비록 어두웠지만 비스케이 만에서는 항공기 초계가 없기 때문에 두려울 게 하나도 없었다. 그러나 켈러 대위가 함교에 올라가고 머지않아 그는 전투배치를 외쳤다. 나는 등골이 오싹했다. 함장은 가죽점퍼를 움켜쥔 채 침대에서 뛰어나와 함교로 올라왔다.

"켈러 대위, 완전히 얼어붙은 것 같군."

함장은 함교에 서 있는 켈러 대위를 보고 이렇게 말했다. 전투배치를 하자 승조원들은 웅성거리기 시작했다. 내가 함장을 따라서 조종실로 가자 기관장이 나에게 무슨 일이냐고 물었다.

"기다려봐야 합니다."

나는 사다리에서 그에게 말했다. 나는 내 위에서 들려오는 모든 소리를 들을 수 있었다. 켈러 대위가 소리쳤다.

"쏘겠습니다, 함장님. 바로 함수 전방에 있습니다."

하지만 함장은 "아니야! 난 아무것도 볼 수 없어"라고 말했다. 너무 캄캄했고, 함장은 아직 어둠에 눈이 적응되지 않아서 아무것도 보이지 않았던 것이다.

"함장님! 저는 정확히 볼 수 있습니다. 거리 800야드입니다."

나는 켈러 대위가 하는 말을 들었다.

"발사를 하든지, 아니면 변침을 하든지 해야 합니다."

잠시 후 조용해졌다. 그리고 함장이 말했다.

"키 왼편 전타! 전속으로 지그재그 침로!"

마우레샤트는 전투정보실 사통장치 앞에 있었다. 그는 거기에 계속 있었지만 나는 지금 막 그가 있다는 것을 알았다. 내가 물어보았다.

"무슨 일이야?"

"대형 잠수함이 함수 쪽에 있어. 금방 부상했는데 켈러 대위가 영국 잠수함이라고 하더군."

"그럼 왜 사격을 하지 않는 거야?"

"몰라. 함장이 안 한다고 했잖아! 자네도 들었잖아!"

"참 좋은 기회였는데……."

"맞는 말이야!"

마우레샤트가 대답했다.

U-109는 마치 폭풍우에 시달린 듯 캄캄한 바다를 조용히 빠져나갔다. 승조원들은 전투배치 상태로 있었다. 조종실에서 나는 기관장에게 무슨 일이 있었는지 설명해주었다. 승조원들은 내 말을 듣고 분개하면서 서로를 쳐다보았다. 2시간쯤 지나서 배는 그린 루트 동쪽에 다다랐다. 우리는 내내 경계심을 버리지 않고 서 있었다. 함장이 조종실로 내려왔을 때 화가 난 승조원들이 기분 나쁘게 쳐다보는 듯한 분위기를 눈치챘고, 아마도 몇몇 승조원들이 불만 섞인 목소리로 중얼거리는 소리를 함장이 들은 것 같았다. 그는 점퍼를 벗어서 걸고 난 뒤에 통신실로 왔다.

"도대체 승조원들이 왜 그러는 거야?"

함장이 말했다. 잠시 생각한 뒤 내가 대답했다.

"그들은 함장님이 그 잠수함을 격침시키지 않은 것에 대해 불평을 하고 있습니다."

함장은 수염을 만지작거렸다.

"바보 같은 놈들! 자기들이 뭘 안다고?"

그러고는 입가에 미소를 지었다.

"마이크 이리 줘! 함내 전체에 방송이 되도록 설정해!"

내가 마이크를 연결하자 함장은 곧바로 방송을 했다.

"함장이다! 총원 그대로 들어! 이 근해에서는 이탈리아 잠수함일지도 모르니 일체의 공격을 삼가라는 상부의 명령이 있었다. 여러분은 내가 왜 그 잠수함을 공격하지 않았는지 이해하길 바란다. 이상!"

방송이 꺼졌다. 물론 우리는 그 내용에 대해서는 아는 바가 없었다.

이탈리아는 매우 큰 잠수함을 가지고 있었고, 어둠 속에서 영국 잠수함과 구분하기가 쉽지 않았다.

11월 18일 아침 6시에 우리는 일 드 크로아에 닻을 내렸다. 우리는 그곳에서 섬의 대공포화와 약간의 안개 속에서 적 항공기 공격으로부터 보호를 받으며 선도함인 소해정을 기다리고 있었다.

아침 9시가 되어도 선도함은 나타나지 않았다. 두 번씩이나 지나가는 함정에게 선도함에 대해 물어보았으나 그들은 모두 모른다고 했다. 두 번째로 지나간 함정은 상선으로 위장하고 모든 함포를 대공포로 무장하고 있었는데 우리를 무시하고 그냥 지나갔다. 이 때문에 너무 화가 난 함장은 닻을 올리라고 지시했다. 이제 그는 선도 함정 없이, 그것이 지시사항 위반이건 아니건 상관없이 단독 항해로 입항하려고 했다.

앵커[13] 윈드라스[14]가 작동되었고 발터 그로스는 함수에 서서 수신호를 했다. 앵커체인이 소리를 내면서 감아 올려지기 시작했다. 엔진이 작동되고 배는 서서히 앞으로 기동했다.

나는 할 일이 없어서 그저 위장한 상선을 바라보고만 있었다. 그때 갑자기 거대한 물기둥이 상선의 함수 가까이에서 치솟았고 배의 앞부분이 전혀 보이지 않았다. 우리는 몇 초 동안 그 광경을 바라보았다. 잠시 후 물기둥은 사라졌고 상선은 아무 일도 없었다는 듯이 또다시 항해를 계속했다. 그 배는 원격 기뢰 탐지장비로 소해[15]를 하고 있었던 것이다.

이제야 모든 것이 분명해졌다. 우리는 지금 기뢰부설구역에 있고 이는 분명 전날 밤 영국 항공기가 부설했을 것이다. 앵커체인이 다시 소리를 내며 해저로 내려갔고 앵커가 번개같이 해저에 박혔다. 500야드 떨어진 곳에서 소해정은 다른 기뢰를 폭파시켰고 충격파가 잠수함을 강타했다. 우리는 기뢰에 둘러싸여 있었고 그 위험을 알지도 못한 채 기뢰부설구역 중앙에 투묘했던 것이다.

"이보게들, 우리는 정확하게 위험 지점에 있어."

조타장이 신중하게 말했다.

---

13 닻.

14 닻을 올릴 때 쓰는 장구.

15 해저에 부설된 기뢰를 제거하는 것.

"네. 우리는 아직 항구에 도착하지 않았습니다."

나는 전혀 비꼴 생각 없이 대답했다. 페터슨이 고개를 끄덕였다.

"그건 내가 항상 하던 말이 아닌가?"

우리는 3시간 동안 닻을 내리고 제자리에 떠 있었다. 정오쯤 낡은 회색 소해정이 천천히 오더니 우리 주위를 한 바퀴 돈 후에 자기를 따라 오라는 신호를 보냈다.

소해정은 원격기뢰탐지장비를 가지고 있었고 계류 기뢰의 와이어를 절단하는 방뢰기 2개를 끌고 있었다. 우리는 소해정의 방뢰기 직후방에 위치하여 소해정 주위에 떠다니는 기뢰에 접촉되지 않도록 소해정과 함교대 함교 간의 정확한 위치 교환을 하며 함미를 따라갔다.

U-109는 케르네벨과 포트레스 사이를 서서히 통과했다. 지원함 이제레의 선상에서는 보병 317연대 군악대가 활력이 넘치는 행진곡으로 우리를 환영했고 선상과 부두 쪽에는 우리를 격려하기 위해 수많은 군중이 나와 있었다. 이제레 현측에 계류하고 나서야 우리는 안도의 한숨을 쉬었다.

"이제 말이야. 어뢰들이 다시 항구로 돌아와서 기쁘게 생각할 거야."

보르샤르트가 싱겁게 말했다.

우리는 배를 청소한 후 로리앙 수리창으로 이동시켰다. 그리고 목욕, 면도, 이발을 한 후에 잘츠베델 군영 연병장에 정렬했다. 함장은 사령관에게 초계임무에서 안전하게 복귀했다고 신고했다. 되니츠 제독은 서서히 걸어서 대열 오른쪽에 도착하여 장교들을 먼저 격려했다. 그리고 조타장에게 말을 걸었다.

"오! 페터슨이구먼!"

사령관은 웃었다.

"다음 항해 후에는 배에서 내려야겠지! 자네에게 줄 일이 있어."

제독은 몇 가지 더 이야기했지만 알아들을 수가 없었다. 그리고 대열 앞에 섰다. 제독은 우리에게 만족스러운 표정을 지으며 성공적인 특수임무

완수에 대한 축하 연설을 했다. 귀중한 화물을 실은 실바플라나의 안전한 도착은 독일 정부에 대단히 중요한 일인 것 같았다. 그러나 지금 우리는 가능한 한 빨리 출항 준비를 해야 했다.

지난 2개월 동안 전과가 만족스럽지 못했기 때문에 크리스마스 이전에 바다에 다시 나가는 것이 불가피했다.

"자, 또 다른 출동을 위해 한 잔 마셔야겠어."

오토 페터스가 말했다.

많은 표창이 수여되었다. 나는 2급 철십자훈장을 받았다. 또한 통신사로 2년밖에 근무하지 않았는데도 상사 진급을 약속받았다. 대열이 해산되었을 때 나는 페터슨에게 말했다.

"조타장님은 운이 좀 따르는 것 같습니다."

그는 한참 동안 나를 바라보았다.

"사령관이 나에게 다음에 배에서 내리게 해준다는 말을 하지 말았어야 했는데."

조타장은 심각하게 말했다.

"왜요? 기쁘지 않습니까?"

페터슨이 내 어깨를 쳤다.

"다음 항해 후에 배에서 내리는 것을 미리 안다는 것은 그다지 좋지 않은 거야. 그런 항해에는 통상 재난이 따르거든."

나는 그의 미신 같은 믿음에 다시 한 번 웃어야만 했다.

"하지만 자이델은 계속 배를 탈 거잖아요!"

나는 그에게 이 내용을 상기시켜주었다.

"자이델이 U-109를 타는 한 우리가 침몰하지 않는다는 걸 잘 알고 있잖습니까?"

"그건 그래."

그는 미신을 믿는 것에 대해 고민하면서 그렇게 되기를 바라자고 말했다.

휘펠 통신중사는 통신사 과정 교육에 선발되었다. 지금까지 적어도 U-109 승조원의 절반 가까이 되는 부사관들이 경험 전파를 위해 다른 배로 갔다. 그러나 함장은 대원들을 꼭 잡아두려 했다. 잠수함에서는 경험이 큰 재산이었다.

12월 3일, 휴가에서 돌아왔을 때 나는 새로 명명된 카르낙에 있는 유보트 위생을 위한 해군의학연구소(Marinneaerztliches Forschunginstitut fuer U-boat Medizin) 의료 과정 교육에 참여해야 했다. 그리고 우리는 케르네벨에서 켈러 대위가 어뢰를 발사하려고 했던 그 잠수함이 정확히 이탈리아 잠수함이 아니었다는 사실을 알게 되었다. 나는 그날 밤 영국 잠수함이 살아남을 수 있는 확률이 얼마나 희박했었는가에 대해 생각해보았다. 만약 함장이 그들을 확실히 봤다면 영국 잠수함으로 식별하고 어뢰를 발사했을 것이기 때문이다.

1941년 12월 11일, 우리는 결국 미국과의 전쟁에 돌입했다. 그것이 독일이 아닌 일본에 의해 시작되었다는 것이 매우 놀라웠다. 적어도 1941년 9월까지 독일은 미국과의 해군 간 전투가 있었다는 사실을 부인해왔다. 하지만 이제부터는 미국과 전투를 하지 말라는 지시가 무효화되었고 미국은 적으로 간주될 수밖에 없었다.

THE SECRET DIARY OF A U-BOAT

06

전쟁의 결과는
제군들의 성공에 달려 있다

● 1941년 12월 27일 토요일 오후, 유보트 2척이 지원함 이제레에 계류해 있었다. 한 척은 '어뢰 운반선'이란 명예롭지 못한 별명이 붙은 U-109였고, 나머지 한 척인 U-130은 킬에서 출항한 후 호송선단을 공격하여 상선 2척을 침몰시킨 저돌적인 에른스트 칼스(Ernst Kals) 중령이 지휘하고 있었다. U-130 승조원들은 새로운 유보트 가죽옷을 입고 깔끔한 구두를 신고 있었다.

U-109의 승조원들은 함수 갑판에서 해적 같은 복장으로 정렬해 있었다. 프랑스 해군의 줄무늬가 있는 셔츠에서부터 영국 공군의 회색 전투복까지 각양각색의 옷을 입고 있었다. 함장인 블라이히로트 소령마저도 가장 오래된 낡은 점퍼에 바지 끝단을 소금에 절은 해상 부츠 속에 집어넣고 있었다. 우리도 U-130의 승조원들처럼 멋을 부릴 때가 있었지만 이미 오래전 일이었다. 누군가가 비꼬듯이 말했다.

"저 녀석들 1년 후에는 아마 달라질 거야. 만약 그때까지 살아 있다면 말이지."

"그래도 저 칼스 함장은 꽤 멋있는걸?"

마우레샤트가 말했다. 칼스 함장의 목소리가 어찌나 크던지 우리 함장은 그가 하는 말을 안 들을 수가 없었다. 그러나 함장은 별로 신경 쓰지 않는 모습이었다. 쉬체(Schuetze) 전단장이 U-130 승조원들에게 폭뢰가 만드는 음악 소리에 대해 훈시를 하고 있었다. 나는 전단장이 우리에게도 똑같은 연설을 할 것인가 생각했다. 하지만 전단장은 이제레로 돌아가기 위해 우리 배의 갑판을 지나갈 때 우리를 흘끗 쳐다보며 간략한 격려의 말만을 중얼거렸다.

군악이 울려 퍼졌고, 우리는 함수미[1] 홋줄을 걷은 후 추진 모터를 사용하여 부두를 떠났다. 디젤엔진에 시동이 걸리고 U-109는 비스케이로 향

---

1 함수와 함미.

했다. 우리는 뒤를 돌아보지 않았고 함장도 우리가 케르네벨을 지나는 동안 바다만 바라보았다. 비당직자들은 담배꽁초를 바다에 버리고 함내로 들어갔다.

U-130은 포르 루이 항구 수로를 통과할 때까지 우리 전방에서 항해하고 있었지만, 수로를 통과한 후에는 우리가 전속으로 항진하여 U-130을 추월했다.

"연료가 남아도나?"

칼스 함장이 웃으면서 우리를 향해 소리쳤다. 우리 함장이 메가폰을 들고 대답했다.

"비스케이를 빨리 빠져나간 후에는 천천히 갈 겁니다."

일 드 크로아 서쪽에 위치했을 때 함장은 비당직자 총원을 함교에 집합시켰다. 지금까지 함장은 출항하는 날 승조원을 집합시킨 적이 없었다. 함장은 작전명령서를 꺼내어 큰 소리로 읽어 내려갔다. 우리는 미국 해안에서 미국 선단들을 공격할 첫 번째 잠수함들 중 한 척이었고, 나머지 잠수함들은 U-66[차프(Zapp)], U-123[하르데겐(Hardegen)] 그리고 칼스 함장의 U-130이었다. 오토 페터스가 내게 말했다.

"믿기 어렵군! 미국을 공격하기 위해 겨우 잠수함 4척을 보내다니 말이야. 나는 적어도 몇 척은 더 보낼 거라고 생각했는데."

석양을 따라 항해하는 동안 디젤엔진 소리는 계속 들렸고 날이 어두워져서야 U-130은 시야에서 사라졌다. 우리는 600피트 심도로 시험잠항을 실시했다. 압축공기 계통에 심한 소음이 났지만 원인은 찾지 못했다. 12월 30일, 우리는 저녁 무렵에 서경 15도 선상에 도착했고, 다른 잠수함 3척 후방에 위치하고 있었다. 북소리 작전(Operation Paukenschlag: Drum Beat)의 일환인 우리의 작전명령은 미국 해안선에 위치하고 있다가 명령이 있을 때 10,000톤급 이상의 상선을 무차별 침몰시키는 것이었다. 켈러 대위는 그 내용을 보자 미소를 지었다. 켈러 대위는 우리가 아무런 성과도 없이 돌아갈 것이라고 생각하는 것 같았다. 1940년 12월 31일, 새해 전날 밤 우리는 침대에 누워 고향 생각을 하고 있었다. 저녁 10시경, 나는 요제프 괴벨스(Joseph Goebbels)의 라디오 방송을 함 전체에 틀었다. 방송은 소련에서의 계속적인 승리를 선전하고 있었지만 대서양에서의 상황은 그렇게 장밋빛이 아니었다. 우리의 낡은 유보트들은 날로 발전되어가는 적 구축함의 대잠무기에 의해 희생되고 있었지만, 되니츠 제독은 여전히 전쟁은 대서양에서 결정 날 것이라고 말했다. 방송이 끝났을 때 고향의 종소리가 울려 퍼지면서 우리 가슴속에 파고들었다. 우리는 과일 주스, 소시지와 빵을 먹으면서 견디기 힘든 소련의 겨울 날씨 속에서 싸우고 있는 전우들을 생각했다. 함장은 함내를 돌아다니며 건배와 악수를 했다. 자정에 유보트 사령부는 아래와 같은 전문을 보냈다.

잠수함 부대 승조원들에게! 새해에 우리는 더욱 강철과 같이 강해지고 적극 투쟁할 것이다. 총통 각하 만세! 사령관.

또한 베를린에 있는 래더(Raeder) 제독으로부터 온 긴 전문도 있었다. 하지만 함장은 승조원들에게 보여줄 생각도 하지 않았다.

새벽 2시에 내가 담배를 피우려고 함교로 올라갔을 때 마우레샤트는 1942년 들어 최초로 접촉보고를 했다. 우현 함수에서 항해등도 없는 범선이 갑자기 나타났다. 우리는 회피하려고 변침했고 마우레샤트는 함포를 사용하여 왜 저 범선을 침몰시켜야 하는지에 대해 함장 및 켈러 대위와 이야기를 나누고 있었다. 함장은 고개를 가로저으며 나를 보고 눈짓했다. 마우레샤트는 본 해역에서 활동 중인 독일 해군의 대잠수함용 범선[2]에 대한 전문을 보지 못했던 것이다.

다음날 사령관은 U-109에게 뉴펀들랜드 남방에 위치하라고 지시했다.

화가 난 함장은 통신일지를 덮은 후 침대에 누워버렸다. 나는 함장이 무슨 생각을 하는지 알고 있었다.

'또 뉴펀들랜드라니! 왜 호위 세력이 없고 연안 선박들이 많은 뉴욕이나 해터러스 곶(Cape Hatteras) 근해로 보내지 않는 것일까? 왜 다시 캐나다로 가야 되는 걸까?'

우리 배에는 생도인 디터 벡스(Dieter Wex)와 헹엔(Hengen)이 편승하고 있었다. 선임 생도 헬무트 브룬스(Helmut Bruns)는 이번 항해 이후 브루노 페터젠이 전출간 다음부터 세 번째 당직장교 임무를 수행할 예정이었다. 하지만 브룬스는 매우 거만했기 때문에 대원들이 별로 좋아하지 않았다. 병기장 보르샤르트는 생도 2명에게 이런 말을 했다.

"조용히만 계시면 두 분은 매우 좋을 겁니다. 하지만 브룬스가 당직을 인계받으면 매우 위험해질 것 같습니다."

"왜 그렇게 생각합니까? 누구든 처음 시작할 때가 있게 마련이잖아요?"

벡스가 묻자 보르샤르트가 대답했다.

"맞습니다. 하지만 우리가 목숨을 걸고 따르기 전에 그가 좀 더 많은 경험을 했으면 하거든요."

이것은 정말 맞는 말이었다. 선임 생도는 1월 3일 첫 번째 당직임무를 맡았다. 함장은 훈련을 위해 비상경보를 발령했고, 처음에는 모든 것이 순조롭게 진행되었다. 하지만 우리가 잠항하자마자 조종실에서 외침 소리가 들렸고, 배는 빠른 속도로 가라앉았다. 선임 생도가 상부 해치를 완전히 닫지 않고 내려오는 바람에 전투정보실로 해수가 계속 들어오고 있었다. 다행스럽게도 오토 페터스가 함장 옆에 있었는데 마치 물에 젖은 고양이처럼 보였다. 함장이 명령했다.

"불어! 함교 해치 때문에 뜨지 않으면 우리 운명이 다한 것으로 믿자."

---

2 영국 및 미국 잠수함 공격을 위해 개발된 독일 범선.

오토가 밸브를 조작하기 시작했고 기관사가 부상 중이라고 보고했을 때 우리는 다소 안심이 되었다.

"배에 어린애들을 태우는 건 바보 같은 짓이야. 그들은 문제만 일으킨단 말이야."

오토가 투덜거리는 동안 헬무트 브룬스는 함장 앞에 고개를 떨구고 서 있었다.

"이 미친놈아! 아직 해치 닫는 법도 배우지 못했냐? 만약 잠망경이 침수되어 고장났으면 그때는 끝장날 줄 알아!"

함장이 생도를 꾸짖었다. 하지만 다행히 함교 침수 상황으로 인한 피해는 전혀 없었다.

그날 저녁, 기관실 수병 2명이 음모에 세면발이와 알이 있다고 보고했고, 나는 돋보기로 조사한 후 증세를 확인했다. 이는 중대한 병이었고, 함장은 이 2명을 '똥통들'이라고 불렀다.

"히르쉬펠트, 쿠프렉스(Kuprex)[3]가 충분히 있나?"

나는 고개를 끄덕였다.

"우리 영웅들에게 좀 주게. 전부 화장실을 청소하고 이들만 사용하도록 하게. 그리고 나머지 대원들은 후부 화장실만 사용하라고 해."

만약 이 병이 함내에 퍼진다면 매우 심각한 문제를 일으킬 수 있다는 것은 뻔한 사실이었다.

우리의 목적지가 알려지면서 함내의 분위기는 실망감으로 가라앉았다. 높은 파도로 인해 함 속력도 계속 줄어들었다. 바람은 태풍 수준이었고, 파도는 매우 높았으며, 배가 요동쳐 함교 당직자들이 손으로 바닷물을 만질 수 있는 지경에까지 이르렀다. 어느 날, 4시간 동안의 함교 당직근무를 마친 후 마우레샤트가 충혈된 눈으로 바닷물에 젖은 수염을 닦지도 않고

---

3 세면발이 병(성병)을 고치는 약.

통신실 문에 서 있었다.

"히르쉬펠트, 아마도 지금까지 이런 날씨는 보지 못했을걸? 마치 지옥에 와 있는 것 같아. 이런 날씨가 계속되면 한 달이 지나도 캐나다에는 가지 못할 거야."

그는 얼굴을 수건으로 닦으면서 계속 말했다.

"왜 함장은 이 북쪽 항로를 고집하지?"

"지시에는 북반부에서 가장 경제적인 속력으로 항해하라고 되어 있어."

내가 말하자 마우레샤트가 기가 막혀 했다.

"참, 똥 같은 지시구먼. 사령관은 해상의 날씨가 어떤지 전혀 모른단 말이야."

나흘이 지났지만 우리는 별로 앞으로 나아가지 못했다. 태풍을 피하기 위해 하루에도 몇 시간씩 잠항항해를 해야 했다. 하루는 우리 옆으로 고래떼가 나타나 따라오고 있었는데 고래가 우리 배와 충돌할까봐 걱정이 되었다. 고래가 꼬리로 함미타나 추진기를 망가뜨리면 손을 쓸 수 있는 방법이 전혀 없기 때문이었다.

1월 10일, 사령관은 함장에게 우리가 미국 해안에 도착하면 노바스코샤(Nova Scotia)와 핼리팩스(Halifax) 사이에 위치하라고 지시했다. 우리는 아직도 대서양 한가운데서 고통스럽게 날씨와 싸우고 있었고 게다가 우현 디젤엔진 냉각펌프 및 자이로에도 문제가 있었기 때문에 언제 도착할지는 아무도 몰랐다. 이틀 후에 상선 사이클롭스(Cyclops)가 핼리팩스 근해에 어뢰 공격을 당했다고 보고했다.

함장이 흥분을 가라앉히지 못하고 불만을 토해냈다. '북소리' 작전은 사령부의 지시가 있어야만 시작할 수가 있는데 누가 벌써 임의대로 시작해버린 것이다. 그것도 우리 구역에서.

우리는 캐나다에 가까워질수록 더욱 차가운 공기를 느낄 수 있었다. 해상 상태는 여전히 나빴지만 함교 위로 파도가 올라오지는 않았고 견시 당직자들은 방수옷 속에 방한복을 입고 있었기 때문에 그리 춥지는 않았다.

1942년 1월 13일, '북소리' 작전이 공식적으로 개시되었고, 칼스 함장은 세인트 로렌스(St. Lawrence)에 위치해 있다고 보고했다. 함장은 의아해했다. "항해 지시를 따르면서 어떻게 그렇게 빨리 갈 수가 있단 말인가?"

함장은 혼자 중얼거렸다. 다음날 하르데겐 함장이 사이클롭스를 격침시켰다고 보고했다. 우리는 또한 U-552에서 보낸 토프(Topp) 함장의 전문도 보았다. 그는 소형인 Type-7을 지휘하고 있었는데 그렇게 작은 배로 이렇게 서쪽 멀리까지 나와 있다는 게 정말 놀라웠다.

1월 18일, 드디어 우리는 노바스코샤 해안 근해에서 케이프 세이블 (Cape Sable) 쪽으로 항해하고 있었다. 갑판에는 얼음이 덮여 있었다. 나는 측심기를 작동시켜 수심이 450피트에 도달하자 즉시 보고했다. 페터젠은 자이로가 고장났는데도 불구하고 해도상에서 우리 위치를 정확하게 알고 있었다. 수중청음기를 통해 간헐적으로 먼 곳으로부터 폭뢰 소음이 들려왔다.

저녁 늦게 견시가 불빛을 발견했다고 보고했다. 연안에서 항해 중인 선박들은 충돌 방지를 위해 항해등을 점등하고 있었다. 우리는 전속으로 항해했고 함수에서는 물줄기가 양쪽으로 갈라지고 있었다. 매우 쉬운 표적이었다. 사격 문제 해결 후 우리는 어뢰 1발을 발사했다.

하지만 몇 분 후 함교에서 저주에 찬 소리가 들려왔다. 어뢰가 빗나갔던 것이다. 다시 몇 분이 지난 후에 어뢰는 표적을 통과하여 보다 원거리에서 폭발했다. 나는 국제 주파수를 계속 감청하고 있었다. MSAD라는 호출부호를 가진 선박이 자신의 위치, 43-26N, 65-40W를 송신하고 있었고 핼리팩스가 응답했다. 그것은 우리의 표적이었다. 그런데 그때 다른 선박이 매우 약하게 송신을 하고 있었다.

"SSS 엠파이어 킹피셔(Empire Kingfisher)…… 빠르게 침몰하고 있음……."

하지만 다른 몇 개의 통신국들이 동시에 송신을 하고 있었기 때문에 많은 잡음이 섞였다. 우리는 상선에 어뢰 2발을 더 발사했으나 명중하지 않았다. 함교에서는 또 한 번의 저주스러운 말들이 들려왔다.

함교에서 장교들이 사격 문제를 다시 점검했지만 오류를 찾을 수가 없었다. 우리는 네 번째 어뢰를 발사했다. 우리 배의 디젤엔진은 정지되었고 나는 어뢰 소음을 정확히 들을 수가 있었다. 어뢰는 선회하면서 다시 한 번 표적을 빗나가버렸다. 내가 상황을 함장에게 보고하자 차가운 적막이 흘렀다. 어뢰 자체 아니면 어뢰조준기가 고장난 것 같았다.

난감한 상황이었다. 미국 본토 해안에 손쉬운 표적들이 지천에 깔려 있는데도 어뢰가 고장이라니. 함장은 상선을 침몰시키기로 결심했다. 그는 함수 어뢰발사관 문을 닫고 보르샤르트에게 함미에 있는 5, 6번 발사관을 사용하라고 명령했다. 몇 분 후에 우리는 상선 전방 500야드에 위치했다. 다섯 번째 어뢰를 발사했지만 다시 한 번 방향을 틀어 빗나갔다. 승조원들은 절망감과 분노에 찬 눈으로 서로를 쳐다보았다.

믿을 수가 없었다. 표적 하나에 어뢰를 5발이나 발사했는데 모두 빗나가다니. 이런 꼴을 보려고 우리가 대서양을 건너왔단 말인가? 견시들이 우현 쪽으로 케이프 세이블의 불빛이 보인다고 보고했고, 함장은 남동 방향으로 항진했다. 우리는 상선 2척 중앙을 통과하여 대양으로 향했다. 방어 능력이 없는 표적이 많이 있었음에도 불구하고 우리의 무기가 고장나버린 것이다. 우리에게는 나머지 어뢰를 검사하는 방법 밖에는 다른 방안이 없었다.

함장은 함교에서 내려와 극도의 실망스런 모습으로 침대에 누워 있었다. 당직사관이 함장 뒤를 따라 내려왔다. 이들은 축구 결승전의 패자들 같아 보였다. 켈러 대위가 비스만 대위에게 말했다.

"우리가 그 상선을 핼리팩스까지 따라가서 배가 부두에 정박한 뒤 발사하면 아마 침몰시킬 수 있을 거야."

당직사관이 고개를 끄덕이며 맞장구쳤다.

"맞아, 자네 말이 맞는 것 같아. 하지만 어뢰를 확실히 명중시키기 위해서는 약 50야드 거리에서 발사해야 될 거야."

나는 함장에게 엠파이어 킹피셔가 보낸 전문을 보여주었다.

"아마 우리 어뢰가 아니라 칼스 함장의 어뢰였을 거야."

다음날 모든 어뢰를 검사한 후 발사관에 재장전시켰다. 고장난 것은 어뢰조준장치의 방향지시기였다.

1월 21일, 저녁에 우리는 다시 케이프 세이블 쪽으로 향했다. 라이프링이 최근의 전문을 해독하여 3개의 빨간색 표시를 해왔다.

뉴욕 근해에서 53,360톤 격침, U-123 하르데겐 함장. 18,000톤 격침, U-66 차프 함장.

그리고 사령관이 U-109에게 "블라이히로트 함장은 전과를 보고하라"고 지시했다.

함장은 전문을 읽으면서 순간적으로 표정이 바뀌었고 아무 말 없이 함교로 올라가버렸다. 해가 뜰 무렵 우리는 케이프 세이블 근해에서 표류하고 있었다. 바로 그때 화물선 1척이 항해등을 점등한 채 접근했다. 화물선이 우리의 함수를 통과할 때 어뢰 1발을 발사했다. 이번에는 어뢰가 정상적으로 주행했으나 화물선이 갑자기 침로를 바꾸어버렸다.

"젠장!"

함장이 소리쳤다. 나는 고개를 끄덕였다.

"함미 쪽으로 빠질 것 같아."

함교에는 실망스러운 분위기가 역력했다. 우리는 최대속력으로 화물선을 추적했으나 거리는 점점 멀어지고 있었다. 나는 조종실 입구에 서서 안을 들여다보았다. 오토 페터스가 내 곁으로 왔다.

"아주 멋진 '북소리' 작전이야. 그렇게 생각하지 않나? 만약 이런 상태가 계속된다면 아마 곧 어뢰가 바닥날 거야."

그는 베버 대위가 듣고 있지는 않은지 확인했다.

"그래도 집에 갈 수는 있잖아."

"맞아. 하지만 우리가 돌아가면 그들이 뭐라고 할지 생각해봤어?"

우리가 그날 저녁 본 유일한 상선은 우리에게 선미를 보여주며 유유히 사라지고 말았다. 우리는 낙심한 심정으로 보스턴, 포츠머스 및 케이프 세이블 항로의 교차점인 메인 만(Gulf of Maine)에 위치하기로 했다. 영국 국적일 것 같은 무등화 선박을 발견했으나 항공기 및 초계 중인 구축함 때문에 잠항해야 했다. 이들 두 세력은 항해등을 켜고 있었다. 우리는 피탐되지 않았지만 매우 가깝게 통과했다.

이후에 미국 함정들은 무작위로 폭뢰를 투하했고 우리는 케이프 세이블로 돌아왔다. 1월 23일, 아침 일찍 당직사관은 6,000톤급 무등화 상선을 발견했다. 우리는 상선 거리가 400야드가 될 때까지 접근한 후 어뢰 1발을 발사하여 상선 선체에 명중시켰다.

"명중이다!"

모두 소리쳤다.

SSS 안드레아스(Andreas) 43-} 20N, 66-15W. SSS.

상선이 전문을 보냈다. 상선 등록부를 찾아 그 배가 그리스 국적의 6,566톤급 상선인 것을 알았다.

"상선이 선미로부터 빠르게 침몰 중임!"

함교 당직자가 소리쳤다.

"저 낡은 목욕통 같은 배라면 별로 놀라운 일이 아니군. 그리스 선박의 반은 아마 저것처럼 썩었을 거야."

오토 페터스가 비웃었다. 몸집이 작고 조용한 조타 중사인 아르네츠베르거(Arnetzberger)는 다음 항해를 위해 브루노 페터젠 밑에서 훈련을 받고 있었다. 그가 통신실 입구에 서서 해안 기지국들의 반응을 물어보았다.

"핼리팩스가 구조 요청을 중계하고 있고 모든 해안 기지국들이 난리야."

나는 그렇게 대답했다. 마치 벌집을 쑤셔놓은 것 같았다. 우리는 주간 중에 대기했던 외해로 즉시 침로를 바꾸었다.

1월 24일, 차프, 칼스 및 하르데겐 함장은 어뢰를 전량 소모했고, 총 130,000톤의 선박을 격침시킨 후 로리앙으로 귀항하겠다고 보고했다. 하르데겐 함장은 어뢰가 없어서 함포로 상선을 격침시켰다고 적혀 있었다. 우리 함장은 매우 불쾌한 표정을 지었다. 우리는 노바스코샤 전 해역을 몇 주에 걸쳐 항해했음에도 불구하고 단 한 척의 낡은 상선을 격침시키는 데 그쳤으며 연료는 점점 줄어들었다. 그날 저녁, 우리는 야머스(Yarmouth) 근해에서 외롭게 항해하고 있었다. 사령관이 전문을 보냈다.

블라이히로트 함장, 제군들은 미국 상선 항로의 가장 좋은 지점에 위치하고 있음.

우리는 웃으면서 이 전문을 읽었다.

"사령관이 좋은 지점을 직접 보고 확인했어야 했는데……."

이틀 동안 케이프 세이블에서 연합국 상선을 찾았지만 계속 증가하는 대잠세력과 어선 이외에는 아무것도 없었다. 노바스코샤에 진저리가 난 함장은 드디어 이성을 잃고 조타사에게 낸터키트 뱅크(Nantucket Bank)가 있는 남쪽으로 항해할 것을 명령했다. 그러나 기관장이 이의를 제기했다.

"함장님! 연료가 85톤밖에 남지 않았습니다."

함장은 이 문제를 알고 있었다는 듯이 아랫입술을 깨물었다.

"상관없어. 뉴욕 근해를 돌아가는 거야. 아직 포기하기는 일러."

우리는 서서히 남쪽으로 항진했고 한때는 구축함에 쫓기기도 했다. 구축함은 우리를 자기네 초계 구역 밖으로 내몰려는 듯 우리 후방에 폭뢰를 마구 투하했다. 다음날 나는 연료 문제를 걱정하고 있었다.

쉐베는 기관장이 모르는 추가 5톤의 연료를 보유하고 있었다. 이 정도의 양이면 우리가 비스케이를 지나가는 데 약간의 도움은 되겠지만 대서양을 지나갈 수는 없었다. 그때 나는 U-130의 칼스 함장이 보낸 "연료는 120톤이 남았으나 어뢰가 없어 로리앙으로 귀환한다"는 전문이 생각났다. 나는 이를 함장에게 알려주었고, 함장은 확인을 위해 통신실로 와서 전문을 다시 읽어보았다. 그는 수염을 천천히 쓰다듬으며 말했다.

"맞아! 시도해볼 만해. 사령관에게 보고하게. 칼스 함장에게 연료 120톤 보급 지원을 요청해. 우리 침로 및 위치를 조타사에게 물어서 보고하라. 우리를 어떻게 도와주는지 두고보자고."

1월 28일, 우리는 낸터키트 등대선 근처에서 지시를 기다리고 있었다. 폭풍은 우리가 빠른 속력으로 남쪽으로 가는 것을 도와주었고 대기는 약 섭씨 19도로 매우 따뜻했다. 단 2시간의 항해로 날씨가 이렇게 달라질 수 있다는 것이 놀라웠다.

사령관은 다음날 칼스 함장과 상봉하도록 지시했다. 만약 밤 10시까지 상봉하지 못할 시에는 852킬로헤르츠 주파수로 V자가 연속되는 통신신호를 보내도록 되어 있었다. 하지만 나는 개인적으로 이 방법이 특별히 마음에 들지 않았다. 다음날 아침 칼스 함장은 사령관에게 방향탐지기가 고장났다고 보고했고 필요시 자신이 송신을 하겠다고 했다.

밤이 되자 바람이 거세지고 기압은 계속 내려갔다. 정오까지 남쪽에서 폭풍이 북상 중이어서 우리는 피항을 해야 했다. 하늘은 엷은 황색이었지만 날씨가 따뜻해서 견시들은 짧은 소매를 입고 있었다. 우리는 오후 내내 잠항해 있었다. 그러나 저녁 7시경 함장은 두 가지 이유로 부상을 결심했다. 우리 위치가 정확하지 않았고, 연료 보급 상봉을 연기하고자 했다. 승조원 한 명이 통로를 향해 소리쳤다.

"함교 당직자는 따뜻하게 옷을 입을 것. 현재 북서풍이 불고 있고 진눈깨비가 내리고 있음."

나는 믿을 수 없다는 표정을 하고 있는 견시 당직자들을 보고 있었다. 폭풍은 아직도 불고 있었지만 바람 방향이 바뀌어 이제는 본토에서 바람이 불어오고 있었다.

1월 31일 폭풍이 약해지자, 아르네츠베르거는 우리의 위치를 정확히 파악할 수 있었다. 우리는 상봉점으로부터 32마일 북쪽에 위치해 있었다. 사전 협의된 대로 U-130은 통신신호를 보내기 시작했고, 우리는 38-06N, 66-44W 지점에서 정오에 상봉했다. 너울이 커서 연료 수급에 어려움이 있을 것 같았다. 4시간 후, 견시가 수평선에 연기 발견 보고를 할 때까지 연료 수급을 준비하고 있었다. 두 잠수함은 가까이 접근했고, 함장들은 함교에서 메가폰을 이용해 서로 이야기를 나누었다. 칼스 함장은 연료유와 어뢰를 교환하자고 했다. 우리 함장이 웃으면서 말했다.

"미안합니다, 함장님. 저기 보이는 상선을 쫓아가야겠습니다. 별로 오래 걸리지는 않을 겁니다."

칼스 함장은 우리 함장의 이기적인 마음을 알아차렸는지 단지 웃음만으로 대답했다.

"먼저 가서 침몰시키고 오게. 그때까지 기다리고 있겠네."

우리는 변침해서 상선을 쫓아갔다. 전속으로 추적했지만 속력이 매우 빠른 상선이어서 거리는 좀처럼 좁혀지지 않았다. 상선은 지그재그로 도망가고 있었다. 6시간 반 만에 상선 선수 쪽에 네 번이나 위치했지만 상선의 불규칙적인 변침으로 인해 공격 기회를 잃어버렸다. 아마도 내가 그날 저녁에 보낸 수많은 전문 통신신호를 눈치챈 것 같았다.

2월 1일 새벽 3시 30분경, 함장은 어뢰 3발을 발사하여 2발을(1발은 선수, 1발은 배 중앙) 명중시켰다. 피격된 상선에서 즉시 보고했다.

SSS 타코마 스타(Tacoma Star) 어뢰 피격 위치 37-33N, 69-21W.

그 후 상선은 선수부터 빠른 속도로 가라앉았다. 몇 분 후에 커다란 선체는 완전히 침몰했다. 우리는 침몰 지점에 접근했으나 견시들은 아무것도 발견할 수 없었고 소형 모터보트가 멀어지는 소리만 들을 수 있었다. 페르디난트 하겐도 수중청음기로 똑같은 소리를 들었다. 이렇게 빨리 모터보트를 운용할 수 있다는 것은 잘 훈련된 승조원들이라는 걸 의미했다.

우리는 저속으로 상봉점을 향해 항해했다. 타코마 스타는 부정확한 침몰 위치를 전송했다. 정확한 위치는 38-46N, 64-17W이었다. 함미 견시가 항해등을 켠 구명정 5척이 보인다고 보고했다. 그러나 그것이 상선의 승조원들을 마지막으로 본 것이었다.

그날 오전, 기압이 다시 떨어지면서 남쪽으로부터 바람이 불어왔다. 정오에는 커다란 파도가 일었고 다시 폭풍이 밀려왔다. 우리는 피항을 해야 했다. 이런 해상 상태에서는 연료 수급을 할 수가 없었다. 사령관은 유보트에게 전문을 보내왔다.

BE78에서 상선을 격침시킨 배는 즉시 보고하라.

나는 브루노 페터젠에게 전문을 보여주었고 그는 조종실에서 해도에 위치를 표시하며 고개를 갸웃거렸다. 아조레스 북쪽이었다.

"안톤 코리도어에 있어. 거기에서는 아무도 공격을 못 하게 되어 있어."

나는 지난번 항해 때 일어난 실바플라나를 기억했다. 그 지역은 중립국들이 유럽으로 항해할 수 있도록 국제적으로 합의된 항로였다. 조타장이 물었다.

"혹시 어느 잠수함이 보고했나?"

"아뇨. 모두들 조용히 하고 있습니다. 어쩌면 미국인들이 상선을 격침시켰을지도 모릅니다."

페터젠이 미소를 지었다.

"그렇지 않을걸. 미국인들은 우리 잠수함들을 격침시키려고 비스케이에
서 활동하고 있어. 확실히 유보트였을 거야."

통신실에 돌아오자마자 라이프링이 새로운 전문을 내게 보여주었다.

수신: 전 잠수함

발신: 사령관

내용: 45-15N, 24-04W 지점에서 독일 상선 슈프레발트(Spreewald)가 구조 요
청을 하고 있음. 독일 시각으로 저녁 5시에 어뢰 피격, 화재 동반 및 침몰 중.

유보트 몇 척이 해당 구역에서 생존자 구조를 위해 투입되었다. 저녁 7
시, U-333의 에리히 크레머(Erich Cremer) 함장이 응답했다.

안톤 코리도어의 BE78에서 상선 격침. 확실한 적 상선이었음.

이후 상선에 대한 설명과 공격 절차에 대한 긴 전문이 뒤따랐다. 모든
유보트 주파수가 쥐 죽은 듯이 조용해졌다. 우리가 실바플라나를 호위할
때 함장이 안톤 코리도어에서 아무도 어뢰 공격을 하지 않을 것이라고는
믿지 않았던 사실을 나는 기억했다.

"크레머 함장 같은 사람은 한 명이면 족해……."

크레머 함장. 자네는 독일 상선 슈프레발트를 격침시켰음.

그것이 전부였다. 불쌍한 크레머 함장. 그는 프랑스로 돌아간 후 군법회
의에서 당시 상황을 설명할 기회가 주어질 것이다.

2월 2일, 하루 종일 폭풍이 몰아쳤다. 우리 위치는 분명하지 않았고 칼스 함장이 어디에 있는지도 확실치 않았다. 저녁 6시에 함장은 칼스 함장에게 통신신호를 보내달라고 요청했다. 나는 전문을 송신할 때 평상시와 마찬가지로 함수 스테이 라인(Stay Line)**을 안테나로 사용했고 통신당직을 페르디난트 하겐에게 인계하면서 칼스 함장의 통신신호를 주목하라고 당부했다.

"방향탐지기에 물이 들어간 것 같습니다. 정확한 방향을 잡을 수가 없습니다."

하겐이 말했다. 순간 나는 안테나 분배상자를 봤다.

"페르디난트, 보조 안테나 없이 하고 있나?"

내가 묻자, 하겐은 하얗게 질린 얼굴로 벌떡 일어났다.

"젠장! 제가 함수 스테이 라인을 변경시키지 않았습니다."

"가서 식사하게. 그리고 잠 좀 자게나. 다음번 송신 때는 자네 방위가 정확한지 내가 확인하겠네."

내가 그렇게 말하자, 페르디난트 하겐이 입술을 깨물고 말했다.

"네, 알겠습니다. 하지만 제가 확인한 방향으로 4시간째 항해하고 있습니다."

브루노 페터젠은 옆에 서서 방향탐지기가 잘못되었다고 불평하고 있었다.

"만약 내가 계산한 방향이 정확하다면 우리는 예정 위치로부터 90마일이나 벗어나 있어."

하지만 그는 설마 그것이 사실이라고는 생각하지 않았다. 나는 속으로 중얼거렸다.

'아니야, 내가 잘못한 것 같아. 조타장의 항해는 정확해.'

---

4 함수 갑판과 함교탑 윗부분을 연결한 와이어로, 수중항해 중에 어망 등의 장애물에 걸리지 않도록 하기 위해 설치한 것.

전 기간 중 우리는 연료를 소모하고 있었다. 30분 후 내가 전부 스테이 라인을 보조 안테나로 사용하여 칼스 함장의 신호를 수신한 후 확실한 방향을 탐지했다. 페드디난트 하겐은 조타장 브루노 페터젠에게 반대쪽 방위를 보고했다. 우리의 항해는 연료 보급으로부터 멀어져가고 있었던 것이다. 나는 뛰는 가슴으로 조종실로 가서 고백했다. 브루노 패터젠은 해도대에 기대어 서서 나를 보고 있었다.

"조타장님이 맞았습니다. 배를 반대 방향으로 변침시켜야 합니다. 처음부터 방위가 정확하지 못했습니다."

잠시 동안 그는 할 말을 잃은 듯했다. 그는 화가 나서 연필을 해도대에 내팽개치며 소리 질렀다.

"잘한다, 히르쉬펠트! 내가 하겐에게 틀리다고 말했잖아! 이제 어떻게 하면 좋겠나?"

나는 우리를 점점 먼 방향으로 보내고 있는 디젤엔진 소리를 들었다.

"즉시 변침해야 합니다. 이 침로로 계속 항해한다면 머지않아 연료가 부족해질 것입니다."

나는 조용히 말했다. 페터젠이 고개를 끄덕였다.

"아마도 함장이 이번 일로 대단히 기뻐하실걸?"

그 후 페터젠은 해치 밑으로 내려가 당직사관에게 변침 방위를 보고했다. 그는 나를 비웃듯이 바라보며 말했다.

"지금은 자네 입장이 되고 싶지 않군. 함장님이 지금은 자고 있지만 변침하면 깰 거야."

나는 고개를 끄덕였다. 자이로 리피터[5]가 위치해 있는 구석에 2개의 겁먹은 눈이 있는 것을 보았다. 뷔스테니였다. 함수는 새로운 침로로 돌아가고 있었고, 나는 격벽문을 통해 함장실의 앞의 녹색 커튼을 바라보고 있

---

5 함정에서 침로를 전시해주는 장비.

었다. 바로 그때 함장이 말했다.

"조종실!"

뷔스테니가 일어나면서 대답했다.

"네!"

"왜 변침하지?"

뷔스테니는 구원의 손길을 바라는 듯한 손짓을 하면서 말했다.

"역방위로 변침했습니다."

잠시 침묵이 흘렀고, 결국 함장이 소리를 내질렀다.

"조타장, 보고해!"

페터젠은 나를 뚫어지게 쳐다보았다.

"자네도 같이 가는 게 좋겠군."

페터젠이 한숨을 쉬며 말했다. 나는 앞으로 가면서 온몸이 나른해지는 것을 느꼈다. 우리는 들어오라는 지시가 있을 때까지 커튼 앞에 서 있었다. 페터젠이 즉시 야간의 전파 수신 상태가 매우 불량했고 함미 안테나가 폭풍으로 인해 침수되었다고 설명했지만 함장은 듣지 않았다. 함장은 싸늘한 얼굴로 나를 쳐다보면서 중얼거렸다.

"아까운 연료!"

그리고 나를 내보냈다. 필요 없는 5시간 동안의 항해, 그리고 다시 돌아오는 데 5시간, 총 10시간을 허비했다. 오늘도 칼스 함장과 상봉하지 못했다. 함장은 칼스 함장에게 전문을 보내 140도 방향으로 우리 쪽을 향해 접근해달라고 요청했다. 내용을 암호조립기로 조립하면서 라이프링이 웃었다.

"함장이 사령관을 제쳐두고 전문을 보내기 시작했어. 지금까지 아무도 이런 일을 한 사람은 없었는데."

이 모든 사건을 묵묵히 보고만 있던 쉐베는 내 어깨를 치면서 걱정하지 말라며 나를 안심시켰다.

"이번 항해 때 많은 연료를 낭비했어. 몇 시간쯤 더 항해하는 것은 별 문제가 되지 않아. 우리는 아직도 아조레스까지 갈 연료를 보유하고 있단 말이야."

똑같은 짓을 계속하고 있었다. 해안 근처에 배를 침몰시키고 리스본까지 어선을 타고 가고, 조국에 돌아가면 다른 배를 탈 수 있었다.

나는 조타장 및 조리장과 함께 주·부식에 관한 회의를 했다. 감자는 부족했고 빵밖에 없었다. 통조림 고기는 거의 바닥났지만 세몰리나(Semolina: 파스타의 원료) 밀가루, 쌀 그리고 마카로니는 충분했다. 미국 해안으로 되돌아갈 것에 대비해 음식을 배급하기로 결정했다.

2월 3일, 오후 U-130과 상봉했다. 우리는 버뮤다 북쪽에 위치해 있었고 바람은 그다지 강하지 않았지만 배가 많이 흔들려서 연료를 이송하지 못했다. 함장 간의 메가폰 대화도 함정의 충돌 위험 때문에 못 하고 대신 수기를 써서 교신하고 있었다. 나는 칼스 함장의 인내심이 대단하다고 생각했다. 칼스 함장은 해상 상태가 양호한 해역을 찾아 남쪽으로 우리와 함께 항해하는 것에 동의했다. 만약 입장 바뀌었다면 우리 함장의 행동은 가히 상상할 수 있었다. 유보트 2척이 비가 내리는 나쁜 시정 속에서 남쪽으로 향했다.

2월 4일 저녁, 비가 잠시 그쳤을 때 U-130은 마스트 발견 보고를 했다. 우리 함장은 적 선박을 추적하는 것을 칼스 함장과 협의한 뒤 추적하기 시작했다. 유조선이었지만 기상 때문에 추적은 어려웠다. 하지만 일몰 이후 우리는 유조선 함수 쪽에 위치할 수 있었다. 우리는 15초 간격으로 어뢰를 2발 발사했고, 90초 후 두 번의 폭발음이 들렸다. 선박은 즉시 국제 주파수로 조난전문을 송신했다.

SSS SSS VGCY SSS 35-61W SSS.

호출 부호책에 VGCY는 11,309톤의 몬트롤라이트(Montrolite)라고 명시되어 있었다. 나는 이것을 조타장에게 말해주었고 승조원들은 기뻐했다. 드디어 대형 유조선이라니! 유조선은 즉시 침몰하지 않았다. 그러나 얼마 후 옆으로 기울어져 파도 위에 쓰러졌다. 우리는 파편 위를 돌면서 구명정이 내려지는 것을 지켜보았다.

함장은 선박의 건조회사에 대해 나에게 물어보았고, 나는 상선 등록부를 찾아 크루프 게르마니아 베르프(Krupp, Germania Werff)라고 알려주었다. 유조선의 격벽들은 매우 견고하게 제작되어 있을 것이므로 쉽게 가라앉지 않을 것이다.

일단 구명정들이 현장을 떠났을 때 상선에 접근하여 완전히 침몰시키기 위해 세 번째 어뢰를 발사했다. 세 번째의 큰 폭발음이 들리자, 몬트롤라이트는 수직으로 서서 선미부터 침몰했다. 마지막 위치는 35-38N, 60-20W였다. 우리는 남쪽으로 변침했고, 함장은 사령관에게 보고했다.

연료 부족으로 인해 해안선 작전이 불가함. 2월 3일 이후 칼스 함장과 상봉, 기상으로 인해 연료 수급 불가. 연료 잔량 58톤, 칼스 함장 아침 7시 통신신호 송신, 블라이히로트 함장.

아침에 칼스 함장과 상봉했다. 그는 자신의 도움 없이는 수행할 수 없었던 우리의 전과를 크게 축하해주었다. 서쪽에서 불어오는 바람은 폭풍 수준으로 거세졌으나 파도를 함미에서 받았기 때문에 두 함장은 동쪽으로 항해하면서 야간에 연료 이송을 하기로 합의했다.

일몰 직후 견시가 또다시 연기를 발견했다. 또 한 번 우리 함장의 사과를 받은 칼스 함장은 "걱정 말게. 기다릴 테니까"라고 우리를 안심시켜주었다. 쉐베는 빨간 수염을 통신실 안으로 들이밀며 말했다.

"만약 이후에 또 상선을 만나면 우리는 U-130을 타고 집으로 가야 할 거야."

"어뢰도 2발밖에 남지 않았어."

내가 대꾸하자, 쉐베가 대답했다.

"그나마 안심이 되는군."

상선에는 마스트 2개와 높다란 연돌 1개가 있었다. 매우 힘들게 10노트의 속력으로 항해하고 있었다. 파도가 높았기 때문에 베버 대위는 잠망경 심도를 유지하는 데 어려움을 겪었다. 켈러 대위는 초시계를 가지고 내가 상선의 추진기 회전수를 측정하는 것을 도와주었다. 우리는 3회의 측정 결과 상선의 속력을 8노트로 계산했다. 함장은 상선 크기를 6,000톤으로 추정했다.

어느 정도 정보가 수집된 후 함장은 발사 위치로 기동하여 2,000야드에서 어뢰를 1발 발사했다. 어뢰는 똑바로 나아갔다. 나는 수중청음기로 상선과 어뢰의 방위를 측정했다. 두 방위가 일치했다.

"아마 명중일 겁니다."

내가 말했다. 초시계는 계속 시간을 측정해나갔지만 예상했던 폭발음은 들리지 않았다. 10분 후에도 어뢰는 계속 항주하고 있었다. 상선은 현 상황을 모른 채 계속 항해하고 있었다. 나는 신음 소리를 냈다.

"배 밑으로 지나갔습니다!"

"하지만 어뢰 심도를 10피트로 맞추어놓았단 말이야!"

켈러 대위는 불만을 토해냈다.

"젠장! 이제 어뢰가 1발밖에 안 남았어."

함장은 잠망경을 내린 후 사관실에서 당직장교 3명과 함께 회의를 했다. 결국 마지막 1발을 발사하기로 결정했다. 우리는 좌현에서 평행침로로 항해했고 상선의 속력은 8.5노트로 계산되었다. 발사 정보가 사격통제장치에 입력되었고 마지막 어뢰가 발사되었다.

켈러 대위는 초시계를 가지고 시간을 측정했다. 병기사 보르샤르트는 중앙통로로 내려와 "내 일은 끝났어. 휴가나 가야겠는걸"이라고 말했다. 그러자 "원한다면 지금 배에서 내려도 돼"라고 켈러 대위가 말했다. 잠시 후, 켈러 대위는 걱정스러운 표정을 지었다. 시간이 다 되었는데도 폭발음이 들리지 않았기 때문이었다. 구조 주파수도 조용했다. 우리는 어뢰 2발을 발사했지만 모두 빗나갔고 상선은 우리가 있는지조차 알지 못했다.

함장은 믿을 수 없다는 표정으로 함교에서 내려와 통신실 입구에 서서 밝은 색깔의 테이블보를 내려다보았다. 함장은 매우 피곤해 보였다. 잠시 후 수염을 만지면서 상선이 구조 전문을 보냈냐고 물어보았고, 나는 모든 국제 주파수가 조용하다고 보고했다. 그러자 함장은 고개를 끄덕이면서 함장실로 들어가 녹색 커튼을 닫아버렸다.

곧이어 함장이 침대에 눕는 소리가 들렸다. 마우레샤트가 통신실로 내려오며 말했다.

"젠장! 히르쉬펠트, 어뢰가 배 밑으로 지나가버렸어. 저 배의 밑창이 납작하든지 아니면 우리가 어뢰를 너무 깊게 조절한 것 같아."

나는 재빨리 어깨로 녹색 커튼을 가리키며 눈치를 주었다. 이제 어떻게 할 것인지 묻자, 마우레샤트가 이렇게 속삭였다.

"아마도 함장님은 저 화물선을 그냥 놓아줄 것 같아. 나는 함포로 격침시키자고 했는데."

"그래서?"

"함장님은 시티 오브 오클랜드를 기억하라고 했어."

나는 고개를 끄덕였다.

"이 근방에는 유보트를 잡기 위한 함정이 많아."

"그래서? 지금은 달이 뜨지 않는 시기야. 우리는 가까이 접근만 하면 돼."

마우레샤트는 실망스러운 표정을 감추지 못하고 돌아가면서 말했다.

"나는 이만 잠이나 자야겠어."

잠시 후 비스만 대위의 큰 몸이 문가에 보였다.

"함장님은 어디 계신가?"

나는 녹색 커튼을 가리키며 조용히 대답했다.

"침대에 누워 계십니다."

비스만 대위는 고개를 끄덕인 후 커튼을 향해 돌아서서 숨을 가다듬었다.

"함장님, 이 화물선을 그냥 보낼 수 없습니다. 사령관께서도 아마 용서하지 않을 겁니다."

그 말이 끝나자마자 함장은 커튼을 열어젖히며 고함을 질렀다.

"자네들은 다 미쳤어!"

두 사람은 서로 얼굴을 가까이 맞대고 서 있었으나 비스만 대위도 물러설 기색을 보이지 않았다.

"좋아!"

잠시 후 함장이 계속 소리쳤다.

"자네들이 원한다면, 조종실 함포 사격 준비!"

그 후 함장은 비스만 대위에게 조용히 말했다.

"우리의 피가 자네의 머리에 떨어지길 바라네."

"함장님, 대공포를 함께 사용하시는 것이 어떤지요."

비스만 대위가 미소 지으며 말했다. 함장은 벌써 옷을 입고 있었다.

"우리가 갖고 있는 모든 포를 다 써도 좋아. 기관총도 가지고 올라가도록."

대위는 고개를 끄덕인 후 필요한 조치를 하기 위해 조종실로 향했다. 포요원이 통신실을 지나갈 때 나는 마우레샤트의 팔을 붙잡았다.

"포구 마개를 여는 걸 잊지 마!"

"히르쉬펠트, 걱정 마."

마우레샤트가 즐겁다는 듯이 웃었다. 승조원들은 조종실에서 바닥을 들어내어 탄약고를 열었고, 포 요원들은 갑판으로 올라갔다.

베르트홀트 자이델이 후갑판에서 다른 2명과 함께 3.7cm 대공포에 배치되었고, 발터 그로스와 수병 한 명은 함교탑 포대에서 20mm 포를 조작하고 있었다. 마우레샤트는 10.5cm 포 발사 준비 완료 보고를 했다. 2연장 기관총까지 함교에 배치했다. 우리는 상선을 향해 어둠 속으로 향하면서 달이 뜨기만을 기다렸다. 페르디난트는 매우 긴장하여 수염과 귀 뒤쪽을 계속 긁어대면서 말했다.

"모든 것이 다 순조롭게 풀릴까요? 아니면 함장 말이 옳을까요?"

나는 고개를 끄덕였다.

"포를 쏘자마자 알 수 있을 거야. 만약 저게 Q-Ship이면 우리 함교와 포 요원들은 몰살당할 거야. 그 후에는 통신, 기관 부사관들이 배를 몰고 귀향 항해를 하겠지."

새벽 1시 30분 정각에 함장은 발포 명령을 내렸다. 10.5cm 포가 발사될 때마다 잠수함이 크게 진동했다. 기관총도 쏘기 시작했다. 상선은 600킬로헤르츠 주파수로 구조 신호를 보내고 있었다.

RRR 핼시온(Halcyon) RRR.

"이게 뭐야?"

나는 깜짝 놀랐다.

"SSS를 보내는 것이 아니라 RRR을 송신하고 있어!"

우리는 둘 다 크게 웃었다. RRR은 군함(수상함)에 의해 공격을 받고 있다는 뜻이었다.

"저 상선이 아마도 우리를 순양함으로 착각했나봐."

나는 함교로 올라가면서 다른 승조원들에게 말했다. 나는 이 사실을 함장에게도 보고했다. 상선은 이미 불타고 있었으나 나는 타오르는 불길 속에서 상선 선미에 있는 포대에 인원이 배치되어 있는 것을 보았다.

"아직도 통신을 보내고 있는가?"

"네, 아직도 보내고 있습니다."

함장은 양손을 입 앞에 갖다대고 함수 갑판 쪽으로 몸을 내밀었다.

"마우레샤트!"

"네! 함장님."

그의 목소리는 매우 커서 기관총 소리 속에서도 들렸다.

"최대한 빨리 통신실을 부수어버려야 해. 조타실 바로 뒤에 있다."

"알겠습니다."

마우레샤트가 대답했다. 다음 포탄이 함교를 박살내버렸고 기관총이 뒤따랐다.

"상선이 계속 'RRR-34-20N, 59-16W 지점에서 포격을 당하고 있음. RRR 핼시온 포격을 당하고 있음'이라는 신호를 보냈습니다."

내가 통신실로 돌아왔을 때 페르디난트가 웃으며 말했다. 나는 아르네츠베르거에게 해도에 위치를 비교해보자고 했다. 우리는 버뮤다에 매우 가까이 있었다. 나는 터져나오는 웃음을 참으며 페르디난트에게 물었다.

"해안 기지국들은 어때?"

"모두 야단들입니다. 모두 RRR로 보고하고 있어요. 아마도 독일 수상함이 여기에서 작전을 하고 있다고 믿나봅니다."

우리 위에서는 아직도 10.5cm 함포가 만신창이가 된 상선에 포탄을 쏟아붓고 있었다. 1시간 동안 우리는 상선에 100여 발을 발사했는데도 상선은 가라앉지 않았다. 배에는 사람이 한 명도 없고 파도를 따라 표류 중이었으며 선미 쪽에는 불이 붙어 있었다. 우리가 상선 가까이 가자, 함장은 사격을 중지했다.

400야드 거리에서 함장은 다시 발포하라고 지시했다. 라이프링이 해독된 전문을 나에게 주면서 씩 웃었다.

통신감청소 보고: DD3145 위치에서 핼시온이 "나는 적 군함에 의해 공격받고 있

다"는 전문을 송신. 미 군함이 지원을 위해 버뮤다로 출항함. 사령관.

나는 전문을 함교로 가져갔다. 날이 밝아오고 있었다. 우리는 포격을 중지하고 약 40도 정도 기울어진 상선의 선미 쪽으로 한 바퀴 돌았다. 함장은 전문을 읽고 나서 말했다.

"젠장! 아직 가라앉지 않잖아!"

그 후 마우레샤트에게 소리 질렀다.

"몇 발이나 남았나?"

"20발 남았습니다, 함장님."

"준비하게. 가까이 다가갈 테니 가라앉혀버려!"

함장은 함미 쪽에도 말했다.

"자이델! 가까이 갈 테니 흘수선 쪽에 사격을 해!"

가까이 다가가보니 우리는 마치 난쟁이 같아 보였다. 건현[6]은 작은 상선에 비해 매우 높았다. 이제야 왜 어뢰가 선저를 그냥 통과했는지 알 수 있었다. 상선의 크기는 겨우 3,531톤이었고 그나마 짐조차 싣고 있지 않던 것이다.

우리는 계속 사격했다. 양쪽 현측에는 버스가 드나들 정도로 큰 구멍이 생겼다. 그러나 상선은 여전히 가라앉지 않았다. 그때 포들이 조용해졌다. 라이프링이 나를 흘끗 쳐다보았다. 내가 말했다.

"포탄을 모두 쏘았는데 상선은 아직 물 위에 떠 있군."

라이프링이 고개를 저었다.

"상선 승조원들은?"

"몰라. 아마 어둠을 틈타 도망갔겠지. 줄다리와 데빗[7] 등이 현측에 보이

---

6 수면에서 갑판까지의 높이.

7 함정에서 단정 또는 다른 물건들을 올리고 내릴 때 사용하는 장구.

거든."

나는 함교에 올라가 탄피를 모으고 있는 포 요원들을 보았다. 마우레샤트는 대원들에게 외치고 있었다.

"하나라도 물에 빠뜨리지 마! 만약 잃어버리면 하나당 10페이지에 달하는 보고서를 써야 한단 말이야."

날이 밝았고 우리는 옆에서 불타고 있는 상선을 바라보았다. 함장이 나에게 말했다.

"이제 우리는 가야 해. 버뮤다에서 출항한 지원함이 곧 도착할 테니 말일세."

이후 함장이 고개를 숙여 타수에게 침로 및 속력을 지시했다. 디젤엔진이 시동되었고 함수는 U-130이 기다리고 있는 동쪽으로 향했다. 나는 헬시온이 어떻게 될 것인가에 대해 생각했다. 미국은 그 상선을 예인하지는 못할 것이다. 하지만 아직 가라앉지 않았기 때문에 격침시켰다고 보고할 수 없고, 다만 손상을 주었다고 보고할 수밖에 없을 것이다.

U-109는 속력을 내기 시작했고 마우레샤트는 포탄 연기에 의해 검게 그을린 얼굴로 조종실에서 나왔다. 평상시와 마친가지로 그는 특별한 뉴스가 없는지 내게 물었다. 나는 고개를 저으며 그에게 되물었다.

"생존자가 있었어?"

"응. 2명이 소형 보트를 타고 도망가는 것을 봤어. 하지만 사격하느라 곧 잊어버렸지."

그는 심호흡을 하고 나서 계속 말했다.

"그런데 히르쉬펠트, 아마 내가 다른 승조원이 타고 있던 대형 구조보트를 명중시켜버렸나봐."

"어떻게 그런 일이 일어날 수 있지?"

"캄캄한 밤에 그랬어. 우리가 사격하고 있을 때 구조보트가 내려지는 것을 봤는데, 하필 그때 조준기 안으로 들어왔어."

"아마도 텅 빈 채 내려졌겠지."

그는 고개를 가로저었다.

"아니야. 내려올 때 사람이 가득 타고 있었을 거야."

그는 충격을 받은 듯했다. 그는 이 일을 영원히 잊지 못할 것이다. 마우레샤트가 슬픈 목소리로 말했다.

"그 사람들에게 미안하네."

"알아. 하지만 이게 전쟁이라는 거야. 만약 그들이 먼저 포대에 인원을 배치하고 있었으면 아마 우리를 산산조각 냈을걸."

그는 아무 말도 하지 않고 함내로 들어가려 했다. 그때 함교에서 누군가 큰 소리로 외쳤다.

"상선이 선미 쪽부터 침몰하고 있음!"

"다행이야."

마우레샤트가 말했다.

"이제야 잠 좀 잘 수 있겠군."

우리는 헬시온을 침몰시키기 위해 10.5cm 200발, 3.7cm 200발을 사용했다. 아침 8시경, 순양함 마스트를 발견하고 우리는 잠항을 했다.

수중청음기에서 빠른 속력으로 접근하는 소음이 들렸다. 함장은 잠망경을 보면서 조용히 말했다.

"제군들, 순양함이야. 아마 9,000톤쯤 될 것 같아. 순양함이 혼자 있는데 아쉽게도 우리 배에 어뢰가 한 발도 없군."

"그 미국 순양함은 있지도 않은 독일 순양함을 찾고 있습니다."

켈러 대위가 비웃으며 말했다.

미 순양함이 돌아간 후 우리는 부상하여 칼스 함장의 통신신호를 따라 동쪽으로 항해했고 해가 질 때쯤 상봉했다. 칼스 함장은 우리의 최근 전과에 대해 축하해주었고 청명한 날씨가 얼마나 계속될지 몰랐기 때문에 즉시 연료 이송을 하자고 했다. 함장은 U-130 쪽으로 접근했다. U-130

쪽으로 던짐줄[8]이 넘어갔고 그들은 그 줄을 이용해 호스를 당겼다. 그 후 우리 모두는 바람 쪽으로 침로를 잡았고 U-130은 저속으로 항해하면서 우리에게 연료를 공급하기 시작했다.

다음날 아침까지 우리가 연료유 64톤을 받은 후 연료 이송은 종료되었다. 우리가 갑판에 있는 호스와 홋줄들을 정리하는 동안, U-130은 속력을 높여 어둠 속으로 사라졌다. 우리는 연료를 아끼기 위해 디젤엔진 한 대만으로 항해했다.

2월 9일, 우리는 아조레스 북쪽에 위치해 있었다. 우리는 그제야 주식과 부식이 매우 부족하다는 것을 알았다. 왜 재고가 부족한지 이해가 되지 않았다. 우리는 10주분을 보유하고 있었고 이제 7주가 지났을 뿐이다. 그렇다고 우리가 너무 많이 먹은 것도 아니었다. 나는 행정사들이 보급품을 빼돌렸다고 생각했다. 하는 수 없이 배급을 더욱 엄격하게 해야 했다. 조리장은 이에 대해 불만이 많은 듯했다. 조리사로서 모든 것을 감당해야 했기 때문이다.

오토 페터스는 식량이 바닥났을 때 함 운용에 지장을 주지 않고 바다에 조용히 버릴 수 있는 사람들을 뽑아보자고 제안했다. 한바탕 즐거운 소동 후에 우리는 모든 병기사, 생도, 그리고 조타사인 아르네츠베르거로 결정했다. 하지만 본인들이 기분 나빠 할까봐 당사자들에게는 말해주지 않았다.

함내에 세면발이가 퍼져 함미 쪽에 거주하는 모든 승조원들이 치료해달라고 호소했는데 불행하게도 쿠프렉스가 떨어진 뒤였다. 몇 명의 승조원이 침대를 돌아가며 같이 사용했기 때문에 전염의 원인은 모포에 있던 것 같았다.

---

8 두 곳을 연결하는 굵은 밧줄을 사용하기 전에 그 밧줄을 넘기기 위해 사용하는 얇은 줄(던짐줄)을 먼저 손으로 던져 넘긴 후 그 줄에 굵은 밧줄을 묶어 상대편에서 당김.

쉐베는 속력을 약간 높여도 된다고 했다. 우리는 U-130 기관부를 속여 추가로 5톤의 연료를 더 받았지만 파도와 바람 때문에 매우 느린 속력으로 전진했다.

2월 15일 저녁, 우리는 44-17N, 23-10W 위치에 도착했다. 그곳은 U-82의 롤만(Rollmann) 소령이 우리와 동일한 침로로 항해하면서 호위 세력이 없는 선단 발견 보고를 한 곳이었다. 사령관은 계속 접촉을 유지하고자 했으나 그 후로는 1주일 이상 아무런 소식도 듣지 못했다. 함장은 그간의 전문을 다시 한 번 보면서 해도를 들여다보았다.

"히르쉬펠트, 자네 생각은 어떤가? 우리가 신호를 보내면 그들이 정확하게 위치를 산출할 수 있을까?"

"물론입니다. 1937년 제가 감청반에 있을 때 고주파 방향 탐지를 위해 대형 안테나가 필요했었습니다. 개인적으로 적 구축함에서도 할 수 있는 것 같습니다. 하지만……."

"하지만, 뭔가?"

"메켈(Meckel) 대령님은 그렇게 생각하지 않습니다. 자이델 대위가 제게 말해주었습니다. 그리고 통신 부서에서는 메켈 대령 말이 훨씬 더 영향력이 있습니다."

함장은 고개를 끄덕이며 방으로 들어가 벽에 붙여놓은 부인의 사진을 들여다보았다. 함장이 함교에 있을 때마다 나와 페르디난트는 자주 이 사진을 보곤 했다. 카를라 블라이히로트(Carla Bleichrodt)는 아름다운 여인 그 이상이었다. 부인은 남자를 자기 앞에 무릎 꿇게 만들 수 있는 여왕 같았다. 페리디난트가 부인이 뤼넨(Lünen)에서 가사를 돌보고 있다고 말해주었다. 그 사진을 자주 보았던 오토 페터스는 이렇게 말하곤 했다.

"이해할 수 없군. 이렇게 아름다운 여인이 어떻게 부패한 해군과 결혼했을까?"

다음날 아침 함장은 선임생도 브룬스에게 다시 한 번 당직사관의 기회를 주었다. 나는 자이델과 함께 함교에서 조용히 담배를 피우고 있었다. 해상 상태는 좋았지만 수평선 부근은 시정이 좋지 않았다. 자이델은 가끔씩 걱정스런 눈초리로 먼 곳을 바라보았다.

"그런데 말이야."

그는 견시 당직을 서고 있는 찬크(Zank) 수병에게 말했다.

"함장에게 시정에 대해 보고했나?"

찬크는 고개를 가로저었고 자이델은 생도에게 즉시 함장에게 보고하는 편이 좋겠다고 말했다. 아침 9시경, 짙은 안개가 밀려오기 시작하더니 정오쯤에는 시정이 100야드로 감소했다.

함장은 매우 민감했다. 함장은 육감으로 무언가를 느끼고 이미 함교로 올라오고 있는 중이었다. 이 해역에서 안개는 매우 드문 일이었다. 오후 3시에 견시가 소리쳤다.

"함수 전방 그림자 발견!"

안개가 너무 짙어 상대방 배의 함수가 어느 쪽인지도 분간할 수 없었다.

"키 왼편 전타! 우현 앞으로 전속!"

당직사관이 소리쳤다. 갑자기 거대한 상선이 우리 위를 덮치는 것처럼 보였다. 상선은 북쪽으로 항해하며 우리 배의 함수를 가로질러 가고 있었다. 우리는 변침 후 몇 분간 침로를 유지했다.

"키 오른편 전타!"

다시 한 번 명령했다. 페르디난트는 음탐기에서 ASDIC 소음을 청취하고 있었다. 그는 곧 시끄러운 추진기 소음에도 불구하고 몇 개의 ASDIC 송신을 들었다고 보고했다.

"우현에 초계함 발견!"

우리는 짙은 안개로 인해 선단 중앙에 들어와 있었던 것이다. 내가 ASDIC 장비의 접촉 내용을 보고하기 위해 함교로 올라갔을 때 함장이 말했다.

"그럴 줄 알았어. 우리가 잠항하면 곧 쫓아올 테니 잠항할 수는 없고 부상한 상태로 빠져나가는 수밖에 없겠군."

우현에 있는 초계함이 전방 경계함인 것 같아서 우리는 다시 우현으로 변침했다. 우리는 안개를 뚫고 그 초계함을 따라갔다. 갑자기 대형 상선이 보였다. 계속 우현으로 변침하고 있는데 다른 그림자가 시야에 들어왔다.

"속력 감속!"

함장이 소리쳤다. 선단의 간격은 매우 좁았고 초계함 2척과 상선 2척이 초고주파를 사용해 위치를 유지하고 있는 것 같았다.

함장은 다른 또 한 척의 초계함이 보일 때까지 계속 침로와 속력을 변경시켰다. 그것은 아마도 함미 경계함인 듯했다. 군함들이 동쪽으로 향하면서 우리의 항적을 가로질러 간 후 우리는 벗어날 수 있었다. 우리는 빠른 속력으로 남쪽으로 향했다. 함장은 계속해서 롤만 소령의 전문을 읽고 있었다.

"롤만 소령은 지금 우리가 선단을 만났던 바로 이 자리에 있었어."

함장이 말했다.

"접촉 보고를 해야 할 것 같습니다."

내가 건의하자, 함장은 나를 의아한 눈으로 쳐다보며 말했다.

"그러면 누가 덕을 보겠나? 아니야, 보고하지 말게."

나는 애초부터 함장에게서 다른 말을 기대하지는 않았다.

비스케이 근해로 접근하면서 우리는 더욱 많은 시간을 잠항하며 보냈다. 멀리서 영국 항공기가 발견하는 물체마다 폭뢰를 떨어뜨리는 소리가 계속 들려왔다. 승조원들은 느린 속력에 대해 불평을 늘어놓았다. 조타장은 그 소리를 듣기 위해 고개를 돌렸고, 나는 그가 무슨 생각을 하고 있는지 알 수 있었다.

4일 동안 우리는 로리앙으로 가기 위해 폭풍우 속에서 배의 심한 요동과 싸움을 하며 마지막 남은 연료를 사용했다. 빌지펌프[9]는 쉬지 않고 작동했다. 아무런 이유도 없이 내부 부력 탱크에 해수가 계속 차서 기관장은 트림을 맞추느라 진땀을 빼고 있었다.

우리가 일 드 크로아 근해에서 소해함을 기다리기 위해 120피트 해저에 착저했을 때 함의 용골에서 이상한 소음이 들려왔다.

1942년 2월 23일, 소해함이 우리를 케르네벨 협수로 안으로 안내했다. 전기 모터 추진으로 배는 매우 조용했다. 연료유가 바닥나 디젤엔진을 돌릴 수가 없었다. 사령관 관사 앞에서 장교들이 모자를 흔들고 지원함 이제레의 갑판에서는 군악대가 연주를 했으며, 뉴스에 내보내기 위해 우리의 입항 모습을 촬영하고 있었다.

우리가 다시 한 번 무사히 집에 돌아왔다는 것을 깨닫자, 나는 억누를 수 없는 기쁜 감정에 사로잡혔다. 드디어 계류가 완료되었다. 프랑스는 추웠다. 케로만(Keroman)의 유보트 격납고 안에서 우리는 U-109가 충실한 애완견인 양 선체를 쓰다듬어주었다.

U-109는 우리를 바다 건너에서 데려다주었고, 적의 공격을 견뎌냈으며, 고장도 나지 않았다. 수리를 위해 확인해보았을 때 자유 충수구역[10]에서 몇 개의 덮개판이 떨어져나가고 없는 것이 보였다. 뚜껑이 열려져 있는 것도 있고 케이블이 너저분하게 나와 있는 것도 있었다. 수리하는 곳에는 먼지가 가득했고 드릴 소리와 납땜하는 소리가 매우 시끄러웠다. 예상치 않게 사령관이 도착하여 우리는 면도도 하지 못하고 작업복을 입은 채로 정렬했다. 우리는 잘츠베델 군영의 정원에 서 있었고 다른 승조원 몇 명이 사령관 주위에 반원 모양으로 모여 있었다.

되니츠 사령관은 새로운 잠수함들이 미국 해안선에서 이미 작전 중이

---

9 함내 빌지에 차 있는 물을 함외로 퍼내는 펌프.

10 잠수함이 잠항할 때 해수가 들어오는 구역으로, 선체 외부에 해당하는 부분임.

고 다른 잠수함들은 카리브 해에서 초계 중이라고 말했다. 이로 인해 미국 대서양 함대는 발이 묶이고 일본군은 태평양에서 자유롭게 작전을 수행하고 있는 중이라고 덧붙였다. 사령관이 말했다.

"만약 미국 해안선의 방어가 너무 강력해지면……, 우리는 대서양으로 후퇴하여 전열을 재정비한 후 통상파괴전[11]을 실시한다. 전쟁의 결과는 여러분의 성공에 달려 있다."

나는 그 말을 듣는 순간 등골이 오싹해졌다. 우리가 이 잠수함으로 전쟁을 주도해야 한단 말인가? 우리 잠수함은 너무 느렸다. 사령관도 이것을 알 텐데. 우리는 새로운 잠수함이 필요했다. 새로운 어뢰도 필요했다. 대열이 해산한 후 오토 페터스가 옆에서 우울한 표정을 지으며 다가왔다.

"만약에 이 잠수함으로 우리가 전쟁에 이길 수 있다고 생각한다면 독일의 앞날이 별로 밝지는 않을걸."

숙소 식당에서 환영 파티가 열렸다. 구운 칠면조, 벡스(Beck's) 맥주 등 많은 술과 음식이 나왔다. 우리는 먹는 동안 아무 말도 하지 않았다. 곧 술기운이 돌았다. 오스트리아인 수병과 마우레샤트는 망아지를 갖기 원하는 아이에 대한 동요를 부르기 시작했다.

"예쁘지 않아?"

누군가가 소리쳤다. 페르디난트가 나에게 말했다.

"곧 모두 울게 생겼군요."

함장이 소리쳤다.

"마우레샤트! 언제부터 오스트리아인이 다 되었나?"

하지만 마우레샤트는 이 말을 무시했다. 결국 그들이 세 번째 노래를 시작했을 때 함장이 벌떡 일어나서 말했다.

"그만해, 동지들! 우리 스스로를 바보로 만들지 말라구! 우리는 강해져

---

11 적국에 물자를 실어 나르는 상선을 공격하여 적국의 전투수행 능력을 제거하는 것.

야 해. 야생마처럼 거칠어야 해. 유보트 정신이여 영원하라! 건배!"

우리는 번득이는 눈으로 벌떡 일어났다. 하나로 일치된 고함이 식당을 가득 메웠다.

"해결사를 위하여!"

나는 케르네벨에서 우리가 엠파이어 킹피셔를 침몰시킨 것이 인정되었다는 것을 알았다. 그 근해에 다른 잠수함은 없었고 사령관은 빗나간 어뢰가 결국에는 표적을 찾았을 것으로 판단했다. 따라서 이번 항해에서 우리의 최종 전과는 5척 침몰에 33,700톤이었다.

THE SECRET DIARY OF A U-BOAT

07

오늘은
총통 각하의 생신이다

● 1942년 3월 20일, 나는 일찌감치 휴가를 마치고 로리앙으로 돌아왔다. 독일과는 정반대로 날씨는 따뜻했지만 비가 많이 내렸다. 함부르크에서 만난 사람들 상당수가 나를 보자 놀라는 눈치였다. 그중 한 명은 비교적 솔직히 나에게 말했다.

"난 자네가 전쟁포로가 된 줄 알았어."

내가 그 이유를 묻자, 그가 매우 자신 있게 말했다.

"BBC 방송에서 들었어. U-109는 침몰되고 승조원은 모두 포로가 되었다고 말이야."

"그들이 거짓말쟁이라는 것을 이제는 자네도 알았겠구먼"

내가 코웃음치며 덧붙였다.

"그리고 그 쓰레기 같은 영국 방송을 자네처럼 믿는 사람이 몇 명이나 더 있을까?"

평소와 마찬가지로 내가 함부르크에 갔을 때 함장의 부탁으로 상파울리(St. Pauli)에 있는 한세아텐(Hanseaten)에 방문하여 매주 일요일에 만나곤 했던 옛 선원들에게 우리 함장 대신 인사를 전했다. 헤르만(Hermann), 피에닝(Piening)과 그 선원들은 우리 함장과 1926년에 마스트가 4개 달린 페킹(Peking)선을 탈 때부터 알고 있었다고 했다. 그들은 우리의 대서양 항해에 대해 듣고 싶어했고, 내가 그 무서운 겨울 폭풍 이야기를 할 때에는 모두들 이해한다는 듯이 고개를 끄덕였다. 그들은 케이프 혼(Cape Horn)을 지날 때 자주 이런 경험을 했던 것이다.

3월 10일, 우리 함장은 라디오 인터뷰를 했고 3월 14일에는 U-109가 로리앙으로 귀환하는 모습이 전국 뉴스로 보도되었다. 아나운서는 다음과 같이 말했다.

영국 방송에서 침몰되었다고 했던 블라이히로트 함장은 미국 동부 해안 초계 작전을 성공적으로 마치고 귀환했다.

U-109에 많은 변화가 왔다. 비스만 대위는 함장 과정에 입교했고, 조타장 부르노 페터젠은 장교 교육을 받기 위해 발령이 났다. 되니츠 제독은 약속을 잊지 않고 있었다. 결국 나는 전쟁이 끝날 때까지 조타장을 다시 보지 못했다.

갑판장 발터 그로스는 진급해서 신형 Type-14 유류보급 잠수함의 선임 갑판장으로 전출되었다. 그는 떠나면서 이렇게 말했다.

"만약 내가 자네들한테 기름을 줄 때는 칼스 함장에게 했던 식으로는 하지 말게. 나는 쉐베가 어떤 사람인지 알고 있단 말이야."

벡스 생도는 장교 교육을 위해 발령이 났지만 헹엔 생도는 그대로 남았다. 함장은 현재 그가 추천을 받기에는 너무 이르다고 판단했던 것이다. 제1당직장교는 바르너 비테(Warner Witte) 대위였는데, 나는 그를 소해정 근무 시절부터 알고 있었고, 그를 매우 좋아했다. 또한 우리 배에 스물한 살짜리 알베르트 하이어(Albert Heyer)라는 기관 소위가 새로 왔다. 그는 베버 대위 밑에서 항해를 한 번 한 후 다른 배의 기관장으로 발령이 나도록 되어 있었다.

영국 폭격기는 주기적으로 로리앙에 폭격을 가했고, 우리는 이 마을이 오래 견딜 것이라고는 믿지 않았다. 카르낙에 있는 유보트 의무실에서 함대 군의관인 레펠(Lepel) 박사가 나의 팔에 난 붉은 반점을 보면서 언제 처음 발견했는지 물었다.

"지난번 항해 때입니다."

내가 말했다.

"다음에 오면 다시 보지. 아마도 곰팡이균 같은데."

우리 배의 의무 담당으로서 나는 페르디난트와 함께 전단 군의관 침케(Ziemke)를 찾아가 성병 치료에 관한 최신 정보를 얻었다.

1942년 3월 25일 저녁, 우리는 이제레 함으로부터 일상적인 대규모 환송을 받고 출항했다. 함장은 회색 철갑상어 같은 우리 배가 대형 기뢰전함의 뒤를 따라 포트 루이 요새를 지나갈 때 함교에 서서 외롭게 전방을 주시하고 있었다. 그 뒤를 U-201 아달베르트 슈네(Adalbert Schnee) 함장이 따랐다. 승조원들은 사령관 관사 쪽으로 손을 흔든 뒤 함내로 들어갔다.

다음날 아침 일찍 우리는 시험잠항을 했다. 함장은 승조원들에게 음반 '뉴욕'을 틀어주라고 했다. 그런 다음 작전명령을 하달할 예정이었다. 승조원들은 음악의 의미를 알고 있었다. 미국이었다! 이번에는 플로리다 해안으로 간다.

출항 3일째, 비스케이 만에서 폭뢰 소리가 자주 들렸다. 그날 저녁에 귀환 중인 유보트는 미확인 구축함 3척 및 상륙정 10척이 프랑스 해안으로 가고 있다고 보고했다. 다음날 아침, 유보트 사령관은 다음과 같이 지시했다.

29-00W 동쪽에 있는 모든 잠수함은 BF6510으로 전속 이동하라. 오늘 저녁 생 나제르(St. Nazaire)에 영국군이 상륙했음.

함장이 나에게 통신일지를 되돌려주었다.

"별로 중요하지 않은 사건 같은데. 일단은 그냥 가보지."

"하지만 사령관님도 우리가 서경 15도를 넘지 못했다는 것을 알 텐데요."

나의 말에 함장이 미소를 지었다.

"히르쉬펠트, 만약 이것이 진짜 침공이라면 그때 돌아가면 되잖아."

그는 아버지처럼 내 어깨를 두드려주었다.

"사령부에서 곧 명령을 취소할 거야. 두고 봐."

나도 함장의 생각에 동의했다. 전 함대가 온 게 아니라 단지 배가 몇 척 온 것뿐일 것이다. 특히 연료가 중요한 비중을 차지하는 출동을 나가는 잠수함을 다시 부르는 것은 이해가 되지 않았다. 하지만 아침 6시 45분까지 취소 명령이 내려오지 않자, 함장은 배를 돌려 프랑스로 되돌아갔다. 아침 7시 43분에 사령관은 다시 전문을 보냈다.

FT0655/28 영국 구축함 및 상륙정에 의한 생 나제르 공격은 격퇴되었음. 오전에 항공정찰 예정. 추가 지시 있을 때까지 대기하라.

우리는 표류하면서 대기했다. 부사관 식당에서 보르샤르트가 말했다.

"그 위치를 사령관 관사로 쓰게 하다니! 놀랍지 않나? 적군 특공대가 와서 사령관을 암살이라도 하면 어쩌려고!"

우리는 모두 웃었지만 사실 맞는 말이었다. 1시간 후 우리는 예정 행동을 실시하라는 지시를 받았다. 우리는 비스케이 만을 통과하여 3월 31일에는 서경 160도를 지나 대양으로 나왔다고 사령관에게 보고했다. 바람이 서북서 방향으로 불었고 하늘에는 구름이 많이 끼어 있었으나 구름 사이로 푸른 하늘을 간간이 볼 수 있었다. 함장은 새로운 승조원들의 팀워크를 맞추기 위해 배치훈련을 주관했다.

점심시간에 자이델은 함교탑 하부에 서서 담배를 피우기 위해 함교에 출입 허가를 요청했다. 그 순간 자이델이 해치 사이로 폭격기를 발견하고 소리쳤다.

"항공기다!"

비테 대위는 견시들을 함내로 몰아넣고 함수가 잠항하기 시작했을 때 해치를 닫았다. 잠항이 완료되었을 때까지도 훈련인 줄 알았던 모든 승조원들은 긴장하지 않았다.

하지만 곧 함미 쪽에서 무서운 폭발음이 들렸다. 나는 침대에 누워 있다가 통신실로 뛰어갔다. 자이델이 거기에 서 있었다. 내가 놀란 표정으로 말했다.

"폭뢰 소리야."

"비행기가 떨어뜨렸어."

"잘되었군! 이제는 적 비행기까지 폭뢰를 떨어뜨리다니 말이야."

비테 대위는 아직도 숨을 몰아쉬고 있었다.

"젠장! 조금만 늦었어도 큰일날 뻔했어."

자이델이 고개를 끄덕였다.

"이번이 열세 번째 유보트 항해입니다. 하지만 이번에도 안전하게 집으로 돌아갈 것 같아 다행입니다!"

4월 1일, 바람 방향은 북서쪽으로 바뀌었고 우현 함수 쪽에서 강하게 불어오고 있었다. 산더미만한 파도가 계속 밀려왔고 우리는 4일 동안 별로 전진하지 못했다. 우리가 수상항해를 할 때는 설거지물을 절약하기 위해 냄비나 통조림 수프를 먹으며 생활했고, 폭풍을 피하기 위해 잠항항해를 할 때는 비좁은 함내에서 불편한 생활을 해야 했다.

전문을 읽고 나서 최초의 유보트 유류보급 잠수함인 U-459가 첫 출항을 했다는 사실을 알았다. 이 Type-14 유보트는 연료유를 700톤이나 싣고 다닐 수 있었다. 그달 하순에는 3척이 추가로 작전에 투입될 예정이었다. 이는 비스마르크 침몰 이후 해상 유류보급함의 부족에 대한 대책이었다. 프랑스에서 왕복 8,000마일이나 되는 적 해안에 좀 더 오래 머물 수 있도록 하기 위한 방안이기도 했다.

4월 6일, 날씨는 양호했고 맑은 하늘에서는 햇살이 내리비췄다. 우리는 현란한 색깔의 해파리떼 옆을 지나가고 있었는데 폭풍 후의 고요함으로 온 세상이 평화로워 보였다. 저녁에는 때때로 BBC 독일어 방송을 듣곤 했다. 엄격하게 금지되어 있었지만 이를 지키는 유보트 함장은 거의 없었고 내 생각에는 사령관도 이 사실을 알고 있는 것 같았다.

프로그램은 선전 위주였고 잘 짜여진 거짓 정보의 연속이었다. 가장 인기 있는 프로그램은 〈비밀 송신(Secret Transmitter) No 1〉이었다. 이 프로그램이 나오는 시간이면 함장도 통신실 옆에 앉아 귀를 기울이곤 했다. 이 방송은 "경고!(Achtung! Achtung!) 여기는 구스타프 지그프리트 1호 (Gustav Siegfried One), 대장이다!"로 시작했다.

대장은 옛 SA(Sturmabteilung: 돌격대. 나치당의 준군사조직) 지도자를 상징한다. 그는 정당 지도자와 총통 친위대를 흉내내며 조롱했지만 우리 총통을 결코 모욕하지는 않았다. 그는 어떤 분야에 대해서는 매우 상세한 정보를 가지고 있었다. 한때 그는 가장 구역질나는 인격 묘사를 하며 브레멘 시장인 뷤케(Bümke)와 폴란드 여자 어부들 사이에 벌어진 섹스 파티를 방송하기도 했다.

항상 끝에는 "동지들, 이런 일을 즉시 중단하십시오. 베를린에 있는 장관인 람머스(Lammers) 박사에게 보고하십시오. 그는 당신의 말에 귀를 기울일 것입니다!"라고 했다. 대장은 자신이 유럽 대륙에서 무선 송신기를 사용하고 있다고 주장했지만 독일 전파탐지부대는 전파 발신지가 런던이라고 했다.

4월 8일, 다시 한 번 기압이 떨어져 폭풍이 불었고 폭풍은 5일간이나 계속되었다. 높은 파도 때문에 우리는 잠항을 해야 했다. 출항하고 11일이 지났을 때, 기관 수병인 게르스트너(Gerstner)가 임질에 걸렸다고 보고했다. 함장은 이를 늦게 보고한 것에 대해 놀랐다. 그는 당직에서 열외되었고 알부치드(Albucid) 치료를 받았다.

나는 함미 쪽에서 가장 나이가 많은 칼 빌(Karl Will)에게 게르스트너가 매일 약을 복용하는지 확인하도록 했다. 하지만 내가 게르스트너를 4월 12일에 다시 보았을 때 병은 호전되지 않고 있었다. 이상했다. 예전에는 그 약의 효과가 매우 좋았었다. 나는 2단계 치료를 시작했으나 마찬가지로 실패했다.

같은 날 골트벡(Goldbeck)이 복통과 고열을 호소했다. 함장과 상의한 다음 내가 내린 결론은 맹장염이었다. 환자에게 찜질용 찬 물주머니를 주고 호전되기를 바랐다. 호전되지 않으면 내가 수술을 할 수밖에 없었다.

함장이 내게 추가 임무를 주었다. 전투일지를 타이핑하는 일이었다. 사령부 참모진들은 손으로 쓴 일지 읽는 것을 매우 힘들어했기 때문에 우리는 전투일지를 타이핑해야 했다. 블라이히로트 함장은 하르데겐 함장이 미국 해안선에서 74,837톤을 격침시켰다는 전문을 읽고 화가 잔뜩 난 모습으로 신음 소리를 냈다. 하르데겐 함장은 유조선 8척, 여객화물선과 Q-Ship 각각 1척씩을 격침시키고 폭뢰 공격 2회를 견뎌냈다고 했다.

"하필 우리 작전구역에서 말이야, 젠장! 거기 도착할 때쯤이면 상선들의 항로는 이미 변경되었겠지. 대신 적함들이 우리 배를 기다리고 있겠군."

출항 22일째 되던 날, 우리는 무풍지대에 진입했고 대공포 요원의 훈련이 있었다. 버뮤다 근해에서 정찰 중인 비행선이 있다는 보고가 있었다. 함장은 사령관에게 "임질환자 2단계 치료 불가, 귀환 중인 유보트와 상봉 및 인원이송 요청"이라고 보고했다.

4월 16일, 우리는 버뮤다 북동쪽에 위치하고 있었다. 그곳에서 우리는 회피기동도 하지 않고 동쪽으로 이동하는 소형 상선을 발견했다. 우리는 공격 침로를 취했으나 잠시 후 함장이 투덜거렸다.

"스위스 국기가 달려 있잖아!"

우리 배는 부상했고 마우레샤트와 그 동료들을 갑판 포대에 배치했다. 비테 대위가 발광으로 정선 명령과 동시에 상선 등록 서류를 가져오도록 명령했다. 그런데 이 명령이 명확하게 전달되지 않은 듯했다. 상선의 선수가 우리를 향했고 선미에서는 커다란 물줄기가 일었다.

우리가 선수를 가로질러 기관총을 발사한 후에야 상선은 정지했다. 상선에서 구명보트를 내려 우리에게 오기까지 1시간이나 걸렸다. 상선의 1등 항해사가 배 위로 올라왔다. 항해사는 전혀 스위스인 같아 보이지 않았다. 함장이 상선 항해사를 오랫동안 뚫어지게 쳐다본 후 내가 적을 수 있도록 서류를 크게 읽어나갔다.

"스위스 선적 상선 칼란다(Calanda), 밀 6,420톤 적재, 뉴욕에서 제노아로 항해 중."

상선의 사관들은 모두 네덜란드인이었고 승조원은 포르투갈 및 동유럽인들로 구성되어 있었다. 함장이 물었다.

함교 복장을 착용한 블라이히로트 소령.
뒤에 페르디난트 하겐 중사가 보인다.

1942년 4월 16일 버뮤다 근해. 블라이히로트 소령과 스위스 상선 칼란다(Calanda)의 1등 항해
사가 서류를 점검하고 있다. 비테 대위가 뒤에서 내려다보고 있다.

"이 서류가 사실인가? 아니면 우리가 자네 배를 수색해야 하나?"

네덜란드인은 서류가 사실이라고 완강하게 말했다. 함장이 협박했다.

"좋아. 만약 자네가 침로를 벗어나면 침몰시켜버릴 테다."

하지만 구명보트가 상선으로 돌아가기 시작했을 때 비테 대위가 함장에게 의견을 냈다.

"거짓말입니다."

"알아. 아마 자네가 옳을 거야. 하지만 수상항해 중에는 적 항공정찰기에 발각될 위험이 높기 때문에 저 상선을 검색하러 우리 승조원을 보낼수는 없어."

함장 말이 맞았다. 함장은 상선 칼란다를 검색한 결과를 보고했고 다음날 사령관의 답신이 날아왔다.

블라이히로트 함장. 첫째, 환자 이송은 불가함. 침대에서 쉬고 1주일 후 알부치드 치료를 다시 시도하라는 군의관 의견임. 둘째, 연료 재보급 불가함.

함장은 연료 보급에 대해 화를 냈고, 다음과 같이 전투일지에 기록했다.

미국 연안에서 사용할 수 있는 연료가 20~28톤밖에 남지 않았다. 이로 인해 넓은 구역 탐색은 불가능할 것이다. 이에 따라 어뢰를 가지고 귀환해야 할지도 모른다. 매우 비생산적인 작전이다.

다음날 마우레샤트가 통신실 앞에 나타나 웃으며 말했다.

"볼프강! 생선에 대해 좀 알지? 그렇지?"

내가 고개를 끄덕이자 마우레샤트가 잔뜩 기대하는 표정으로 말을 이었다.

"날치를 먹을 수 있나?"

"물론이지. 맛이 아주 좋다네."

"정말? 좋아. 자네가 요리할 수 있도록 내가 좀 잡아다 주지."

그 말을 마치고 마우레샤트가 함교로 올라갔다. 나는 마우레샤트가 날치를 잡을 수 있으리라 생각하지 않았는데 잠시 후 그는 정말로 살아서 퍼덕이는 날치를 한아름 들고 왔다. 라이프링과 나는 매우 놀랐다.

"우와! 어떻게 잡은 거야?"

"우리 함교탑을 향해 계속 날아오고 있어. 그냥 나가서 주우면 돼."

나는 조리장을 깨우지 않고 생선을 조리실로 가지고 갔다. 우리가 막 먹으려던 순간 함장이 나타났다.

"그게 뭐지? 생선인가?"

"날치입니다. 함장님도 좀 드시겠습니까?"

마우레샤트가 웃으면서 함장에게 접시를 내밀었다. 함장은 수염을 쓰다듬으며 싱긋 웃었다.

"도저히 거절할 수 없겠는걸."

우리는 34-57N, 63-51W 위치에 있었다. 오토 페터스가 저녁을 먹으면서 말했다.

"내일모레가 총통 생신이야. 우리는 총통께 바칠 상선 하나 격침시키지 못했어. 나는 그 스위스 상선을 조용히 침몰시켰어야 했다고 생각해. 그랬어도 아무도 모를 테고, 그것 때문에 스위스가 우리에게 선전포고할 리도 없고 말이야."

1942년 4월 19일은 일요일이었고 다른 일요일과 마찬가지로 햄과 아스파라거스를 먹었다. 조리장은 오토 페터스가 승조원들에게 야채 통조림 1개씩 나누어주는 것에 대해 불만이 많다고 말했다. 내가 조리장에게 무엇 때문에 그러냐고 묻자 조리장이 볼멘소리를 했다.

"상사님! 이렇게 먹어대면 식량이 12주 동안 가질 않습니다."

"조리장, 걱정 말게. 며칠 후면 어뢰를 다 소모하게 되고 우리가 연료를 재보급받을 확률이 없으니 우리는 집으로 돌아가게 될걸세."

이 말을 듣자 조리장은 좀 진정하는 것 같았다.

사령관은 작전 중인 모든 잠수함에게 전과를 보고하라는 긴급 전문을 보냈다. 4월 20일, 총통 생일날 특별 발표가 있을 것임은 당연했다. 우리가 전과를 보고하라는 지시를 받았는데 파리에 있는 사령관은 우리가 이미 작전구역에 도착했을 거라고 믿는 것 같았다. 함장은 화가 나서 통신일지를 덮어버렸다.

4월 20일 자정, 우리는 버뮤다 북방에 위치해 있었다. 함장은 개인용 가방에서 럼주 한 병을 꺼내서 잔 3개를 가지고 통신실로 들어왔다. 함장이 미소 지으며 말했다.

"오늘은 총통 각하의 생신이네. 그것을 기념하여 한잔하세."

함장이 나와 라이프링에게 잔을 주고 술을 가득 따랐다.

"우리는 아직 보고할 만한 전과가 없지만 걱정 없네. 안 그런가, 히르쉬펠트?"

"함장님! 보고 기한인 아침 7시가 되려면 아직 멀었습니다. 특별 발표는 정오까지는 하지 않을 것입니다."

함장이 아랫입술을 삐죽 내밀었다.

"이 근처에는 선박이 없어. 모두 연안선을 따라 항해하지."

함장은 겨드랑이에 술병을 끼고 부사관 식당이 있는 함수 쪽으로 갔다.

30분 후, 견시는 좌현 함수 쪽에서 연기를 발견했다고 보고했고, 함장은 중앙통로를 따라 돌아와서 술병을 함장 침대 밑에 넣었다.

"만약 악마를 원한다면, 히르쉬펠트, 나타나게 되어 있어. 조난 주파수를 잘 청취하게."

"알겠습니다. 다만 스위스 선적 상선이 아니기만 바랍니다."

우리는 상선을 쫓아 고속으로 항해했다. 하지만 얼마 지나지 않아 비테 대위가 불평 섞인 목소리로 말했다.

"소실했습니다."

잠수함 안에 잠시 침묵이 흘렀다.

"모두들 침착하게. 멀리 가지는 못했을 거야."

함교에서는 쌍안경으로 어둠 속을 탐색하고 있었다. 라이프링이 말했다.

"만약 이 상선을 찾지 못하면 우리는 특별 발표에 포함되지 않을 거야."

"기다려봐. 필요하다면 수중청음기를 써서라도 찾아낼 거야."

나는 긴장을 늦추지 않았다. 몇 분이 흐른 뒤 자이델이 잔뜩 흥분한 목소리를 내질렀다.

"30도 방향에 있다!"

"어디야?"

비테 대위가 서둘렀다.

"함장님, 보이십니까?"

"아니, 어두워서 잘 보이지 않는군. 자이델, 아직도 보이나?"

"아닙니다. 하지만 문이 열리고 구명복을 입은 사람이 나오는 것을 30도 방향에서 봤습니다."

상선의 예상 방위로 변침하여 중간 속력으로 항해했다. 그러자 다시 한 번 그림자가 나타났다.

"비테 대위! 다시 도망치지 못하도록 최대한 접근할 예정이네."

우리는 수상 공격 위치로 기동했고 달은 상선 뒤쪽에서 비추고 있었다. 나는 비테 대위가 거리를 외치는 소리를 들었다.

"800야드! 600야드! 어뢰 발사 준비 완료!"

오토 페터스가 조종실에서 악담을 했다.

"어뢰를 아끼고 차라리 잠수함으로 충돌해서 침몰시켜버리지!"

"어뢰 주행 중!"

어뢰 3발이 큰 소리를 내며 발사관을 떠났다.

"발사는 잘되었는데, 가까운 거리에서도 빗맞을 수 있다구!"

오토 페터스가 말했다. 기관장이 오토 페터스를 향해 얼굴을 찡그렸다. 시간이 한참 지나고 드디어 어뢰 주행 시간이 지났다. 함교에는 침묵이 계속 흘렀다. 전성관을 통해 마우레샤트가 조용히 말했다.

"명중하지 않았어, 히르쉬펠트. 독일 유보트 역사상 최초로 600야드 거리에서 어뢰 3발이 빗나갔어. 세상에……."

"히르쉬펠트, 왜 그래?"

오토 페터스가 물었다.

"빗나갔대."

"거봐! 내가 뭐랬어? 75,000마르크 날렸네!"

아르네츠베르거가 조종실로 들어왔을 때 내가 물어보았다.

"조타장, 어떻게 이런 일이 가능하지?"

조타장은 나를 힐끗 쳐다본 후에 이렇게 말했다.

"이상하지? 아마 거리를 잘못 측정했던 것 같아. 아니면 어뢰를 너무 깊게 조절했던가."

"이젠 어떡하지?"

"함미 발사관을 이용해 재공격해야지."

함은 전속으로 항진했고 커다란 물보라가 일었다. 만약 상선이 규정대로 당직을 운용했더라면 어뢰를 봤을 텐데 아무런 변화 없이 조용했다. 1시간 30분 후 다시 한 번 공격을 시도했다. 우리가 공격을 위해 저속으로 항해할 때 달은 구름 속으로 들어가버렸다. 우리는 1,000야드에서 어뢰 2발을 발사했다. 누군가 함교에서 소리를 질렀다.

"어뢰가 인광 때문에 빛이 난다!"

우리가 발사한 어뢰가 비아리츠에서 본 돌고래처럼 어두운 바닷속에서 빛을 내며 움직이는 것 같았다. 만약 상선의 당직자가 빨리 발견하여 조치를 취한다면 그들은 어뢰를 피할 시간이 있었다. 하지만 어뢰 발사 28초 후에는 이미 늦었다. 짧은 간격으로 두 번의 폭발음이 연속해서 들렸다. 그런데 폭발음이 의외로 컸고, 충격파가 우리 잠수함을 휩쓸었다. 내가 초시계를 놓은 바로 그 순간 폭발 충격으로 시계가 의자에서 떨어져 바닥에 나뒹굴었다.

곧이어 당황한 함교 당직자들이 함내로 뛰어 내려왔고, 함장은 "함내로! 함내로!"를 외치고 있었다. 폭발음이 연속적으로 들렸다. 우리는 놀란 눈으로 서로를 쳐다보았다. 마우레샤르트가 통신실 입구 쪽으로 다가와서 헐떡거렸다. 정말 놀란 표정이 역력했다.

"정말 무섭군, 히르쉬펠트. 무시무시하단 말이야. 상선이 완전히 분해되어버렸어."

함장이 소리쳤다.

"비테 대위는 어디 있어? 혹시 부상이라도 입었나?"

"잠망경 밑에 있습니다. 상선이 완전히 침몰했습니다."

나는 음탐실로 들어가 페르디난트로부터 청음기를 인계받았다. 침몰되는 소리와 함께 간간이 폭발음이 들려왔다. 폭발 몇 분 후에도 상선에서 날아오른 파편이 우리 갑판에 간간이 떨어졌다. 함교 당직자는 다시 함교로 올라갔다. 우리 근처에는 상선에서 떨어져나온 전등 2개만이 둥둥 떠다니고 있었다.

"도대체 뭘 싣고 있었던 거야?"

함장은 상선이 없어진 장소를 보면서 물었다.

"상선이 조난신호를 보냈나?"

"전혀 없습니다, 함장님."

함장과 갑판사관이 쌍안경으로 바다 위를 탐색했다.

"생존자를 찾을 필요가 없을 것 같네, 비테 대위. 이런 대폭발에서 살아남을 수 있는 사람은 아무도 없을걸세."

비테 대위는 쌍안경에서 눈을 떼고 고개를 끄덕이면서 말했다.

"모두 사망한 것 같습니다. 상선이 90초 만에 침몰했습니다."

함장은 청음기로 주위를 탐지하는 동안 엔진을 정지하라고 명령했다. 하지만 잠수함에서는 바람 소리밖에 들리지 않았다. 나를 바라보며 함장이 명령했다.

"사령부에 송신하라. 10,000톤급 상선 격침. 위치는……, 위치는 조타장한테 물어보게."

"하지만 상선은 그보다 훨씬 컸던 것 같습니다."

비테 대위가 끼어들었지만 함장은 고개를 저었다.

"그랬을지도 모르지. 하지만 상선의 이름을 모르니 그대로 보내게."

내가 전문 내용을 기안하고 송신 주파수를 맞추는 동안 라이프링은 방금 수신된 전문을 해독하고 있었다. 그중에는 내가 보내려는 전문 내용과 거의 유사한 전과보고 전문이 다른 유보트들에게서 사령부로 3통이나 보내졌다.

"10,000톤급 상선 격침, 위치는……."

성과가 큰 날이었다. 나는 라이프링의 미소 띤 얼굴을 바라보았다.

"통신장님, 이것 좀 보십시오."

수신: 전 잠수함
발신: 사령관
내용: 상선의 크기 추측 시 과장은 금물임. 확증할 것.

이는 전형적인 되니츠 제독의 생각이었다. 그때 함장이 통신실로 내려왔다.

"히르쉬펠트, 전문 보냈나?"

"아닙니다. 아직 못 보냈습니다."

나는 함장에게 새로 온 전문 한 뭉치를 보여주었다. 함장이 훑어보고는 입술을 깨물었다.

"우리 전과를 7,500톤으로 수정하게."

"네? 함장님! 그 상선은 10,000톤보다도 훨씬 컸습니다."

내가 항의했지만 함장은 여유 있는 웃음으로 나를 다독였다.

"오늘같이 깜깜한 밤에는 모든 게 다 커 보이는 법이지. 아무튼 별 차이 없네, 통신장. 우리가 귀환하면 사령관은 우리가 어떤 배를 격침시켰는지 이미 알고 있을 테니까. 그때 우리도 정확한 톤수를 알 수 있을 거야. 전과가 감소되는 것보다 낫지 않겠나?"

영국 선박은 운이 없었다. 만약에 갑판으로 나온 사람이 문을 열기 전에 함내에 있던 불만 껐어도 우리는 그 배를 찾지 못했을 것이다. 작은 실수로 말미암아 승조원 전원이 목숨을 잃은 것이다.

다음날 아침, 우리는 어뢰와 함포를 확인하고 배 전반을 점검했다. 며칠 후면 미국 해안에 도착하게 된다. 우리는 경미한 손상을 입은 것으로 확인되었다. 상선이 폭발하면서 커다란 쇠판이 우리 잠수함 함수 갑판에 떨어졌고, 소형 파편 자국이 몇 개 나 있었다.

아마도 이것 때문에 연료 탱크에 손상이 생겨 소량의 연료가 유출되는 것 같았다. 유출되는 곳을 찾기 위해 우리는 연료유를 탱크에서 다른 탱크로 옮겼고 비어 있는 탱크에는 모두 해수를 채움으로써 일단 기름 유출을 정지시킬 수 있었다. 하지만 저녁때 또다시 연료유가 새기 시작했다. 오토 페터스는 어딘가 경미하게 금이 생겼을 거라고 했다.

"지브롤터에 있었을 때 흘린 기름 양이 훨씬 많았잖아."

내가 그 사실을 상기시키자, 오토 페터스가 매우 놀라면서 눈을 크게 떴다.

"거기는 파도가 더 높았잖아. 이봐! 우리에겐 지금까지 행운이 따랐어. 생각해봐. 만약에 처음 발사한 어뢰 3발이 600야드에서 명중했더라면 어떻게 되었겠는가를. 그랬다면 연료 탱크에 훨씬 더 큰 구멍이 생겼을 거야. 연료 탱크가 아예 두 쪽 났을지도 모르지."

4월 23일 저녁, 우리는 케이프 룩아웃(Cape Lookout)의 수로 외곽에 있는 부이[1]를 발견했다. 그날 저녁은 매우 밝았고, 바다는 은빛으로 빛났다.

이 해역에서 모어 함장과 하르데겐 함장은 거의 100,000톤의 상선을 격침시켰다. 우리는 초조함을 달래기 위해 손을 비비면서 기다렸다. 일출이 거의 다 되었을 때까지도 우리는 남쪽 바다의 깊은 곳에 잠항해 있었다. 유출되는 기름 때문에 얕은 심도에서는 있을 수 없었기 때문이다.

내가 플로리다 초계 작전에서 기억하는 것은 함내에서 우리가 견뎌야 했던 무지막지한 더위와 다양한 종류의 수많은 초계 비행기였다. 낮에는 내부 온도가 자그마치 섭씨 45도까지 올라가 낮잠을 잘 수가 없었다. 그리고 비행기들은 항공학교에서부터 날아와 비공식적인 연안 초계를 하고 있는 것이라고 함장은 생각했던 것 같다.

일반적으로 우리는 해질녘에 부상하여 60피트 등심선을 따라 해안선 가까이 접근해서 상선들을 탐색하곤 했다. 둘째 날 저녁, 우리는 케이프 룩아웃에서 케이프 피어(Cape Fear)로 향했다. 그곳에는 아무것도 없었다.

"아주 좋은 작전구역을 또 맡았군."

함장이 한마디했다. 초저녁에 우리는 구축함을 접촉했는데 갑자기 디젤 엔진이 멈췄다. 내가 아르네츠베르거에게 이유를 묻자, 그는 이렇게 대답했다.

"이 해역은 매우 조용하다네. 그래서 몇 마일 밖에서도 엔진 소리를 들을 수 있지. 아마 구축함이 청음기로 우리를 듣고 있을 거야."

아열대 지방의 천해 작전 시에 알게 된 또 하나의 문제였다.

1942년 4월 26일, 드디어 사건이 터지고 말았다. 전날 저녁에 우리는 27피트 등심선 부근에서 해안선 가까이까지 다가갔고 적색 섬광등 2개를 찾아 케이프 피어를 해도에 기점했다. 구축함은 프라잉 팬(Frying Pan)

---

1 항만 입구 또는 암초 등에 설치된 작은 등대로, 함정이 안전하게 항해할 수 있도록 위치를 확인시켜준다.

이라 부르는 외항^2 부이 근처에서 초계 중일 것이라 생각했다. 비테와 켈러 대위는 이 구축함에 대해 매우 신경을 썼지만 함장은 피탐되지 않고 4,000야드까지 접근이 불가할 것이기 때문에 공격할 의사가 별로 없었다.

해 뜰 녘에 우리는 외해로 나왔고 수심 180피트 구역에 다다랐을 때 비상벨이 울리면서 잠망경 심도로 잠항했다. 찬크 수병이 말했다.

"구축함이 충돌 침로로 오고 있습니다. 프라잉 팬 부이 쪽에서 나타났어요. 비테 대위님은 우리 잠수함이 흘리는 연료 항적을 따라오고 있지만 아직 우리 잠수함을 발견한 것 같지 않다고 합니다."

함장은 잠망경 앞에 서서 기관장에게 심도를 정확하게 유지하라고 명령했다. 잠시 후 함장이 말했다.

"제군들! 구축함이 우리 어뢰발사관 앞으로 곧장 지나가고 있다. 그냥 가게 놔둘 순 없지. 기관장! 잠망경이 물밑에 잠기네. 심도 좀 잘 잡게! 구축함 방위는 200도에서 210도로 변경 중. 속력은 14노트."

잠시 동안 침묵이 흘렀다. 함장이 말을 이었다.

"함교, 연돌 그리고 함포가 보인다. 빠르게 다가오고 있음. 플레처급이다. 젠장! 기관장, 심도 유지 좀 잘해!"

승조원은 전투 위치에 배치되어 있었다. 보르샤르트가 통신실을 지나면서 어뢰 소리를 반드시 들어야 한다고 상기시켜주었다. 나는 수중청음기 앞에 앉아서 접근하고 있는 추진기 소리를 듣고 있었다.

"젠장! 너무 가까워. 그렇지 않아?"

내가 말하자, 라이프링이 맞장구를 쳤다.

"그리고 너무 빠르기도 합니다. 운이 좋아야 할 텐데요."

함장은 거리 800야드에서 어뢰 2발을 각각 6피트와 9피트 심도로 발사하라고 명령했다. 나는 우리가 매우 위험한 상황에 처해 있다는 것을

---

2 항구의 외곽 부분.

알고 있었지만 이렇게 짧은 공격 거리에서는 아직까지 잘못된 것이 하나도 없다고 믿고 있었다. 구축함은 빠른 속력으로 움직이기 때문에 음향으로 어뢰를 탐지할 수는 없을 것이다. 어뢰 2발을 발사하고 초시계로 시간을 측정했다. 갑자기 함장이 말했다.

"잠망경이 물속에 잠겼어. 기관장! 왜 그러는 거야?"

"심도 55피트입니다, 함장님."

기관장 베버 대위가 대답했다.

"젠장! 누가 그렇게 지시했나? 함수를 너무 일찍 내렸잖아! 잠망경 심도로 복귀해! 빨리!"

"알겠습니다. 함이 상승하고 있습니다."

기관장이 풀죽은 목소리로 보고했다. 라이프링은 의미심장한 표정으로 나를 쳐다보았다. 우리 둘은 베버 대위가 결정적인 실수를 저질렀다고 믿고 있었다. 만약 그가 첫 번째 어뢰 발사 후에 함수를 너무 빨리 내렸다면 두 번째 어뢰가 수면 위로 떠올랐을 수 있기 때문이었다.

"구축함 방위가 바뀌었습니다."

라이프링이 바짝 긴장했다. 몇 초 후에 잠망경이 수면 위로 올라온 즉시 함장이 소리를 내질렀다.

"젠장! 구축함이 곧장 이쪽으로 달려오고 있어. 심도 400피트 잡아!"

"통신장님! 우리가 잠항했을 때 이 해역 수심이 겨우 180피트였습니다.

라이프링이 침착하게 말했다. 나는 즉각 조종실로 달려가 측심기[3]를 작동시켰다. 그때 함장은 기관장에게 화를 내고 있었다.

"베버 대위! 이 바보 같은 놈! 배가 뜨고 있잖아! 잠망경이 수면 위로 1미터나 나와 있단 말이야! 내가 잠항하라고 명령했잖아!"

내 등에서는 식은땀이 흘렀다. 잠망경 뒤쪽에서 오토 페터스가 주먹으

---

3 바다 해저의 수심을 측정하는 장비.

로 자기 이마를 치고 있었다.

"베버! 빨리 잠항해! 그렇지 않으면 구축함이 우리를 들이받아버릴 거야!"

함장이 계속 소리를 질렀다. 알프레트 빈터는 해도대 앞에서 팔짱을 끼고 머리를 가로저으며 서 있었다.

"이런 바보 같은 광경은 정말 처음 보는군."

그는 기관장이 들을 수 있을 만큼 큰 목소리로 말했다. 베버 대위는 놀란 눈으로 심도계를 쳐다보았다. 그는 실수로 보상탱크에 해수를 잘못 채웠고, 그 때문에 모두가 죽을 수도 있었던 것이다. 갑자기 기관장이 마이크를 들고 소리쳤다.

"함 총원 함수로⁴!"

빈터가 비웃었다.

"완전히 삼류 코미디 같구먼."

비당직자들이 함수로 뛰어오고 있었다. 칼 빌이 지나가면서 실실 웃었다. 함미 쪽에서는 우리가 처해 있는 급박한 상황을 전혀 알지 못하고 있는 것 같았다. 함은 함수 쪽으로 기울기 시작했다. 함내에 일대 혼란이 일어났고 기관장은 또다시 함수 쪽 탱크에 물을 너무 많이 채웠다. 나는 그때 측심기를 작동시켰다. 곧바로 측심이 되었다.

"해저까지 60피트!"

기관장에게 말하자 그는 믿을 수 없다는 듯이 나를 쳐다봤다. 심도계는 이미 180피트를 가리키고 있었다. 빈터가 시큰둥하게 말했다.

"45피트 남았음"

"올라가! 빨리! 빨리! 함수 수평타를 올리란 말이야!"

---

4 함을 신속하게 잠항하도록 하기 위해 인원을 함수로 이동시켜 함수를 기울이기 위해 사용하는 조함 명령어. 소형 잠수함일수록 인원 이동에 의한 함의 기울기가 쉽게 변함.

기관장이 거의 비명을 질러댔다. 전기 추진 모터는 전속으로 돌아가고 있었다. 평평한 함수 갑판이 잠항타 역할을 했고 승조원 절반은 함수에 있었다. 함을 수평으로 유지하기에는 너무 늦었다. 배는 계속해서 내려갔다. 빈터가 앞쪽으로 수그렸다.

"꽉 잡아! 곧 해저와 부딪친다."

비테 대위와 조타장 푀터(Poetter)가 내려왔고 함장이 하부 해치를 닫았다. 그 순간 배 전체가 떨렸고 누군가가 이렇게 외쳤다.

"착저했다!"

함미가 들리면서 배는 약 −30도의 함수 트림[5]으로 멈췄다. 나는 청음기로 달려가 해저에 부딪쳐 폭발하는 어뢰의 소음을 들었다. 구축함 추진기 소음은 맨 귀로도 들을 수 있었다. 함장은 조종실과 음탐실 대원들 모두에게 말할 수 있도록 압력선체 문 가운데 서 있었다. 함장은 방금 전의 대혼란에도 불구하고 매우 침착했다.

"히르쉬펠트, 구축함의 정확한 방위를 보고하게."

240피트 해저의 폭뢰 공격을 받을 경우 살아날 가능성은 희박했다. 청음기로는 구축함이 잘 들리지 않았고 오히려 귀로 듣는 것이 더 잘 들렸다. 라이프링이 떨면서 말했다.

"방금 전에는 소리가 엄청 컸어요."

나는 지시기 조정 손잡이를 완전히 한 바퀴 돌렸다. 아직 폭뢰가 한 발도 투하되지 않았는데 벌써 장비가 고장났을 리가 있나? 나는 서둘러 함장에게 보고했다.

"구축함이 우현 함미에서 접근 중임! 정확한 방위는 알 수 없습니다. 수신감도가 너무 미약합니다!"

함장은 고개를 끄덕이며 조종실 타수에게 침로를 지시했다.

---

5 함수가 약 30도 정도 앞으로 기울어져 있는 상태.

"수직타가 말을 듣지 않습니다."

푀터가 소리쳤다.

"수평타도 말을 듣지 않습니다."

이번에는 베르트홀트 자이델이 보고했다. 나는 함장이 아랫입술을 깨무는 것을 보았다. 구축함의 추진기 소음은 매우 크게 들렸다. 모든 눈이 위로 향했다. 소음이 바로 위에까지 왔다가 좌현 쪽으로 급하게 방향을 틀어버렸다.

내가 안도의 한숨을 쉬려는 순간, 천둥 같은 소리와 함께 배가 몹시 요동쳤다. 내 머리에 청음기가 떨어졌다. 두 번째, 세 번째, 네 번째 천둥 소리가 들렸다. 우리는 머리를 손으로 에워쌌다. 거인의 주먹이 배를 때리고 있었다. 온 우주가 파괴되는 것 같은 소음이었다. 나는 숨을 쉴 수가 없었고 끝장이라고 생각했다. 여기에서 우리는 죽는 거야. 천천히 함내의 전등이 꺼졌다. 우리는 어둠 속에 서 있었다. 잠시 후 비상 전등이 작동되어 희미한 불빛이 함내를 비추었다. 하지만 천둥 소리는 계속되었다. 곧 각 구역에서 보고가 들어왔다.

"함수, 함미 손상 없음!"

놀라웠다. 물이 새는 곳이 한 곳도 없었다. 이 정도 공격을 받고도 이상이 없다니.

"양현 정지! 청음기를 제외한 모든 장비 정지!"

함장이 명령했다. 배 안은 쥐 죽은 듯이 고요해졌다. 청음실에서는 구축함의 추진기 소음을 들을 수 있었다.

"정확한 방위를 알 수 있나?"

"정확하지는 않지만 약 290도 방향입니다. 함수에 있는 수신기들 때문인 것 같습니다."

함장이 고개를 끄덕였다.

"아마도 함수가 뻘에 묻혀버렸을 거야. 그 외에는 문제 될 게 없잖아!"

비테 대위가 통신실 의자에 앉은 채로 함장에게 말했다.

"이제 어떻게 하면 좋겠습니까, 함장님? 구축함은 사라졌습니까?"

함장이 미소 지으며 그를 쳐다보았다.

"비테 대위, 구축함은 다시 올걸세. 우리는 가만히 기다리고 있어야 해. 만약 뻘물을 일으키면 폭뢰 투하 지점을 정확하게 파악할 거야."

잠시 후 정말로 구축함이 가까이 다가오고 있었다. 켈러 대위는 청음실 근처 의자에 앉아 혼자 중얼거렸다.

"젠장! 된통 걸렸구먼."

"그렇습니다. 특히 우리 배에서 기름이 새고 있다는 것을 생각하면 더욱 그렇습니다."

내가 조용히 대꾸했다. 추진기 소리는 계속 커져갔다. 함장이 질문하는 듯한 눈길을 나에게 보냈다.

"잠시 후 위를 지나갈 겁니다."

내가 보고했다. 나는 승조원들이 공포에 질린 모습으로 모여 있는 함수 침실을 힐끗 쳐다보았다.

조리장은 수염을 만지작거리고 있었다. 추진기 소리가 다시 한 번 위쪽에서 들렸다. 라이프링은 바닥에 고슴도치같이 구부린 채 누워 있었다. 우리는 숨을 죽였다.

나는 청음기 손잡이를 잡았다. 천둥과 거대한 주먹이 다시 한 번 압력선체를 파괴시키기 위해 배를 뒤흔들었다.

나는 "함내 침수 중!"이라는 외침을 예상하면서 긴장하고 있었다. 켈러 대위는 귀를 가리고 있었지만 소음이 사라지자 나에게 미소를 보냈다.

"이번에는 아주 가까웠어. 하지만 미국 폭뢰는 그린란드 근해에서 우리가 경험한 영국 폭뢰보다는 조금 약한 것 같은데?"

놀랍게도 우리 잠수함은 다시 한 번 큰 손상 없이 폭뢰 공격을 견뎌냈다. 몇몇 기기가 부서졌을 뿐이다. 잠시 후 세 번째 공격이 뒤따랐고 천둥과 충격은 조금 전 공격보다 더 강력했다. 함내 전등은 완전히 꺼졌고 배기밸브에서 해수가 누수되는 소리가 났다. 이후에 구축함은 사라져버렸다. 함장이 통신실로 와서 마이크를 들고 말했다.

"동지들! 구축함이 포기한 것 같다. 이제 우리는 해저에서 배를 띄우고 임무를 계속 수행한다. 이상!"

기관장은 함수에 있던 모든 승조원들을 함미로 보내고 추진 모터를 전속 후진으로 써서 함을 해저에서 이탈시키려고 노력했다. 승조원들은 함미로 가면서 서로를 바라보고 웃고 있었다. 인간이란 방금 처해 있던 운명의 순간을 얼마나 빨리 잊어버리는가? 하지만 배는 움직이지 않았다. 비테 대위가 내게 말했다.

"미국 동부 해안 전역에 걸쳐 깊이 파인 골짜기가 많이 있는데 어떤 과학자들은 지구의 두 번째 달이 이 지역에 충돌하여 폭발했다고도 하지!"

나는 조종실로 살짝 가보았다. 함장이 기관장의 등판을 노려보며 해도대에 기댄 채 서 있었다.

"기관장, 추진 모터를 전속 후진으로 얼마나 더 사용해야 하지?"

베버 대위 이마에 땀방울이 맺혔다. 기관장이 추진 모터를 정지시키고 돌아앉았다.

"탱크를 배수해야 합니다. 그렇지 않으면 빠져나갈 수 없을 것 같습니다."

"하지만 그렇게 되면 뻘물이 일어날걸세. 만약 위에 항공기가 있다면 우리한테 폭탄을 투하할 거야."

긴 침묵이 흘렀다. 밸브에서 계속 누수되는 소리가 들려왔다.

"벌써 추진 모터를 사용하여 뻘물을 일으켰습니다. 우리는 해저에 완전히 박혀버렸습니다. 계속 깊이 빨려 들어가고 있습니다. 여기서 빠져나가려면 탱크를 배수시켜야 합니다. 다른 방법이 없습니다."

"그렇다면 배수를 하게."

함장이 말했다.

"여기서 서서히 질식해 죽으나, 폭격당해 죽으나 별 차이는 없으니까."

오토 페터스가 밸브를 개방했다. 압축공기가 파이프를 타고 흐르는 소리가 들렸다. 다시 한 번 추진 모터를 전속 후진으로 사용했다. 비테 대위가 회의적인 눈길로 나를 바라보았다.

배는 꿈쩍도 하지 않았다. 일단 압축공기가 바닥나면 우리는 끝장이었다. 그런데 다행히 잠시 U-109가 움직이기 시작했다. 함수 쪽에서 해수가 빨려 들어가는 듯한 소리가 들리고 추진기의 후진 소리가 있은 후 배의 선저가 해저를 서서히 긁으며 빠져나왔고, 우리는 안전한 곳으로 움직였다.

우리가 해안선에서 충분히 떨어졌을 때 함을 부상시켜 함교 해치를 여는 순간 함장이 소리를 질렀다. 함교탑 전체에는 아직도 뻘이 묻어 있었다. 아마도 함수부터 함교 포대까지 뻘 속에 묻혀 있었던 모양이다. 그래서 우리 잠수함이 계속되는 폭뢰 공격에서도 살아남을 수 있었던 것 같았다. 결국 미국 폭뢰가 약해서가 아니었다.

그날 저녁 사령관이 전 잠수함에게 전문을 보냈다.

정보참모부에 따르면, 미 군함이 케이프 피어 남쪽에서 유보트를 격침시켰음.

함장이 미소 띤 얼굴로 전문을 읽어 내려갔다. 내가 웃으며 말했다.

"아마 우리를 말하고 있는 것 같습니다."

"당연히 우리밖에 없지. 우리는 이 근해에 있는 유일한 유보트거든."

함장이 계속 웃자, 켈러 대위도 따라 웃었다.

"이 사람들은 영국인들하고 다릅니다, 함장님. 우리에게 꽤 오래 붙어 있었는데요."

상쾌한 여름밤이었다. 우리는 잭슨빌(Jacksonville) 해안을 따라 항해했고, 야간 조준경을 사용해 해안가에 있는 집의 방을 들여다볼 수 있었다.

우리는 연료를 절약하기 위해 표류[6]했다. 비테 대위는 나에게 쌍안경을 건네주면서 해안가에 있는 집을 가리켰다.

"진짜 잭슨빌은 더 내륙 쪽에 있나봐. 저기는 부자 동네 같은데."

아침에 다시 잠항했을 때 나는 전투일지의 함장 의견란에 타이핑을 하고 있었다. 그런데 특히 눈에 띄는 문장이 하나 있었다.

"기관장은 심도 유지 능력이 부족하다. 기관장은 아마도 대형 유보트는 통제하지 못할 것이다."

그때 갑자기 내 목에 따뜻한 바람이 느껴졌다. 돌아다보니 기관장 베버 대위였다.

"내가 오는 소리를 못 들었나?"

베버 대위가 말했다. 기관장에게 이 내용을 읽으면 안 된다고 말하자, 그는 화가 나서 돌아가버렸다. 잠시 후 그는 함장의 의견에 대해 함장과 다투는 듯했다. 통신사들은 함장실에서 나누는 대화 내용을 모두 들을 수 있었다.

"내가 어떻게 해주기를 원하나, 베버? 내가 틀린 말을 쓴 것은 아니지 않나?"

함장이 기관장을 공박했다.

"뉴펀들랜드에서의 사건을 생각해보세. 우리의 함미가 수면 밖에 나와 꼼짝 못 하고 있었을 때 말일세. 만일 그때 항공기가 폭탄을 적재하고 있었다면 그때 이미 우리는 격침되었을 거야."

4월 27일 저녁, 우리는 사령관에게 장문의 전문을 타전했고 약 1시간 후 구축함이 나타났다. 아마도 우리의 통신을 감청한 것 같았다. 총원 함내로 내려가라는 명령 후 120피트로 잠항했다. 나는 조종실 문 앞에서 온몸이 젖어 있는 파울 푀터가 타수석에 앉아 있는 것을 보았다.

---

6 엔진을 사용하지 않고 바다 위에서 조류에 의해 둥둥 떠다니는 것.

"왜 그래?"

"함교탑에 무엇인가 끼어 있어 물이 새고 있단 말이야."

우리는 공격기동을 했으나 거리가 너무 멀었다. 우리가 부상했을 때 비테 대위는 프랑스산 비치샌들이 해치 사이에 끼어 있는 것을 발견했다. 찬크 수병이 견시 당직 때 신고 있었던 것이었다. 결국 그 수병에게는 샌들을 신지 말라는 엄한 지시가 내려졌다.

우리는 4월 28일 저녁 내내 감판에서 어뢰 5발을 함내로 이송했다. 해상 상태는 호수처럼 잔잔했고 작업을 하기에는 안성맞춤이었다. 다음날 저녁, 우리는 60피트 등심선을 따라 호첼(Hotzel) 연안에서 남쪽으로 항해하며 오른쪽으로 해안선의 밝은 불빛들을 바라다보았다. 함장은 남쪽으로 항해하는 쾌속 상선에 관심을 두고 있었지만 그 상선은 금방 우리에게서 멀어져갔다.

대낮에는 함내 온도가 45도까지 올라가 우리는 침대 위에서 땀을 비 오듯 흘려야 했다. 너무 더워서 배를 28-38N, 80-04W 지점의 200피트 심도에 착저시켜놓았다.

4월 30일 저녁, 함교에서 케이프 커내버럴(Cape Canaveral) 해안의 불빛을 식별한 직후 청음기로 수상함 한 척을 접촉했다. 대형 디젤엔진 소음이 지그재그 항해로 우리에게 다가오고 있었다. 거리 3,000야드에서 어뢰를 발사했으나 수면상으로 솟아올라 함정은 왼쪽으로 급격히 변침하여 사라져버렸다. 표적 뒤쪽에서는 소형 예인선이 남쪽으로 항해하고 있었다. 다음 어뢰는 명확한 은빛 항적을 남겼다. 시정이 양호한 고요한 여름밤에 상선이 우리와 어뢰를 보지 못했다는 것이 놀라웠으나 조난 주파수가 조용한 것을 볼 때 사실인 것 같았다. 우리는 어뢰 2발을 더 발사했다. 내가 전성관을 통해 듣고 있을 때 비테 대위가 소리쳤다.

"어뢰가 피탐되었다. 상선이 회피 중임!"

나는 청음기를 듣고 있던 페르디난트를 불렀다.

"아직 어뢰가 항주 중인가?"

"그렇습니다. 이제 거의 다 되었습니다."

잠시 후 폭발음이 들렸고 충격으로 인해 배가 요동쳤다. 우리는 선미 쪽을 명중시켰고 600킬로헤르츠 주파수로 구조 요청을 확인했다.

SSS SSS 라 파즈(La Paz) 케이프 커내버럴 근해에서 어뢰 피격. 급속히 침몰 중. SSS SSS.

나는 미국 상선 이름을 조종실에 알렸다.

"다른 어뢰는 아직 항주 중입니다."

페르디난트가 내게 알려주었다. 그때 원거리에서 또 다른 폭발음이 들려왔다. 바로 그 순간 해안 기지국들이 황급히 라 파즈의 구조 요청을 중계하기 시작했다. 나는 첫 번째보다 약한 또 하나의 신호를 접촉했다.

SSS SSS 케이프 커내버럴에서 어뢰 피격. SSS 워든(Worden) 침몰 중. SSS.

해안 기지국들은 너무 흥분한 나머지 두 번째 신호는 수신하지 못한 것 같았다. 두 번째 신호는 중계되지 않았다. 우리는 상선 등록부를 확인했다. 라 파즈, 6,548톤. 워든, 433톤 등대선.

U-109는 동쪽으로 항진했다. 라 파즈의 승조원들이 배를 떠나기 시작했다. 그러나 그들은 구명정에서 해안선을 바라볼 수가 있었기 때문에 도움이 필요하지는 않아 보였다. 함장이 나를 함교로 불렀을 때 나는 두 번째 SSS에 대해 보고했다.

"비테 대위, 들었나?"

함장이 웃으면서 말했다.

"우리는 작은 배를 보지도 못했잖아."

하지만 이 근처에는 다른 유보트가 없었기 때문에 우리의 전과가 확실했다. 소형 선박에 어뢰가 명중했던 것이다. 아마도 배는 박살이 났으리라.

"히르쉬펠트, 구조 요청이 오래 지속되었나?"

"아닙니다. 한 번뿐입니다. 두 번째 신호는 중간쯤에서 끊어졌습니다."

함장은 계속 쌍안경으로 라 파즈를 관찰하고 있었다.

"저 배는 아직 가라앉지 않았어."

수심이 50피트밖에 되지 않아 상선 선미는 해저에 닿아 있었지만 선수는 물 위에 떠 있었다.

"절대 예인해 가지 못할 것입니다."

"그러길 바라세."

비테 대위의 확신에 찬 말에 함장이 답했다.

"해 뜨기 전에 여기를 빠져나가야 해. 아마 이 해역에 대규모 수색작전이 이루어 질걸세."

통신실에서 라이프링이 메모장을 보여주었다.

"기지국들이 워든을 호출하여 위치를 묻고 있는데 응답이 없습니다."

"알았어. 그 소형 선박은 운이 없었던 거야. 우리는 그렇게 작은 등대선에게 어뢰를 낭비하는 일은 없으니까."

나는 그렇게 대답할 수밖에 없었다.

그날 저녁 우리는 케이프 커내버럴로 되돌아가기 시작했다. 그리고 5월 3일 새벽에는 함수와 함미에서 그림자 2개를 발견했다. 우리는 좀 더 자세히 보기 위해 해안선 근처에서 멀어졌다. 남쪽으로 항해 중인 상선은 대형이었고 13노트의 속력으로 항해하고 있었다. 함장은 디젤엔진 속력을 높여 추적하기 시작했다.

표적이 육지 쪽으로 변침하기 위해 호첼 연안 부이에 다다랐을 때 함장이 공격을 명령했다. 일출이 가까워지고 있는 시점에서 우리는 어뢰 2발을 발사했다.

한 번의 충격이 있었고, 이내 함교에서 불평하는 소리가 들렸다. 함수 격실에 전화가 울리고 함장의 화난 목소리가 울려 퍼졌다.

"두 번째 어뢰는 어디 있나?"

보르샤르트가 두 번째 어뢰의 추진기는 작동 중이지만 발사관에 걸려 발사되지 않았다고 설명했다. 병기사들이 나중에 결국 발사시켰지만 공격 침로와는 거리가 먼 방향이었다. 첫 번째 어뢰는 상선의 선미에 명중했고, 상선은 즉시 구조 요청을 했다.

"SSS 라…… 파즈 SSS 어뢰 피격 SSS!"

상선의 통신사들은 너무 흥분한 나머지 미친 듯이 송신을 하고 있었다. 배의 이름 부분이 점과 선으로 뭉쳐 있어 알아볼 수가 없었다. 그 신호를 중계한 육상 기지국들도 마찬가지였다. 손상을 입은 상선이 침몰하지 않아 우리는 세 번째 어뢰를 발사한 후 외해 쪽으로 항해했다.

그날 아침, 의무 관계관 회의를 진행했다. 게르스트너의 임질에 대한 세 번째 알부치드 치료는 효과가 없었다. 게르스트너는 약을 먹고 있었지만 정기적으로 맥주를 마셨다고 칼 빌이 말했다. 나는 이 말을 듣자마자 전통적인 치료 방법을 쓰기로 결심했다. 요도 주입기에 과망간산칼륨을 묻혀 집어넣는 것이었다. 블라이히로트 함장은 내 말을 듣더니 그 요법은 환자의 배출물이 더 이상 없는 것으로 보아 효과가 있는 것처럼 보이지만 사실은 임질균이 일시적으로 막에 싸여 있는 것이라고 했다. 이 정도의 상식은 유보트 함장이면 알고 있어야 했다. 이후에 로리앙에서 게르스트너는 '콜만(Kollmann)'이라는 처치를 받았는데 세부 내용은 언급하지 않는 것이 좋을 것 같다.

다음날 저녁, 우리는 해안선에 매우 가깝게 접근하여 하부 수심이 60피트밖에 남지 않은 상태에서 호첼 연안과 베스(Beth) 연안 부이를 따라 남쪽으로 항해하고 있었다.

새벽 4시경 소형 군함이 정면에서 다가오고 있는 것을 보았다. 우리가 변침하면 우리 현측이 군함에게 피탐될 수 있었기 때문에 외해 쪽으로 변침할 수가 없었다. 단 한 가지 해결책은 역침로를 잡고 회피하는 것이었다. 나는 조종실로 들어가 측심기를 작동시켰다. 해저까지의 수심은 45피트! 갑자기 미 군함 함수에 큰 파도가 생기는 것을 보고 나는 우리가 피탐되었다는 것을 알아차렸다.

우리는 디젤엔진을 최대한 작동시켜 19노트 속력으로 도망가기 시작했다. 호수 같은 해상 조건에서만 나올 수 있는 속력이었다. 결국 우리는 미 군함에게 함미를 노출시키고 말았다. 미 군함이 우리를 따라올 수 없었던 것으로 판단해볼 때 아마도 매우 낡은 군함인 것 같았다.

5월 5일, 상선 몇 척이 지나가는 것을 수중청음기를 통해 들었지만 우리의 분위기는 꽤 화기애애했다.

그날은 대형 항공기가 등화를 켠 채 접근하여 우리 위 300~900피트 상공에서 커다란 원을 그리고 있었다. 수차례에 걸쳐 바로 우리 위를 지나가기도 했다. 우리는 대공포 요원을 배치하고 이 항공기를 주시하고 있었다. 오토 페터스가 당직사관에게 물었다.

"왜 잠항하지 않습니까?"

"페터스, 하부 수심이 너무 얕다는 걸 알고 있잖아. 그리고 총통 각하 생신날 우리가 발사했던 어뢰처럼 인광으로 빛나지 않는다고 보장할 수 있나? 그러면 우리 형체를 하늘에서 알아볼 수 있을 거야."

오토 페터스는 그제야 고개를 끄덕였다.

"그래서 그냥 이렇게 초조해하고 있으면 다 되는군요."

"함장님은 항공기가 우리를 초계함인 줄 알고 있다고 생각하나봐. 어쩌면 훈련 중인 비행기일지도 몰라. 가까운 거리에 비행학교가 있거든."

바다에는 인광이 매우 많았고 우리 배는 서서히 외해 쪽으로 항해했다. 항공기는 다시 한 번 우리에게 다가왔지만 수심이 120피트라고 보고하자 함장의 걱정은 이내 사라졌다. 우리는 잠항했고 약간의 충격과 함께 모래로 된 해저에 착저했다. 우리의 야간 사냥을 망쳐버린 항공기는 마틴 (Martin) PBM I-2 수상 비행기였다. 이 훈련 조종사들은 자신의 목숨을 걸고 매우 위험한 장난을 한 것이다.

5월 6일 새벽 3시 30분경, 우리는 유조선을 발견했고 유조선이 지나가야 하는 모래 해안 외해 쪽에 사전에 위치했다. 약한 너울 위에서 우리는 표류를 하며 기다렸다. 유조선의 견시들이 우리를 발견한 듯 갑자기 육지 쪽으로 방향을 바꿔 어뢰가 빗나가버렸다. 조난 주파수는 조용했다. 해군 유조선이 아니었나 생각되었다.

나는 조종실에서 조타장 아르네츠베르거가 걱정스런 표정으로 해도대에 기대어 서 있는 것을 보았다. 조타장이 해도대를 두드리며 말했다.

"그 유조선은 좌초될 것 같아. 그리고 우리도 조심하지 않으면 똑같은 신세가 될걸?"

내가 측심기를 예열시킬 때 배는 함수 어뢰발사관을 조준하기 위해 반원을 그리고 있었다. 함교에서 물었다.

"측심기, 수심 보고하라."

"45피트입니다."

내가 즉각 대답했다. 우리 어뢰가 원거리에서 폭발했다. 갑자기 누군가가 소리쳤다.

"유조선이 좌초되었습니다. 옆으로 크게 기울었습니다."

"키 오른편 전타!"

아르네츠베르거가 짐작했던 대로 우리는 지금 얕은 수심의 해역을 전속으로 달리고 있었다.

"36피트!"

내가 소리쳤다. 조타장이 의미심장한 표정으로 나를 쳐다보았다.

"진작 여기서 빠져나갔어야 했는데."

"수심이 겨우 24피트입니다."

유조선은 적색 구조 조명탄을 마구 쏘아대기 시작했고, 곧 지나가던 비행기가 날아왔다. 25피트 등심선에서 우리는 잠항을 했다. 비테 대위는 우리 배에서 또 연료가 새고 있다고 말했다.

우리는 27-36N, 79-59W 위치의 330피트 해저에서 취침 및 휴식을 취했다. 그때 라이프링이 수중청음기에 이상한 소음이 들린다고 말했다. 구축함 3척이 상선을 호위하며 북쪽으로 항해하고 있었다. 그때 다른 소음도 들렸는데, 놀랍게도 어뢰 2발이었다. 어뢰는 몇 분간 항주하다가 2발 다 명중했다. 구축함들이 놀라 폭뢰를 투하하기 시작했다. 다행히 ASDIC은 작동하지 않고 있었다. 함장은 나를 걱정스런 눈으로 쳐다보았다. 우리의 연료 항적을 걱정하고 있던 것이다. 만약 위를 지나가던 항공기가 보는 날엔……

우리는 야간이 되어서야 부상할 수 있었다. 아직도 구축함 몇 척이 그들의 소중한 상선을 격침시킨 유보트를 찾고 있었다. 우리가 해안선 가까이 도착하자마자 견시가 최소한 10,000톤 정도 되는 유조선을 발견했다. 그러나 우리가 접근하기도 전에 구축함이 다가오고 있어 우리는 외해로 피해야 했다. 그날은 매우 깜깜했기 때문에 피탐되지는 않았다. 잠시 기다린 후 우리는 유조선의 추정 위치를 계속 탐색했으나 허사였다. 오토 페터스가 측심기에 앉아 있는 내게 다가와 걱정스럽게 말했다.

"젠장! 또 이렇게 얕은 수심에 와 있나?"

"만약 구축함이 우리와 같은 침로로 간다고 생각해봐. 위치는 우리보다 외곽에서. 그때는 그저 좌초될 수밖에 다른 방법이 없어."

"맞아 오토. 그때는 우리가 플로리다 해변에서 선탠을 하다 전쟁포로가 되었다고 수용소에서 편지를 쓰면 되겠지."

60피트 등심선을 따라 항해하면서 우리 배는 도시의 밝은 불빛 쪽에 계속 가까워지고 있었다. 내가 함교에서 바다 공기를 들이마시고 있을 때 확실히 기름 냄새가 났다. 함장이 기관장을 불러 연료유가 새고 있다고 말했다. 그러나 베버 대위는 공기 냄새를 맡으며 우리 연료가 아니라고 보고했다. 자이델도 똑같이 말했다.

"보십시오. 우리 주위에 전부 기름입니다."

"히르쉬펠트, 이 해역에서 침선 경보를 본 적이 있나?"

"아니오, 함장님. 아무도 이 해역에서 상선을 격침시켰다고 보고하지 않았습니다."

우리가 기름 위를 뚫고 지나갈 때 함장이 쌍안경으로 시커먼 해수를 관찰하고 있었다.

"우현 수면 밑으로 마스트 보임!"

자이델이 갑자기 소리쳤다. 우리 배로부터 75피트 떨어진 곳에 기울어져 있는 크레인 기둥이 보였다.

"좌현에도 있습니다!"

견시가 조용히 말했다. 나는 60피트 심도에서 침선 바로 위를 지나가고 있다고 생각하자 겁이 나서 꼼짝할 수가 없었다. 안전하게 지나갈 수 있을까? 아니면 우리 배의 선저가 닿아 찢어질 것인가?

천만다행으로 우리는 아무런 피해 없이 좌현 쪽 마스트를 빠져나와 27-22N, 80-25W에 있는 미확인 침선으로부터 멀어졌다. 함장이 한숨을 내쉬었다.

"격침된 지 오래되지 않았어. 우리는 운이 좋았던 거야. 침선으로 인해 선저가 찢어질 수도 있었어."

"하지만 구명보트로 해안까지 금방 갈 수 있겠습니다."

자이델이 웃으면서 대답했다.

우리는 고속으로 항해하며 유조선을 계속 찾아다녔다. 5월 7일 새벽 3시, 우리는 주피터 인렛(Jupiter Inlet) 등화를 발견하고 타워 2개를 이용하여 위치를 확인했다. 그때 우리 앞에 유조선이 보였다. 함장이 전속을 명령하자, 오토 페터스의 얼굴이 일그러졌다. 나는 왜 그러냐고 물었다.

"연료 때문에 걱정이 돼서 그래. 커플링 때문이야. 3일 전에 수리를 했어야 했는데."

내가 함교로 올라갔을 때 비테 대위가 나에게 속삭였다.

"저기가 팜 비치(Palm Beach)야."

해안선은 매우 가까웠다. 우리는 해변에 있는 개인 주택의 등화까지도 볼 수 있었다. 해안에는 도로가 있는 듯했다. 자동차 전조등이 많이 보였다. 배는 점점 해안선에 가까이 접근했다. 이는 유조선이 우리가 발사한 어뢰를 맞은 후에 침몰하지 않고 그나마 해저에 좌초하기 위해 해안으로 접근하는 것을 막기 위한 것이었다. 우리는 유조선이 너무 빨라 정석대로 공격 위치에 도달할 수 없었다. 우리는 정횡이라는 불리한 위치에서 어뢰를 발사해야 했고, 이것마저도 해 뜰 시간이 가까워서야 가능할 것 같았다. 자동차 전조등이 점점 더 가까이 보였다. 나는 해안선을 따라 오가는 자동차들을 보았다.

"함미 어뢰를 발사하는 것이 어떻습니까?"

비테 대위가 제안했다. 함장은 고개를 저으며 쌍안경으로 유조선을 바라보았다.

"유조선의 추진기 항적이 점점 커지고 있다."

"맞습니다, 함장님!"

비테 대위가 말했다.

"변침하고 있습니다."

"우리를 본 게 틀림없어."

함장이 중얼거렸다. 내가 함내로 들어왔을 때 오토 페터스가 말했다.

"끝장났어, 히르쉬펠트. 디젤엔진이 과열되어 커플링이 미끄러지고 있어. 현재의 속력을 유지할 수가 없어."

우리 배는 점점 처지기 시작했다. 함장은 결국 유조선을 포기했다. 함장은 말없이 함내로 들어와 침대에 누워버렸다.

"함장님, U-564가 마이애미 남쪽에 있습니다. 그 배에다 통보를 해야 하지 않을까요?"

함장이 시계를 쳐다보며 힘없이 말했다.

"좋아, 전문을 보내. 유조선 18노트 남하 중. 우리 위치를 함께 보내게."

그러고 나서 함장은 개인 공간을 구분하고 있는 녹색 커튼을 닫았다.

우리는 잠항해서 바하마 군도 쪽으로 향했다. 아침 8시 30분경, 원거리에서 날카로운 소리가 들려왔다.

"그래도 제대로 발사할 줄 아는 사람이 있었군."

오토 페터스가 입 안 가득 음식을 채운 채 말했다. 마우레샤트도 음식을 씹으면서 말했다.

"수중 공격이야."

보르샤르트가 호기심에 가득 찬 눈으로 나에게 물었다.

"여기에 우리 외에는 없는 줄 알았는데 도대체 누구야?"

"테디 주렌 함장이 틀림없어. 그 배가 우리 남쪽에 있거든. 아까도 그 배가 우리가 놓친 고속 유조선을 격침시켰을 거야."

내가 대답해주었다.

"우리가 밤새도록 쫓아다닌 그 유조선을 엉뚱한 유보트가 침몰시켰단 말이야? 아! 짜증나."

자이델이 큰 소리로 외쳤다. 7분 후에 또 한 번의 폭발음이 들렸다.

"또 명중이군."

오토 페터스는 승리감에 젖은 얼굴로 중얼거렸다.

다음날 우리는 키 웨스트(Key West) 근해를 초계하고 있었지만 상선은 전혀 보이지 않았고 상황도 좋아 보이지 않았다. 레이더 안테나를 장착한 듯한 항공기로부터 가끔씩 추적을 받아야 했다. 만약 우리에게 충분한 연료가 있었다면 함장은 아마 아루바(Aruba)로 가자고 했을 것이다. 비테 대위는 쿠바를 지나 윈드워드(Windward) 쪽으로 돌아보자고 제안했지만

75톤의 연료유로 가기에는 거리가 너무 멀었다. 우리에게는 유류 재보급 계획이 없었고 식량 또한 여유가 없었다. 따라서 무거운 마음으로 함장은 귀환하기로 결정했다.

나는 조리장과 함께 식량을 어떻게 배급해야 하는지에 대해 이야기를 나누었다. 우리에게는 충분한 양의 밀가루와 마카로니가 있었지만 아직도 4,000마일을 더 항해해야 했다.

4일 동안 우리는 연료유를 흘리며 맑은 하늘 아래서 잔잔한 바다를 항해했다. 사가소 해(Sargasso Sea) 근해에서 커다란 해초와 함께 최근에 어뢰와 함포로 격침된 듯한 선체의 파편들을 발견했다.

5월 15일, 버뮤다 서방에서 소형 비행선을 발견하고 잠항했다. 지금까지 겪어보지 못한 상황이었으므로 다음에 어떻게 할 것인지에 대해 토론이 있었다. 마우레샤트는 함포로 격추시켜버리자고 했다. 그러자 켈러 대위가 웃으며 말했다.

"주간지 제목으로 적당할 것 같은데? '독일 유보트, 미국 비행선을 격추시키다!'"

함장이 수염을 만지며 고개를 저었다.

"그 다음에 그 승조원들은 어떻게 하지? 다 익사하게 놔두어야 하나? 마우레샤트, 안 되네. 우린 식량도 부족하고 먼 길을 가야 해."

"아깝습니다. 포 요원들에게 좋은 훈련이 되었을 텐데요."

마우레샤트가 어깨를 으쓱거렸다. 우리는 2시간 후에 부상했고, 파편을 뚫고 항해했다.

우리는 소형 비행선의 보고로 우리를 찾으러 온 미국 수상 비행기 때문에 상당히 괴로웠다. 함장은 아직도 연료 걱정을 하고 있었다. 함장은 50톤만 더 있다면 카리브 해에서 작전을 하는 것도 가능할 거라고 말했다.

함장은 U-506의 뷔르데만(Wuerdemann) 함장(멕시코 만에서 52,000톤 격침)과 U-507의 샤흐트(Schacht) 함장(카리브 해에서 50,000톤 격침)의 보고를 접하고는 매우 실망했다.

5월 20일, 자정이 조금 지나 통신기를 작동하고 있을 때 내 뒤에서 인기척이 느껴졌다. 내가 돌아보았을 때 함장이 럼주 두 잔을 들고 서 있었다.

"스물여섯 번째 생일을 축하하네, 히르쉬펠트."

"감사합니다, 함장님. 저도 잊고 있었습니다."

함장이 잔을 높이 들었다.

"자네가 전쟁에서 살아남을 수 있도록 건배하세."

"함장님, 감사합니다. 함장님도 살아남으실 수 있도록 건배 드립니다."

함장은 어두운 표정으로 미소 지으며 팔 밑에 끼고 있던 병에서 다시 한 잔을 따랐다.

"히르쉬펠트, 다리 하나로는 서 있지 못한다네. 자, 건배!"

빈속에 럼주 세 잔이라! 다리가 후들거리는 것 같았다.

연료와 식량이 모자라는 유보트가 4,000마일을 항해하기 위해서는 극단의 조치가 필요했다. 완두콩, 마카로니, 밀가루 이외의 다른 음식이 필요했다.

5월 22일, 내가 함교에 올라갔을 때 마우레샤트가 말했다.

"함미 쪽을 봐. 해가 뜰 때부터 상어 세 마리가 쫓아오고 있어."

"우리가 흘리는 기름 냄새가 좋은가 보군."

내가 대꾸했다. 그때 나는 다른 유보트에서 상어를 잡았다는 이야기와 맛 또한 좋았다는 것을 기억했다.

함장은 상어잡이용 바늘을 만드는 걸 허락했고, 조리장은 마지막 남은 베이컨을 미끼로 투자하는 데 동의했다. 조리장은 함교에다 안전줄을 묶고 함미 갑판에서 미끼가 달린 바늘을 물속으로 던졌다. 상어가 미끼를 물었지만 바늘이 상어 입에 걸리지 않아 작전은 실패로 돌아갔다. 실망한 함장이 소리를 질렀다.

"조리장! 목에 바늘을 걸고 뛰어내려! 그러면 상어를 잡을 수 있을 거야!"

다음날 아침 기관총으로 만신창이가 된 구명대가 발견되었는데 나중에
보니 구명정이라고 생각했던 것은 사실 거북이었다. 우리는 대공포 요원
을 배치하고 거북을 잡기 위해 추진 모터로 접근했다.

"야! 거북 고기다!"

오토 페터스가 소리쳤다. 총소리가 있은 후 배는 거북 옆으로 다가갔다.
냄새로 판단해볼 때 사격은 불필요했던 것 같았다. 비테 대위가 어두운
눈으로 나를 바라보았다.

"스튜를 해 먹을 수밖에 없겠는데."

나는 고개를 끄덕였다.

기름은 좌현 3번 연료 탱크에 있는 파이프 파공으로 판명이 났고 이로
인해 연료 3.5톤이 손실되었다고 쉐베가 추정했다.

5월 25일, 상황이 어떠냐고 함장이 쉐베에게 물었다.

"풍향이 북서쪽이니까 비상시에는 엘 페롤(El Ferrol) 또는 비고(Vigo)까
지 갈 수 있겠습니다, 함장님."

"좋아! 스페인까지 갈 수 있단 말이지? 그렇지 못하면 우리는 아조레스
로 가야 해."

"아마 그러면 사령관님이 매우 좋아하실 겁니다."

쉐베가 웃었다. 강한 바람과 해류가 우리를 동쪽으로 밀어주었다. 파도
는 교회 종탑만큼이나 높았고 함교 당직자는 4시간 당직근무를 할 때마
다 불평을 했다. 그러나 그때마다 함장은 웃기만 했다. 쉐베가 손을 비비
며 말했다.

"확실히 엘 페롤까지는 갈 수 있어. 스페인에서 집까지는 기차를 타고
가면 되고."

"연료가 그렇게 모자라나?"

내가 묻자 쉐베는 그렇다고 대답했다.

"생각했던 것보다 파공으로 인해 손실된 양이 많아."

조리장이 나를 조리실로 불렀다.

"무엇을 준비할까요? 밀가루 음식이오? 아니면 마카로니? 하긴 어떤 것을 만들어도 승조원들은 나를 못살게 굴겠지만요."

나는 잠시 동안 그저 웃기만 했다.

"마카로니를 만들고 나머지 자몽 통조림을 모두 배식하게. 남겨서 돌아갈 필요는 없잖아?"

승조원들은 자몽을 매우 싫어했다. 조리장이 소리쳤다.

"오! 하나님! 다시는 프랑스를 못 보게 되겠구나!"

5월 29일 아침, 바람은 잔잔해졌지만 시정은 나빴다. 44-00N, 23-00W 위치에서 우리는 구축함 몇 척과 다른 그림자를 접촉하고 긴급잠항했다. 라이프링이 청음실에서 ASDIC 송신음 몇 개가 들린다고 보고했다. 함장이 명령했다.

"심심도로 잠항하라. 심도 350피트 잡아!"

"하지만 우리는 접촉 보고를 하고 접촉을 유지해야 합니다."

비테 대위가 건의했다. 그러나 함장은 고개를 저었다.

"그렇게 되면 그게 우리가 보내는 마지막 전문이 될 거야. 왜 그런가 보여주지."

그때 우리는 BE8371에 있었다.

"사령관 전문에 의하면 이 위치에 선단을 가장한 대잠세력이 있다고 경고했어. 우리는 공격을 해선 안 돼. 2월에 U-82가 이 구역에서 선단 발견 보고를 했는데 그 이후 소식이 끊겼어. 4월 15일 U-252의 레르헨(Lerchen) 함장도 킬에서 출항하다 이 구역에서 방어가 빈약한 선단을 발견했다고 보고한 다음 행방불명되었단 말이야."

"우연일 수도 있잖습니까?"

비테 대위가 말했다.

"함장님! 2월에 우리도 이 해역에서 시정 불량으로 선단을 만난 적이 있습니다."

내가 보고하자 함장이 노트를 뒤적거렸다.

"맞아! 여기 있군. 2월 16일, 시정 매우 불량. 44-17N, 23-19W 지점에서 선단 접촉. 비테 대위! 이것 보게나. 롤만 소령과 같은 위치야. 우리에게 그날 어뢰가 없었던 게 다행이야."

그 후 우리는 선단을 함미 쪽에 두고 회피했고 이 사실을 사령관에게 보고했으나 사령관은 별 관심을 보이지 않았다. 그리고 폭풍과 함미에서 받은 해류가 우리의 연료 부족분을 보상해주었기 때문에 로리앙까지 충분히 갈 수 있을 것으로 확인되었다.

사령관이 보낸 전문이 접수되었다.

수신: 전 잠수함
내용: 비스케이 만에서 주간 중에는 잠항항해할 것.

벌써부터 동쪽 수중에서 폭발음이 들려오고 있었다. 영국이 비스케이 만 상공 제공권을 장악하고 있었으므로 비스케이 만을 통과하여 로리앙으로 이동하는 것은 매우 위험했다. 사관실에서 비테 대위가 말했다.

"한때는 우리 독일에도 잘 나가는 공군이 있었지."

켈러 대위가 끄덕였다.

"문제는 괴링 장군이 해군 항공대까지 말아먹었다는 사실이야. 그들이 생각하는 건 그저 육전이고, 우리는 이대로 놔둔단 말이야."

이번 항해는 켈러 대위가 U-109를 타고 실시하는 마지막 항해였다. 로리앙으로 돌아가면 그는 함장 과정에 입교할 예정이었다. 우리는 함내 환기를 위해 부상했다. 날씨는 흐렸다. 우리가 180피트로 잠항한 후 근처에서 폭발음이 세 차례 들렸다. 함장은 통신실 입구에 서 있었다.

"항공기들이 구름을 뚫고 우리를 볼 수는 없었을 거야, 히르쉬펠트."

"그들은 레이더로 위치를 파악해 폭격했을 겁니다. 그리고 다음번엔 그들이 더욱 숙련되어 있으리라는 것을 함장님도 알았으면 좋겠습니다."

내가 그렇게 대답하자, 함장이 불만스러운 표정을 지어 보였다.

"만약에 그렇다면 야간에 수상항해하는 것이 맑은 날 주간에 하는 것보다 더욱 위험할 것 같군."

입항 48시간 전, 함수 구역에서 승조원들이 야채 통조림과 햄 통조림을 찾아냈다. 그걸로 조리장이 맛있는 수프를 만들어줘서 커피, 비스킷과 함께 먹었다. 마지막날 밤은 날씨가 매우 청명했고 루시(Lucie) 2번 부이에 있는 소해함까지 우리는 최대속력으로 항진했다. 얼마 지나지 않아 육지 냄새를 맡을 수 있었다. 우리는 녹색 나무들, 콘크리트 벙커, 폐순양함인 레겐스부르크(Regensburg)를 지나갔다. 그리고 사람들로 꽉 찬 이제레 현측에 조용히 계류했다. 군악이 연주되었고, 1942년 6월 2일 잠수함 U-109는 다섯 번째 전투 초계 임무를 무사히 마치고 귀환했다.

1942년 6월 6일, 사령관 되니츠 제독이 U-109 승조원들을 격려하기 위해 파리에서 왔다. 검은 벤츠가 잘츠베델 군영 정원에 멈추고 차 안에서 사령관이 내리자, 함장이 점검 준비 완료를 보고했다. 잠시 동안 사령관은 침통한 표정으로 우리를 바라본 채 아무 말도 하지 않았다. 잠시 후 사령관은 우리의 작전을 치하했고, 계속해서 같은 정신으로 싸우기를 바란다고 말했다.

"동지들! 독일 제국의 운명은 여러분의 성공에 달려 있다. 전쟁은 소련에서 결정되지 않는다. 다른 전장에서도 결코 결정되지 않는다. 이 전쟁은 대서양에서 결정될 것이다."

되니츠 제독이 연설을 마친 다음 U-109 부사관 4명이 호명을 받고 앞으로 나아갔다. 마우레샤트, 보르샤르트, 리프쉐어(Liebscher) 그리고 볼프강 히르쉬펠트. 사령관은 우리에게 1급 철십자훈장을 수여하고 악수를 했다. 그러나 내 마음은 무척 무거웠다. 만약 이 낡은 유보트들이 독일

Im Namen des Führers und Obersten Befehlshabers der Wehrmacht

verleihe ich

dem

Oberfunkmaaten
Wolfgang Hirschfeld

das

Eiserne Kreuz 1. Klasse.

Befehlsstelle, den 6. Juni 1942.

Dönitz

Admiral und
Befehlshaber der Unterseeboote
(Dienstgrad und Dienststellung)

의 유일한 희망이라면 우리는 전쟁에서 이미 진 것이나 다름없기 때문이
었다.

THE SECRET DIARY OF A U-BOAT

08

함장에게
오크잎 기사십자훈장이
수여되다

● 나는 3주 동안의 기가 막힌 휴가를 보낸 후에 1942년 7월 5일 로리앙으로 돌아왔다. 함부르크에서 나는 두 번의 놀라운 만남을 가졌다. 마리아 슈투아르트(Maria Stuart)에서 차라 레안더(Zarah Leander)를 보기 위해 우파 팔라체(Ufa Palace)에 있었는데, 우리와 함께 래브라도에 같이 갔던 에버하르트 호프만 중령을 극장 휴게실에서 만난 것이다. 호프만 중령은 나를 만나자마자 그 배의 통신장 직책을 제안했다. 나는 호프만 중령을 무척 높게 평가했지만 그의 제안을 웃으면서 거절했다.

그 일이 있은 바로 직후 나는 우리 배의 전임 갑판사관이었던 슈바르츠코프 소령과 우연히 만나 알스터 파빌리온(Alster Pavilion)에 맥주를 마시러 갔다. 대위에서 소령으로 진급한 모양이었다. 거기에서 그도 호프만 중령과 똑같은 제안을 했다. 그는 Type-9C 유보트인 U-520의 함장이었고 그 잠수함에는 전투 경험이 있는 통신사가 한 명도 없었다.

"하지만 소령님, 우리 함장님을 잘 아시잖아요. 절대 놓아주지 않을 겁니다. 우리 함장님은 부사관들과 기관장교들을 자물쇠로 채워놓았다구요."

하지만 슈바르츠코프 소령이 웃으며 말했다.

"나는 최근에 되니츠 사령관의 사위인 헤슬러(Hessler)와 함께 항해했네. 그를 통하면 사령관과 손쉽게 연결될 수 있어. 자네 함장이 승조원들을 영원히 붙들고 있을 수는 없네."

"그건 그렇지만요. 저는 U-109에서 발령날 때 준사관을 지원하고 싶습니다."

내가 이렇게 말하자, 슈바르츠코프 소령이 미소를 지으며 답했다.

"물론이지. 하지만 통신 준사관들도 함정 근무를 해야 할 거야. 새로운 지원 잠수함(U-Tanker)의 통신 책임자는 준사관들로 하도록 이미 결정이 된걸. 전쟁이 끝나려면 아직도 오래 걸릴 거야."

물론 그가 옳다는 것을 나는 안다. 그러나 나의 모든 육감이 그와 같이 근무하는 것을 반대하고 있었다. 결국 우리는 서로 무사하기를 빌면서 헤어졌다.

베르너 비테 대위는 함장 과정에 입교했다. 우리는 그를 매우 좋아했고, 그라면 훌륭한 지휘관이 될 수 있을 것이라고 믿었다.

그러나 나는 다시 그를 보지 못했다. 1943년 7월 15일, 마데이라 서쪽에서 비테 대위가 지휘하는 잠수함인 U-509는 미군 항공기의 폭격으로 전 승조원들과 함께 침몰했기 때문이다.

새로 온 선임대위는 예전에 어뢰정에서 근무했던 얼굴이 까무잡잡한 요아힘 슈람(Joachim Schramm) 대위였다. 새로 진급한 헬무트 브룬스(Helmut Bruns)는 두 번째 대위 겸 통신관이었다. 조타장인 빌헬름 브라츠(Wilhelm Braatz)가 세 번째 당직장교였다. 함장은 헹엔 생도를 장교로 추천했고, 기관장 베버 대위를 U-526으로 보내버렸다. 우리 배의 신임 기관장은 알베르트 하이어(Albert Heyer) 소위였다. 내가 오토 페터스에게 이 모든 변화에 대해 물어보자, 그는 이렇게 말했다.

"젊은 사람은 가르칠 수 있어. 다만 우리가 여기서 오래 근무한 부사관들과 같이 있을 수 있다면 말이야. 우리는 해낼 수 있을 거야."

알프레트 빈터가 우리의 대화를 듣고 있었다.

"이봐, 히르쉬펠트! 중요한 사실은 하이어 소위가 트림을 유지할 수 있다는 거야. 정말 대단하지 않아? 그 외에 하이어 소위가 할 수 없는 것은 우리가 대신 도와줄 수 있잖아."

페르디난트 하겐이 나중에 나에게 이런 고백을 해왔다.

"통신장님, 다음 항해를 생각하면 저는 걱정이 됩니다. 함교 당직자들이 모두 유치원 수준이잖아요."

출항 전 브리핑에서 함장은 나와 페르디난트에게 적 레이더 전파를 탐지할 수 있는 '비스케이 크로스(Biscay Cross)'라는 새로운 장비를 과학자들이 개발했지만 현재로서는 항해 시 장착이 불가능하다고 말했다. 그들은 항공기가 잠수함의 위치를 파악할 수 있다는 사실을 인정했다. 며칠 후 잠수함의 정기수리 및 도장작업이 완료되었다.

1942년 7월 18일, 일상적인 출항 행사를 마친 후 6차 전시 초계 임무 수행차 우리는 또다시 항해를 시작했다. 우리가 항해하는 동안 함장은 전방을 쓸쓸히 바라보고 있었다. 작전이 점점 더 부담스러워진다는 사실을 함장의 표정에서 읽을 수 있었다. 비스케이 만의 항공기 위협이 매우 심각했기 때문에 우리는 흐린 날을 제외하고는 완전히 잠항을 해서 통과해야 했다.

출항 3일째 정오, 우리는 축전지 충전을 위해서 약간 흐린 날씨임에도 부상을 했다. 슈람 대위는 조종실에서 함미 견시가 조금 전 우군으로 보이는 쌍발 항공기를 접촉했다는 내용을 보고했다. 하지만 잠시 후 비상벨이 울리고 우리는 디젤엔진이 작동되는 가운데 긴급잠항을 실시했다. 이것은 하이어 소위가 저지른 첫 번째 심각한 과오였다.

우리는 너무 빨리 잠항을 해서 배를 통제할 수 있을지 의심스러웠다. 페르디난트가 놀란 표정으로 나를 쳐다보았다. 180피트에서 무지막지한 천둥 소리가 있은 후 함내 전등이 서서히 꺼지기 시작했다. 하이어 소위가 트림을 막 유지했을 때 전등이 다시 들어왔다. 그때 나는 슈람 대위가 문앞에 서 있는 것을 보았다.

슈람 대위가 내게 융커스(Junkers) 88 항공기가 분명하다고 해명하는 걸로 봐서 아마도 그때 내가 그에게 의심스런 표정을 지었던 모양이다. 나는 어깨를 으쓱하며 대답했다.

"그런 종류의 비행기는 이 지역에 그리 많지 않습니다, 대위님."

우리는 비스케이 만 서쪽에서 작전 중인 적 전투함 및 초계함들 주위에서는 회피 침로로 항해했다. 그리고 얼마 안 있어 출항 후 처음으로 폭뢰 소리가 들리기 시작했다. 새로 전입한 이들은 이런 소리에 익숙해 있지 않았기 때문에 함장은 팀워크 훈련을 무의식중에서도 할 수 있을 만큼 계속 실시했다.

우리는 대서양 쪽으로 변침했고 작전명령을 기다리고 있었다. 출항 9일째 되는 날, 함은 경제속력을 유지하며 브라질 해안으로 항해하라는 명령을 받았다.

"좋아. 거기 가서는 우리 본분을 다할 수 있을지 보자구."

함장이 통신일지를 읽으면서 말했다.

"함장님, 미국 행진곡을 틀까요?"

함장은 마치 중요한 질문에 대답이라도 하듯이 나를 잠시 응시하더니 감정을 잔뜩 넣어 말했다.

"아니야! 〈탱고 볼레로(Tango Bolero)〉를 틀어. 그러면 내가 승조원들에게 목적지를 알려줄 테니."

조타장이 해도에서 우리 배의 작전구역을 나에게 알려주었다. 리우(Rio)로 들어가고 나가는 모든 상선이 거쳐야 되는 나탈(Natal) 항 주위였다. 날씨는 따뜻했고 낮은 파도 속에서 우리 배는 남쪽으로 향했다. 함내는 매우 더웠고 모든 견시는 작렬하는 태양으로 거의 화상을 입을 지경이었다. 함장은 신임 승조원들을 완전히 숙달시키기 위해 계속해서 훈련을 시켰고 우리는 점차 짜증이 나기 시작했다.

7월 31일, 사령관은 '하이(Hai) 그룹'에 속해 있던 대형 보급잠수함 Type-10B인 U-116의 폰 슈미트(von Schmidt) 함장에게 히르자커(Hirsacker) 함장과 슈뢰터(Schröter) 함장에게 연료 보급을 하라고 지시하면서 만약 연료 재고량이 15톤 이상일 때는 우리에게도 연료 보급을 하라고 지시했다. 나는 연료를 받으리라는 기대를 하지 않았지만 함장은 폰 슈미트 함장을 신사라고 말하며 결코 우리를 버리고 가지는 않을 거라고 말했다.

날씨는 이상할 정도로 더웠지만 나는 다른 사람들의 시선을 끄는 복대를 차고 있었다. 하지만 열대지방 경험이 풍부한 함장은 내 행동이 옳다고 했다. 함장은 또한 함교탑 뒤쪽에 샤워 시설을 만들었다. 4월달에 U-203

의 승조원이면서 오크잎 기사십자훈장을 받은 뮈첼부르크(Mützelburg)가 익사하는 사건이 발생해서 수영은 금지되어 있었다.

8월 1일, 사령관은 U-507의 하로 샤흐트(Harro Schacht) 함장을 브라질 해안으로 이동시켰다. 함장과 슈람 대위는 중립국 선박 식별의 어려움에 대해 토론했는데 분명치 않은 선박일 경우 함장은 공격하지 않는 것을 원칙으로 삼았다.

8월 5일, 해가 뜰 무렵 함교 당직자는 최소 20노트 속력으로 서쪽을 향해 항진하는 대형 여객선을 발견했다. 우리가 공격하기에는 너무 빠른 속력이었다. 우리는 1시간 동안 추적했지만 결국 함장은 실망스런 표정으로 함교에서 내려왔다.

"국제 주파수에 잡히는 게 있나?"

"없습니다. 조용합니다. 공격하지 못해 유감입니다."

내가 덧붙이자, 함장이 미소 지으며 말했다.

"이보게, 히르쉬펠트. 우리가 격침시킬 표적이 아니었을 거야. 저 큰 여객선에는 분명 여자와 아이들도 많이 타고 있었을걸. 그리고 여기는 사방 수백 마일 이내에 아무것도 없는 망망대해 아닌가?"

폰 슈미트 함장은 히르자커 함장과 슈뢰터 함장에게 연료 보급을 완료했고 더 이상 보급할 수 있는 연료가 없다고 사령관에게 보고했다. 우리 함장의 실망은 매우 컸다. 함장의 기대와는 달리 폰 슈미트 함장은 우리를 버린 것이다. 자이델이 말했다.

"만약 집으로 돌아갈 연료가 없으면 리우에서 항복하면 되잖아? 거기 여자들이 죽인다고 하던데……."

그날 저녁 다카르(Dakar), 카보베르데(Cape Verde)와 같은 위도에서 우리는 10노트로 북진하는 상선을 발견했다. 우리는 잠항했고 함장은 바다가 매우 잔잔했기 때문에 아주 짧은 시간 동안만 표적을 관찰했다.

"영국 무장 유조선이다. 함미에 10.5cm 함포 1문, 상부 구조물 후방에 기관총 있음."

우리는 1,000야드 이내로 접근할 때까지 기다렸다가 어뢰 2발을 발사했다. 84초 후 두 번의 날카로운 폭발음이 들려왔다.

"함수와 함미에 명중!"

잠망경을 통해 관측하던 함장이 기운차게 말했다.

"유조선이 정지했음!"

청음실에서 페르디난트가 소리쳤다.

"유조선이 우현으로 기울고 있음. 구명정 2척 하강 중. 함미 포대에 5명 배치 중. 고철 덩어리구면."

함장이 유쾌하게 말했다. 우리는 몇 분을 기다렸다. 그 후 잠망경에서 눈을 떼지 않고 있던 함장이 신음 소리를 냈다.

"반대편 격실을 충수하여 기울기를 보상했잖아! 유조선이 아직 똑바로 떠 있어. 흘수는 깊어졌지만."

몇 분이 지난 다음 함장이 입을 열었다.

"함미에 난 구멍은 매우 큰데 더 이상 가라앉지 않고 있어. 어뢰를 한 발 더 쏴야 되겠는걸."

우리는 함미 발사관 조준을 위해 서서히 반원을 그렸다. 그러나 우리가 어뢰를 발사하자마자 유조선은 즉시 전진했다. 약은 놈이었다. 유조선이 세 번째 어뢰를 피한 것이다! 함장이 화가 나서 명령했다.

"양현 앞으로 전속!"

우리가 네 번째 어뢰 공격 위치로 기동하기까지는 40분간이나 잠망경 심도에서 추적을 해야 했다. 네 번째 어뢰는 커다란 소리를 내며 함 중앙 부근에 명중했다. 유조선 함미에 있던 포대요원들은 배를 포기하는 듯했지만, 유조선은 여전히 침몰하지 않았다.

우리는 수상항해로 600야드까지 접근하여 흘수선 부분에 함포 사격을 가했다. 마우레샤트가 발사한 10.5cm 포탄 67발 중 55발을 명중시킨 후에야 비로소 유조선은 침몰하기 시작했다. 탄피를 정리하는 동안에 우리는 유조선이 침몰한 지점으로 이동했다. 승조원은 보이지 않았고 "아서 W. 시월(Arthur W. Sewall)"이라는 이름이 적혀 있는 텅 빈 구명정만이 떠 있었다. 상선 등록부에는 이 유조선이 리쇠르(Risör) 선적 6,035톤급 노르웨이 선박이라고 등록되어 있었다. 승조원들은 이미 모두 도망갔기 때문에 우리는 침몰시킨 선박의 선장을 포로로 잡으라는 사령관의 새로운 지시를 수행하지 못했다. 침몰시킨 위치는 08-28N, 34-21W였다.

그날 오후 라이프링은 사령관에게서 온 1413/8 전문을 해독했다. 내용은 프리타운 근해의 상선 활동에 주목하라는 것과 우리에게 연료 재보급은 없을 것이라는 내용이었다.

"의례적인 것 같지 않나?"

전문을 보면서 함장이 말했다. 함장은 사령관이 왜 자꾸만 작전명령을 바꾸는지 이해하지 못했다. 만약 진작에 우리에게 그런 지시를 내렸다면 우리는 아조레스에서 프리타운으로 직행하여 연료를 절약할 수 있었을 텐데 말이다. 그날 저녁 유조선 격침 보고를 하면서 함장은 로리앙으로 장문의 전문을 보냈다.

현재 위치는 ER[아마존 델타(Amazon Delta)와 리베리아(Liberia) 중간]이며 연료 재보급이 불가하므로 연료 및 기상을 고려하여 FC(브라질) 위치가 적절하다고 판단됨. 8월달 ES 및 ET(서아프리카)의 기상은 불량함. 비가 자주 내리며 상선 통행량은 극히 적음. FC에서 작전토록 건의함.

그날 저녁 우리는 열대성 소나기 속에서 항해를 했다. 바다에는 인광이 번쩍였고 무더운 남서풍이 강하게 불었다. 심한 파도로 배가 요동쳤다. 습도가 매우 높아 대부분의 빵과 감자가 상해 결국 버릴 수밖에 없었다. 사령관이 함장에게 답신을 보냈다.

U-109, ER30을 경유, 지시된 구역으로 이동할 것. 최근 당 해역에서 선단 활동이 확인되었음. FC에서는 선단 활동 확인되지 않고 있음.

육지에 있는 사람들이 항상 더 잘 아는 것같이 행동했다.

우리는 열대성 소나기 속에서 프리타운 쪽으로 방향을 바꿨다. 장교들은 브라질에서의 작전을 간절히 바랐기 때문에 사기가 많이 떨어진 듯했다.

함장의 오른쪽 눈에 눈병이 생겼다. 하지만 그는 해적같이 보일 것을 염려해서 안대를 끼는 것만큼은 거절했다. 나는 그 이유가 말도 안 된다고 생각했다. 발진은 계속 심해졌다. 나는 함장에게 안약을 주었지만 제대로 눈에 넣고 있는지 확인할 수가 없었다. 함장은 직접 약을 넣겠다고 했다.

8월 11일 우리는 카보베르데 근해에 위치해 있었는데 불량한 시정으로 인해 잠항해서 청음기로 탐색을 하고 있었다. 페르디난트는 함수 전방에서 약한 추진기 소음이 들린다고 보고했다. 내가 침대에서 나와 청음실로 갔을 때 함장은 벌써 헤드폰을 쓴 채 소리를 듣고 있었다.

"음! 배인 것 같기도 한데……. 돌고래 소리가 아니길 바라야지……. 히르쉬펠트, 자네가 한번 들어보게!"

함장이 나에게 헤드폰을 주었다. 나는 확실히 선박이라고 생각했다.

"회전수가 120인 것 같습니다."

페르디난트가 말했다.

"선박이 확실합니다."

소음은 계속 약해지고 있었다. 우리는 부상하여 17노트 소나기를 뚫고 1시간을 항해했다. 블라이히로트 함장이 물었다.

"뭐가 들리나?"

"아무 소리도 안 들립니다. 소리가 사라졌습니다."

내가 보고하자, 함장은 나와 페르디난트를 물끄러미 쳐다보았다.

"압니다. 알아요, 함장님. 청음기가 똥 같다는 말씀이시죠?"

페르디난트가 투덜거렸다.

"분명히 하자고. 나는 그런 말 안 했어. 이번에는 분명히 자네가 그렇게 말했다고, 페르디난트."

함장이 이를 드러내고 웃었다. 그럼에도 함장은 목표가 분명히 선박이라고 믿었고 우리는 동일한 방위로 계속 추적을 실시했다. 오토 페터스가 불평을 터뜨렸다.

"비 때문에 찾을 수 없을 것 같아. 연료가 유감이군!"

그날 오후 견시가 마스트를 발견했다. 우리 함장의 열정이 드디어 결실을 맺었고, 우리는 소나기를 뚫고 실질적인 추적을 시작했다. 갑자기 구름이 걷히고 신기하게도 시정이 매우 양호해졌다. 우리는 유조선이 정상적인 견시를 운용하고 있다면 피탐될 확률이 높았기 때문에 곧바로 잠항했다. 유조선은 변침했고 우리는 앞지르기 위해 축전지를 거의 다 소모하면서 수중 최대속력으로 항해했다. 함미 발사관에서 어뢰 2발을 발사했다. 2분 후 커다란 폭발음이 들려왔다.

"명중이다!"

승조원들이 흥분해서 소리쳤다.

"선미 쪽이 떨어져나갔다!"

함장이 전투일지를 적고 있는 조타장에게 말했다.

"선미 쪽에 있는 포대에는 인원이 없음. 유조선이 선미 쪽에서부터 빠르게 침몰 중!"

잠망경을 잡고 있는 함장에게 집중하느라 잠수함에는 잠시 침묵이 흘렀다.

"선미 쪽 거의 침몰했음. 승조원은 구명정에 있음. 유조선은 파도 방향으로 넘어져 있음."

우리는 구명정이 현장에서 이탈할 때까지 잠항해 있었다. 현장 확인을 위해 부상한 뒤 함교에 당직자가 배치되었을 때까지도 흘러나온 기름에 불이 붙어 유조선은 맹렬하게 타고 있었다. 검은 연기가 저녁 하늘을 타고 올라가 커다란 버섯 모양으로 퍼져나갔다. 우리는 구명정에서 유조선 선장인 노먼 로스 케어드(Norman Ross Caird)를 태우고 동쪽으로 항해했다. 그의 배는 글래스고우(Glasgow)에 등록된 5,728톤의 비메이라(Vimeira)였다. 어뢰가 선미에 명중될 때 그의 승조원 43명 중 10명이 사망했다고 했다. 격침시킨 위치는 10-03N, 28-55W였다.

이후 6일 동안 우리는 프리타운으로 향했다. 하늘에는 먹구름이 잔뜩 끼어 있었고 비가 자주 내렸다. 8월 14일, 방수복을 입고 담배를 피우기 위해 함교에 올라갔을 때 놀랍게도 해가 보였다.

"히르쉬펠트! 지금은 여름이야."

슈람 대위가 웃었다. 그러나 곧 남서 방향에서 서늘한 바람이 불었고 이내 비가 내리기 시작했다.

소련 전선에서의 소식은 항상 우리에게 용기를 주었다. 독일의 전차들은 캅카스 지방을 종횡무진 달리며 모든 저항을 물리치고 있었다. 그러나 함장만은 소련 전선 소식이 아무리 낙관적이어도 걱정스런 표정을 지었다. 한번은 함장이 슈람 대위에게 하는 말을 들었다.

"겨울이 되면 보급선 길이가 너무 길어질 거야. 작년에 전선이 완전히 무너질 뻔했잖아."

케어드는 유보트 생활에 익숙해져갔지만 우리가 심심도로 잠항할 때는 불안한 마음을 감추지 못했다. 그는 조리장이 만든 요리를 좋아하는 듯했고 그가 독일 담배를 점잖게 거절했을 때 나는 내가 가져온 시가를 권했다.

8월 18일, U-507의 샤흐트 함장은 브라질 해안에서 상선 5척, 총 17,000톤을 격침시켰다고 보고했다. 함장이 사관실에서 말했다.

"이것 봐, 슈람 대위. 샤흐트 함장은 우리가 있던 구역에서 이들을 차례로 격침시켰어."

"글쎄요. 제가 보기에 별로 합법적인 것 같지 않은데요. 이 상선들은 모두 브라질 선적의 중립 선박인 것 같습니다."

슈람 대위가 대답하자, 함장이 웃었다.

"만약 그게 사실이라면 여기에 대해 추가 전문이 나오겠군."

8월 19일, 우리는 프리타운에 좀 더 가까운 위치로 이동했다. 남풍이 불고 있었고 수평선은 안개로 인해 뿌옇게 보였다.

그러나 시에라리온(Sierra Leone) 항로에서 상선은 한 척도 보이지 않았고, 우리의 유류 절약 조치에도 불구하고 연료는 빠르게 소비되고 있었다. 이로 인해 함장은 매우 불안해했다. 함장은 아마도 6일 후면 귀환해야 할지도 모른다고 했다. 우리는 장기간 수상항해를 하면서 전기 추진을 했다. 그럴 때는 요트에 타고 있는 듯한 느낌이 들기도 했다.

통신사들은 행진곡과 뉴스를 전 격실에 틀어 열대 지방의 지루함을 쫓아보려고 했다. 캅카스 지방의 가장 높은 산인 엘브루스(Elbrus)에 독일 산악부대가 독일 국기를 꽂았다고 했다. 만약 그들이 유전지대 동쪽에 위치한 마이코프(Maikop)와 그로즈니(Grozny)만 장악할 수 있다면 소련과의 전쟁에서 승리할 수 있을 것이다.

만슈타인(Manstein) 장군의 전차부대는 테레크(Terek) 외곽에 도착했고 파울루스(Paulus)장군의 제6군단은 스탈린그라드(Stalingrad)로 진출했다. 북아프리카에서는 롬멜(Rommel) 장군이 알렉산드리아(Alexandria)로 진격하고 있었다. 전 전선에서 승리하고 있었다. 그들 모두는 연료가 충분한 듯 보였다. 유보트만 연료 부족을 겪고 있는 것 같았다. 우리가 연료 보급도 제대로 못 받으면서 어떻게 대서양 해전을 승리로 이끌 수 있단 말인가?

8월 22일, U-506의 뷔르더만 함장은 고속으로 항해하는 선박을 우리 남쪽 위치에서 격침시켰다고 보고했고, 이 때문에 함장은 우리 배를 남쪽으로 변침시킬 만큼 그 전문에 흥미를 가졌다. 그날 브라질은 독일과 이탈리아를 상대로 공식적으로 선전포고를 했다. 로이터 통신에 의하면 선전포고 사유가 영해 근처에서 독일 유보트가 브라질 상선 5척을 격침시켰기 때문이라고 했다. 샤흐트 함장의 책임이었지만 로이터 통신은 전반적인 상황에 대해서는 설명하지 않았다.

1941년 12월 11일, 미국이 독일에 선전포고를 한 이후부터 사실상 브라질은 국제법상으로 더 이상 중립국이 아니었다. 왜냐하면 브라질은 이전부터 양국을 평등하게 대하지 않았기 때문이다. 처음부터 브라질은 나탈 공항을 미 해군 항공대가 사용할 수 있도록 허가했던 것이다.

1942년 5월 말, 브라질은 미국이 1941년 후반기에 실시했던 것과 같은 비공식적인 전쟁 형태를 취했고, 자국 근해에서 접촉되는 독일 유보트 및 이탈리아 잠수함을 항공기로 공격했으며 계속 공격할 것이라고 선언했다.

1942년 7월 4일, 최고사령부는 유보트에게 모든 브라질 상선에 대해 사전 경고 없이 공격해도 좋다는 지시를 내렸다. 이는 브라질 공군의 적대적인 활동 및 모든 상선을 무장시킨 데 따른 조치였다. 8월에 샤흐트 함장이 브라질 상선 5척을 격침시킴에 따라 1942년 8월 22일 브라질이 독일에 대해 선전포고를 했지만, 이는 최소한 5월부터 실시되어오던 비공식적인 전쟁 상태를 정식화한 것뿐이었다. 독일의 이런 행동이 중립국인 포르투갈 정부가 아조레스에서 연합국 항공기지를 사용토록 허가해주는 것을 막기 위한 것인지는 토론의 여지가 남아 있었다.

8월 24일, 사령관은 뷔르데만 함장의 전문을 블라이히로트 함장에게 중계했다. 이에 따르면 우리는 더욱 남쪽에서 자유롭게 작전을 할 수 있었는데 함장은 연료 때문에 걱정하고 있었다. 우리는 리베리아(Liberia) 남서쪽에 위치하고 있었고 날씨는 청명했지만 상선은 찾아볼 수 없었다. 장교들 사이의 분위기가 매우 무거웠다.

내가 쉐베에게 로리앙으로 돌아갈 연료가 충분하냐고 묻자, 그는 테네리페(Tenerife)로 갈 연료가 충분한데 로리앙에는 뭣 때문에 가려고 하느냐고 물었다. 나는 "항상 아조레스로 돌아갔는데 이제는 카나리아 군도야"라고 말했다.

8월 26일, 함장은 아래와 같은 짧은 전문을 송신했다.

U-109: 연료 부족으로 귀환 예정.

그러나 우리는 아직도 남남동 방향으로 진행하고 있었기 때문에 나는 전문을 보고 약간 의아해했다. 몇 시간 뒤 사령관은 우리 위치와 연료량을 물어왔다. 우리는 ET89 위치에 연료유 68톤이 남아 있다고 답신했다. 그리고 그날 오후 사령관은 아래와 같은 내용의 전문을 보내왔다.

블라이히로트 함장. 귀관의 귀환 시기는 시기상조임. ET38에서 계속 작전할 것.
30톤의 연료 사용이 가능함.

함장은 아무 말 없이 나에게 통신일지를 돌려주었다. 나는 사령관이 보낸 전문을 받고 함장이 매우 실망했다는 것을 알 수 있었다. 그러나 함장은 크게 웃으며 슈람 대위에게 귀환하겠다고 보낸 전문이 효과를 발휘했다고 말했다.

야간에 우리는 갑판에 장착되어 있던 어뢰 6발을 함내로 이송했고, 함장은 케이프타운과 프리타운 사이를 운항하는 영국 비밀 선단 항로 계획을 참고하여 새로운 항로를 작도했다. 이는 U-130의 칼스 함장이 며칠 전 포로로 붙잡은 선장의 주머니에서 나온 것이다.

하지만 대형 쌍발 항공기 때문에 우리는 그날 오후 잠항해야 했다. 군용 비행기 같지는 않았는데 곧 사라져버렸다. 그때 함장이 해치를 내려오다가 정강이 앞쪽을 해치에 부딪쳤다. 상처가 많이 아파 보여 나는 대구간 연고를 바르고 붕대로 감싸 치료해주었다.

무슨 이유 때문인지 그는 페루발삼 연고를 좋아하지 않았고 나에게도 사용하지 못하게 했다. 승조원 몇 명이 부스럼에 걸려 내가 치료를 해주었다. 자이델은 자기들 병이 흑사병이라고 하면서 내 치료 방법이 잘못되었기 때문에 모두가 죽을 것이라고 했다. 그들의 안면부에 생긴 커다란 상처는 매우 위험해 보였고, 조타장인 파울 푀터는 너무 걱정한 나머지 오전 치료 시간에 '히르쉬펠트 박사'가 환자를 치료하는 모습을 직접 보려고 찾아오기까지 했다.

8월 29일, 페퍼(Pepper) 연안 남쪽에서 우리는 U-506과 상봉했다. 블라이히로트 함장과 뷔르데만 함장은 함교에서 메가폰으로 1시간이나 이야기를 나누는 동안 두 함정의 승조원들은 갑판 위에 나와서 일광욕을 즐겼다. 이처럼 유보트 2척이 만나는 것은 매우 드문 일이었는데 이야기가 끝난 후 우리는 각자 목적지로 향했다. 이틀 전의 항공기는 경고에 불과했다. 우리는 기니아 만 안쪽 깊숙한 곳에 있었고 서서히 적도를 향해 갔다.

8월 31일, 함장이 자신의 상처를 다시 한 번 보여주었다. 전혀 차도가 없어 페루발삼 연고를 사용하기로 했다. 함장이 물었다.

"그 독약 같은 걸 어디서 구했나?"

"로리앙에서 함대 군의관인 침케(Ziemke) 박사가 우리의 첫 항해 이후에 저한테 주었습니다. 구하기 힘든 약입니다."

"만약 듣지 않으면 자네 각오하게."

함장이 말했다. 그날 진찰을 다 끝낸 후 나는 내 몸을 진찰했다. 나의 온몸에 백선이 퍼져 있었다.

9월 1일, 해질 무렵 우리는 14노트로 항해하는 대형 상선의 마스트를 발견했다. 하지만 이내 어두운 구름 사이로 사라져버렸고 함교에서는 실망스러운 소리가 들려왔다. 함교 요원들이 상선 침로를 측정하여 상봉점을 계산했고, 해가 뜰 무렵 계산이 정확했다는 것을 확인한 후 잠항했다. 다시 상선을 접촉했을 때 상선은 우현 함수에 위치해 있었다. 하루 종일 상선은 불규칙적인 회피기동을 반복했는데, 그날 오후 우리는 1,800야드 거리에서 100야드 간격을 두고 어뢰 3발을 발사했으나 상선의 회피기동으로 인해 모두 빗나가버렸다. 바로 직후 또 1발을 추가로 발사했으나 마찬가지였다.

9월 2일 저녁 상선은 여전히 공격하기 좋은 위치에 있었고 우리는 상선의 침로를 알고 있었다. 자정에 발사한 다섯 번째 어뢰는 불량하여 항주 도중에 항로를 이탈했다. 그러나 함장이 즉시 여섯 번째 어뢰 발사를 명령하여 85초 후 결국 선미 쪽을 명중시킬 수 있었다. 상선은 즉시 구조 요청을 했다.

SSS SSS Ocean Night SSS 00-57N, 04-00W 잠수함에 의한 어뢰 피격. 함미부터 침몰 중. SSS.

하지만 우리는 상선 등록부나 세계상선편람에서 그 이름을 찾을 수 없었다. 무선 내용을 우리가 잘못 들었을 수도 있었지만 영국 통신사가 선명을 잘못 송신했을 확률이 컸다. 나중에야 우리는 상선 이름이 오션 나이트(Ocean Night)였고 크기는 7,173톤이었다는 사실을 알게 되었다. 나는 함장에게 선명을 알려주려고 함교로 올라가 피격된 상선을 보았다. 고속 상선같이 생긴 선수, 함 중앙부에 기다란 상부 구조물, 짧은 연돌, 그리고 갑판 위에 있는 몇 개의 크레인들……. 그때 슈람 대위가 보고했다.

"구명정이 이탈했습니다."

"조금만 더 기다리지. 그때 끝내버리자구."

함장은 계속 지켜보았다.

내가 함내로 내려갔을 때 페르디난트는 연안 기지국들의 구조 요청을 중계하기 시작했고 우리 표적에서는 더 이상 구조 요청을 하지 않고 있다고 말했다. 이후 우리는 일곱 번째 어뢰를 발사하여 기관실에 명중시켰고 표적은 옆으로 기울더니 함미부터 수직으로 침몰했다. 그사이에 구명정들은 어둠 속으로 사라져버리고 없었다. 함장이 슈람 대위에게 말했다.

"안되었군! 저 상선의 선장을 만나고 싶었는데. 아주 경험이 많아 보였거든."

우리는 현장을 이탈하여 남쪽으로 향했다. 하지만 U-109는 정오에 생존자 수색을 나왔던 국적 미상의 대형 항공기에게 발견된 것 같았다. 우리는 저녁 6시에 적도를 통과했고 넵튠(Neptune)[1] 역을 맡은 승조원이 조종실에 들어가서 간단한 의식을 거행해도 좋다는 허락을 받았다.[2] 그 이후 몇 분간 우리는 호수 같은 바다에서 트리타운-케이프타운 항로를 따라 항해했다. 날씨는 매우 더웠고 식량은 거의 바닥이 난 상태라 조리장은 하루에 한 번밖에 스튜를 만들지 못했다.

9월 6일, 함장은 기니아 만을 향해 북동쪽으로 항해하기로 결정했다. 함장의 다리는 이제 거의 다 나아가고 있었다. 저녁때 함교 당직자들은 대형 상선이 우리 배의 함수를 빠르게 가로질러 동쪽으로 향하고 있는 것을 발견하고 800야드 거리에서 어뢰 2발을 발사했다. 어뢰는 큰 폭발음을 내며 선미에 명중했다. 상선은 정지했고 선미 쪽에서부터 침몰하는 동안 구명정이 내려졌다. 어뢰 명중 10분 후 상선은 마지막 구조 요청을 보냈다.

SSS SSS 01-34N, 11-40W, 투스칸 스타(Tuscan Star). 어뢰 피격. 빠르게 침몰 중. SSS SSS.

상선은 영국 선적의 11,449톤급 냉동선이었다. 함장은 나에게 상선을 쌍안경으로 관찰할 수 있도록 해주었다. 상선은 옆으로 완전히 기울어져

---

1 그리스 신화에 나오는 바다를 다스리는 신.
2 함장이 적도를 통과할 때 적도통과제를 실시한다. 통상 적도를 통과한 경험이 있는 승조원이 넵튠 신 역할을 하고 경험이 없는 승조원들에게 벌을 내리기도 하면서 행사가 진행된다.

1942년 9월, 적도 근해 기니아 만에서. 이 해역에서 U-109는 영국 선적 오션 나이트(7,173톤)와 투스칸 스타((11,449톤)를 격침시켰다.

1942년 9월 20일, 카보베르데 북서쪽에서 연료 재보급. 유보트 보급함인 U-460의 하부 포대에서 바라본 U-109. 1943년 10월, 보급함은 카드(USS Card) 함의 항공기로부터 어뢰 공격을 받아 침몰당했다. 당시 U-460은 연료 보급 중이었으며 2명을 제외한 승조원 전원이 사망했다.

있었고 벌써 선미 연돌까지 가라앉고 있었다.

"선미부터 침몰하고 있음."

슈람 대위가 보고했다. 내가 함내로 들어갔을 때 함장이 선장을 포로로 잡기 위해 구명정 쪽으로 접근하라는 명령을 내렸다. 구명정 한 척에는 여자와 아이들이 타고 있었다. 함장이 페르디난트를 함교로 불러 지시를 내렸다.

"아이들에게는 우유와 빵을 주고 저들에게는 다른 식량을 갖다 주랍니다! 함장님이 저한테 이렇게 말하기는 했는데……. 하지만 이런 걸 어디서 구해야 할지 정말 모르겠습니다."

"아이들한테는 농축우유 깡통을 줘. 우리에겐 그것밖에 없어. 그리고 뼈 없는 닭고기 깡통도."

나는 그렇게 조언해주었다. 우리가 이 식량들을 전해주려고 준비하고 있을 때 어둠 속에서 살려달라는 소리가 들려왔다. 파편 속에서 허우적거리고 있는 사람이 시야에 들어왔다. 그는 매우 어려운 상황에 처해 있었다.

마우레샤트가 즉시 몸을 로프로 묶고 한쪽을 자이델에게 준 다음 바다로 뛰어들었다. 잠시 후 그는 거의 익사 직전의 사람에게 도달했고 자이델에게 잡아당기라는 신호를 보냈다. 그들은 잠시 후 선체에 가까워졌고 당직자들이 그 두 사람을 끌어올렸다. 그는 선박의 2등 통신사였다. 그를 기관실로 데려가 씻기고 옷을 갈아입혔다. 조리장은 식량 두 포대를 조종실에 갖다놓았다. 오토 페터스가 말했다.

"우리 연료도 거의 떨어졌는데……. 식량을 모두 없애버리는 것도 현명한 생각이지."

쉐베가 그를 놀라게 하는 말을 했다.

"하지만 오토, 우리는 연안으로 가서 바나나라도 딸 수 있지만, 이들은 그렇지 못하잖아."

구명정들은 함수 쪽에 있었고 식량이 전달되었다. 자이델은 모피 코트

밖에 입지 않은 아름다운 아가씨를 발견했다. 코트 앞쪽이 벌어져 있었기 때문에 그녀의 가슴까지 다 보였다. 자이델이 함교를 향해 장난스럽게 소리를 질렀다.

"함장님! 탐조등을 이쪽으로 비추어보십시오. 이 아름다운 아가씨를 한번 더 보고 싶습니다."

함교 당직자들은 즉각 반응했지만 구명정에 있는 누군가가 그 말을 알아들은 듯했다. 이내 그 아가씨는 수줍은 모습으로 벌어진 코트를 바로 여몄다. 구명정은 크고 안전했지만 사람들이 너무 많았다. 그들은 선장이 상선과 함께 사망했다고 말했다. 물론 우리는 그 말을 믿지는 않았지만 우리는 고든 길(Gordon Gill)이라는 통신사를 태우고 있었기 때문에 그를 포로로 잡겠다고 1등 항해사에게 전했다. 그 후 가장 가까운 육지로 향하는 침로를 알려준 후에 구명보트를 떠나보냈다. 구명보트는 서서히 함미 쪽으로 표류하기 시작했다.

"감사합니다. 행운이 있기를!"

그들이 우리에게 소리쳤다. 총 113명의 인원 중 승조원 41명, 포 요원 8명, 승객 3명이 사망했으나 다행스럽게도 구명정에 탔던 사람들은 모두 구조되었다.

투스칸 스타는 부에노스아이레스에서 런던으로 가는 냉동육 11,000톤을 싣고 있었다. 하지만 우리에게는 연료 37톤과 어뢰 6발만이 남아 있을 뿐이었다.

다음날 우리는 사령관으로부터 리우데오로(Rio de Oro) 반대쪽에 있는 카나리아 군도 남서쪽에 위치한 DS30을 경유해 귀환하라는 지시를 받았다. 여기에서 우리는 연료 재보급을 받을 예정이었다. 함장은 슈람 대위를 불러 전문을 보여주었다. 슈람 대위가 말했다.

"이해할 수가 없습니다. 우리가 적 항로를 발견했는데 이제 돌아오라니요?"

함장이 고개를 끄덕였다.

"그리고 우리는 어뢰 6발을 그냥 가지고 귀환해야 돼. 이 연료에 대한 우스운 사건으로 인해 현기증이 다 나는구면."

안개가 낀 잔잔한 바다를 서서히 항해하면서 다음날 아침 함장은 다음과 같은 전문을 보냈다.

FT 0952/8 수신: 사령관, 현 위치에서 작전 요청함. 차후 샤흐트 함장처럼 재보급 요청함. 블라이히로트 함장.

이에 대해 사령관이 응답했다.

FT 1236/8 U-109: DG50으로 향할 것. 연료 보급 불가함.

DG50은 DS30보다 더 북쪽에 위치해 있었다. 함장의 얼굴에 실망한 기색이 역력했다.

다음날 아침 나는 엔진 소리와 함의 요동에 놀라 잠에서 깼다. 우리는 18노트로 항해하는 선박 더처스 오브 베드포드(Duchess of Bedford)의 공격 위치로 항해하는 중이었는데, 상선이 너무 빨랐다. 우리에게 거리 6마일에서 발사할 수 있는 기회가 한 번 있었다. 하지만 이렇게 느려빠진 유보트로는 빠른 상선들을 잡을 수가 없었다.

우리는 저속으로 카보베르데에 있는 섬 쪽으로 항해했고 연료를 아낄 수 있는 방법을 짜내고 있었다. 우리는 매일 실시해야 하는 일일 시험잠항을 주 2회만 실시하고 있었고 배를 가볍게 하기 위해 함내 탱크에 있는 불필요한 해수를 모두 배출했다.

9월 13일, 아침 일찍 페르디난트가 미국 주파수에서 수신한 전문을 나에게 보여주었다.

수신: 사령관, FF7721 위치에서 하르텐슈타인(Hartenstein) 함장에 의해 격침된 영국 선박 라코니아(Laconia)는 불행하게도 이탈리아 전쟁포로 1,500명을 운송 중이었음. 현재까지 90명 구조 완료. 지시 바람. U-156, 하르텐슈타인 함장.

"위치가 어디야?"

내가 묻자 페르디난트가 손을 허공에 저으며 말했다.

"함미 쪽으로 멀리 어센션(Ascension) 섬 약 500마일 북쪽입니다. 함장님을 깨울 필요는 없겠습니다."

우리는 국제 주파수로 변경했다. 하지만 모든 것이 조용했다. 몇 시간 후 사령관이 전문을 보냈다.

FT 0340/3 샤흐트 함장, 베어 함장, 뷔르데만 함장은 하르텐슈타인 함장이 있는 FF7721로 즉시 전속으로 이동할 것. 사령관.

아침 6시에 600킬로헤르츠 조난 주파수에서 신호가 수신되었다.

CQ, CQ, CQ…….

나는 라이프링에게 말했다.

"이건 독일 송신기인데……."

모든 국! 조난당한 라코니아를 구조하는 선박은 본국이 함정 또는 항공기로부터 공격받지 않는 한 공격하지 않을 것임. 본국 현재 193명 구조 완료. 04-53S, 11-26W 독일 잠수함.

"미쳤어! 여태 이런 적은 한 번도 없었는데……. 아마도 하르텐슈타인 함장일 거야."

라이프링이 말했다. 내가 통신일지를 함장에게 보여주었을 때 함장은 "맙소사! 하르텐슈타인 함장, 내가 그 입장이 되고 싶지는 않군"이라고 했고, 슈람 대위에게 일지를 보여주자 "이건 자살 행위야. 아마 항공기가 몰려와 싹 쓸어버릴걸?"이라고 말했다. U-507의 샤흐트 함장은 하르텐슈타인 함장으로부터 700마일 떨어져 있었고 15노트로 가고 있었다. 이탈리아 잠수함인 카펠리니(Cappellini)도 구조작전에 참가했다. 독일 및 이탈리아 잠수함의 대규모 집합소가 될 것 같았다. 나는 혹시 대학살이 일어나지 않을까 걱정했다.

9월 15일, 우리는 맞바람 때문에 속력이 감소했는데 그날 오후 안심이 되는 전문을 수신했다.

수신: 슈노어 함장, DS30으로 향할 것. 블라이히로트 함장과 상봉하라. 사령관.

우리가 DS30까지 갈 수 있을지도 불투명했다. 쉐베는 우리에게 3일간 사용할 수 있는 연료밖에 남아 있지 않다고 말하면서 그 때문에 우리는 돛을 사용할 수밖에 없다고 했다. 연료가 이렇게 모자랐던 적은 지금까지 한 번도 없었다.

하르텐슈타인 함장은 라코니아에서 구출한 생존자가 1,500명에 이른다고 보고했다. 그는 그 인원을 22척의 대형 구명보트에 싣고 예인하고 있었다. 다른 항공기나 수상함은 탐지되지 않았다. 사령관은 그에게 곧 자유 프랑스 순양함과 최소한 상선 한 척이 다카르(Dakar)에서 도착할 예정이라고 했다.

16일, 우리는 별로 진전이 없었다. 만약 바람이 더욱 세어진다면 우리는 카보베르데까지도 못 갈 것 같았다. 쉐베는 함장에게 연료 절약을 위해 야간에는 전기 추진을 하자고 건의했다. 어뢰는 겨우 6발밖에 실려 있지 않았고, 가지고 있던 연료만 탱크에 채우고 나머지 연료 탱크는 무게를 감소시키기 위해 비워두었기 때문에 우리의 흘수[3]는 매우 낮아졌다. 이는 맞바람이 불거나 역조류[4]에서는 매우 불리했다.

함장은 사령관에게 계속적으로 보고를 했다.

FT 010117 연료 8톤 보유. 충전을 위해서만 디젤엔진 사용. 풍향지수 8이며 이 경우 DS30에도 도착 불가함. 슈노어 함장과 상봉 방법 지시 바람.

사령관이 응답했다.

340도 침로로 최대한 경제적으로 항해하라.

그날 저녁 하르텐슈타인 함장은 슈람 대위가 예견한 대로 구조 상황에 대한 전문을 보냈다.

함교에 4미터짜리 적십자기와 양호한 시정, 그리고 4척의 구명정에도 불구하고 미국 항공기로부터 5회 공격을 받음. 모든 잠망경 고장, 인명구조임무 포기. 모든 생존자들의 구명정은 함에서 이탈했음. 수리를 위해 서쪽으로 향함.

"그 잠수함이 아직 떠다닌다는 사실만으로도 기적이야."

슈람 대위가 말했다. U-506의 뷔르데만 함장 역시 갑판에 수백 명의 생존자가 타고 있었는데도 2회의 폭격을 당했다고 보고했다.

9월 17일 정오, 견시들이 함미 쪽에서 마스트를 발견했고 연료 부족에

---

3 수면 밑으로 내려가 있는 함정의 선체 깊이.

4 함정의 진행 반대 방향에서 오는 조류.

도 불구하고 함장은 남쪽을 향해 전속으로 항진할 것을 명령했다. 상선은 10노트로 남남서쪽으로 향하고 있었고 우리는 잠항하여 공격할 기회를 노리고 있었다. 함장이 말했다.

"아주 알맞게 접근하고 있는데……. 함미 쪽에 포가 2문, 그리고 대공포가 몇 문 있는 것 같아."

상선을 발견한 지 2시간 후 우리는 어뢰 3발을 800야드에서 발사했으며 3발 모두 명중했다. 상선은 즉시 좌현 쪽으로 기울었고 구명보트가 내려졌으며 기울어진 후 곧바로 함수부터 가라앉기 시작했다.

우리는 부상하여 구명보트에 접근했는데 구명보트에는 모든 장비가 잘 구비되어 있어서 카보베르데 섬까지는 문제없이 도착할 수 있을 것 같았다. 우리는 선장을 확인하여 우리 배로 옮겨 전쟁포로로 삼았다.

상선은 5,221톤급 영국 선적 피터튼(Peterton)이었고 헐(Hull)에서 부에노스아이레스(Buenos Aires)까지 석탄을 싣고 가던 중이었으며 10.5cm 함포 1문, 4.7cm 대공포 2문을 장착하고 있었다. 또한 폭뢰 투하대 4개가 장착되어 있었다. 공격으로 인해 승조원 8명이 사망했고 구명보트에 타고 있던 부상자는 이후 병원에서 사망했다. 상선의 선장은 선박 서류를 갖고 있었는데, 그중에는 프리타운으로 가는 비밀 항로 지시서가 포함되어 있었다. 선장은 우리가 상선에 어뢰를 소비한 것에 대해 흡족해하는 것 같았다. 선장은 우리에게 어뢰 1발만 가지고도 충분히 배를 침몰시킬 수 있었을 것이라고 했다.

함내에서 그는 케어드 선장, 고든 길과 만나 자신들이 수상 공격을 했으면 상선의 함포로 유보트를 격침시켰을 것이라고 아쉬워했지만 선장 생각대로 상황이 전개되지 않은 데 대해서 크게 실망하지 않는 듯했다.

우리는 북쪽으로 변침하여 서서히 항해했고 디젤엔진은 충전을 위해서만 사용했다. 함장은 비상시를 위해 소량의 연료를 남겨두려고 했으나 9월 20일 거의 모든 연료가 바닥났을 때 우리는 그날 저녁 안으로 재보급

1942년 U-109에서 오토 페터스 중사가 영국 포로들과 이야기를 나누고 있다. '투스칸 스타' 호의 2등 통신사 골든 길(맨 왼쪽), 비미에마 선장 N. R. 케어드(맨 오른쪽), 피터튼 선장(등만 보임).

사관생도 벡스, 히르쉬펠트 및 쉐베 준위. 벡스 생도는 이후 U-2354의 함장을 역임했고 전후 독일 해군 대령으로 근무했다.

이 이루어지지 않으면 돛을 만들어 세워야 한다고 의견을 모았다. 함장은 우리가 실제로 어디로 가야 할지에 대해서는 도무지 말을 하지 않았다. 보급함의 슈노어 함장에게 달려 있었기 때문에 만약 그가 격침되었다면 우리도 끝장난 것이나 다름없었다.

그날 오후에 슈노어 함장이 우리 배와 상봉 예정이라는 통신신호를 보내왔을 때 우리는 연료 수급 준비를 하면서 안도의 한숨을 내쉴 수 있었다. 저녁 8시에 우리는 U-460, Type-14 유보트와 상봉했고 간단한 인사 후에 연료 이송이 시작되었다. 기상은 양호했고 U-460 승조원의 손놀림은 매우 빨랐다. 나는 전부 갑판에서 우리 배의 전임 갑판장이었던 발터 그로스를 발견하고는 서로 손을 흔들어 인사를 했다. 지금 그는 선임 갑판장으로 진급해 있었다. 우리는 연료 38톤과 5일치의 식량을 보급받았다. 자정이 조금 지난 시각에 우리는 별다른 인사 없이 헤어졌다. 해상에서의 유보트 상봉은 매우 위험한 절차였다.

9월 23일, 잔뜩 흥분한 페르디난트가 나에게 통신일지를 주면서 FT 1508/23 전문을 가리켰다.

수신: 블라이히로트 함장, 독일 국민의 미래를 위한 귀하의 영웅적인 행동에 따라 본인은 귀하에게 독일 국방군의 125번째 오크잎 기사십자훈장을 수여함. 아돌프 히틀러. 귀하의 훈장 수여를 축하함. 되니츠.

나는 전문을 읽은 다음 페르디난트에게 이렇게 말했다.

"이 전문을 함장님이 아니라 슈람 대위에게 갖다줘. 함내에 방송해야 돼!"

슈람 대위가 사관실에서 커다란 소리로 전문을 낭독하는 동안 함장은 크게 감동을 받은 듯했다. 그날 저녁 전 승조원과 전쟁포로들은 U-460에서 준 보급식량을 가지고 간단하게 축하연을 가졌다.

다음날 아침 일찍 우리는 함장에게 온 축하 전문을 해독하고 있었다. 축하 전문은 베를린에 있는 해군본부, 북해함대 사령관, 전단사령부 등 많은 곳에서 왔다. 암호로 된 축하 전문을 해독하던 도중 라이프링이 신음 소리를 냈다.

"맙소사! 이게 바로 전문 통신이라는 겁니다. 영국에서는 우리가 어떤 비밀 음모를 꾸미고 있다고 생각할 게 틀림없습니다."

9월 25일, 우리가 세인트 미구엘(St. Miguel)의 아조레스 섬 남쪽에서 비스케이 쪽으로 042도 침로로 항해하고 있을 때, 수평선상에서 마스트를 발견하고는 추적을 하기 위해 동쪽으로 변침했다. 파도는 동쪽에서 밀려오고 있었기 때문에 우리는 변침하자마자 심한 요동에 시달려야 했다. 보르샤르트가 웃으며 소리를 질렀다.

"마지막 전투를 위해 전진! 그리고 마지막 남은 어뢰 3발을 모두 소비하자! 하지만 이런 날씨에서는 잠항 공격을 할 수 없겠는걸."

나는 그의 생각에 동의했다. 우리는 계속 추적을 하면서 상황이 호전되기만을 기다릴 수밖에 없었다. 상선이 마침 동쪽으로 가고 있다는 것이 우리에게 행운이었지만 추적을 위해서는 함교 당직자가 파도와 싸우느라 고생해야 했다. 하지만 그날 저녁 갑작스런 소나기로 인해 지브롤터로 가는 상선을 놓쳐버렸고, 추적은 종료되었다.

U-165의 에버하르트 호프만 중령은 그의 성공적인 세인트 로렌스 작전을 종료하고, 로리앙에서 48시간 거리에 있다고 보고했다. 그는 1급 철십자훈장을 받았고 귀환하면 함께 축하 파티를 열 것을 기대하고 있었다. 브룬스 소위가 내게 장교들에게만 열람이 허용되는 전문을 조립하는 걸 도와달라고 했다.

수신: 2전단, 80주간 14회의 전투임무에 참여한 갑판장 자이델에게 독일 금십자훈장을 추서함. 61척 총 405,000톤을 격침시키는 데 적극 참여했음. 블라이히로트 함장.

브룬스 소위는 자이델에게 아무 말도 하지 말라고 했다.

스페인 북서쪽으로 접근할수록 날씨는 더욱 나빠졌다. 다시 한 번 연료 사정이 악화되었고 기관 승조원들은 연료 절약을 위해 디젤과 전기 추진을 적절히 운용하는 방안을 모색하고 있었다.

9월 28일, 쉐베가 함장에게 매우 흥분한 어조로 보고했다. U-460이 우리에게 보급한 연료량을 속였다고 말하며 이 사실을 전투일지에다 기록하여 귀항 후 조사를 실시할 수 있도록 해달라고 했다. 그러나 함장은 허락하지 않고 이렇게 말했다.

"쉐베, 그 사람들에게 자네가 그렇게 속을 수 있나? 안 돼! 일지에 기록하지 마! 자네도 낸터켓에서 칼스 함장을 속여 연료 5톤을 더 받지 않았나?"

나는 이 말을 들으면서 발터 그로스가 U-109를 떠나면서 나에게 한 말이 기억났다.

'내가 자네들에게 연료를 보급할 때 칼스 함장에게 한 것 같은 짓을 나에게는 하지 말게. 나는 쉐베가 어떤 사람인지 잘 알거든.'

"만약 이런 날씨가 계속된다면 아마도 소해정이 우리를 예인해야 할 거야."

쉐베가 알프레트 빈터에게 말하자, 빈터가 퉁명스럽게 대꾸했다.

"우리가 비스케이를 무사히 통과한다는 가정 하에 말이지. 그런데 개인적으로 나는 자네의 계산을 더 이상 믿을 수가 없어."

5일 동안 우리는 저속으로 비스케이를 잠항하여 통과했다. 가끔 충전을 위해 긴장되는 수상항해를 해야 했던 우리는 잠항 후에나 마음을 놓을 수 있었다. 프랑스 해안에 가까워지자 폭뢰와 항공기 폭격이 더욱 심해졌다. 처음에 영국 포로들은 믿을 수 없다는 표정으로 간간이 들려오는 폭발음을 들었으나, 그날 오후 잠수함 가까이에서 폭발음이 들려왔을 때는 애써 못 들은 척했다.

10월 3일, 축전지를 충전하던 중 영국 폭격기가 우리를 접촉했으나 어떤 이유에서인지 공격은 하지 않았다. 그 후 슈만 대위는 포로들에게 구명의를 나누어주면서 말했다.

"만약 우리가 배를 떠나게 되면 사용하시오."

우리는 해안선에 꽤 가까이 접근해 있었다. 그럼에도 잠항항해 상태를 유지해야만 했다. 영국 폭격기는 안개 속에서도 표적 위치를 파악하고 폭탄을 투하할 수 있기 때문이었다.

함장은 다음과 같은 전문을 보냈다.

FT 1821/4 수신: 사령관, 10월 6일 10:00~16:00시, 케른 지점(Point Kern)에서 루시 지점(Point Lucie)까지 항해. 독일 공군의 항공 엄호 가능한지? 블라이히로트 함장.

라이프링이 전문을 조립하면서 웃었다.

"아마 이 전문을 보면 참모들이 매우 당황할 겁니다."

브라츠(Braatz)는 우리의 항해에 대해 매우 미심쩍어했다. 그는 며칠 동안 우리 배의 위치를 측정할 수 없었다. 그래서 그의 예상 판단에 따라 우리의 위치를 추정할 수밖에 없었다.

해안 비콘(Beacon)[5]으로부터 오는 전파에 따르면 침로를 많이 이탈하지는 않았지만 승조원들은 함장의 육감을 더욱 신뢰했다. 나는 슈람 대위가 함장에게 하는 말을 들었다.

"만약 우리가 제공권을 잃는다면 이 잠수함을 가지고 전쟁에서 이길 수는 없습니다."

함장이 즉시 대꾸했다.

"육상에서의 제공권은 차치하고 비스케이 해안 상공에서만이라도 제공권을 장악해주면 좋겠지만 지금은 접근 수로에서조차 우리를 보호해주지

---

5 일정 방위를 알려주도록 설치되어 있는 전파발생기.

1942년 10월 6일 로리앙에서. 블라이히로트 소령과 1943년 5월 7일 U-109의 마지막 함장으로 사망한 슈람 대위.

1942년 10월, 자이델 중위(오른쪽)와 마우레샤트 상사(왼쪽). 자이델 중위는 최근에 수여받은 독일 금십자훈장을 달고 있다.

못하고 있지 않나? 내가 어제 보낸 전문의 답신도 아직 받지 못했다네."

이후 우리는 방송 수신을 위해 잠망경 심도로 올라가 통신 안테나만을 노출하고 있었는데도 불구하고 피탐되어 거의 명중될 뻔한 공격을 두 차례 받았다. 우리는 그들이 레이더로 유보트와 프랑스 어선을 어떻게 구분해내는지 정말 궁금했다.

10월 6일, 오전에 우리는 케른 지점에 도착하여 부상했다. 높은 구름이 군데군데 떠 있어서 우리에게 유리했다. 우리는 18노트로 8시간 동안 소해된 수로를 따라 항해하여 드디어 우리의 호위함인 소해정과 상봉했다. 함교 당직자 및 함장은 구명의를 입고 영국 잠수함의 위협이 있는 수면과 하늘을 계속 관찰했다. 우리는 소해정과 정시에 상봉했고 포트 루이 요새를 지나면서 저주받은 비스케이를 다시 한 번 지나왔다는 안도의 기쁨에 사로잡혀 있었다.

우리의 잠망경 마스트에는 우리가 이번 작전에서 침몰시킨 5척, 35,600톤을 나타내는 5개의 작은 깃발이 펄럭이고 있었다. 이제레에는 많은 사람들이 있었는데 그들은 웃고 소리 지르며 사진을 찍고 있었다. 내가 기억하는 한 함장은 처음으로 흰 정모를 쓰고 함교에 올라왔다. 함장은 보통 때는 독일의 상징인 독수리와 스바슈티카(Swastika)[6], 그리고 U-109의 비공식 마크인 등대가 달려 있는 근무모(Side-cap)를 썼다. 그는 양쪽 뺨의 수염을 깎아버리고 콧수염과 턱수염을 다듬어 차르 시대의 장교와 같은 모습을 하고 있었다. 지원함 이제레에서 장교들이 소리쳤다

"해결사! 그 낡아빠진 고물을 어떻게 다시 몰고 돌아왔나?"

계류가 끝난 후 빅토르 쉬체 전단장이 함장을 축하해주기 위해 왔다. 군악대가 군가를 연주했고 전단장이 귀환 축하 연설을 했지만 아무도 듣지 않았다. 우리는 함미 갑판에 3열로 정렬해 있었는데, 전단 요원들의 얼굴

---

6 만(卍)자 십자장[나치 독일의 국장(國章)].

U-109가 여섯 번째 전투 초계 후 귀항함. 오크잎 기사십자훈장을 수여받은 블라이히로트 함장이 제2잠수함전단장 쉬체 중령에게 경례를 하고 있다. 구경꾼들이 지원함 '이제레'의 갑판에 서 있다.

'이제레' 함 갑판에서 내려다본 U-109 함정. 블라이히로트 소령(흰색 모자를 쓰고 있다) 뒤에 브룬스와 슈람 대위. 슈람 대위와 마찬가지로 브룬스 대위도 1943년 5월 U-109와 함께 침몰했다.

과 아가씨들의 다리를 쳐다보고 있었다. 이후 우리는 해산했다.

포로들을 후송하기 위해 헌병들이 대기하고 있었다. 함장은 그들이 떠나기 전에 직접 그들과 작별인사를 나눴다. 케어드 선장이 함장 손에다 무엇인가를 꼭 쥐어주었다. 그것은 라이터였는데 거기에는 이렇게 쓰여 있었다.

블라이히로트 소령과 U-109 승조원들에게 존경을 표합니다. 비메이라 선장 N. R. 케어드(N. R. Caird - SS Vimeira).

THE SECRET DIARY OF A U-BOAT

09

준위로 진급: U-234에 부임하다

● 1942년 10월 7일, 페르디난트와 나는 케르네벨에서 통신사 회의에 참가한 후 암호실에 들렀다. 내가 에버하르트 호프만 중령의 위치에 대해 묻자, 통신 준위가 슬픈 표정을 지었다.

"아주 슬픈 사건이야. U-165는 9월 26일, 호위함 상봉 48시간 전이라고 보고했지. 그러나 그 이후에 상봉 지점에 나타나지 않았어. 이제 U-165는 실종 처리되었네."

그는 나에게 2전단에서 7월 이후 격침된 유보트 18척의 명단을 보여주었다. 우리는 놀라움을 금치 못한 채 로리앙으로 돌아왔다. 잘츠베델 숙소에서 슈람 대위가 나를 기다리고 있었다.

"자네는 오늘 병원으로 가도록 되어 있을 텐데."

"하지만 휴가를 먼저 다녀오고 싶습니다, 대위님."

슈람 대위가 고개를 가로저었다.

"우리가 출항한 후에도 계속 아프고 싶나?"

짙은 색 머리의 슈람 대위가 내 어깨를 두드리며 말했다.

"자, 이제 가보게. 함장이 돌아와 취소시키기 전에."

나는 페르디난트에게 서류를 주고 곧장 전단 군의관에게 갔다. 그날 오후 나에게는 유보트 근무 불가 판정이 내려졌고 피부병 치료를 위해 입원 조치가 내려졌다. 곰팡이가 피부 깊숙이 침투해 있기 때문에 시그놀린 바세린(Cignolin Vaseline) 연고를 사용하여 피부를 한 꺼풀씩 벗겨냈다. 다음 출항 전까지 완쾌되리라는 나의 희망은 사라졌고, 함장은 화가 난 모습으로 병원을 나갔다.

1942년 12월, 나는 퇴원자 명단에 올랐지만 U-109는 일곱 번째 임무를 위해 출항한 뒤였다. U-109가 최초로 나 없이 출항했다는 생각을 하니 묘한 기분이 들었다. 나는 여전히 완쾌되지 않았기 때문에 계속 잠수함 승조가 불가능한 상태로 남아 있었고, 케르네벨에 있는 암호실 감독관으로 배치받았다.

1942년 12월 2일, 헤르베르트 슈나이더(Herbert Schneider) 소령이 잠수함 U-522를 타고 귀환했는데 그는 최초 항해에서 놀랍게도 57,000톤이라는 엄청난 전과를 올렸다. 그것도 엄중한 호위를 받는 상선대를 상대로 한 전과였다. 내가 그들을 마중 나갔을 때 U-109가 뉴펀들랜드를 항해할 때 같이 탔던 쿠델 벤첼(Kuddel Wenzel)을 만났다. 그는 U-522의 조타장이 되어 있었다. 벤첼의 초청으로 유보트 숙소에서 열린 그들의 크리스마스 파티에 참석했다.

슈나이더 소령은 나에게 잠수함 U-522의 통신장이 되어달라고 부탁했다. 하지만 내가 아직 잠수함 근무가 불가능하다고 말하자, 슈나이더 소령이 손을 저으며 말했다.

"자네만 원하면 문제없네, 히르쉬펠트. 이번 한 번만 말일세. 내 통신사들이 경험을 쌓을 때까지만."

나는 술을 마셔 약간 취기가 있었지만 24시간 동안 생각할 시간을 달라고 했다. 이후 벤첼이 나에게 와서 말했다.

"내가 타고 있는 이 잠수함은 수명이 얼마 안 남은 것 같아. 우리 함장님은 접근 중인 구축함을 향해 함수 어뢰를 발사하는 것 같은 소름 끼치는 짓을 자주 벌인단 말이야."

나는 벤첼의 말을 믿었다. U-522의 선임대위가 대답을 들으러 왔을 때 나는 공손하게 거절했다.

1943년 초 2잠수함전단의 신임 통신장교인 구겔마이어(Gugelmeier)가 나를 로리앙으로 불러 가보았더니, 내가 준사관 후보로 선발되었다고 전해줬다. 그러나 입교 전까지는 케르네벨의 암호실에서 계속 근무해야 될 것이라고 했다.

1월 14일 저녁, 로리앙의 유보트 기지가 처음으로 심한 폭격을 받았다. 하지만 잘츠베델 숙소에 있는 2층짜리 벙커는 영국의 엄청난 폭격을 잘 견뎌냈다. 모든 유보트는 케로만(Keroman)에 있는 콘크리트 대피호로 이송되었다. 다음날 저녁 영국은 또 한 번 폭격을 가했지만 우리는 벙커 안에서 안전하게 폭격을 피했다.

나는 그 부대에서 최선임 부사관이었기 때문에 그날 저녁 전단 참모장교인 프리드리히(Friedrich) 중령으로부터 탄약고에 있는 모든 수류탄을 제거하라는 명령을 받았다. 나는 밖에 아직도 폭격이 계속되고 있을 거라고 했지만 그는 폭격기들이 다 귀환했기 때문에 안전하다고 말했다. 결국 나는 수병 2명을 데리고 명령을 수행하러 갔다.

길가는 불타는 건물들 때문에 대낮처럼 밝았고, 창문 밖으로 불꽃이 나오는 곳도 있었다. 나는 사람이 더 필요하다는 생각을 하고 다시 벙커로 돌아갔다. 내가 벙커 문을 닫자마자 커다란 폭발음이 들리고 벙커가 몹시 흔들렸다. 참모장교가 다시 한 번 전화를 했다. 전화를 받은 나는 감정을 억누르면서 이야기했다.

"폭격이 끝났다고 하셨지 않습니까? 하지만 방금 전 우리 건물이 무너질 것 같은 폭발음이 들렸습니다."

프리드리히 중령이 한숨을 내쉬고 설명했다.

"그 소리는 해안에 있는 지뢰 소리네. 폭격기는 모두 돌아갔네."

"지뢰라니요?"

나는 프리드리히 중령이 하는 소리를 믿을 수 없었다. 그때 나는 지뢰에 대한 이야기를 처음 들었다. 그리고 만일 내가 폭탄이 폭발할 때 밖에 나가 있었더라면 지금 살아 있지 못할 것이라는 걸 중령은 알고 있는 것일까? 그러나 결국 나는 수병 2명을 데리고 다시 한 번 벙커 밖으로 나왔다.

공기가 너무 나빠서 코와 입에 손수건으로 마스크를 만들어 써야 했다. 로리앙 전체가 불타고 있었다. 선임 수병이 거의 비명을 질렀다.

"맙소사! 불쌍한 프랑스인들!"

"맞아. 그들은 전부 지하실에서 공포에 떨고 있을 거야."

나는 불타오르는 시가지를 보면서 대답했다. 그때 프리드리히 중령이 달려와 물었다.

"자네 대원들은 모두 어디에 있나?"

"아직 대피소에 있습니다. 그들은 저와 함께 오지 않았습니다."

"그러면 찾을 수 있는 모든 대원들을 모아 탄약고에서 프렌치 밀스 (French Mills) 폭탄들을 밖으로 꺼내게. 곧 그것들을 실어 나르기 위해 트럭이 올걸세."

"하지만 이런 깜깜한 밤에 누가 저를 알아볼 수 있겠습니까?"

프리드리히 중령이 내가 입은 영국 공군 전투복을 보면서 고개를 끄덕였다.

"나는 사열대로 돌아가야 하네."

프리드리히 중령이 모자를 벗어 나에게 씌워주면서 말했다. 모자는 아주 잘 맞았다. 중령이 떠나면서 말했다.

"이제 대원들이 자네 명령에 복종할걸세."

나는 대원 15명을 모을 수 있었다. 트럭이 도착해 탄약고 옆에 주차했고 통로 반대편에서는 대원들이 일하는 곳으로 불길이 서서히 다가오고 있었다. 우리는 서둘러 작업을 마쳤다.

나는 그 장교 모자를 보관했다. 준사관으로서 금테 두른 창을 반들반들한 가죽으로 바꾸었고 전쟁이 끝날 때까지 쓰고 다녔다.

두 번의 공습으로 로리앙은 폐허가 되었지만 공습 목표인 케로만의 유보트 대피소와 그 안에 있는 잠수함들은 22피트 두께의 지붕 덕분에 전혀 피해를 입지 않았다.

우리 숙소는 완전히 잿더미가 되어 퐁 스코르프(Pons Skorf)에 있는 새로운 숙소로 옮겼고 매일 아침 출퇴근 버스를 이용해 로리앙으로 갔다. 구겔마이어 대위는 나를 보좌관으로 임명했다. 조선소 내의 모든 통신시설이 파괴되어 나는 로리앙과 베를린에 있는 전화국으로 가서 수리에 필요한 재료를 확보했다. 같이 일하던 기술자들은 스탈린그라드로부터 패전 비보를 듣고 모두 시무룩해 있었다. 하지만 곧 마음을 가다듬고 내 어깨를 치며 말했다.

"신경 쓰지 맙시다! 잠수함들이 우리에게 승리를 가져다주겠죠!"

나는 그들의 오판에 대해 어쩔 줄 몰랐다. 그들은 적의 대잠능력이 얼마나 강해졌는지 모르고 있을 뿐만 아니라, 우리의 공포스러운 손실률도 알지 못했다. 나는 물론, 현재 보유하고 있는 낡은 유보트만으로는 해전에서 이길 수 없다는 것을 차마 밝힐 수 없었다. 아마도 몇몇 잠수함 장교들만이 아직도 가능하다고 생각하고 있을 것이다.

1943년 1월 27일 아침, 내가 로리앙으로 돌아왔을 때 전날 저녁 공습에도 불구하고 아직도 도시에는 전기가 들어오고 있었다. 이번에는 영국인들이 퐁 스코르프에 위장된 우리 시설을 개별적으로 식별하여 저고도 '모스키토(Moswquito)' 폭격기로 폭격했다. 그럼에도 유보트 정신은 살아 있었고, 예전과 같이 모든 기능이 정상으로 돌아왔다.

U-109는 생 나제르 해안을 따라 배치되었다. 트리니다드 근해에서 블라이히로트 함장이 드디어 쓰러지고 말았다. 그는 유보트 사령부로 전문을 보내 자신은 현재 온전치 못하다고 보고했고, 사령관은 함장이 계속해서 임무를 수행할 수 없을 때는 슈람 대위에게 지휘권을 인계하라고 지시했다. 하지만 함장은 이 지시를 무시하고 잠수함에 탑재된 어뢰를 근처에 있는 다른 유보트에게 인계한 후 귀환하기로 결정했다. 함장은 또한 연료 부족으로 인해 매우 실망하고 있다고 말했다. 사령부에서는 U-109가 부두에 계류하자마자 함장을 잠수함에서 연행하여 정신이상으로 처리해버렸다. 다른 함장이라면 이렇게 운 좋게 처리되진 못했을 것이다.

오토 페터스, 쉐베, 알프레트 빈터, 마우레샤트, 베르트홀트 자이델과 조리장 애르쉘을 포함하여 승조원 대부분이 다른 잠수함 또는 육상으로 전출되었다. 그리고 이들 부사관은 모두 전쟁에서 살아남을 수 있었다.

에른스트 칼스 중령은 제2전단장으로 임명되었고, U-109의 두 번째 대위였던 지그프리트 켈러 대위는 U-130에서 첫 지휘관 임무를 부여받았다.

U-109는 슈람 대위의 지휘 아래 여덟 번째 전시 임무차 출항했으나 곧바로 수평타가 고장이 나서 로리앙으로 돌아왔다. 기관부 요원 발터 페터(Walter Vetter)가 나에게 말했다.

"이 잠수함은 폐선시켜야 돼. 해상의 파고가 조금 높다고 고장이 나면 수명이 다 된 거란 말이야."

그러나 U-109는 수리를 마치고 대서양을 향해 다시 출항했다. 지휘소 내의 내 책상 앞에는 제2 및 10전단에 소속된 모든 잠수함의 통신사를 표시하는 카드를 넣을 수 있는 칸칸으로 된 통이 있었다. 잠수함이 실종될 때마다 그 다음날 아침 내 책상 위에는 그 카드가 없어졌다.

1943년 3월 초 가이스만(Geissmann) 준위가 U-522의 카드를 내 책상 위에 얹어놓았다. 나는 묘한 기분이 들었다. 나는 딱 한 번 술기운 때문에 그 항해에 따라 나갈 뻔한 적이 있었다. 그 며칠 전 슈나이더 소령에게 기사십자훈장이 수여되었지만, 그는 마데이라 근해에서 폭뢰 공격으로 전 승조원과 함께 사망했던 것이다.

4월 초 U-130의 카드도 통에 있지 않았다. 1943년 3월 12일, 1주일 전 '횃불작전'에서 지브롤터 선단을 상대로 총 16,359톤, 4척의 상선을 XK2 지점에서 격침시켰던 켈러 대위의 배가 아조레스 서쪽에 있는 UGS6 선단의 탐색 잠수함이었다. 자정 가까운 시각에 그는 2마일 지점에서 레이더에 피탐되었고 1마일 지점에서 미 구축함 챔플린(Champlin)에 시각 접촉되었다. 미 군함이 포격을 시작했을 때 켈러 대위는 잠항할 것인지, 계속 수상항해를 할 것인지에 대해 딜레마에 빠진 듯했다. 그가 잠항을 결정했을 때 구축함은 빠른 속력으로 접근하고 있었고, 결국 폭뢰 공격으로 그는 전 승조원과 함께 침몰했다.

U-109의 최선임 대위였던 폴크마 슈바르츠코프 대위는 함장 직책을

너무나 원했었는데, 결국 꿈을 이뤘다. 그러나 뉴펀들랜드 근해에서 수상 항해 도중 항공기의 기습공격을 받았고 U-520은 전 승조원과 함께 침몰했다. 이는 폴크마 슈바르츠코프가 함장으로 취임한 뒤 첫 번째 항해였으며, 보고된 전과도 전혀 없었다.

1943년 4월 14일, 나는 U-526을 환영하기 위해 제10전단 대원들과 함께 이제레에 서 있었다. 그 배의 기관장은 전에 U-109의 기관장이었던 마르틴 베버 대위였다. 갑자기 항구 외곽에서 어떤 배가 빠른 속력으로 다가오며 메가폰으로 크게 외쳐대고 있었다.

"음악 중지! 총원 해산! U-526함이 접근로에서 피격당했음!"

잠수함 U-526은 천해에서 기뢰에 접촉해 침몰했다. 전부 격실에 있던 몇몇 승조원들은 아직 살아 있었고, 잠수사들이 그들과 교신을 하고 있었다. 그러나 모든 해치들이 폭발로 인해 닫힌 상태로 망가져버렸기 때문에 그들을 구할 수는 없었다. 그들은 결국 수십 미터 물속에서 죽어갔다.

6월의 어느 상쾌한 아침이었다. 나는 지휘소로 들어갈 때 버릇처럼 U-109의 칸을 보았고, 비어 있는 것을 발견했다. 카드는 내 책상 위에 엎어져 있었다. U-109가 떠나버린 것이다.

나는 뒤로 돌아서 햇빛이 있는 곳으로 나왔다. 나는 페르디난트 하겐이 했던 말을 기억했다. U-109의 마지막 항해 전, 나는 그와 같이 술을 마시고 있었다. 그는 슬픈 미소를 지으며 말했다.

"통신장님! 제가 이번 항해에서 돌아오지 못할 것 같아요. 믿어줘요."

"말도 안 되는 소리! 페르디난트! U-109는 항상 돌아와. 자네도 그것을 믿잖아?"

하지만 그는 고개를 가로저었다.

"왜냐고 묻지는 마세요. 그렇지만 돌아오지 못하는 건 확실합니다. 제 마지막 부탁입니다. 확실하게 우리 소식을 듣거든 내 약혼녀한테 소식을 전해주세요."

상황은 이랬다. 1943년 5월 7일, 슈람 대위는 케이프 오르테갈 북서쪽에 있는 선단을 추적하고 있었다. 오후 12시 28분쯤 47-06N, 10-58W 위치에서 U-109는 완전히 부상한 상태에서 제프리 로지터(Geoffrey Rossiter) 대위가 조종하는 영국 공군 제10비행대 소속 선더랜드 항공기에 피탐되었다. 수상 항공기는 고도 2,000피트에서 U-109를 추적했고, 약 4마일 지점에서 함미 쪽에서 고도 50피트로 접근했다. 방수복을 입고 있던 견시 2명이 항공기를 발견했지만 겁에 질려 아무 말도 할 수 없었다.

이 상황을 보자 우리가 여섯 번째 전시 임무를 나가기 전에 전입자를 보면서 페르디난트가 한 말이 떠올랐다.

"통신장님! 함교가 마치 유치원 같아요!"

항공기는 폭뢰 4발을 함 중앙부에 투하하여 함이 잠항하는 것을 막고 추가로 4발을 현측에 투하하기 위해 선회했다. U-109는 마치 타기가 고장난 것처럼 약 5노트 속력으로 선회하기 시작했다. 그 후 연료를 흘리고 약 20분 후 함미가 수면까지 가라앉은 다음 잠수함은 완전히 동작을 멈췄다. 오후 1시경 함미에서 흘러나오는 연료유가 떠 있는 바다로 U-109는 침몰하기 시작했다. 전 과정은 약 30분 정도 소요되었고, 잠수함은 완전 부상한 상태였기 때문에 폭발로 인해 모든 해치가 망가져 승조원들이 탈출할 수가 없었다. 슈람 대위와 승조원들은 이렇게 비극적인 종말을 맞았다.

1943년 7월 29일, 나는 로리앙에서 기차에 올랐다. 명령서에는 "엠덴(Emden)에서 4주간 소대장 교육 실시, 그 다음 플렌스부르크-뮈르빅(Flensburg-Mürwik)에서 통신 준사관 과정 4개월"이라고 쓰여 있었다.

구겔마이어 대위는 내가 준사관 과정을 통과하면 다시 로리앙으로 보내주기로 약속했다. 전단장으로부터 집에 있는 내 군복을 가져가기 위해 함부르크를 경유해도 좋다는 허가를 전단장에게서 받았다. 물론 4일 전 함부르크는 심한 공습을 받았다는 소식이 있었으나 나는 상관하지 않았

1943년 5월 7일, U-109 침몰. 뉴욕에서 영국으로 향한 호송선단 HX236 추적 중 영국 육군 항공대 10전대 소속 선더랜드 항공기로부터 47-06N, 10-58W 지점에서 기습공격을 당했다. 이 사진은 4발의 폭뢰 공격을 받는 장면이다.

U-109가 심해로의 마지막 잠항을 시작했다. 슈람 대위를 포함한 52명 모두가 사망했다.

다. 그날 자정 가까이 함부르크 근교에 있는 부흐홀츠(Buchholz)에서 모든 유보트 훈련이 중단되었고, 도시로 들어가는 모든 승객들은 기차가 뤼네부르크(Lueneburg)를 경유하여 킬로 가는 동안 다른 연결편을 기다려야 했다.

7월 30일, 이른 아침 부흐홀츠 기차역의 플랫폼에서 나는 함부르크가 공습받는 모습을 지켜보았다. 도시의 하늘은 예광탄과 탐조등 불빛으로 수놓아졌다. 나는 대공포와 폭격기에서 떨어진 폭탄의 폭발음을 분명하게 들을 수 있었다. 우리는 저 멀리 보이는 적색 섬광들을 말없이 지켜보며 그곳에 살고 있는 가족들을 걱정했다.

새벽 4시경, 기차가 도착하여 우리는 함부르크 시내로 들어갔다. 나는 베를린 토어(Berlin Tor)에서부터 함머슈타인담(Hammersteindamm)까지 걸어가면서 내 가족이 살고 있던 집이 다 부서진 것을 보았다. 어떤 집 베란다에는 이런 카드가 붙어 있었다.

"이 집에 살고 있던 사람들은 모두 무사히 대피했음."

길거리에서 내가 부서진 집의 잔해를 보고 있을 때 먼지로 뒤덮인 군복을 입은 보병대위가 다가와 생존자 구출을 위한 작업에 참가하라고 명령했다. 우리는 지하실에 갇힌 여자들과 노인들 몇 명을 구했다.

누가 나에게 전쟁에서 민간인에게 행한 잔학행위를 이야기할 때마다 나는 그날 본 모습이 떠오른다. 영국은 폭탄에 인(Phosphorus)을 첨가하여 수많은 여자와 어린이들이 형체도 알아볼 수 없을 만큼 타버리게 했다.

오후에 그 보병대위가 나를 보내주어 그날 저녁 예정된 공습 이전에 도시를 벗어날 수 있었다. 함머파크(Hammerpark)에서 나는 발트 해 해안으로 가구를 옮기려고 준비해놓은 트럭을 발견했다. 가구는 다 타버렸고 트럭에는 피난민들이 타고 있었다. 공원 입구에서 나는 옷더미 위에 앉아 있는, 도움이 필요할 것 같은 한 젊은 여자를 보았다.

"누구를 기다리고 있습니까?"

내가 물어봤지만 그 여자는 나를 멍한 눈으로 쳐다보면서 고개를 가로
저었다.

"다음 공습이 시작되기 전에 저와 함께 가는 것이 좋겠습니다."

내가 차분히 말하면서 그 여자를 트럭에 태웠다. 나도 트럭에 탄 뒤 그
녀 옆에 앉아 머리를 내 어깨에 기대도록 했다. 그 여자는 스탈린그라드
에서 행방불명된 육군 장교의 부인이었다. 그리고 그 여자는 방금 전 공
습으로 부모를 모두 잃었다고 했다. 트럭은 북쪽으로 향했고 아렌스부르
크(Ahrensburg)에 잠시 정차하여 적십자 봉사대원이 나눠주는 커피와 빵
을 먹었다. 팀멘도르프(Timmendorf))에서 나는 그녀를 적십자 대원에게
인계했다.

플뢴(Plön) 근교의 작은 마을에서 나는 친척들과 함께 있는 가족을
만났다. 너무 반가웠다. 그러나 곧 소대장 과정 교육을 받기 위해 엠덴
(Emden)으로 떠나야 했다.

독일 잠수함 U-180이 보르도에 있는 비스케이 기지에 돌아온 것은
이때쯤이었다. 1943년 2월 18일, 무젠베르크(Musenberg) 중령은 신형
Type-9D 잠수함을 몰고 킬에서 북해를 거쳐 아이슬란드의 파로스 해
협을 지나 인도양으로 가고 있었다. 그 잠수함에는 나치 추종자인 인도인
보제(Bose)와 하산(Hassan)이 편승하고 있었다.

4월 27일, 무젠베르크 중령은 마다가스카르(Madagascar) 남동쪽 지점
에서 요이치(Yoichi) 대좌가 지휘하는 일본 잠수함 I-29와 상봉했다. 보제
와 하산은 일본 잠수함에 인계되었고 U-180에는 일본 해군 장교 2명이
편승했는데 그중 한 명은 히데오 도모나가(Hideo Tomonaga) 대좌였다.
이들 2명이 가져온 화물 용기에는 1인용 어뢰 3발, 가스식 자동장전 3cm
포 1대가 들어 있었다. 그리고 작은 가방 여러 개에는 독일이 일본에 기
술이전을 해준 대가로 지불될 금괴가 담겨져 있었다. 베를린에 있는 일본

대사관으로 보내는 금괴였다. 그때 금괴가 하도 많아 유보트 기관장은 잠수함 트림을 유지하는 데 아주 유용하게 활용했다고 한다. 아마도 금괴가 몇 톤은 되었을 것이다.

기록에 따르면 1944년 3월 일본 고베를 출항하여 로리앙으로 향하다가 1944년 6월 23일 카보베르데 근해에서 전 승조원과 함께 침몰한 일본 잠수함 I-52에는 4,409파운드의 금괴가 실려 있었고, 94명의 승조원과 13명의 일본 과학자가 타고 있었다고 한다.

히데오 토모나가 대좌는 유보트 개발에 대한 자료를 수집하기 위해 독일로 왔다. 그는 사무라이였고 일본에서는 자동 심도 조절장치를 개발했다. 그러나 시간이 지남에 따라 그의 목적은 좀 더 광범위한 것이었다는 사실을 알게 되었다.

1943년 9월 1일, 나는 뮈르빅에서 준사관 과정에 입교했다. 교관들 중전방 경험이 있는 사람은 U-506의 통신장이었던 로베르트 루터(Robert Ruter)뿐이었다. 루터가 나에게 말했다.

"여기서는 신중하게 행동해야 해. 여기에 있는 교관들은 대부분 훈장을받은 일이 없고 모든 상황은 전쟁 이전과 똑같아."

그 학교에서는 전방에서 전혀 쓰이지 않는 고주파 기술을 가르치고 또 평가했다. 중간 시험을 통과하지 못한 전원이 탈락했다. 후보생 중에는 유보트 승조원 출신이 2명 있었다. 나머지 후보생들은 수상함대나 육상 기지에서 온 사람들이었다. 그 과정은 1943년 크리스마스 바로 직전에 종료되었고, 나는 통신 준위로 바로 진급했다.

그 과정에 추가 학습을 위해 르 투게(Le Touquet)로 장소를 옮겨서 실시해야 했지만 유보트 사령부는 자체 교육 과정을 가지고 있었기 때문에 우리는 슐레스비히(Schleswig)에 있는 제3잠수함훈련전대로 배치받아 새로운 근무지를 기다리고 있었다. 나는 이미 1943년 10월에 다음 근무지로 로리앙에 있는 제2잠수함전단이라는 것을 킬에 있는 잠수함 인사장교와 구겔마이어 대위가 서로 통화할 때 알게 되었는데, 통신본부 쪽으로 가게 될 것이라고 했다.

또한 물속에서 18노트의 경이적인 속력을 낼 수 있는 신형 유선형 유보트가 곧 완성될 것이라는 소문이 있었다. 매우 놀라웠다. 나는 이를 계기로 유보트 함대의 운명이 바뀔 것인지에 대해 생각해보았다. 이와 같은 성능을 가진 잠수함이라면 적 선단 중심부로 바로 침투가 가능하며 경계진에 배치된 수상 함정은 손을 쓸 수가 없을 것이다. 단 한 가지 의문은 이들 신형 잠수함이 대규모로 전선에 배치되기까지 얼마나 기다려야 하는가와, 현재 낡고 저속인 구형 잠수함이 이들이 배치될 때까지 왜 연합국의 대잠전 기술의 희생양이 되어야만 하는가였다.

1944년 1월 19일, 선임장교가 종이 한 장을 건네주었다.

"자네 발령 통지서야! 내일 떠나야 하네."

나는 그에게 고맙다는 인사를 하고 주머니에 바로 넣어버렸다.

"읽어보고 싶지 않나?"

"감사합니다, 대위님. 하지만 저는 어디로 가는지 벌써 알고 있습니다."

"만약 내가 자네라면 그래도 한번 읽어 볼걸세."

장교는 미소를 지으면서 말했다. 나는 종이를 꺼내 읽어보았다.

준위 히르쉬펠트, 1944년 1월 20일까지 킬 조선소, 게르마니아 베르프트(Germania Werft)에 있는 제1 바울레어콤파니(Baulehrcompanie)에 가서 U-234에 배치하라!

마치 한 방 얻어맞은 느낌이었다. 나는 즉시 킬에 있는 인사국에 전화를 걸었다. 인사국 장교가 말했다.

"전화로 말해줄 수 없네. 일단 킬로 와서 얘기하세."

볼프강 히르쉬펠트(Wolfgang Hirschfeld)

1942년 10월 로리앙에서. U-109에 탑승하던 상사 시절.

1943년 준위 시절.

"한 가지만 알려주십시오. U-234가 새로 건조된 유선형 잠수함입니까?"

"아니야. 이건 대형 Type-10B 2,000톤급 기뢰 부설 잠수함이네. 1942년 건조 중에 폭격을 당했어 그래서 이제야 건조가 끝난 거야. 그 배에는 통신 준사관이 타도록 되어 있는데, 그게 바로 자네야."

나는 착잡한 마음으로 수화기를 내려놓았다.

다음날 저녁, 나는 한창 공습 중인 킬에 도착했다. 수많은 대공포가 천둥 소리를 내며 포탄을 발사하고 있었다. 나는 훔멜 비제(Hummel Wiese) 대피소로 뛰어갔다. 그러나 그곳에선 나를 들여보내주지 않았다.

"여기는 여자, 어린이 그리고 민간인 남자만 들어갈 수 있습니다."

경비는 그렇게 말하고 내 앞에서 문을 닫았다. 결국 나는 쏟아지는 파편을 뚫고 게르마니아 베르프트로 뛰어갔다. 헐떡이는 내게 경비가 말했었다.

"여기는 대피소가 없고 참호밖에 없습니다. 항공기 격납고 쪽에 몇 개가 있는데 꽤 안전해 보이던데요."

어둠 속에서 나는 참호로 뛰어 들어갔고, 어느 기관장교 옆에 자리를 잡고 앉았다. 땅이 몹시 흔들렸다. 나는 희미한 불빛 속에서 고생에 찌들어 있는 얼굴들을 보았다. 모두 잠수함 승조원들이었다. 마치 물속에서 폭뢰 공격을 당하는 것 같았다. 하지만 여기서는 익사할 위험은 없었다.

폭격기가 다 떠나자 기관장교가 내 계급장을 쳐다보더니 이름을 물었다. 내가 이름을 말하자 기관장교가 나를 반겼다.

"어이, 우리 한식구군!"

기관장교는 자기를 호르스트 에른스트(Horst Ernst) 소령, U-234의 기관장이라고 소개했다. 우리는 숙소함인 홀스테나우(Holstenau)로 같이 갔고 장교들이 내 방을 배정해주었다. 그 후 그들은 내 근무지가 어떻게 바뀌게 되었는지 설명해주었다. 잠수함 통신실이 완성되자마자 함장이 함조직서를 읽던 도중 통신 준사관을 태우게 되어 있다는 것을 발견하고 킬에 있는 인사국으로 가서 잠수함 근무 경험이 있는 준사관이 있는지 알아보았다. 명단에는 내 이름밖에 없었고 그래서 내가 함에 배치받을 수 있도록 요청했다는 것이다.

다음날 나는 U-234의 함장을 만났다. 요한 하인리히 펠러(Johan Heinrich Fehler) 소령이었다. 펠러 소령은 서른네 살이었고 나와 같은 베를린 출신이었으며 삼형제 중 맏아들로 아버지가 판사였다. 함장은 어렸을 적부터 상선 선장이 되는 것이 꿈이었다. 그 당시 해운학교에 들어가기 위해서는 16세 이하가 적령기였지만, 함장의 아버지는 아들이 계속해서 공부하기를 원했기 때문에 결국 기회를 놓치고 말았다. 19세가 되었을 때는 이미 해운학교에 들어가기에 너무 많은 나이였다. 친구들과 같은 자격증을 얻기 위해서는 최소 20개월의 돛단배 경험을 포함한 50개월의 해상 경험이 필요하다는 것을 알게 되었다.

함장은 140톤급 소령 목선에 갑판원으로 자원했고, 27개월간의 춥고 어려운 생활 끝에 독일 해운회사(German Shipping Line)의 대형 선박에서 보조선원 자리를 얻을 수 있었다. 곧 그는 7,000톤급 노스 저먼 로이드(North German Lloyd) 회사 소유 선박 하펠(Havel)을 타고 극동에 가게 되었다. 1933년 그가 독일로 돌아왔을 때, 그 당시 당원을 한창 확장하고 있던 나치당에 입당했으나 정치에 뜻은 없었다.

1936년 4월 2일, 펠러는 독일 해군 장교 후보생으로 입대했고, 전쟁이 일어나자 빌헬름스하펜에서 소해정 M-145의 함장 임무를 수행했다. 그해가 지나가기 전, 그는 보조순양함 아틀란티스(Atlantis)의 기뢰 및 폭발물 책임 장교로 선발되어 1940년 3월에서 1941년 11월까지 622일간 아틀란티스를 타고 단 한 번도 육지에 정박하지 않은 채 항해를 했다. 이는 지구 두 바퀴를 돌 수 있는 거리였으며 그 기간 중 연합국 상선 22척을 격침시켰다. 잠시 동안 그는 아틀란티스가 나포한 유조선인 케티 브뢰피히(Ketty Brövig)의 선장을 맡았는데 그 유조선은 그가 지휘관으로 있을 동안 인도양에서 침몰했다.

요한 하인리히 펠러 소령(1909~1993). 독일 보조순양함 아틀란티스의 기뢰 및 폭발물 책임 장교(1940년 3월~1941년 11월)를 거쳐 U-234 함장(1943년 9월~1945년 5월)이 되었다.

1942년 뮈르빅으로 돌아와 교관을 역임했고, 그 후 잠수함 훈련을 받고 1943년 9월 잠수함 함장 자격을 취득했다. 펠러는 나와 면담 도중에 전투 잠수함 함장을 원했는데 기뢰 부설 잠수함인 U-234의 함장직을 맡게 되어 매우 실망했다고 말했다. 하지만 나는 펠러 함장이 이전에 유보트 작전 경험이 전혀 없다는 것을 알고 실망했다. 나는 함장의 낙천적인 사고방식과 친절한 성격은 좋아했으나 우리가 대서양 작전에 투입되면 우리를 오래 살게 할 수 있을지에 대해서는 다소 의문이 들었다. 장교들 중에는 기관장인 에른스트 소령만이 발트 해에서 훈련 잠수함을 타본 경험이 있었다. 그러나 다행히 모든 선임 부사관들은 유보트 경험이 풍부했고 초임 부사관들 중에도 잠수함 경험이 많은 사람들이 있어서 그나마 안심이 되었다.

Type-10B 잠수함 7척은 독일 해군이 보유한 잠수함 중 가장 대형이었고, 최대로 적재 후 잠항할 때의 톤수는 2,700톤이었으며, 기뢰 66발을 적재할 수 있는 기뢰 저장고 30개가 있었다. 그러나 그 잠수함들 대부분은 기뢰 부설이 아닌 해상 보급 잠수함, 즉 젖소로 사용되고 있었다. 전장 294피트, 전폭 30피트, 디젤·전기 추진 기관으로 최대수상속력은 17노트, 최대잠항속력은 7노트였다. 경제속력은 10노트였고 경제속력에서의 항속거리는 21,000마일로, 독일에서 일본까지 연료 재보급 없이 항해가 가능하므로 장거리 운송 임무에 적합했다. 무장으로는 함미에 어뢰발사관 2문과 어뢰 7발을 적재할 수 있었고, 2연장 20mm 함포 2개, 37mm 대공포 1개가 함교탑 뒤쪽에 장착되어 있었다.

U-234는 1943년 5월, 항공기 폭격으로 심한 손상을 입어 수리를 마친 뒤 12월 23일에 진수되었으나 1944년 12월 3일 취역식 때는 7척 중 4척이 이미 격침된 후였다. 취역 이후 우리는 2개월간 조선소 훈련을 거쳐 4월 2일에 발트 해에 있는 보른홀름(Bornholm) 섬 론네(Ronne)에 배치되었다. 연안에 부설된 기뢰 때문에 우리의 항해는 항내로 제한되었다. 그곳

에는 이보트(E-boat: 쾌속 어뢰정) 3척이 있었다.

나는 이 배들의 정장 중 한 명을 만났는데, 바로 S-208의 정장이며 전에 U-109에서 갑판장으로 근무했고 이번에 준위로 진급한 에드바르트 마우레샤트였다. 나는 그를 보자 너무 기뻤다. 그는 신체적 조건 때문에 잠수함 근무를 할 수 없게 되었다고 말했다.

우리는 1944년 5월 25일에 헬라(Hela)에 도착해서 훈련을 받았는데 여기서 나는 유보트 훈련대 소속인 오토 페터스를 만났다. 그는 나에게 훈련의 전반적인 내용을 알려주었다. 승조원에게 비상 상황에서 함을 운용하는 훈련을 주로 할 것이라고 했다.

1944년 6월 20일, 찬란한 아침 햇살을 받으며 U-234는 헬라 만 근처에서 잠항훈련을 하기 위해 출항했다. 수심은 180피트였다. 비상벨이 작동되고 우리는 신속하게 잠항했다. 몇 초 만에 함수가 해저의 뻘에 묻혀 버렸다. 우리 배가 기동을 멈추었을 때 함장은 잠망경을 올리고 기관장에게 아직도 함미가 수면 위에 나와 있다고 조용하게 말했다. 조타장 파울 리셰(Paul Rische)는 조종실에서 씩씩거리고 있었다.

"우리는 벌써 4주간이나 훈련을 했는데 기관장이 배운 것이 고작 이거야? 히르쉬펠트, 내가 항상 말하지만 그는 돌대가리야! 더 이상 견딜 수 없어 나는 이 배에서 내릴 거야!"

모든 것이 이렇게 쉽게 풀린다면 얼마나 좋을까? 우리 상황이 육지에 알려지고 구조보트가 우리에게 접근하면서 생존자가 있는지 물어보았다. 기관장이 함을 수평으로 조종하기까지 많은 시간이 걸렸고, 우리 위에서 원을 그리며 대기 중인 구조 보트만이 우리의 유일한 위안이었다.

7월 19일, 나는 함장과 함께 메멜(Memel)에 가볼 수 있는 기회를 갖게 되었다. 그러나 그곳에는 사람이 거의 살지 않았다. 남아서 살고 있는 사람들도 내가 마지막으로 왔었을 때 비해 늙어 있었고, 얼굴에는 시름이 가득했다. 아직 포탄 소리는 들리지 않았지만 소련군이 근처 미타우

1944년 3월 3일, 31일에서 U-234 취역식. 승조원들이 상 루이스(St. Louis) 호 앞쪽에 도열해 있다. 파프 대위(제일 왼쪽), 히르쉬펠트 준위는 앞줄 왼쪽에서 세 번째에 서 있다.

취역식 이후. 펠러 소령(오른쪽)과 그의 부인.

(Mitau)까지 진격했기 때문에, 그들이 메멜에 진격할 경우 여자들의 안전을 우려하는 모습들이었다.

U-234로 돌아오는 길에 함장이 나에게 말했다.

"잘 봐두게, 히르쉬펠트! 다시는 못 볼지도 몰라."

나는 놀란 눈으로 함장을 쳐다봤다.

"우리 육군이 소련 군대를 막을 수 있을 거라고 생각하지 않습니까?"

내가 묻자, 함장이 항만을 가로질러 쳐다보았다.

"스탈린그라드에서 미타우까지는 매우 먼 거리였지. 지금 우리는 유럽 2개 전선에서 싸우고 있네. 내가 좀 더 자세히 알려주어야겠나?"

다음날인 1944년 7월 20일, 유보트 지원함 발데마르 코파멜(Waldemar Kophamel)과 전술훈련을 하기 위해 발트 해로 가는 도중 우리는 히틀러 총통의 암살 미수 소식을 들었다. 바로 그날 우리는 총통의 대국민담화 발표를 듣고서야 안심했고, 그 음모에 가담한 장교들을 매우 나쁘게 생각했다. 물론 그들은 휴전을 원하고 있었지만 루스벨트는 무조건 항복을 원했고 소련은 이 기회를 틈타 라인 강까지 진격할 것이 분명했다. 우리는 레닌이 한 말을 경계하고 있었다.

"독일을 정복하는 자, 유럽을 정복한다!"

따라서 우리는 싸우기를 원했고 히틀러의 '비밀무기'들로 전세를 역전시켜 우리의 운명을 회생시켜주기를 바랐다.

우리 배가 지원함 발데마르 코파멜에 계류하자마자 나는 그 배의 함교로 가서 함장을 찾으라는 지시를 받았다. 나는 그 배의 함장이 누군지 몰랐다. 함교에서 타수가 기동훈련 중인 유보트를 쳐다보는 사람이 함장이라고 알려줬다. 나는 그를 찾아갔고, 함장이 서서히 뒤로 돌아섰다.

나는 함장이 U-109의 서너 번째 전시 출동임무 중 선임대위였고, 그후 U-518 함장으로 발령이 난 빌헬름 비스만 소령이라는 것을 알고는 깜짝 놀랐다. 우리는 악수했고 비스만 소령은 내가 U-109와 함께 전사한 줄 알았다고 했다. 나는 그에게 어떻게 지원함 함장이 되었는지 물었다.

"내가 그 우스꽝스러운 비스케이 크로스(Biscay Cross)를 배에 달고는 출동을 못 나가겠다고 사령관에게 말했더니 나를 U-518 함장직에서 해임시켜버렸어. 나는 정확한 레이더를 원했거든."

"그런 장비가 유보트에 있었나요?"

그는 씁쓸한 표정으로 고개를 끄덕였다.

"물론이지. 호헨트빌(Hohentwiel)이라는 건데 1943년에 공군으로부터 인계받았지. 그것만 있었다면 우리 손실을 많이 줄일 수 있었을 텐데……. 그런데 자넨 어떻게 U-109에서 내렸나?"

"우리가 입던 프랑스 해군 군복에서 피부에 곰팡이가 전염되었어요. 어쩌면 대단한 행운이었죠. 함대 군의관이었던 레펠(Lepel) 박사는 곰팡이가 조금만 더 피부를 파고 들어갔어도 치명적이었을 거라고 했습니다."

우리는 훈련 시작 전까지 몇 시간 동안 대화를 나누었다. 내가 나중에 펠러 함장에게 함정용 레이더의 중요성을 말하자, 함장은 그 장비를 반드시 하나 준비하겠다고 약속했고 그 약속을 지켰다. 그리고 그 장비가 훗날 우리의 목숨을 구해주었다.

다음날 선임 통신교관은 발트 해 동쪽에서의 불리한 전황에 대해 설명하면서 훈련을 시작했다. 그는 근래 6개월 동안 유보트 118척이 격침되었다고 말하고 나서 이런 이야기를 덧붙였다.

"만약 자네들이 신형 잠수함인 Type-21 또는 Type-23을 탄다면 수중에서 속력을 낼 수 있어. 그야말로 구세주지. 만약 다른 종류의 잠수함을 타고 있으면서 적의 수상함 탐색과 공격 단대에 걸리면 죽은 거나 마찬가지야."

우리는 놀라서 서로를 쳐다보았다.

"언제쯤 신형 잠수함이 충분히 전방에 배치될 수 있겠습니까?"

우리가 질문했으나 대답은 없었다.

훈련 기간을 무사히 마치고 우리는 1944년 8월 30일에 수리를 위해 킬에 돌아왔다. 돌아오자마자 나는 전에 호화여객선이었던 상 루이스 호의 통신실을 보기 위해 배를 방문했다. 하지만 그날 오후 킬에 공습이 있었고 그로 인해 상 루이스는 불에 타 침몰했다.

하지만 U-234는 미리 유보트 부두를 출항하여 비교적 안전한 하이켄도르프(Heikendorf) 만에서 연막 속에 숨어 있었다. 그럼에도 폭격기가 폭탄을 투하했을 때 우리로부터 32미터 지점에 떨어져 우리는 침몰하는 줄 알았다.

그 후 U-234는 조선소에서 기뢰 부설 잠수함에서 수송용 잠수함으로 개조되었다. 중요한 개조 사항은 스노클 장착 및 24개 수평 기뢰 보관대를 제거하고 화물 이송용 격실을 만드는 것이었다.

용골 덮개판이 제거되고 용골 바닥에는 주로 수은과 광학용 유리를 넣을 수 있게 만들었다. 스노클은 잠수함이 부상하지 않고 수중에서 공기흡입관을 통해 흡입된 공기로 디젤엔진을 작동하여 추진에 필요한 전기를 충전하도록 고안된 것으로, 잠수함이 수상항해를 하면서 엔진을 작동할 때 적에게 피탐되는 것을 방지하기 위한 것이다.

이 장치는 사용할 때 몇 가지 단점이 있었다. 스노클의 헤드 부분에는 마스트 상부로 물이 들어올 때 자동으로 헤드가 폐쇄되는 플로트(Float) 밸브가 있었다. 이것은 해수가 잠수함 안으로 들어오는 것을 예방함과 동시에 공기가 들어오는 것도 차단하지만 엔진은 계속 함내에 있는 공기를 빨아들였다. 이 문제와 결부되어 클러치가 고장이 나서 디젤엔진의 배기가스가 함내로 유입되면 일산화탄소 중독이 일어날 수도 있었다.

또한 주간에는 스노클 헤드가 수면 위에서 파도를 가르고 다니는 것이 눈에 띌 수 있었고—물론 수상으로 항해하는 잠수함보다는 발견하기 어려웠다— 스노클 항해 시에는 시끄러운 엔진 소음으로 인해 수중청음기로 다른 소음을 들을 수 없어 항상 잠망경에 당직자를 배치해야 했다. 전반적으로 스노클은 연합국의 제공권에 대응하여 유보트 승조원에게 필요한 방어수단을 제공해주었다. 그래서 여러 가지 불리한 점에도 불구하고 대단히 환영을 받았다.

1944년 12월 22일, U-234는 조선소를 출발하여 조선소 기술자들의 감독 하에 해상시험을 실시했다. 이 기간 중 킬은 폭격기의 공습이 매우 심했는데도 불구하고 기술자들이 계속 일하는 것을 보고 나는 매우 놀랐다.

함장은 임무 때문에 우리 배는 극동 쪽으로 항해해야 할 것이라고 나에게 말했다. 또한 레이더 탐지장비가 조선소로 이송될 수 있도록 조치할 것을 명령했다. 마지막으로 스노클 장착을 위한 수리가 종료되자, 스노클 훈련 준비가 완료되었다.

우리의 운용 지침은 제1차 세계대전 유보트 영웅이었던 막스 팔렌티너 (Max Valentiner) 대령이 만든 슈트란더 부흐트(Strander Bucht)에 명시되어 있었다. 팔렌티너 대령은 기관장 및 기관실 요원들에게 우선 스노클 운용 지침을 읽어보았는지 확인했고 그들은 모두 그 책을 읽고 이해했다.

처음에는 디젤엔진이 함내 공기를 흡입하고 있었지만 별다른 차이가 없었다. 5분 정도가 지났지만 디젤엔진은 계속 작동되어 결국 이로 인해 함내에 부분적인 저압이 형성되어 고막에서 느낄 수 있을 정도가 되었고 잠시 후에는 승조원 모두가 참을 수 없는 상태에까지 이르렀다.

갑판장 페터 쉴히는 충치 때문에 치료한 치아 2개가 떨어져나간 것을 발견했다. 갑자기 기관실 요원들이 하나둘씩 쓰러졌다. 다행히 마지막 대원 빈켈만(Winkelmann) 준위가 디젤엔진을 정지하라는 지시도 없었는데 디젤엔진을 정지시켜 저압 형성이 중지되었다. 주 부력 탱크를 불고 내가 부상했지만 함내 진공은 계속 유지되고 있었다. 조종실 부사관이 상부 해치 쪽으로 가서 해치가 수면상으로 부상한 것을 보고하고 테스트 코크를 개방한 후 비켜섰다.

공기가 함내로 밀려 들어왔으나 공기흡입 마스트를 개방할 수 있을 때까지는 장시간이 소요되었다. 마스트가 개방되는 순간 배 안에 태풍과 같은 바람이 불었고 압력 차이에 의한 안개가 발생했다. 승조원들의 고막은 기압 변동에 따라 적응했지만 귀는 여전히 멍멍했다.

기관장의 실수였다. 기관을 정지시키라는 명령을 잘못 이해하여 디젤엔진을 중립에 놓으라고 지시했고, 계속 함내의 공기가 디젤엔진으로 빨려 들어가고 있었던 것이다. 기관장은 집합한 승조원 앞으로 불려나와 심하게 질책을 받았다. 이번이 그의 최초 스노클 항해였는데 완전히 실패로 끝나고 말았다. 팔렌티너 대령은 우리가 출항하기 전에 지침서를 다시 한 번 확인하고 계속 스노클 항해를 연습하라고 충고해주었다.

함장과 클링엔베르크(Klingenberg) 선임대위는 사이가 매우 좋지 않았다. 그래서 함장의 제안으로 주 도쿄 공군 무관인 울리히 케슬러(Ulrich Kessler) 장군의 참모로 지정된 리하르트 불라(Richard Bulla) 소령을 클링엔베르크 대신 선임장교로 임명했다. 불라는 아틀란티스에서 항공장교로 근무해서 함장과는 잘 알고 지내는 사이였고, 차기 항해에 편승요원으로 지정되어 있었다.

함장은 베를린에 있는 해군본부로부터 일본 도쿄로 27명의 인원을 이송하라는 지시를 받았다. 하지만 함장은 27명은 너무 많은 숫자라고 본부에 보고했다. 그들은 승조원 18명 대신 편승해야 했고 우리의 항해를 위험하게 만들 수도 있기 때문이었다. 몇 회의 토론 끝에 12명을 편승시키고 승조원 8명을 하함 조치시키는 것으로 합의했다.

1945년 1월, 우리는 도쿄로 갈 마지막 준비를 하고 있었다. 비스만 대위가 나에게 알려준, 독일 공군이 개발한 호헨트빌 레이더 장비도 장착되었다. 이것은 함교탑 테두리 내에 장착되어 압축공기로 상승시킬 수 있도록 되어 있었다. 이 레이더는 유보트로 하여금 항공기가 잠수함의 위치를 탐지하기 전에 접근 중인 항공기를 탐지할 수 있도록 한 매우 중요한 장점을 가지고 있었으나, 장시간 작동할 때는 열이 많이 발생했다. 그 뒤에 우리 잠수함 편승요원 가운데 한 명인 통신 기술자 쉬케(Schicke) 박사가 예비용으로 한 세트를 더 확보해서 열이 발생하는 문제를 해결해주었다.

미국에서 비밀 해제된 문서에 따르면 U-234가 싣고 가야 할 장비 및 실제 적재물은 1944년 12월에 결성된 위원회에서 결정되었으며 그 위원회의 이름은 함정 해외 특별 임무(Marine Sonderdienst Ausland)였다. 이 위원회의 책임자는 베커(Becker) 해군 대령이었고 어떤 장비를 적재할 것인가부터 일본과의 연락 업무 등 전반적인 상황을 관할했으며 롱바인 (Longbein) 소령이 실질적인 적재 장교였다.

이미 언급된 화물 격실 이외에 함수 중앙선을 따라 수직으로 설치된 기뢰 장착대 내에 삽입할 수 있도록 시가 모양과 유사한 철제 원통형 튜브도 제작되었다. 이들 튜브는 기뢰 고정 장치로 고정되었다. 장비들은 최고도의 보안 속에서 적재되었다. 용골 바닥에는 50파운드 수은용 철제 용기가 저장되었다. 그 외에 광학용 유리, 기관 청사진, 카메라, 밀봉된 용기 내의 비밀문서와 Me262 전투기를 분해하여 함 중앙부에 있는 저장고에 적재했다.

전부에 있는 수직 튜브에는 대전차포, 다른 대전차 무기 및 소형 로켓이 채워졌다. 가장 중요하고 비밀스러운 화물이었던 산화우라늄(Uranium Oxide)는 1945년 2월 어느 아침에 친위대 소속 무기 소송 트럭에 의해 부두로 이송되어왔다. 그것은 내가 알기로도 매우 강한 방사능 물질이었다.

U-234의 일본 항해에는 일본군 장교 2명이 편승하도록 되어 있었다. 항공공학자인 공군 대좌 겐조 쇼시(Genzo Shosi)와 18개월 전 주 독일 일본 대사관에 금을 가지고 U-180에 편승하여 독일로 왔던 잠수함 설계 전문가 히데오 도모나가 해군 대좌였다.

나는 이 두 장교가 전부 갑판에 앉아서 동일한 2개의 용기에 검은 글씨로 뭔가 표시하고 있는 것을 보았다. 이때 나는 몇 개의 용기가 적재되어 있는지 알지 못했으나 적재 계획에는 10개라고 명시되어 있었다. 각각의 용기는 정사각형 모양이었고, 아마도 철 또는 납으로 제작된 것 같았으며, 각 면이 약 9인치 정도 되었으나 매우 무거웠다.

그것은 포장지에 'U-235'라는 글자를 쓴 다음 파프(Pfaff) 소위와 갑판장 페터 쉴히의 감독 하에 6개의 수직 기뢰 장착대 내로 적재되었다. 내가 도모나가 대좌에게 그 납으로 된 용기 안에 무엇이 들어 있는지 물어보았더니 "U-235에서 오는 화물이며, 그 배는 더 이상 일본으로 가지 않는다"고만 말했다.

내가 제5잠수함전단에 문의해보았을 때 U-235는 소형 훈련 잠수함이고 발트 해를 벗어난 적이 없다고 했다. 따라서 도모나가 대령이 나에게 거짓말을 했다는 것을 알 수 있었다. 이 모든 것을 그날 저녁에 함장에게 말했더니 함장은 이렇게 말했다.

"젠장! 자네만 알고 있고 그것에 대해 일본 사람들과 다시는 이야기하지 말게. 일본에 도착하면 모든 것을 알려줄 테니까."

최근에 나는 해군 역사학자인 위르겐 로버(Juergen Rohwer) 박사에게서 1944년 12월 또는 1945년 초 무관을 통해 핵 관련 재료를 요청받았을 것이라는 말을 들은 적이 있다.

주 베를린 일본 육군 무관인 기고이시(Kigoishi)는 독일 정부와 이들 재료의 이송을 협의했고 킬에서 U-234에 적재되는 우라늄 용기 10개를 확인했다고 했다. 이는 산화우라늄이 일본에 매우 특별한 물질이라 것이 증명된 셈이다. U-234에 적재가 완료되었을 때 적재된 모든 화물의 무게는 약 260톤이었다.

5전단장이 도모나가와 쇼시에게 환송연을 베풀었다. 이 환송연은 파괴된 여객선 상 루이스 선상에서 열렸는데 일본 대사 오시마(Oshima)는 도모나가 대좌의 300년 된 사무라이 칼을 항해할 동안 우리 함장이 관리하도록 했다. 독일에서 편승한 11명의 인원은 일본인 2명, 해공 협동작전 전문가인 리하르트 불라 소령, 그리고 다음의 8명이었다.

- 프리츠 산드라트(Fritz Sandrath) 공군 대령: 전 브레멘 대공방어 사령관
- 에리히 멘첼(Erich Menzel) 공군 대령: 통신장교, 공군 무관의 기술 보좌관
- 하인히리 헬렌도른(Heinrich Hellendorn) 해군 소령: 해상 대공방어 전문가
- 하인츠 슐리케(Heinz Schlike) 해군 대령(명예): 레이더, 적외선 및 방향 탐지 분야 과학자
- 카이 니슐링(Kai Nischling) 공군 중령: 나치 군 판사
- 게르하르트 팔케(Gerhard Falke) 해군 대령: 함 설계 및 건조 전문가
- 아우구스트 브링에발트(August Bringewald): 메서슈미트(Messer-schmitt) 사의 선임 연구원, ME262, ME163 및 로켓 추진 분야
- 프란츠 루프(Franz Ruf): 메서슈미트 사의 획득 분야 전문가

마지막 편승자는 노르웨이에서 태우기로 되어 있었다. 판사인 니슐링은 조르게(Sorge) 간첩 사건에 대해 대사관 직원들을 조사하고 항해 중 다른 편승자를 감시하는 임무를 띠고 있었다. 일본인 2명과 니슐링, 그리고 팔케는 부사관 침실 밑 격실에서 잠을 잤고 나머지는 알아서 아무 데서나 자야 했다.

미 정부 문서관리소는 373/3679/box 22/Folder "OP-16-Z-Day file 1/1/45"로 분류된 문서의 비밀을 해제했다. 이 문서는 니슐링 판사의 조사기록 자료였다. 게르하르트 팔케의 조사 경과는 현재까지 공개되지 않고 있다. 나는 개인적으로 판사 이외의 사람들과는 별로 접촉이 없었던 팔케를 중요하게 생각하지 않았다. 문서에 따르면 니슐링 판사가 산화우라늄에 대해서는 전혀 아는 바가 없다고 했으나 그가 독일 내에 있는 우라늄과 관련된 공장 및 접촉에 대해서 아는 것으로 볼 때 함내에서 자세

한 대화가 이루어졌을 가능성이 크다.

니슐링 판사는 또한 'Ore의 숨은 뜻'은 게르하르트 팔케가 알고 있다고 했고, 팔케는 U-234에 편승하기 전에 소정의 비밀 과정을 수료했으며, 도쿄에서 베네커 제독 밑에서 모든 해군 분야의 선임 기술고문 임무를 받을 예정이었다.

1945년 3월 25일 오후 연료, 탄약, 식량 및 화물 적재가 완료되었고 U-234는 유보트 대피소를 출항하여 포르데(Forde)로 나갔다. 수백 명의 전단요원이 힌덴부르크우퍼(Hindenburgufer)에 나와 우리의 출항을 지켜보았다. 우리의 목적지는 비밀이었지만 모두 다 알고 있는 것 같았다.

저녁때 우리는 슈트란더 부흐트(Strander Bucht) 외곽에 투묘를 한 채 호위함을 기다리고 있었다. 의심의 여지 없이 이것이 도쿄로 가는 항해의 가장 힘든 부분이었다. 곧 우리는 수상항해로 기뢰가 가득하고 적이 완전히 제공권을 장악한 노르웨이 쪽으로 가야 했던 것이다.

또한 모든 연합국 항공기 및 수백 척의 연합국 대잠수함 세력은 우리가 영국의 북쪽 해안까지 항해하는 도중에 모든 유보트를 격침시키려고 혈안이 되어 있었다.

3월 26일, 아침 일찍 호위함이 신형 Type-13 유보트 3척을 대동하고 나타났다. 우리는 킬에서 노르웨이의 크리스티안산(Kristiansand)까지 고난의 항해를 해야 했다. 그 선단의 최선임 장교로서 펠러 함장의 책임은 막중했다. 그가 가장 염려한 것은 적 요원들이 우리가 킬을 출항한 것을 알게 되어 우리가 카테가트(Kattegat)에서 공격받을지도 모른다는 것이었다. 만약 그렇게 된다면 대학살의 현장을 빠져나갈 수 있는 성공 확률은 매우 적었다. 그 해역의 수심이 매우 얕아 우리가 회피할 수 있는 공간이 별로 없었기 때문이다. 일단 그 해역을 무사히 통과한 우리는 속력을 줄이고 코펜하겐(Copenhagen)으로 향했다.

바다에는 기뢰가 수없이 많았지만 우리는 곧 그레이트 벨트(Great Belt)

지역에서 벗어날 수 있었고, 덴마크 수로를 야간에 통과한 후 한시라도 빨리 중립국 해역인 스웨덴으로 들어갈 수 있도록 소해정 호위를 중지시켰다. U-234는 잔잔한 바다에서 17노트로 항해할 수 있었다. 그러나 펠러 함장은 선단 내에서 가장 느린 유보트 속력인 10노트로 항해해야 했다. 우리는 양호한 날씨 속에서 카테가트를 통과했다.

3월 27일, 오후 3시경 나는 호텐트빌 레이더 세트가 과열되어 예비 장비로 교체해야 했고, 그로 인해 10분간 공백이 생길 예정이라는 것을 보고하러 함교에 올라갔다. 당직사관이 허가해주었고 나는 시간을 지체하지 않고 교체를 시작했다. 그러나 10분이 채 지나가기도 전에 항공기 경보 사이렌이 울려 대공포에 인원이 배치되었다. 비행기 3대가 함수 쪽에서 발견되었다.

레이더 전문가인 슈뢰케 박사가 내 옆에 서 있었는데 나는 그에게 즉시 장비를 켤 수 있느냐고 물어보았다. 그는 가능하다고 했고 새로운 부품은 오슬로(Oslo)에서 확보할 수 있다고 했다. 장비가 작동했을 때 적 항공기 3대는 5,000야드 거리에 있었고, 나는 계속해서 거리가 가까워진다고 함교에 보고했다.

나는 3,000야드 거리에서 함장이 조용하게 발포 명령을 내리는 소리를 들었다. 하지만 함포는 발포되지 않았고 주위는 조용했다. 나는 함교로 뛰어 올라갔고 함장이 포 요원들에게 소리를 지르고 있는 걸 보았다.

갑판 위에 있던 요원들만 발포 명령을 들었을 뿐, 정작 포 요원들은 그 소리를 듣지 못했던 것이다. 더욱 놀라운 것은 적 항공기가 그들 바로 밑에 있는 유보트 4척을 발견하지 못한 채 우리 위를 통과해 날아가버린 것이다.

자정쯤에 프레데릭스하펜(Frederikshaven) 북쪽에 있는 소해된 항로를 따라가고 있을 때 우리는 남쪽으로 향하는 독일 선단과 마주쳤다. 이 선단은 상선 4척과 신형 어뢰정 몇 척으로 구성되어 있었다.

30분 후 우리는 조명탄이 구름 사이에서 내려와 우리 함미 쪽을 희미하게 밝히고 있는 것을 보았다. 그 후 독일 선단을 향해 폭격기들이 공격을 하기 시작했다. 호위함에서 발사하는 대공포에도 불구하고 탄약 보급함은 커다란 불덩어리와 함께 폭발하여 사라져버리고 말았다. 레이더 스크린에는 몇 개의 표적이 접촉되어 있었다. 카테가트에서는 적 항공기들이 마음놓고 작전을 하고 있었다.

우리 배의 대공포 요원들이 조용히 대기하며 하늘을 살피고 있을 때 함장은 다른 유보트 3척에 대한 책임감과 수심이 너무 얕아 잠항할 수 없다는 불리한 상황에 대해 계속 걱정하고 있었다. 그 후 서쪽에서 저고도로 접근하는 항공기가 레이더에 탐지되었다. 항공기는 약 6,000야드 거리에서 접촉되었고, 수면 위에 거의 붙어서 날아오고 있었다.

포 요원들에게 항공기에 대한 정보가 전달되었고 다른 유보트에 발광으로 신호를 보내주었다. 우리가 할 수 있는 일이라고는 공격해오는 항공기가 지나가는 항로에다 20mm 대공포탄의 탄막을 형성하는 것뿐이었다.

항공기가 접근해옴에 따라 다가오는 항공기에 집중적으로 레이더파를 발사했다. 3,300야드에서 공격하던 항공기는 기수를 틀어 비켜나갔고 6,000야드까지 벗어나 곧 사라져버렸다. 나는 놀란 눈으로 베르너 바흐만(Werner Bachmann) 상사를 쳐다보았다.

"아마도 자기네 레이더 스크린에 나타난 우리 모습이 별로 마음에 들지 않았던 모양일세. 반사파가 너무 커서 우리 배를 순양함으로 알았을까?"

항공기들은 계속 하늘을 선회했고 30분 후 서쪽에서 또 다른 항공기가 접근했다. 내가 레이더파를 그 항공기에 집중시키자 3,300야드에서 회피했다. 상황은 밤새도록 계속되었다. 동일한 상황이 세 번이나 반복되었다. 내가 한 행동이 적 레이더 화면에 어떤 효과를 가져왔는지는 알 수 없었지만 우연은 아닌 것 같았다.

해가 뜨면서 모든 상황이 종료되었다. 유보트 4척은 아무런 손상 없이 오슬로피요르드(Oslofjord)를 지나 호르텐(Horten)에 닻을 내렸다.

3월 29일, 유보트 훈련장교는 스노클을 장착한 모든 잠수함의 훈련을 지시했다. 쾌청한 날씨와 양호한 시정 속에서 우리는 훈련 구역으로 나가 잠항한 후 훈련을 시작했다.

잠시 후 약 1마일 정도 떨어진 구역에서 렌크하이트(Lenkheit) 소령이 지휘하는 U-130이 우리 구역을 침범하여 우리 배의 좌현 함미 7번 연료 탱크를 들이받았다. 그 바람에 16톤의 연료유가 피요르드(Fjord)에 새어 나갔다. 우리 배를 들이받은 유보트는 함수와 어뢰발사관 외부 문에 손상을 입었다.

크리스티안산 항에 들어갔을 때 항만 관계자는 해당 항구에는 건선거가 없어 수리를 위해 베르겐(Bergen)으로 가야 한다고 함장에게 알려주었다. 우리는 이와 관련해 두 가지를 놓고 토론했다. 완전하게 물품이 적재된 배를 건선거에 올리는 것은 위험하고 베르겐으로 가려면 노르웨이 해안선을 따라 3일간 항해를 해야 하며, 이때 어떠한 적의 위협이 도사리고 있는지 알 수 없는 상황이라는 것이었다.

우리 함장의 해결책은 적당한 철판을 구해 크리스티안산 조용한 곳에 함을 투묘한 뒤 함수 20도의 트림각을 주어 함미를 수면 위로 들어올려 승조원이 수리를 한다는 것이었다. 그러나 300피트 길이의 잠수함으로 시도하기에는 매우 어려운 일이었다. 결국 1945년 4월 초, 1주일간 우리는 망가진 철판과 프레임을 제거한 뒤, 새로운 철판을 대고 용접수리를 완료했다.

최종 편승자가 배에 탔다. 울리히 케슬러(Ulrich Kessler) 공군 장군이었다. 그는 도쿄에 있는 독일 대사관의 신임 공군 무관이었고 당시의 정권, 특히 괴링을 비난하기 좋아하는 외향적인 사람이었다. 케슬러가 나치 정권과 괴링을 비난하는 말을 듣고 함장이 공포에 질린 표정을 짓는 것을 보고 나는 상당히 놀랐다.

크리스티안산에서 대기하는 동안, 나는 매일 아침 전문을 받아오기 위해 통신실로 갔다. 아마도 4월 14일쯤이었던 것으로 생각된다. 나는 다음과 같은 내용의 전문을 함장에게 전했다.

U-234: 최고 지휘관의 지시에 따라 출항할 것. 총통 본부.

잠시 후에 나는 다른 한 통의 긴급 전문을 받았다.

U-234: 나의 지시에 따라 출항하라. 지금 즉시 출항할 것. 되니츠.

이를 본 함장은 육지로 올라가 호위함들을 확인하고 우리를 스카겐(Skagen)까지 데려다줄 고속 대잠전용 트롤어선을 준비하도록 조치했다.

1945년 4월 16일 오후, U-234는 조용히 부두를 출항했다. 크리스티안산을 벗어난 후 잠수함을 정지하여 통신정을 옆에 계류시키고 잠수함 북부지역 사령관인 뢰싱(Rösing) 대령이 건너와 간략한 출항 행사를 마련했다. 승조원은 함미 갑판에 정렬했고 편승자는 함내에 남아 있었다. 뢰싱은 긴 항해에서 우리의 행운을 빌어주었다.

"동지들! 귀관들이 살아서 돌아올 때쯤이면 우리가 승리한 후일 것이다!"

이 말이 그저 아무런 의미 없는 말이었는지, 아니면 특별한 뜻이 있었는지 나는 매우 궁금했다. 그 후 뢰싱 대령은 떠났고, 함장이 승조원들에게 말했다.

"동지들! 최근 소식을 들어서 우리 조국의 상황을 잘 알고 있을 것이다. 독일은 현재 힘든 상황에 처해 있다. 전쟁의 끝이 어찌 되든지 간에 나는 제군들이 무사히 돌아올 수 있도록 최선을 다할 것이다."

호위함이 도착해 우리는 16노트로 따라갔다. 린데스네스(Lindesnes)에 도착했을 때 함장은 호위함이 더 이상 필요하지 않다는 신호를 보냈다.

"안전 항해와 무사 귀환을 기원합니다."

호위함의 발광 램프가 반짝거렸다. 오른쪽에 보이는 나지막한 산을 마지막으로 바라본 후 함장은 함교 당직자를 함내로 보내고 해치를 닫았다. 잠수함은 잠망경 심도에 유지되었고 적도까지의 긴 잠항항해가 시작되었다. 나는 다시 해를 볼 수 있을까 의문에 사로잡혔다.

THE SECRET DIARY OF A U-BOAT

10

일본으로 가는 항로: 항복

● 크리스티안산으로 입항하는 배의 통신사로부터 나는 남대서양 연안과 태평양 지대의 무선표지(Radio Beacon)[1]에 대한 유용한 정보를 얻었다. 그러나 함장과 토론하는 가운데 그는 일본으로 가는 항로를 선택했고, 특히 인도양과 서태평양에서의 적 활동이 급격하게 증가함에 따라 케이프 혼(Cape Horn)을 돌아 일본으로 가고자 했다.

항해 첫날, 빌지펌프 모터에 화재가 발생했다. 불꽃은 곧 잡혔으나 함내에 악취가 풍겨 승조원들은 제대로 숨을 쉴 수가 없었다. 하지만 우리는 이 구역에서 부상할 수 없었기 때문에 고민한 끝에 빈켈만 준위가 기막힌 생각을 해냈다. 디젤엔진에서 스노클을 분리시키면 함내의 오염된 공기를 빨아들일 것이고, 동시에 스노클을 통해 들어온 신선한 공기가 함내에 공급된다는 것이었다.

정오쯤에 베르겐 근해에서 통신을 위해 배를 수심 50피트에 유지했고 잠망경 감시 도중 저고도로 우리를 향해 접근하는 대형 항공기를 발견했다. 우리는 즉시 300피트로 잠항하여 폭뢰 대응 태세를 취했으나 물 튀기는 소리가 세 번 들린 것 외에는 아무 소리도 들리지 않았다.

수중청음기를 이용하여 나는 5초간의 발신음과 그 이후 오랜 시간 아무 소리도 들리지 않았다는 것을 확인했으며 다른 방위 3개에서 동일한 현상이 발생했다. 나는 재빨리 킬에 있는 통신지원국에서 받은 신무기편람을 찾아보았다. 그 결과 항공기가 송신기로 음파를 보내고 수신기로 다시 음파를 수신할 수 있는 소노부이 3발을 투하했다는 것을 알 수 있었다.

항공기 항법사는 소노부이를 투하해 교차방위법을 사용하여 잠수함 위치를 확인한 후 폭뢰 공격을 할 수 있었다. 그리고 우리 배 밑에 따뜻한 해수층이 있을 때에만 우리는 탐지를 피할 수 있었다. 함장은 우리 배의 최대잠

---

1 항해하는 선박을 위해 육상에서 일정 주파수의 전파를 방사하는 장치로, 이 전파의 방위를 이용하여 함 정들은 안전하게 항해를 할 수 있다.

항심도인 550피트로 심도를 변경했고, 결국 우리는 공격받지 않았다.

그날 저녁 우리는 상선과 충돌하는 상황을 간신히 피했다. 조타장 야스퍼(Jasper)가 잠망경 당직을 서고 있었는데 상선을 늦게 발견하고는 긴급 잠항 명령을 내렸다. 우리는 상선의 중앙 하부를 통과했고 상선의 커다란 추진기에 의해 잠수함이 빨리 들어가는 듯한 느낌을 받았다. 만약에 디젤 엔진 대신 전기 모터로 추진하고 있었다면 우리 배의 심도는 더 깊었을 것이고 청음기에 당직자가 배치되어 있을 것이므로 이런 일은 일어나지 않았을 것이다.

스노클 마스트 최상단에는 레이더 전파를 감지하기 위한 안테나가 설치되어 있었다. 이 장치는 또한 노르웨이에서 송신되는 통신전파항법장비의 수신장치로 사용되었는데, 잠수함이 잠항항해 중에도 정확히 항해할 수 있도록 도와주는 체계이다.

이 수신 안테나를 처음 사용할 때 나와 조타사 파울 리쉐 사이에 약간 언쟁이 있었다. 침로는 아이슬란드-파로스 해협을 경유하여 대서양으로 진입하도록 되어 있었는데 파울 리쉐는 추정항해법을 이용해 획득한 위치를 시작 위치로 삼았다. 그런데 이 위치는 내가 통신전파를 사용해서 산출한 위치와는 차이가 있었다. 내 생각으로 만약 우리가 리쉐가 정한 침로를 따라간다면 '로즈가든(Rosegarden)'이라는 매우 수심이 얕은 지역을 지나가도록 되어 있었다. 유보트들은 이 지역을 무조건 피해가려고 했는데, 여기는 연합군 항공기들이 소비하지 못한 폭탄을 투하하는 지역이었다. 연합군 항공기들은 유보트들이 북해로 진입한 후에 그곳에서 휴식을 취한다고 알고 있었기 때문에 그 구역에 폭격하는 것을 선호했다.

함장은 다른 전투병과 장교와 마찬가지로 전파항해를 가장 낮은 우선순위로 여겼고, 결국 내가 건의한 사항을 받아들이지 않았다. 하지만 그때 다른 항해장비인 측심기가 우리가 확실히 '로즈가든'으로 접근하고 있다는 것을 증명해주었다. 이로 인해 함장을 설득해, 결국 전파항법에 대한 불신을 떨쳐버리게 되었다.

작전명령서에 따르면 우리 배는 적도에 도착할 때까지 계속 잠항항해를 하도록 지시를 받았으나 함장은 최대한 빨리 대서양에 진입하기 위해 수상항해를 하기로 결정했다. 함장은 큰 파도에서 항해할 때는 스노클이 장점과 단점을 모두 가지고 있다는 사실을 발견했다. 우리 배는 선체가 낮고 위장이 잘 되어 있어서 이런 높은 위도에서는 발견될 염려가 거의 없고, 특히 우리가 선체를 수면과 같은 높이로 충수할 때는 더욱 발견하기 어렵기 때문에 적 군함에 의해 공격을 당하더라도 수상항해를 하기로 결정한 것이다.

우리는 주 부력 탱크에서 물을 배출한 후 부상했다. 스노클 마스트는 전부 갑판 격납고에 접어넣었고 레이더 마스트를 올려 작동시켰다. 디젤엔진이 굉음을 내며 푸르스름한 배기가스를 배출했다. 우리는 전속으로 아이슬란드-파로스 해협을 통과했는데 이곳은 수많은 유보트가 격침된 곳이었다.

첫날 밤 항공기가 나타나 잠항을 할 수밖에 없었지만 항공기가 우리를 발견하기 전에 우리 레이더가 먼저 그들을 탐지했다.

우리가 대서양으로 진입한 날, 히틀러가 죽고 그의 후계자로 되니츠 제독이 임명되었다는 사실을 알게 되었다. 나는 이것으로 제3제국(Third Reich)의 종말이 다가왔다고 생각했다.

1945년 5월 4일 저녁에 나는 유보트 사령부에서 온 전문을 수신하고 있었다. 그 내용은 독일 시각으로 다음날 아침 8시부터 모든 독일 잠수함은 공격을 중지하라는 것이었다. 모든 공격은 허가되지 않을 것이며, 현재 진행 중인 추적을 즉시 중지하고 모든 공격 잠수함은 노르웨이 항구로 복귀하라고 했다.

함장은 이 잠수함의 비밀 임무와 관련하여 그 지시를 참고하기만 했다. U-234는 공격 잠수함이 아니기 때문이었다. 그래서 우리는 레이더에 의

지하면서 낮에는 잠항, 밤에는 수상항해로 우리 임무를 계속 수행했다.

막데부르크(Magdeburg)에 있는 우리의 저주파 송신기 '골리아트(Goliath)'가 연합군 지상군에 의해 파괴되었기 때문에 우리는 고주파에 의존할 수밖에 없었다. 가장 중요한 전문을 위해 '특별 주파수'를 청취하라는 지시가 있을 때 우리는 오류가 포함된 주파수 테이블을 받았기 때문에 유보트 사령부와 교신이 두절되어버렸다. 이것이 단지 실수였는지 아니면 누군가 일부러 한 짓인지 나는 알 길이 없었다. 베르너 바흐만이 주파수를 알아맞히는 긴 작업을 끝내기 전까지 얼마 동안 함장은 미국 또는 캐나다의 영어 라디오 방송을 듣고 전황을 파악해야 했다.

1945년 5월 8일, 항해 중인 모든 잠수함이 독일의 항복 소식을 수신했다. 새로 적용되는 규정으로 전 작전세력은 암호화된 전문을 송수신할 수 없었고 전 유보트 및 로리앙과 생 나제르의 해군기지로 송신된 전문에는 모든 과거용 암호자재를 파기하고 현용 및 미래용은 반납하라고 되어 있었다.

그날 저녁 늦게 유보트 북부지역 사령관인 뢰싱 대령이 우리 함장에게 일본 암호로 된 전문을 보냈다.

U-234. 귀함은 항해를 계속하든지 또는 베르겐으로 귀환할 것. 지역사령관.

내가 통신일지를 보여주자, 함장은 고개를 흔들며 확실히 돌아가지 않겠다고 했다. 우리는 계속해서 전속으로 남쪽으로 향했다.

이틀 전인 5월 6일, 일본 외무장관인 도조(Tojo)가 일본은 독일을 포함한 모든 외국과 맺은 조약 및 협약을 무효화하고 혼자 싸울 것이라고 선언했다고 미국 방송이 보도했다. 5월 8일 저녁 로이터 통신은 일본이 독일과의 관계를 청산했고 그 결과 일본에 거주하고 있는 독일인들을 체포하기 시작했다고 전했다. 이 두 소식을 접한 함장은 우리의 항해 목적이 사라졌으며 어쩔 수 없이 항복해야겠다고 장교들에게 선언했다.

이제 일본 장교 2명이 새로운 문제로 등장했다. 그들은 아마도 적재된 화물이 적 수중에 들어가는 것을 막는 것이 자기들의 의무라고 생각하고 행동할 것 같았다. 함장은 그들에게 현 상황을 통보하고 체포하기로 결정했다.

그 내용을 알게 된 도모나가와 쇼시는 함장의 딜레마를 이해했지만 원만한 해결을 원했다. 함장의 결정을 다시 한 번 재고해보라는 부탁을 하면서 쇼시는 항해가 종료된 후 U-234의 승조원은 감옥에 투옥되지 않을 것이며 특별히 융숭한 대접을 받게 될 것이라고 개인적인 견해를 밝혔다. 하지만 함장은 일본 정부를 신뢰하지 못했고 독일의 항복 이후 동양의 추축국 파트너인 일본이 자기들 영토 내에 있는 독일 국민의 유용성이 소멸했으며 천황의 수중에 떨어진 다른 유럽인들보다 좋은 조건으로 대우해 줄 필요가 없을 것이라고 생각했다.

함장은 일본 장교들의 부탁을 미소와 함께 고개를 가로저으며 거절했다. 나중에 결국 함장의 판단은 잘못된 것으로 드러났다. 1945년 5월 15일, 제3제국의 외교 및 당 조직이 완전히 소멸된 다음에도 나머지 전쟁 기간 동안 독일 국민들은 동양에서 매우 양호한 조건 하에서 생활할 수 있었다.

내가 통신실로 갔을 때 바흐만이 말하길, 일본 장교들이 함내를 돌아다니며 작별인사를 하고 도모나가는 스위스에서 구입한 시계를 나누어주고 있다고 했다. 하지만 나는 그 당시 이 모든 것이 무엇을 암시하는지 알 수가 없었다.

일본군 장교들은 자살을 시도할 수도 없었다. 함장이 도모나가의 사무라이 칼을 보관하고 있었고 일본 장교들은 다른 무기도 휴대하지 않았기 때문이다. 항해 전에 함장은 모든 독일 편승자의 무기를 수거했고, 승조원 중 장교 및 준사관들만 권총을 소유하고 있을 뿐이었다. 연합국은 해상에 있는 모든 유보트들에게 항복 시 취해야 할 행동에 대한 전문을 보냈다.

1. 모든 어뢰 뇌관을 분리하여 해상으로 투기해야 한다. 그러나 해체된 어뢰는 보관해야 한다.
2. 모든 대공포 탄약은 해상에 투기하고 포는 함미 쪽을 향하게 하여 끈으로 고정시킨다.
3. 잠망경을 상승시켜 흑색 깃발을 게양한다.
4. 항해등을 점등한다.
5. 정확한 위치를 보고하고 이후의 모든 이동은 수상항해로 실시한다.

이 전문 이후에 각 구역마다 항복하기 위해 가야 하는 항구에 대한 지시 사항이 수신되었다. U-234가 항복할 항구는 노바스코샤(Nova Scotia)의 핼리팩스(Halifax) 항이었다.

이 전문을 읽은 후, 함장은 장교들을 불러놓고 해적을 상징하는 흑색 깃발 게양이 내포하는 내용에 대한 토론을 했다. 우리는 전쟁 기간 동안 청음기를 통해 폭뢰 공격이나 폭격하는 소리를 엄청나게 많이 들었다. 그래서 잠망경에 흑색 깃발을 게양하고 항복할 때 무방비 상태에서 공격받아 격침될 가능성도 고려해야 했다.

함장은 그 사항에 대해 결정 내리는 것을 회피한 채 계속 남쪽으로 항해했다. 이후 5일간 함장과 선임사관인 불라 소령은 매일 저녁 통신실로 와서 미국과 캐나다 뉴스 방송을 듣고 국제 상황에 대해 정보를 수집했다. 둘 다 영어를 잘했다.

항복 1일 후 전 유보트 주파수에 아래와 같은 전문이 송신되었다.

지금 항복하지 않으면 해적으로 간주하여 재판에 회부될 것임.

발신자 이름은 없었지만 송신 방법으로 볼 때 영국 통신사가 틀림없었다. 다시 한 번 장교들과 일부 편승자를 포함해 긴 토론이 있었다. 함장은 자기가 어떤 방향을 원하는지에 대해 의견을 제시하지 않았다.

케슬러 장군과 프리츠 폰 산드라트 대령은 일본으로 가는 임무를 계속하자고 했고, 어쨌든 항복해서는 안 된다고 주장했다. 만약 필요하다면 승조원 전원이 상륙한 다음 안전한 장소를 찾을 수 있는 아르헨티나로 갈 것을 제안했다. 불라와 파프는 남태평양에 있는 섬으로 가기를 원했다. 군의관 발터 박사와 우리 가운데 가장 열렬한 나치주의자였던 니슐링 판사는 항복하자고 했다.

내 개인적으로는 5월 8일 뢰싱 대령이 보낸 우리의 마지막 지시, "항해를 계속하든지, 베르겐으로 귀환하든지"를 따랐어야 했다고 생각했다.

함내에서 의견 일치를 보지 못한 채 5월 13일 함장은 다음과 같은 전문을 송신하라고 나에게 명령했다.

핼리팩스, U-234가 여기 있음.

캐나다 수신소는 즉각 응답하며 우리 위치를 물어왔고 우리가 위치를 알려주자 곧바로 노바스코샤로 항해하라고 지시했다. 하지만 함장은 지시받은 곳으로 가고자 하는 의지가 전혀 없었고 미국 지역으로 들어가기 위해 남서쪽으로 전속으로 향하고 있었다.

내연사들이 침대 커버를 흑색으로 물들여 잠망경에 매달았고 상부 포대의 깃대에는 독일 전시 깃발을 게양했다. 항해등은 점등되었지만 항복에 따른 다른 지시 사항들은 이행하지 않았다. 함미 발사관은 장전되었고 대공포는 발사준비 태세를 갖추었다. 우리는 항공기의 기습에 대비해 24시간 레이더 당직자를 배치했다.

저녁 11시경 레이더에 나타난 항공 접촉물을 확인하기 위해 통신실로 갔다. 함장은 비상을 외쳤고 포 요원들이 포대를 정리한 후 나는 레이더파를 접근하는 항공기 쪽으로 송신했다. 최단 방어 거리에 진입하기 바로 직전, 항공기는 방향을 틀어 대공포의 최대거리에서 우리 위를 회전하면서 경계했다. 흰색 신호탄이 하늘에서 폭발한 후 항공기는 돌아갔고 잠시 후 핼리팩스가 무전기에 등장했다.

U-234, 귀함의 위치 및 침로가 맞지 않음. 핼리팩스를 향해 340도로 변침할 것. 4시간마다 위치, 침로 및 속력을 보고할 것.

함장은 전문을 읽고는 그저 미소만 짓고 있었다. 함장은 미국 쪽으로 계속 항해할 계획이었다.

함내에 있던 니슐링 판사가 도모나가와 쇼시가 팔을 같이 묶고 나란히 누워 씩씩거리며 깨워도 일어나지 않는다고 함장에게 보고했다. 근처에는 빈 수면제 약통이 뒹굴고 있다고 했다.

그들이 작별인사를 한 까닭을 나는 비로소 알게 되었다. 갑판장인 페터 쓸히는 일본인들의 가방을 찾아보라는 함장의 명령을 받고 그들의 짐을 뒤적거리다가 함장에게 쓴 편지 한 통을 찾아냈다. 거기에는 "만약 우리를 산 채로 발견한다면 가만 내버려두기 바랍니다. 제발 우리를 죽게 내버려두십시오"라고 적혀 있었다.

포로 신세를 면하기 위한 그들의 최후 선택이었다. 자기들 사체가 미군의 손에 넘어가지 않도록 부탁했고 외교행낭에는 미국에 유용하게 사용될 수 있는 비밀문서들이 많이 있으니 추를 매달아 바다에 투기해달라고 끝맺음했다. 또한 승조원 몇 명과 함장에게는 자기들이 명예롭게 사망했다고 가족에게 알려달라며 그 비용으로 스위스 화폐를 약간 남겨놓기도 했다.

함장은 조용히 그들의 부탁을 들어주자고 말했다. 그러나 발터 박사는 아직도 일본인들이 살아 있다고 했다. 수면제 과다복용이 유럽인들에게는 치명적인 결과를 불러올 수 있으나 일본인들은 체질이 약간 다르다는 설명도 해주었다.

함장은 4시간마다 보고하라는 캐나다인의 지시를 지키지 않았기 때문에 핼리팩스에서 통신이 계속 날아왔다. 통신일지를 갖고 함장에게 보고하자 "계속 우리를 호출하라고 그래"라고 짜증내면서 나를 쫓아내버렸다.

그날 저녁 함장은 캐나다인들을 혼란에 빠뜨리기 위해 위치가 적힌 종이를 나에게 건네주었다.

"가짜 위치야. 아주 미약하게 보내게."

나는 우리 배의 호출부호를 송신했다. 핼리팩스가 즉각 응답했다. 하지만 내가 전문을 송신하자마자 매우 강력한 전파에 의해 방해를 받았다. 핼리팩스는 주파수를 교체하라고 송신했다.

U-234: 혼신이 생기고 있음. 주파수……로 교체할 것.

바흐만은 지시된 주파수로 변경했으나 방해는 계속되었다. 우연이 아니었다. 누군가가 일부러 그러는 것이 분명했다. 이 사실을 함장에게 보고하자, 함장이 심각한 목소리로 조용히 명령했다.

"통신기를 끄게나. 우리가 위치 보고를 할 수 없는 이유가 생겼군."

잠시 후 좌현 함미에서 구축함이 접근 중이라는 함미 견시의 보고가 들어왔다. 미국 군함 서튼(USS Sutton) 함이었는데 우리에게 메인 만으로 향하고 핼리팩스에서 오는 모든 교신을 무시하라고 지시했다. 서튼 함이 우리의 통신을 방해한 것이 분명했다. 함장이 서둘러 발터 박사를 불러 현재 상황에 대해 상의했다.

"오늘 저녁 안으로 일본인들을 수장시켜야 합니다. 만약 미국인들이 그들을 보면 살리려고 모든 수단을 다 쓸 겁니다. 일본인들이 평온하게 죽을 수 있도록 해주시기 바랍니다."

그렇게 말한 발터 박사는 아무 말 없이 함내로 들어갔다. 그리고 몇 시간 후 일본 장교 2명의 죽음을 함교에 보고했다.

함장은 매우 빠르게 행동했다. 추를 단 주머니에 각 사체를 넣고 외교 행낭과 사무라이 칼은 도모나가의 사체에 묶은 후 일본 국기 밑에 시체 2구를 놓았다. 엔진을 정지시키라는 명령을 내린 후 우리는 사망자에 대해 10분간 조의를 표했다. 그 후 사체 2구는 바다에 수장되었다.

서튼 함이 우리가 왜 정지했는지 물었을 때 신호수는 엔진에 약간의 문제가 발생하여 정지했다고 둘러댔다. 구축함은 우리가 항해해야 할 침로를 알려주었고 밤새도록 근거리에서 경계 감시를 했다.

1945년 5월 17일 해 뜰 즈음, 구축함이 모든 함포를 우리 배로 향하게 한 다음 800야드 거리까지 접근했다. 곧 구축함에서 장교 3명과 사병 13명이 구명정에 내려 우리 배로 다가왔다. 불라 소령이 이를 함내에 방송했고, 나는 이를 구경하러 함교로 올라갔다. 중무장한 나포 요원들을 보자 우리가 항복했다는 사실이 실감 나면서 매우 큰 충격으로 다가왔다. 그때 기분은 꼭 거세당하는 느낌이었는데, 적대행위는 끝났다 하더라도 아직 우리의 적인 사람들에게 항복하는 데 대한 이상한 느낌이었다.

구명정이 잠수함 쪽으로 다가올 때 커다란 너울로 인해 좌현 연료 탱크에 부딪쳐 거의 전복될 뻔하기도 했다. 하지만 구명정의 타수는 곧바로 안전하게 구명정을 몰아 U-234의 함미 쪽에 도착해서 소형 닻을 위로 던졌다. 그 후 배를 고정시키고 미군 병력이 올라오기 시작했다. 그때 불라 소령이 기가 막힌다는 듯이 중얼거렸다.

"맙소사! 저치들이 휴대하고 있는 무기들 좀 봐! 한 손에 기관단총, 다른 손에는 콜트 권총, 그리고 어깨에는 탄약 벨트를 3개씩이나 휴대했네!"

슐리케 박사가 함교로 올라와서 마이크로필름 몇 개를 바다에 던졌다. 우리는 그것이 서서히 가라앉는 것을 보았다. 슐리케 박사가 침통한 목소리로 말했다.

"대서양을 횡단할 수 있는 로켓이 저기 저렇게 사라지는구먼."

그때 불라 소령이 미국 병사들을 보면서 빈정거렸다.

"저기 올라오는 사람들 좀 봐. 맙소사! 항복받으러 왔으면서 더럽게 겁내는데? 껌을 씹지 않으면 이빨 부딪치는 소리가 함교까지 들리겠는걸."

미국인들은 함미 쪽에서 기관단총을 함교에 있는 독일 승조원들에게 겨누며 조심스럽게 함교로 올라왔다.

"물론 그들은 이 잠수함에 대해 오래전부터 알고 있었을 거야. 하지만 일본인들이 죽은 줄은 모를 거야."

불라 소령이 계속 중얼거렸다. 이 시점까지 미국이 지금 하고 있는 행동은 우리가 상선을 검색할 때의 행동과 유사했다. 내가 구축함을 바라보았을 때 나는 처음으로 모든 함포 및 대공포가 우리를 향하고 있는 것을 알았다. 미국인들은 킬에서 받은 승조원 명단에 일본인 2명이 포함되어 있었으므로 우리의 항복이 함정일 수도 있다고 생각한 것 같았다.

미국인 나포 장교는 U-234의 함교로 용감하게 올라와 함장이 누구냐고 물어보았다. 그 뒤에는 다른 인원들이 따라 올라와서 긴 체인을 잠망경에다 묶은 후 함교 해치를 통해 내부로 늘어뜨려 해치가 닫히는 것을 방지하는 작업을 했다. 또한 조종실에서는 수평타를 조종하는 커다란 핸들에 체인을 감아놓았다. 하지만 나는 그들을 이상한 눈으로 쳐다보았다. 그렇게 수평타 조종 핸들을 고정시켜서 우리가 잠수함을 잠항시켜 침몰시키는 것을 예방했다고 생각할지 모르겠지만 Type-10B 유보트에는 수동 이외에도 수평타를 작동시키는 또 다른 버튼이 있었다.

나포 장교는 일본군 장교의 행방을 물었고, 함장은 그들이 이미 죽어 바다에 수장했다고 말했다. 그 후 미국 장교가 지시를 내렸는데, 이후부터 잠수함 내부 통신 및 외부 통신장비를 사용하는 것을 금지한다는 것이었다. 불라 소령, 파겐스테처 대위, 기관장 및 기관부 요원 한 명은 U-234에 대기하고 나머지 대원들은 구축함으로 이송되었다. 배의 구석구석을 수

1945년 5월 16일, U-234 항복. 서튼 함의 함교에서 바라다본 U-234. 함수 갑판에 화물창고로 개조된 기뢰 장착대의 일부가 보인다. 우라늄 저장용기는 사진에 보이지 않는다.

1945년 5월, 빌헬름스하펜. 블라이히로트 '해결사' 중령이 영국 해군에 항복한 뒤 제22유보트 전단을 인계하고 있다.

색하고 있는 나포 요원들이 독일 승조원을 대신할 예정이었다.

각 격실마다 조종실과 유선으로 연결되는 통신기를 가슴에 차고 중무장한 보초가 배치되었다. 나포 장교는 U-234 나포를 완료했다고 보고했으나, 구축함의 모든 함포는 여전히 잠수함을 향하고 있었다.

잠시 후 매우 위험한 상황이 발생했다. U-234는 추진력 없이 파도에 떠내려가고 있었기 때문에 파도와 평행한 방향으로 침로가 바뀌었다. 그래서 결국 잠수함의 함수가 구축함 정중앙을 가리키는 상황이 되어버린 것이다. 서튼 함이 이 위험한 상황에서 벗어나려고 전속으로 전진하기 시작했다.

그때 잠수함이 심하게 요동치기 시작했고 나포 장교가 미국 타수에게 270도 침로를 유지하라고 명령했다. 하지만 미국 타수는 독일 잠수함의 타기 작동 패널에 익숙하지 않았다. 원하는 침로 쪽으로 변침하여 키를 바로 한 상태로 타를 조작하기 위해서는 장비에 있는 버튼을 눌러야 한다는 사실을 그 타수는 모르고 있었다.

결국 잠수함은 추가로 90도를 더 회전한 후에 잠금 장치가 작동했고, 이로 인해 잠수함 함수는 다시 한 번 구축함을 가리키며 서튼 함으로 돌진하는 것 같은 상황이 발생했다. 나포 승조원들은 자기들이 처한 위험 상황을 깨닫고는 당황하기 시작했다. 불라 소령이 소리쳤다.

"충돌 침로로 가고 있다!"

그 직후 구축함의 함미 쪽에서 커다란 추진 항적이 수면 위로 솟아오른 것이 보였다. 나는 갑자기 불안해지기 시작했다.

서튼 함의 함교에서 볼 때 그것은 잠수함이 어뢰를 발사하기 위해 기동하는 것처럼 보일 수 있기 때문이었다. 함교에 배치된 통신사는 무릎을 꿇고 해치를 통해 함내로 소리를 지르고 있었기 때문에 구축함에서는 보이지가 않았다.

"아마 곧바로 우리에게 포격을 가할 거야!"

불라 소령이 조용히 말했다. 그리고 미국인을 똑바로 세우고는 그에게 영어로 뭐라고 말했다. 그 말을 들은 미국인이 함교탑 뒤쪽 대공포대에 서서 구축함에 손을 흔들며 무전기에다 대고 소리쳤다.

"단순한 타기 고장 상황입니다!"

비극의 순간을 겨우 벗어날 수 있었다. 나중에 들으니 그때 서튼 함의 함장 T. W. 나즈로(Nazro) 대위가 미군 나포 승조원들의 희생을 감수하고 유보트를 함포로 격침시키려고 발포 명령을 막 내리려던 참이었다고 했다. 그리고 물론 나중에 알게 된 일이지만 미국 나포 승조원들은 잠수함을 손쉽게 나포할 수 없을 것이라 예상하고 우리 잠수함으로 이동하기 전에 다들 유서까지 작성했다고 했다. 나포 장교는 함장에게 잠금장치를 해제하라고 명령했다.

함내 방송이나 통신계통을 사용하지 못하게 했기 때문에 함미 조종실에 전령을 보내야 했다. 그래서 전령이 원형의 문을 지나기 위해 손으로 상부 테두리를 잡고 양다리로 문을 뛰어 넘어갔다. 함미 어뢰실에 있던 미군 보초는 독일군이 자기를 향해 전속력으로 달려오는 것을 보자마자 기관단총을 바닥에 내려놓고 두 손을 들어 항복해버렸다. 그 상황은 우리가 포로로 수감되어 있는 동안 미국인들의 선전용 필름을 보기 전까지는 이해할 수가 없었다. 당시 헐리우드에서 유보트 승조원들을 마치 마피아 갱단처럼 묘사했던 것이다.

나포 승조원이 모든 상황을 통제하고 있을 때 미국 책임장교가 함장에게 지시하여 모든 독일 승조원들이 서튼 함으로 옮겨진 후 미국 국기를 게양하겠다고 말했다. 그러나 세수와 면도를 하게 해달라고 강력하게 요구한 케슬러 장군 때문에 약간 시간이 지체되었다. 마침내 갑판으로 나온 장군은 독일 공군 정복을 입고 목에는 기사십자훈장을 차고 있었으며 외알안경까지 끼고 있었다. 장군이 싱긋 웃으며 나직이 속삭였다.

"이 복장이 아마 저치들을 상당히 기분 나쁘게 만들 거야."

우리는 퇴역의식과 함께 우리의 전투 깃발을 내릴 수 있도록 요구했고 의식이 거행될 때는 놀랍게도 미국인들도 같이 경례를 했다. 미국 국기를 올릴 때는 마치 그들이 따분한 일을 반복하는 듯이 했다.

불라 소령이 잠망경에 매달린 흑색 깃발을 내린 후 곧바로 현측으로 버렸는데, 미 해군 나포 승조원들 사이에서 그것을 잡으려고 잠시 전쟁 아닌 전쟁이 벌어졌다. 이런 북새통에 독일 전투 깃발은 바다에 가라앉아버렸다. 나중에 그 깃발을 전쟁기념품으로 여기는 사람들이 포츠머스와 뉴햄프셔에서 깃발을 찾아 장시간 탐색을 실시했다고 한다.

구축함 현측에 그물망이 내려지고 우리는 그것을 타고 배에 올라갔다. 갑판 위에서 우리는 무기 소지 여부에 대한 검사를 받았고 부사관 휴게실로 안내되었다. 거기에는 소총으로 무장한 보초 2명이 있었는데 화장실까지도 따라왔다.

첫째 날 오후에 잠수함 안에서 누군가가 총에 맞는 사건이 일어났다. 나포 승조원들이 우리 권총을 갖고 구경하는 도중에 통신사 한 명이 콩팥 부근에 총을 맞은 것이었다. 수술을 위해 우리 군의관 발터 박사가 호출되었다. 수술은 성공적이었으나 불행하게도 그 사람은 며칠 후 사망했다.

다음날 항공기 비상이 있었다. 훈련이 아니라서 우리는 매우 놀랐다. 누가 그곳에 있는 잠수함을 공격하고 싶겠는가? 하지만 미군들은 영국인들이라고 침울하게 말했다. 하지만 내 생각에는 U-234를 찾고 있는 캐나다 항공기였던 것 같다.

서튼 함에서 우리 승조원들에 대한 처우는 공정한 편이었다. 첫날 미국인들은 매우 조심스러웠고 우리를 믿으려 하지 않아 우리게 올 때마다 산탄총을 소지했다. 하지만 다음날부터는 관계가 매우 우호적으로 발전하여 산탄총은 우리가 있는 격실 밖에서만 소지했다.

나는 그 구축함의 갑판 사관이 특별히 기억에 남는다. 그는 개인적으로 중요한 물건, 보석류 및 문서를 보관해주겠다고 했고 우리에게 봉지를 나누어주었다. 그리고 우리가 석방되면 그때 다시 돌려주겠다고 약속했다.

그는 미 육군에 대해 우리에게 안 좋은 말을 해주었는데, 육군은 우리가 소지한 모든 물건을 빼앗아가는 도적떼라고 경고했다. 나는 미국 장교가 그런 식으로 자기 나라 군대를 욕할 수 있다는 것에 대해 놀라움을 금치 못했고 나중에야 비로소 그 서튼 함 장교가 미국 해군과 육군의 차이점에 대해 얼마나 정확하게 표현했는지를 알 수 있었다.

하지만 우리 중 소수만이 개인 귀중품을 내주었고 결국 그때 제출하지 않은 사람들은 나중에 모두 후회하게 되었다. 나는 통신사 지침서와 월급 기록부를 제출했다. 나중에 나는 이를 워싱턴 DC에서 CIA가 직접 밀봉한 봉투를 통해서 받았다. 그것들은 미국에서 빼앗긴 내 개인 소지품 가운데 유일하게 돌려받은 것이었다.

1945년 5월 19일, 쾌청한 아침에 서튼 함은 포츠머스 항 외곽에 투묘했다. 우리는 미국 해안경비대 소속 경비정이 우리를 이송하기 위해 다가오는 동안 갑판 위에서 아무 말 없이 낯선 항구를 쳐다보고 있었다. 바로 옆에서는 서튼 함의 부사관 한 명이 해안경비정이 오는 것을 지켜보고 있었다. 그 부사관이 해안경비정을 향해 빈정거렸다.

"저것 봐! 전투는 한 번도 하지 않고 대단한 영웅인 양 행동하고 싶어하는 사람들이 온다!"

해안경비대는 우리를 경비정에 태우자마자 히스테릭한 고함을 질러대기 시작했고 우리가 마치 방금 전에 범인 추적대에 잡힌 것처럼 우리를 교수형시키겠다고 위협했다. 서튼 함의 부장이 메가폰에 대고 소리친 후에야 그들의 고함 소리가 그쳤다.

부두로 가는 동안 나는 작은 객실 안에서 함장 옆에 앉아 있었다. 기자 몇 명이 우리 주위에서 사진을 찍으려고 야단법석이었다. 해안경비대 제복을 입은 사람이 함장 얼굴에 마이크를 들이대고는 인터뷰를 하자고 괴롭혔다. 함장은 화가 나서 인터뷰를 거절하고는 유창한 영어로 우리가 범죄자 취급을 받고 있다고 항의했다. 그러자 예비역 미 해안경비대 대원인 찰스 윈슬로우(Charles Winslow) 대위가 퉁명스럽게 대꾸했다.

"너희들이 바로 범죄자잖아! 내 배에서 당장 내려!"

함장이 나를 보며 고개를 가로저었다.

"여기서 항복한 건 잘못된 판단 같아."

부두에 도착했을 때 증오심에 가득 찬 군중이 노려보고 있는 사이로 우리는 헌병들에 이끌려 버스 안으로 이송되었다. 버스 안에서 불라 소령이 내 옆에 앉아 투덜거렸다.

"우리가 캐나다한테 항복하는 편이 훨씬 나았을 것 같은데……."

내가 지금 어디로 가고 있는지 묻자, 그는 이렇게 대답했다.

"감옥으로, 곧장. 거기서 우리는 소지품을 모두 빼앗길 거야."

서튼 함의 나포 장교가 장차 있을 일에 대해 미리 경고해준 것과 같았다.

전문가 10명으로 구성권 잠수함 편승자들은 다른 곳으로 보내졌다. 전쟁이 끝나고 한참 지난 후 게르하르트 팔케 대령을 제외하고는 모두 소식을 알 수 있었다. 팔케 대령은 우라늄을 적재하고 또 하역한 우리 갑판장 페터 쉴히와 파프 대위처럼 아무런 이야기를 하지 않는 대신 미국 시민권을 받았을지도 모르겠다. 그러나 니슐링 판사가 말했듯이 팔케 대령은 산화우라늄에 대해 너무 많은 것을 알고 있었다. 1945년 5월 19일 그가 사라진 이후로 그의 행방은 아직까지 묘연하다.

우리를 태운 버스는 요새처럼 생긴 건물 앞에서 멈췄다. 계단에 서 있던 미군 장교가 독일어로 우리에게 들어오라고 말했다. 그가 재미있다는 듯이 말했다.

"신사 여러분, 어서 들어오시오. 여러분에게는 아무 일도 일어나지 않을 것입니다."

그러나 우리가 현관으로 들어서자마자 거짓임이 곧바로 드러났다. 나무 곤봉으로 무장한 귀화한 폴란드인 교도관들이 우리를 통로 끝에 있는 가대식 탁자로 가라면서 마구 때리기 시작했다. 그곳은 우리가 모든 것을 빼앗기게 될 장소였다.

선임 교도관의 통제 하에 훈장, 표지, 시계, 펜, 결혼반지 등 모든 것이 우리의 이름이 적힌 봉지 속에 넣어졌다. 하지만 벽 뒷면에서는 부패한 사람들이 다시 봉지를 열고 마음에 드는 물건을 모조리 다 가져갔다. 시계와 반지가 가장 인기가 좋았다.

우리 모두는 방 하나에 수감되었고 식사와 목욕은 다른 곳에서 했다. 우리가 식사와 목욕 후 방에 돌아와 보면 방은 구석구석 뒤진 흔적이 있었다. 나는 교도소 직원들이 죄수 물건들을 훔칠 정도라면 아마도 나라 상태가 심각한 수준일 거라고 생각했다. 이틀 후, 페터 쉴히와 나를 제외하고 모두 포로수용소로 이송되었다.

다음날 아침, 나에게 수갑이 채워지고 나는 유보트가 계류해 있는 부두로 끌려갔다. 간수가 내 등에 권총을 겨누고 의기양양하게 "가자!"라고 외치며 U-234를 가리켰다. 그 순간 에른스트 소령이 조리실 해치를 통해 나타나자 나는 수갑이 채워진 손을 그가 볼 수 있도록 약간 들면서 인사했다. 에른스트 소령이 손을 흔들며 배 안으로 소리를 지르자 뚱뚱한 미 해군 장교가 갑판으로 나왔다.

"배 안으로 들어가!"

간수가 내 등을 총구로 밀며 말했다. 미국 장교가 유창한 독일어로 나에게 잠시 기다리라고 말했다.

"수갑을 찬 채로 배 안에 들어가지 말게. 내가 교도소에 연락하지."

미군 장교가 잠시 후 돌아오자 간수가 내 수갑을 벗겨주었다. 장교는 나에게 담배를 건네주며 자기를 미 해군 대령 하텐이라고 소개한 다음 전면에 유보트가 새겨진 라이터로 불을 붙여주었다. 내가 그 라이터를 알아보자 그는 이렇게 말했다.

"맞네. 나는 유보트 승조원들과 인연이 많지."

나는 그가 정보장교라고 생각했다. 하텐 대령이 나를 함내로 데려가자 간수가 따라오려고 했지만 입구에 서 있던 헌병 2명이 교도관을 제지했다.

"저 독일놈은 내 포로야!"

간수가 외쳤지만 헌병들이 웃으면서 대꾸했다.

"꺼져버려! 이 빌어먹을 폴란드 놈아!"

기관장 및 기관부 부사관들은 감옥에 가지는 않았으나 내가 감옥에서 일어난 일을 설명해주자 매우 놀라는 눈치였다. 하텐 대령은 나에게 다시 감옥으로 돌아가지 않아도 된다고 안심시켜주었다. U-234 내부는 마치 태풍을 만난 것 같았다.

옷장 문은 박살이 나 열려 있고 내부에 있던 물건들은 갑판에 널브러져 있었다. 내 일기장과 가죽으로 된 유보트 제복 등이 없어졌다. 미 해군 나포 승조원들이 떠난 다음 미 육군이 방문한 게 틀림없었다.

하텐 대령은 나에게 장교 2명이 워싱턴에서 왔고 그들은 우리 위치를 잡을 수 없을 만큼 전문을 빨리 송신할 수 있는 장비에 대해 많은 관심을 가지고 있다고 말했다.

"어떤 분야에서는 자네들이 우리보다 기술적으로 훨씬 앞서 있네."

하텐 대령은 순순히 시인했다. 그리고 나는 그들이 장비를 분해하지 않은 것에 대해 놀라움을 금치 못했다. 내가 그에게 확인시켜주었다.

"분리하는 것은 매우 간단합니다. 여기 보이는 이 뒤쪽에서 나사를 풀고 송신기에서 연결선을 분리하면 됩니다."

그는 걱정스러운 표정으로 웃었다.

"우리는 조금 걱정했네. 물론 나 개인적으로 안 했지만. 혹시라도 부비 트랩 장치가 되어 있을지도 모른다는 생각에서 말일세."

하지만 나는 그가 한 말의 뜻을 몰랐고, 하텐 대령이 나중에 설명해주었을 때 나는 웃지 않을 수 없었다.

"대령님도 미국의 선전물에 의한 희생자로군요."

"맞아. 만약에 일정한 내용을 계속 반복해 교육시키면 머릿속에 남은 것이 있게 마련이지."

하텐 대령이 웃으며 동의했다. 나는 하텐 대령에게 갑판장 페터 쉴히를 감옥에서 데려와 같이 작업할 수 있게 해준다면 그 장치를 분리시키겠다고 말했다. 하텐 대령은 곧바로 조치를 취해주었다.

우리는 구형 해군 함정으로 만든 숙소에 배정되었고 조선소에 있는 잠수함 학교에 배치받았다. 우리는 가끔씩 미군이 노획한 유보트 잠수함에서 그들이 직접 작동할 수 없는 장비들을 작동시켜달라는 요청을 받았다. 그러나 우리의 주임무는 유보트를 완전히 해체하는 것이었다.

무장장비, 문서 및 Me-262 제트 전투기는 5월 중에 거의 대부분이 U-234에서 다른 미군 기지로 운송되었다.

7월 어느 날, 하텐 대령과 함께 나는 전부 기뢰 장착대로부터 6개의 컨테이너가 크레인에 들려져 부둣가에 내려지는 작업을 함교에서 지켜보고 있었다. 페터 쉴히가 작업의 총책임을 맡고 있었는데 이는 미국인들이 컨테이너에 부비트랩 장치가 되어 있을 거라고 생각했기 때문이었다.

다른 인원 4명이 어떤 작은 장비를 가지고 기뢰 장착대로 다가가는 것을 보고 하텐 대령에게 물어보았다. 대령이 간단히 대답했다.

"저 사람들은 과학자들이라네. 가이거 계수기(Geiger Counter)[2]로 우라늄을 조사하는 것이지."

과학자들은 6개의 기뢰 장착대가 모두 방사능에 오염되어 있어 어떤 곳에 우라늄이 장착되어 있는지 확인하지 못하고 있었다. 페터 쉴히는 알고 있었지만 미군에게 말하지 않았다. 그 결과 포트 미드 캠프(Fort Meade Camp)로부터 파프 대위가 송환되었고 그는 소정의 대가를 받고 우라늄 컨테이너를 하역했다.

---

2 방사능을 측정하는 장비.

그 후 파프 대위는 본국으로 송환된 후, 페터 쉴히와 마찬가지로 합법적인 이민자로 미국에 다시 오게 되었다. 오늘날까지 그들은 산화우라늄에 대해 언급하지 않고 있다.

1945년, 일본이 항복한 후 우리는 더 이상 미 해군에 쓸모가 없어졌고 그 후 8개월간 매사추세츠에 있는 포트 에드워드(Fort Edward)에서 포로생활을 했다.

1946년 4월, 우리 대부분은 러쉬빌 빅토리(Rushville Victory) 호를 타고 유럽으로 돌아오기 위해 뉴욕으로 이송되었다. 우리는 앤트워프(Antwerp)에서 영국인들에게 인계되었다. 그들은 우리가 아직 군인이기 때문에 장기간 수용소에 있어야 한다고 했다.

나는 벨기에의 워털루 근처에 있는 2228 캠프에 수용되었다. 1개월 후, 이 수용소에 있는 포로들은 영국으로 노역을 가기 위해 신체검사를 받아야 했다. 포로들은 빠져나갈 수 있는 유일한 방법이었던 '신체검사 불합격' 판정을 받기 위해 가능한 모든 수단을 사용했다.

로리앙에서 알고 지내던 유보트 군의관이 나에게 임시로 심박급속증이 나타날 수 있는 알약을 주어 나는 '불합격증'을 받을 수 있었다. 나는 입대한 당시 계획했던 12년에서 몇 개월 모자라는 기간을 복무한 후 1946년 6월 20일 독일 해군에서 전역했다. 나는 독일 해양수산부를 찾아갔지만 해양수산부는 더 이상 존재하지 않았다.

〈끝〉

THE SECRET DIARY OF A U-BOAT

부록

유보트 에이스 '해결사' 하인리히 블라이히로트

독일 해군에서 '해결사(Ajax)'로 널리 알려진 유보트 에이스 하인리히 블라이히로트(Heinrich Bleichrodt)는 1909년 10월 21일, 할레(Halle) 근처 베르가 암 키프호이저(Berga am Kyffhäuser)에서 태어났다. 그의 아버지는 어렸을 때 사망했고 어머니, 누나와 함께 생활했던 그는 반항기 많은 청소년으로 자랐다.

1926년 16세 되던 해, 그 당시 대부분 청소년들에게 선망의 대상이었던 '핀켄베르더(Finkenwerder) 선원학교'에 입학함으로써 그는 꿈을 이뤄가기 시작했다. 그해 9월부터 배의 심부름꾼으로 독일을 출항하여 케이프 혼(Cape Horn)을 지나 칠레 항만 이구이게(Iguigue)까지 수차례 항해했고, 그 후 갑판원으로 독일 최대 선박회사인 레이즈 '플라잉 피' 라인(Laeisz 'Flying P' Line)의 마스트 4개짜리 범선 페킹(Peking)과 파미르(Pamir)에서 근무했다.

1928년 7월부터 블라이히로트는 하팍(Hapag) 해운의 하이델베르크(Heidelberg), 오클랜드(Oakland) 및 비터펠트(Bitterfeld)의 선임선원으로 호주, 동인도 및 미국 서해안 등을 방문했다. 그는 1931년 12월, 함부르크 해양훈련대학에서 항해사 자격증을 획득하여 아프리카의 부정기 선박인 요니아(Jonia)의 3등 항해사로 임명되었다.

1932년 7월 26일, 훈련범선인 노이베(Noibe)가 페마른 뱅크(Fehmarn Bank)에서 침몰하여 그해에 입교한 거의 모든 해군사관학교 생도들이 사망하는 사건이 일어났다. 그 전년도의 입교 인원은 얼마 되지 않았기 때문에 래더(Raeder) 제독은 독일 해운회사에 유능하고 젊은 항해사들의 지원을 부탁했다. 지원자 중 15명이 1933년 1월 합격했는데 그들 중에는 블라이히로트와 귄터 프린이 포함되어 있었다.

1935년 9월, 블라이히로트는 소위로 임관하여 필라우에 있는 해군 포병 부대장 부관으로 임명되었다. 1937년 4월, 그는 대위로 진급하여 마스트 3개가 달린 훈련범선 고르히 포크(Gorch Fock)의 당직사관이 되었다. 1939년, 해군 하계훈련 중 블라이히로트는 순양함 아드미랄 히퍼(Admira Hipper)에서 소령 계급으로 잠수함 부대에 지원하기 전에 2개월가량 추가 해상 근무를 했다. 전쟁이 발발하던 즈음이었다.

1940년 7월부터 12월까지 블라이히로트는 U-48을 지휘했다. 그의 당직장교들은 테디 주렌(Teddy Suhren)과 오트 이테스(Ott Ites)였다. 그는 두 번의 작전 중 영국 군함 던디(HMS Dundee)를 포함하여 총 15척의 상선 81,038톤을 격침시키고 기록에는 포함되지 않았지만 다른 2척의 함선에도 피해를 입혔다. 이로 인해 그는 기사십자훈장을 받았다.

1940년 9월 18일, 야간에 U-48은 6분간 상선 2척을 침몰시켰는데 그중 한 척은 11,081톤 여객선인 시티 오브 베나레스(City of Benares)였다. 이 여객선은 유대인 출신 난민 어린이들을 다수 태우고 있었다. 그날 77명이 목숨을 잃었다. 영국 해군만이 아는 어떤 이유로 해서 시티 오브 베나레스는 병원선으로 분류되지 않았고 야간에 선단 내에서 항해 등화 없이 항해하고 있었다. 따라서 그 상선은 합법적인 표적이었고 침몰에 대한 모든 책임은 영국 해군에게 있었다.

하지만 연합국은 시티 오브 베나레스에 승선한 유대인 어린이들에 대한 정보를 독일이 사전에 알고 있었고 블라이히로트가 그 여객선을 기다리고 있었다는 음모를 꾸몄다. 가장 유력한 용의자는 리버풀 출신 선원인 프랭크 라스키어(Frank Laskier)로, 그는 1941년 1월 에우릴로코스(Eurylochus) 호가 전투함 코르모란(Kormoran)에 침몰될 때 한쪽 다리를 잃었기 때문에 복수할 수 있는 기회를 엿보고 있다가 BBC의 테런스 드마내이(Terance de Marnay)와 엘든 무어(Eldon Moore)의 교섭으로 전쟁 기간 중 일요일 저녁 황금시간대에 전쟁에 대한 생방송에 출연했다. 이 선전물은 나중에 책자로 출판되었고 HMV 사가 78 RPM용 레코드(BD 958 및 BD 959)로 제작했다.

『내 이름은 프랭크입니다—상선 선원이 말한다』[1941년 앨런 & 언윈(Allen & Unwin) 사에서 출판되었음]라는 책에서 라스키어는 다음과 같이 말했다.

우리—우리 선원들—는 안다. 그들이 시티 오브 베나레스를 기다렸다는 것을. 지금 시청자 여러분 중에서 시티 오브 베나레스에 어린 자녀분이 타고 있었던 분들께는 죄송합니다. 옛날에 있었던 일을 다시 꺼내는 것임을 알고 있지만 전쟁이 끝날 때까지 여러분에게 알려지는 것이 여기 살아 있는 자에 의해 잊혀지는 것보다는 낫지 않겠습니까?

블라이히로트는 잠시 U-67의 함장직을 맡은 후 1941년 6월에 U-109 함장으로 발령받아 6회의 대서양 전시 작전 임무를 수행하고 13척 총 81,133톤을 격침시켰으며 1척을 대파시켰다. 하지만 그 상선은 구조되었다.

1942년 9월, 블라이히로트는 U-337의 함장이었던 오토 쾰러(Otto Köhler)는 그의 사망기사에서 블라이히로트는 이쯤부터 독일의 미래에 대해 공포에 떨고 있었고, 볼프강 히르쉬펠트는 필자에게 블라이히로트가 '더 이상 긴장을 견딜 수 없게' 된 때가 1942년 9월 기니아 만을 항해할 때부터라고 말했다.

잠수함 지휘가 함장에게는 견디기 어려우리만큼 스트레스를 준다는 사실을 고려해볼 때, 전쟁 공포증에 시달리는 다른 함장들이 더 많이 밝혀지지 않은 게 놀라울 뿐이다. 블라이히로트의 전자통신장비에 대한 막연한 증오, 연료유 부족에 대한 불평, 그리고 어뢰 공격 시 비정상적으로 행동하는 상선을 항상 Q-Ship이라고 단정짓는 것—나는 이것을 '시티 오브 오클랜드 증상(The City of Aukland Syndrome)'이라고 부르고 싶다—등은 모든 유보트 함장들에게 적용될 수 있는 무서운 긴장의 결과라고 할 수 있을 것이다. 결국 그는 일곱 번째 대서양 임무 중 무너져버렸다.

U-109는 일곱 번째 임무를 위해 1942년 11월 28일, 저녁 5시에 로리앙에서 출항했다. 항해 이틀째 늦은 밤, 블라이히로트는 비스케이 만에서 구축함을 공격했다. 어뢰 한 발은 발사관 내에 고착되었고, 다른 한 발은 자체 결함으로 인해 표적을 빗나가버렸다. 결국 매우 격심한 폭뢰 공격을 받아 함에 심한 손상을 입었으나 갑작스런 기상 불량으로 인해 블라이히로트는 수상항해로 도주할 수 있는 기회를 얻었다. 다음날, 구축함은 탐색-공격 단대가 합세하여 U-109를 계속 탐색해왔고 U-109 위로 3회를 통과했지만 결국 탐지하지 못했다. 카리브 해로 가는 항해에서 기상이 좋지 않아 잠항항해를 주로 해야 했다.

블라이히로트는 1942년 박싱 데이(Boxing Day: 12월 26일)에 프랑스령 기니아 근해에 도착하여 상선을 공격했지만 실패로 끝났다. 이 사건으로 말미암아 유보트 사령부에 보고하게 될 만큼 의학적으로 심각한 정신분열증상이 일어나게 된 것이다.

장교만 해당되는 전문: 0012/27 10일간 함장은 불안감, 무기력함과 우울증에 시달리고 있음. 귀환을 요청함.

사령관은 그날 오후 답신을 보냈다.

장교만 해당되는 전문: 1157/27 여하한 조건에서도 임무를 수행할 것.

1942년 12월 31일 아침, 블라이히로트 함장이 회신했다.

장교만 해당되는 전문: 0443/31 현재 본인은 온전한 상태가 아님. 의학적인 조언을 부탁함.

그날 저녁, 사령관은 U-109에게는 연료 재보급 계획이 없다고 통보했고 다음날 새벽 4시 그에게 다시 지시했다.

장교만 해당되는 전문: 1131/31 임무를 계속 수행할 것. 연료 재보급 계획은 없음. 필요시 모든 권한을 선임 사관에게 이양할 것. 루미날(Luminal) 알약을 1일 3회 복용하고 간단한 음식을 섭취할 것.

블라이히로트 함장은 하루 동안 생각한 후 회신했다.

수신: 사령관. 연료 부족으로 귀환함.

블라이히로트가 1943년 1월 5일 아가디르 위도와 동일한 아조레스 남쪽인 DG5770 위치에 도착했다고 보고했을 때 연료는 50톤밖에 남아 있지 않은 상황이었는데, 그때 사령관은 그에게 그 근해에서 유보트와 상봉하여 15톤의 연료를 보급받고 어뢰를 델핀(Delphin: 돌고래) 그룹의 유보트들에게 나누어주라고 지시했다.

U-109, U-463(볼프바우어), U-575(하이더만), U-442(헤세)와 U-436

(자이비케) 등이 상봉하여 블라이히로트의 어뢰를 이송하기 위해 3일 동안 작업을 해야 했다. 볼프바우어 함장은 U-109에게 연료를 보급했고 지원 잠수함의 호흐 박사가 블라이히로트를 진찰했다.

전기 추진 어뢰(Etos)는 특별히 고안된 보트가 있어야만 해상에서 이송할 수가 있었는데, 작업을 할 때는 이 보트가 없었기 때문에 이송을 하지 못했다. 결국 나머지 압축공기 어뢰(Atos)를 이송하기 위해 구명조끼 18개로 어뢰를 에워싸서 다른 잠수함이 가져가도록 바다에 띄워놓았다. 하지만 이송 작업을 시작하자마자 자이비케 함장의 이송장치가 고장나버렸고 하이더만 함장은 이송장치가 아예 없었다.

결국 U-575는 모든 수리부속을 동원하여 임시로 이송장치를 만들어 4개의 압축공기 어뢰를 재보급받을 수 있었다. 이후 나머지 작업은 취소되었고 블라이히로트는 1943년 1월 23일 생 나제르에 입항했다.

이 사건에서 되니츠의 인간적인 면을 볼 수 있다. U-109가 해상에서 지휘권과 관련된 가장 기분 나쁜 일을 일으켰음에도 되니츠는 5척의 잠수함을 3일 동안 가장 위험한 상황에 노출시키면서 블라이히로트로 하여금 스스로 귀환하여 입원할 수 있도록 조치했던 것이다. 다른 함장이라면 총살을 면치 못했을 수도 있었다.

1943년 10월 6일, 사령관이 쓴 전쟁기록에서 그는 U-109에 대해 다음과 같이 기술했다.

함장의 의학적인 문제로 임무는 실패로 끝났고 그는 귀환 중 함장 권한을 포기했다. 블라이히로트 함장이 입항하기 전 12월 26일에 일어난 적 수상함에 대한 사건의 결말은 정당화되지 못했다. 폭뢰라고 생각했던 폭발음은 분명히 표적을 빗나간 어뢰가 항주 종료 후에 폭발하는 소리였다.

필자는 블라이히로트가 최초로 권태감과 우울증에 시달리고 있다고 보고한 1942년 12월 27일 이전의 전투일지 요약본을 가지고 있지는 않지만, 12월 26일에 일어났다고 추정하는 것은 어렵지 않다. 상선에 대한 공격 실패 후 블라이히로트는 시티 오브 오클랜드 증상에 시달리는 사람들에게서 공통적으로 나타나는 망상에 시달리기 시작했던 것이다.

그 후 블라이히로트는 육상 근무로 옮겨 유보트 훈련장교 직책을 맡게 되었다. 1944년 7월 1일, 그는 중령으로 진급했고 기니아에 있는 22잠수함전단의 전단장으로 임명되었다. 1945년 1월 28일, 소련군이 기니아를 포위했을 때 그는 지원함 바이크셀(Weichsel)을 타고 해상을 통한 민간인 철수작전을 지휘했다.

1945년 5월, 블라이히로트는 빌헬름스하펜에서 전단장으로서 영국 해군에게 항복했다.

그해 연말에 블라이히로트는 '시티 오브 베나레스' 침몰과 연관된 날조된 전쟁범죄자로 지목되어 감옥에 유치되었다. 영국 해군본부는 '시티 오브 베나레스'에 유대인 어린이들이 승선한 사실을 독일군이 사전에 알고 있었고, 블라이히로트에게 그 상선을 침몰시키도록 '비밀 명령'을 내렸다고 주장했다. 그들은 문서화된 증거는 보유하고 있지 않았고, 유일한 목격자는 그저 말로만 알고 있었던 라스키어였다.

그해 초, 에크(Eck) 대위에 대한 재판에서 영국 군법회의는 전쟁범죄로 기소된 적 해군 장교를 목격자의 교차 심문 없이 진술서로 구성된 증거만으로 유죄선고 및 형을 집행할 수 있는 전례를 갖고 있었던 것이다.

그 당시 영국은 다른 전쟁포로들에게 본보기를 보여주기 위해 블라이히로트에 대한 재판을 일방적으로 집행하여 처형시키고자 했고, 이런 내용은 블라이히로트에게도 전해졌다. 그는 자기를 심문한 사람들이 사건에 대한 증거를 찾을 수 없도록 하고, 또한 그들이 작성한 진술서가 거짓이라고 주장하기 위해 구금되어 있는 전 기간 동안 일체 입을 열지 않았다. 결국 그의 처벌은 취소되었다.

블라이히로트가 '시티 오브 베나레스'를 침몰시켰다는 진술과는 정반대 의견을 고든 길(Gordon Gill)이 제기했다. 그는 투스칸 스타(Tuscan Star)의 2등 통신사로서 익사 직전에 U-109 승조원에 의해 구조되었고 유보트 내에서 전쟁포로로 30일간 생활했다.

유보트가 로리앙에 도착하자, 고든 길은 기차로 독일 본부에 이송되어 브레멘 근처 타름슈테트(Tarmstedt)의 밀라크 노르트 캠프(Milag Nord Camp)에 수용되었다. 그는 1945년 4월 28일에 석방되었다.

필자가 이 책을 쓸 당시(1996년) 그는 은퇴하여 페어몬트(Vermont)에 살고 있었다. 그는 수용소 기간 중 자신의 경험과 포로가 된 경위를 기록한 일기를 가지고 있었다.

기록에 의하면 투스칸 스타는 브라질의 산토스 항 아바토이어 부두에서 6일간 화물 적재를 한 후에 1942년 8월 30일 아프리카의 프리타운으로 출항했다. 그 상선에는 영국 총영사와 참모진을 포함해 29명의 승객이 타고 있었다.

1942년 9월 6일, 야간에 상선은 기니아 만 근해에서 16노트 속력으로 적도를 막 지나고 있었다. 기온도 35도였고 밤은 무척이나 캄캄했다. 통신일지를 정리하고 있던 고든 길은 갑자기 20초 간격으로 터진 엄청난 폭발음을 들었고 그 후 배는 우현으로 급격히 기울어졌다. 고든 길은 3회 반복해 구조 요청을 했다.

SSS SSS 투스칸 스타 어뢰 피격 위치: 00-56N, 11-88W.

그 후 그는 좌현 중앙부에 있는 구명정으로 달려갔으나 구명정을 분리시킬 수가 없었다. 그는 자기 방으로 달려가 구명의를 지참하고 구명정 승선 위치로 가보았으나 구명정은 이미 떠나버리고 목소리가 들리지 않을 만큼 멀리 떨어져 있었다. 투스칸 스타는 침몰하기 시작했고, 고든 길은 물속으로 뛰어든 후 함미부터 빠르게 가라앉는 상선을 보았다. 그는 파편 한가운데 혼자 떠 있는 자신을 발견하고 어둠을 향해 살려달라고 소리치기 시작했고 계속해서 기름이 떠 있는 해수를 삼켜야 했다. 멀리서 누군가가 다급하게 살려달라고 외치는 소리가 들려왔다.

약 20초 후 날카로운 비명이 있은 후 소리는 잠잠해졌다. 아마도 근처에 상어가 있는 것 같았다. 수평선 멀리 보이는 불빛을 향해 간간이 살려달라고 소리치며 약 30분간 수영을 한 것 같았다. 처음에 그는 그 불빛이 구명정에서 나오는 불빛이라고 생각했지만 잠시 후 작은 탐조등이 수면을 탐색하고 있는 것을 보았다. 탐조등은 곧 그를 발견했지만, 그는 눈에 기름막이 끼여 잘 볼 수가 없었다.

갑자기 그는 근처에 구명대가 떨어지는 소리를 듣고 잡았지만, 위로 당겨 올려지는 것을 느끼는 순간 줄이 끊어지고 말았다. 그때 비로소 그는 유보트의 선체를 어렴풋이 볼 수가 있었다. 우람한 유보트 승조원 2명이 그를 물속에서 꺼내 갑판 위에 내려놓은 후 치료를 하기 위해 전투정보실을 통해 잠수함 함내로 데리고 갔다.

"나의 수감생활은 이렇게 시작되었다"라고 그는 글을 썼다.

나는 몇 시냐고 물어보았다. 저녁 10시 45분이라고 누군가가 대답했다. 어뢰로부터 피격된 지 1시간 5분이 지난 시각이었다.

그들은 내 눈을 치료해주었고 약 30분 후에는 정상적으로 볼 수가 있었다. 따뜻한 해수로 목욕을 하고 난 후 셔츠, 속옷, 바지 및 겉옷 등의 유보트 제복을 제공받았다. 내가 입고 있던 옷은 기름으로 더러워져 있었다. 그들은 나에게 코냑 두 잔을 주면서 쉬고 있으라고 했다. 나는 2등 통신사의 침대에서 쉬었다. 매우 피곤한 상태였기 때문에 곧 잠이 들었다. 내가 다음날 아침 11시경에 일어났을 때 그들은 나에게 간으로 만든 소시지, 빵, 마멀레이드와 커피 등 아침을 주었고 추가로 담배 50개비를 주었다. 더 필요한 것이 있으면 말하라고 수차례나 사람들이 이야기를 했다. 그러고는 비누, 수건 및 기타 용품도 주었다. 블라이히로트 소령을 처음 만났을 때 나는 '전형적인 나치 놈이구나!'라고 생각했다. 하지만 그와 30일간 가까이 지내면서 나의 생각이 틀렸음을 알게 되었다.

민간인으로 돌아간 블라이히로트는 철물공장에서 책임자로 근무했다. 그는 1977년 1월 9일, 뮌헨(München)에서 사망했다. 그의 아들, 볼프 하인리히(Wolf Heinrich)는 해군 장교로 복무한 후 어머니인 카를라 블라이히로트(Carla Bleichrodt)의 뒤를 이어 부인과 의사자격증을 취득했다.

ORE의 숨은 의미: U-234가 수송했던 전략화물

1945년 5월 15일까지도 미국 정부는 일본에 대해 원자폭탄을 쓸 것인가를 결정하지 못하고 있었다. 전쟁성 장관인 헨리 스팀슨(Henry Stimson)은 일기에서 1945년 7월 최초의 원자폭탄 실험 이전까지는 결정을 내리지 못할 것이라고 고백하고 있고, 신무기 사용에 있어서 민간인의 희생을 최소화하는 법을 최대한 적용해야 한다고 썼다. 그러나 5월이 다 가기 전에 내부 위원회에서는 운명적인 결정이 채택되었고 그 후의 상황을 스팀슨은 이렇게 설명했다.

"가장 큰 목표는 내가 선발한 군인들의 희생을 최소한으로 줄이면서 전쟁을 승리로 이끄는 것이었다."

1945년 5월 15~31일에 미국 정부의 원자폭탄 사용이 필수적이고 급박하며, 스팀슨이 미군의 생명을 보호하기 위해 250,000여 명의 적국 민간인을 희생시키는 것은 명예로운 행위라는 것을 정당화하는 사건이 발생했다.

독일 잠수함 U-234가 수송했던 화물이 미국의 결정에 큰 영향을 미쳤을 가능성이 있지 않았을까? 1998년 미국의 해양역사가인 조지프 M. 스칼리아(Joseph M. Scalia)는 "U-234; 독일의 일본에 대한 마지막 협동임무. 1945년(U-234; Germany's last Cooperation Mission to Japan. 1945)" 이라는 원고의 출판을 준비했다. 그는 그 추리사건에 관심을 불어넣기 위해 관심 있는 작가나 과학자들이 의견을 제시할 수 있도록 토론의 장을 마련했다.

미국 변호사인 시드니 트레베단(Sidney Trevethan)은 편집장 직책을 맡아 주기적으로 『U-234의 논쟁의 화물(The Controversial Cargo of U-234)』 이라는 소식지를 배포했다. 그는 미국 정부의 보안 및 내용 공개 금지정책으로 판단할 때 그 논쟁의 화물은 일반적인 산화우라늄이 아니었을 것으로 확신했다. 그는 다음과 같이 말했다.

"자동으로 문서 재분류가 되는 규정에도 불구하고 50년이 지난 지금도 U-234가 항복했을 당시 관련된 몇몇 문서들은 아직도 공개되지 않고 있다는 것이 의심스럽지 않습니까?"

1985년, 미국 출판 관계자인 로버트 K. 윌콕스(Robert K. Wilcox)는 "정부에 문의를 통해 얻은 것은 아무것도 없었다. 마치 U-234와 그 배에 타고 있던 중요한 인물들, 심지어 화물이 미국에 도착하지도 않았고 그 사건이 일어나지도 않았던 것 같은 느낌이었다!"라고 기술했다.

트레베단 변호사는 이러한 정부 관리들의 행동은 이해가 되지 않고 또한 정당하지도 않다고 말한다.

「Title 552. section(a). sub-section 6(a) USCA Title 5. 1 to 552」에 따르면, 기록자료 제공을 요청받은 정부 부서는 10일(공휴일 제외) 이내에 제공 불가 사유 및 요청자가 이에 대해 이의를 제기할 권한이 있다는 것을 통보해야 한다는 내용이 정확히 명시되어 있다. 물론 Sub-section 6(c), (b), (i), (a)에는 "국가안보 및 외교정책상 필요한 경우에는 최고 통수권자의 지시에 따라 비밀등급을 유지할 수 있다"라고 명시되어 있다.

하지만 트레베단은 이러한 예외 규정이 53년간 효력을 발휘했다면 핵과 관련된 사항에 대해 이유 없는 예외는 없으므로 그 화물에는 어떤 특별한 사유가 있을 것이라고 생각했다.

"만약 U-234의 화물이 보통의 산화우라늄이었다면 1998년까지 비밀로 분류해놓음으로써 사람들로 하여금 오판을 하게 만들어서는 안 된다."

추가로 그는 미국의 국내 및 국제법에 대한 중대한 위반행위가 행해졌을지도 모른다고 주장했다. 그 당시 외국 연락 전문장교이며 해양 건축공학자인 게르하르트 팔케는 도쿄에 있는 독일 대사관의 베네거 제독의 참모로 부임하기 위해 유보트에 편승하고 있었다.

팔케는 산화우라늄 용기 10개에 대한 내용물과 목적을 알고 있었고, 공군 판사였던 니슐링은 심문 도중에 "팔케가 ORE의 참뜻을 알고 있다"고 말했는데, 이는 산화우라늄이 다른 물질에 대한 음어라는 것을 나타내는 흥미로운 진술이었다.

팔케는 1945년 5월 워싱턴 DC 외곽의 포트 헌트(Fort Hunt)에서 조사를 받았는데 상당히 협조적이었다고 '팔케 전쟁포로 심문 결과서' 내용 중 공개된 부분에 기술되어 있다. 1929년 전쟁포로 취급에 대한 제네바 협정 118조에 따르면 "전쟁포로는 적대행위가 종료되면 즉시 석방 및 본국으로 송환"하도록 되어 있다. 이는 또한 미국의 법(G. UST 3317)이기도 하다.

책임 있는 미국 기관은 현재까지도 게르하르트 팔케가 심문이 끝난 후에 어떻게 처리되었는지 설명하지 못하고 있다. 트레베단은 팔케가 공식적으로 정치적 망명을 요청했을 수도 있다고 하지만 그와 관련된 문서가 아직 발견되지 않았기 때문에 그에게 일어난 일은 자신의 요청에 따른 것이 아닐 수도 있다고 말하고 있다.

우리는 맨해튼 계획(Manhattan Project) 보안 책임자였던 랜스데일 중령의 말을 기억할 필요가 있다. 그는 U-234의 화물이 무엇인지 밝혀지자마자 미국 당국의 반응은 '공포' 그 자체였다고 했다.

따라서 미국은 관련된 협정의 중대한 위반을 범하고 있을 수도 있는 것이다. 이러한 특별하고도 위법적인 행동은 U-234의 화물 또는 팔케 대령이 알고 있던 그것의 사용처가 매우 비정상적이었다는 것을 반영하는 것일 수도 있다.

저자 조지프 M. 스칼리아는 연구 도중 매우 특별한 행운을 맞게 되었다. 그가 뉴햄프셔에 있는 포츠머스 해군 조선소에 보존되어 있던 남은 문서 박스를 확인하는 도중에 '파프 문서(Pfaff Document)'라고 알려진 문서를 찾아낸 것이다.

1945년 5월 27일 비밀로 분류된 한 장짜리 이 문서는 해군 참모총장이 포츠머스 해군 조선소로 보냈는데, 제목은 '기뢰 적재함 하역(Mine Tubes, Unloading of)'이었다.

그 문서의 내용은 다음과 같았다.

U-234의 두 번째 당직장교였던 파프 대위의 심문 결과에 따르면, 그가 함내 화물의 총책임자였고 모든 기뢰 적재 창고 내의 물건 저장을 직접 지휘했다고 했다. 파프는 적재 목록과 각 적재 창고의 내용물을 알고 있었다. 산화우라늄은 금으로 포장된 실린더에 저장되어 있고, 실린더가 개방되지 않는 한 그것은 정제되지 않은 물건처럼 취급이 가능하다. 이 용기를 열게 되면 그 안의 내용물은 매우 민감하고 위험해지기 때문에 절대 개방해서는 안 된다.

여기에 마침내 용기 10개의 내용에 대한 완벽한 증거가 기술되어 있었던 것이다. 그것은 바로 차단용기가 필요 없는 매우 약한 방사성 물질인 산화우라늄이 아니라는 것이었다. 벨기에에서 독일인들은 원광석 1,000톤을 종이봉투에 500그램씩 담아 저장하곤 했다. 금으로 된 포장이야말로 내용물이 방사능 물질이라는 것을 증명해준다. 금은 생물학적인 차단 목적에서 납보다 100배나 더 효과가 있다. 그리고 용기가 개방되었을 때 "내용물이 민감하고 위험해진다!"라는 경고는 공기가 바로 그 촉매제라는 뜻이다.

독일의 전문 분야는 전장에서 사용하던 독가스였고, 그 독가스에는 그들이 새로 발명하여 다량의 재고를 가지고 있었지만 전쟁 말기에 독일의 패배를 만회하기 위해서조차 사용하지 않았던 종류도 포함되어 있었다.

또한 히틀러는 자신의 군대에서 치료제를 가지고 있지 않은 화학무기를 전투에 사용하지 않는다는 정책을 공인했으나 우방국에 수출하지 않았다는 보장도 없었던 것이다.

생화학무기는 제2차 세계대전 훨씬 이전부터 불법이었지만 현재까지 방사능 무기는 국제법상 불법화된 것이 하나도 없다. U-234로 이송된 10개의 용기에 방사성 독가스라는, 예전에는 들어보지도 못한 무기가 들어 있었다는 의문이 스칼리아가 '파프 문서'를 발견함으로써 그 가능성이 더욱 짙어지게 되었다.

리처드 D. 서스턴(Richard D. Thurston) 예비역 중령은 전쟁 이후에 미육군 방사능 무기 개발팀의 일원이었는데 스칼리아의 질문에 대한 답신에서 "케네디 행정부 시절 베트남의 호치민 루트에 방사능 물질을 투여하는 계획이 고려되었다"고 말한 적이 있다. 또한 그는 방사능전에 대해 기술적인 질문에 대답할 준비가 되어 있다고 선언했다.

볼프강 히르쉬펠트가 주장한 가이거 카운터(Geiger counter)와 강력한 방사능은 해결할 수 없는 문제를 남겨놓았다. 감마선만이 철을 투과할 수 있다. 만약 잠수함 함수 150피트가 오염되었을 만큼 감마선이 누출되었다면 이는 매우 심각한 방사능 누출이었다.

미국인과 독일인들은 포츠머스 NH에 있던 U-234에서 2개월간 작업과 생활을 했다. 그런데 왜 그들 중 방사선에 오염되었다는 사람이 아무도 없는 것일까?

서스턴 중령은 "당신 스스로에게 물어보아야 한다. 만약 감마선이 아니었다면 대체 무엇이란 말인가? 나는 라돈 가스라고 생각한다"고 말했다.

현재 라돈 가스는 보관하기 가장 어려운 물질로 분류되어 있다. 만약 10개의 용기에 라듐(Radium) 또는 라듐 화합물이 담겨 있었다면 라듐에서 발생하는 가스는 잠수함 화물칸 전체로 퍼져 어떤 자리에 실제로 방사능 물질이 저장되었는지 알 수 없게 만들었을 것이다.

이런 정황으로 볼 때 고도의 방사성 물질이 담겨 있는 용기의 순금포장에 대한 설명이 가능하다.

항공기로 이송하려고 했던 의도가 U-234의 방사능 오염과 이유를 설명해줄 수 있을 것이다. 그런 방법으로 포장한 라돈 가스는 감마가 아니라 알파로 붕괴되고 여기에서 발행한 활성화된 퇴적물은 고체에 달라붙는다. 이로 인해 가이거 카운터에는 탐지가 되지만 압력선체를 투과할 수 없으므로 승조원의 신체에는 직접적인 영향을 미치지 않았을 것이다.

따라서 내용물이 라듐이라는 가정이 그 오염과 관련된 문제를 명확하게 설명해준다. 라듐은 산화우라늄과 같은 역천 우라늄을 화학적으로 분리시킴으로써 얻을 수 있다. 나는 다음과 같이 질문했다.

"만약 그 용기에 라듐 화합물이 들어 있었다면 왜 파프 대위는 그 물질이 용기 내부에 있을 때는 민감하지도, 위험하지도 않지만 개방하면 그렇게 변한다고 미군 심문관들에게 말했습니까?"

서스턴 중령의 대답은 라듐 물질이 산소와 결합하면 연소될 수 있는 형태로 변화되고 방사능 연기는 가루입자보다 멀리 퍼져 노출된 사람들이 흡입하게 된다는 것이다. 결국 기록된 문서와 증언은 그 용기의 내용물을 추측할 수 있게 해준다.

1943년 12월, 워싱턴의 전문가들은 독일이 방사능 가루의 초기 획득치가 달성되었을 때 로켓에 장착하여 사용할 계획을 세울 수도 있다는 것에 대해 대단히 걱정했을 것이다.

1945년 5월 19일, 미국은 최악의 사태에 맞부닥쳤다.

이는 매우 간단한 방사능 무기로서 폭발을 위한 핵 반응기 또는 복잡

한 분해용 기계가 필요없었고, 미국을 더욱 공포에 떨게 한 것은 일본이 전쟁에서 패배하는 것을 막기 위해 전장에 있는 미군과 결국에는 미 본토 해안선에 거주하고 있는 미국 시민을 대상으로 사용하려 한다는 것이었다. 이 모든 것을 미국이 일본에 원자폭탄을 사용하려는 계획을 신속히 결정한 데 대한 이유가 될 수 있다.

펠러 소령이 마지막 명령을 어기고 미국에 항복함으로써 그는 그 이후에 미국이 일본에 행할 무서운 행동에 대한 동기와 합법성을 미국에 제공했을 수도 있다는 사실은 참으로 아이러니하다고 할 수 있겠다.

한국국방안보포럼(KODEF)은 21세기 국방정론을 발전시키고 국가안보에 대한 미래 전략적 대안을 제시하기 위해 뜻있는 군·정치·언론·법조·경제·문화 마니아 집단이 만든 사단법인입니다. 온·오프라인을 통해 국방정책을 논의하고, 국방정책에 관한 조사·연구·자문·지원 활동을 하고 있으며, 국방 관련 단체 및 기관과 공조하여 국방 교육 자료를 개발하고 안보의식을 고양하는 사업을 하고 있습니다. http://www.kodef.net

KODEF
안보총서
88

유보트
비밀일기
THE SECRET DIARY
OF A U-BOAT

초판 1쇄 인쇄 | 2017년 1월 11일
초판 1쇄 발행 | 2017년 1월 16일

지은이 | 제프리 브룩스
옮긴이 | 문근식
펴낸이 | 김세영

펴낸곳 | 도서출판 플래닛미디어
주소 | 04035 서울시 마포구 월드컵로8길 40-9 3층
전화 | 02-3143-3366
팩스 | 02-3143-3360
블로그 | http://blog.naver.com/planetmedia7
이메일 | webmaster@planetmedia.co.kr
출판등록 | 2005년 9월 12일 제313-2005-000197호

ISBN | 979-11-87822-01-1 03840